ORCHIDEENSTAUB

von
Tanja Pleva

Zu diesem Buch:

Vier Monate sind seit dem Mord an seiner geliebten Lina vergangen, den Sam O´Connor, erfolgreicher Europolermittler, nicht verhindern konnte. Noch mitten im Kampf gegen die Geister der Vergangenheit holt ihn ein neuer Fall zurück in den Alltag. Eine Frau ist bestialisch ermordet worden und die Ermittler stehen vor einem Rätsel. Doch kaum hat Sam begonnen sich in den Fall einzuarbeiten, schlägt der Täter erneut zu. Zwischen den Opfern scheint es zunächst keine Verbindung zu geben. Die Ermittlungen führen Sam O´Connor durch halb Europa, doch der Mörder scheint ihm immer einen Schritt voraus zu sein. Dann taucht eine Prophezeihung auf, die Lina ihm hinterlassen hat und die sich auf dramatische Weise mit dem Fall zu verbinden beginnt. Je näher er dem Mörder zu kommen glaubt, umso deutlicher wird es, dass hinter den toten Frauen ein noch viel dunkleres Geheimnis steckt, das Sam bis nach Kolumbien führt. Und das droht für Sam gefährlicher zu werden als die Suche nach dem Mörder...

Tanja Pleva wurde 1965 als Tochter des Schauspielers Jörg Pleva und Marion Reh Dunbar geboren. Bedingt durch den Beruf ihres Vaters war sie schon als Kind an ständige Ortswechsel gewöhnt. Als Erwachsene führte sie ihre „ruhelose Seele", wie sie selbst sagt, durch Europa, Asien und Südamerika. In Kolumbien schrieb sie die ersten drei Bücher der Reihe mit dem Europol-Ermittler Sam O´Connor: Gottesopfer, Totenpech und Orchideenstaub. Auf die Frage, warum sie sich einen männlichen Protagonisten ausgesucht hat, gab sie zu, einen Helden schaffen zu wollen, in den sie sich auch verlieben könne. Zurzeit lebt sie mit ihrer Familie in Spanien.

Tanja Pleva

Orchideenstaub
Thriller

Originalausgabe
2. überarbeitete Auflage
August 2012
Copyright: ©2011 Tanja Pleva
www.tanjapleva-autor.com

Dieses Werk ist urheberrechtlich geschützt. Jegliche Vervielfältigung und Verwertung ist nur mit Zustimmung der Autorin zulässig. Das gilt insbesondere für Übersetzungen, die Einspeicherungen und Verarbeitung in elektronischen Systemen sowie für das öffentliche Zugänglichmachen z. B. über das Internet.

Cover: 2vdesigns
Lektorat: C. Neumann
AV-Verlag Lennestadt

ISBN-13: 978-3-945607-01-5

Eingetragen in der Deutschen Nationalbibliothek Frankfurt/Main und Leipzig

Weitere Bücher von Tanja Pleva:

Gottesopfer
Totenpech
Puppenspiele
Spielzeit

Quidquid agis, prudenter agas et respice finem.

Was du tust, tue mit Überlegung und bedenke das Ende.

PROLOG

Die fünf politischen Gefangenen schlurften mit hängenden Köpfen über den Hof. Alle wussten, welches Schicksal sie gleich ereilen würde, doch keiner sagte ein Wort und keiner zeigte seine Angst. Jeder war mit seinen Gedanken allein wie in der Stunde der Geburt und in der Stunde des Todes. Allein. Es war bitterkalt. Die gefrorenen Eisschollen knirschten, zersprangen wie Glas unter ihrem Gewicht und hinterließen spinnennetzartige Muster.

Die ausgemergelten Körper steckten in verschlissener Kleidung, die viel zu dünn für diese Jahreszeit war, aber es kümmerte keinen außer die Träger selbst. Frieren gehörte zur Tagesordnung, genauso wie Hunger und Angst. Angst vor der kommenden Minute, der kommenden Stunde, dem kommenden Tag. Wer war der Nächste, wann war man erlöst.

Die kleine Kolonne setzte mechanisch einen Fuß vor den anderen und steuerte direkt auf das graue Gebäude mit dem ‚Zimmer' zu, um das sich viele Geschichten rankten. Eine furchteinflößender als die andere. Nur eines war sicher: Niemand hatte es bisher lebend verlassen.

Er war der Letzte in der fünfmannstarken Kolonne. Nein, der Vorletzte, wenn man den Aufseher hinter ihm mitzählte. Die Waffe im Anschlag, den scharfen Hund neben sich an einer kurzen Leine würde dieser nicht zögern zu schießen, wenn jemand einen Schritt aus der Reihe tanzte. Erst vor drei Tagen war er Zeuge einer solchen Szene geworden. Der Mann, der versucht hatte zu flüchten, war mit einem einzigen Schuss niedergestreckt worden. Die Hunde hatten den Rest erledigt, so sparte man sich das Futter für die Tiere.

Er überlegte, den relativ schnellen Tod zu wählen oder der Ungewissheit ins Auge zu blicken. Er lief weiter. Die Hoffnung, die ihn seit Monaten am Leben erhielt, war das Letzte was sterben würde. Sie war nur allzu menschlich in diesen Zeiten.

Schließlich betraten sie das Gebäude. Die wohltuende Wärme, die ihm hier entgegenschlug, ließ sofort Leben in seine fast abgestorbenen Gliedmaßen zurückkehren. Sie schwollen an und ein unangenehmes Jucken überzog seine gerötete Haut.

Sie wurden in einen Vorraum des ‚Zimmers' gebracht, in dem auf einfachen Holzbänken zwei Frauen saßen.

Kaum waren sie der Aufforderung nachgekommen, sich ebenfalls zu setzen, ging die Tür auf und ein hochgewachsener, äußerst gepflegter Mann in einem weißen Kittel beäugte die Neuan-kömmlinge. Über sein scharfkantiges Gesicht huschte ein Lächeln der Zufriedenheit. Er gab einer der Frauen ein unmissverständliches Zeichen einzutreten. Erst als sie sich erhob, konnte man sehen, dass sich eine Wölbung unter ihrer Kleidung abzeichnete. Die meisten hatten vom Hunger und der mangelnden Ernährung aufgeblähte Bäuche, aber diese Frau sah überraschend gut genährt aus.

Der Arzt ließ die Tür auf, sodass alle mit ansehen konnten, was nun in dem Zimmer geschah. Zwei Assistenzärzte schnallten die entkleidete Frau mit gespreizten Beinen auf einer Liege fest. Sie gab keinen Laut von sich, erduldete stumm die Entwürdigungen und als sie ihren Kopf zur Seite drehte, trafen sich ihre Blicke. Dieser hoffnungslose, seinem Schicksal ergebene Ausdruck in ihren Augen war für ihn kaum zu ertragen.

Er sah auf den grauen Betonfußboden vor sich und schämte sich für seine Feigheit. Warum ging er nicht dazwischen? Warum lehnte er sich nicht auf? Was war los mit ihm und den anderen, die ebenfalls den Blick gesenkt hatten, um nicht weiter Zeuge dieser würdelosen Situation zu sein? Jeglicher Widerstand seiner Leidensgenossen schien gebrochen zu sein.

Ein markerschütternder Schrei hallte durch die beiden kleinen Räume und riss alle Anwesenden aus ihrer Lethargie.

Der Arzt hielt einen Fötus von etwa 15 cm kopfüber in die Höhe. Aber das kleine Wesen gab keinen Laut von sich. Einstimmiges Kopfschütteln der umstehenden Ärzte, dann wurde der kleine Körper achtlos in die Mülltonne geworfen.

Den Gefangenen in dem Vorraum stand das blanke Entsetzen ins Gesicht geschrieben. Die Augen vor Ungläubigkeit weit aufgerissen, die Münder zu einem stummen Schrei geöffnet. Das erste Mal, seit sie diesen Raum betreten hatten, sahen sie sich nun an. Keiner wagte etwas zu sagen, keiner wollte die Aufmerksamkeit auf sich ziehen. Keiner wollte der Nächste sein.

Das Ungeheuer in weiß wischte sich die blutverschmierten Hände am Kittel ab und drehte sich langsam um. Dann hob er den Finger und zeigte direkt auf ihn.

Die anderen sahen wieder betreten zu Boden und er spürte wie froh sie waren, dass es nicht sie getroffen hatte. So blieb immer noch ein winziges Körnchen Hoffnung übrig.

Sein Herz fing an zu rasen, das Blut schoss durch die Arterien wie unter Überdruck und in seinem Kopf fing es an zu hämmern. Zitternd versuchte er aufzustehen, doch seine Beine versagten den Dienst, sie wollten ihn kaum tragen. Als er endlich stand, musste er sich einen Augenblick an der Wand abstützen. Schließlich hob er den Kopf, atmete tief durch und ging unter dem starren Blick der toten Frau auf das ‚Zimmer' zu.

I. TEIL

DEUTSCHLAND

1.

HAMBURG Die drei Damen vom Grill', wie sie sich scherzend nannten, saßen in einem kleinen Frühstückscafé in Hamburg Eppendorf und feierten ausgelassen mit Champagner Geburtstag.

Jasmin, das Geburtstagskind sang laut: „Happy Birthday to meeeee" und leerte ihr Glas in einem Zug. Dann beugte sie sich plötzlich leicht über den Tisch und flüsterte ihren beiden Freundinnen etwas zu, sodass nun jeder Gast aufmerksam wurde, der sich seit zwei Stunden an den sehr ausufernden Geräuschpegel der Damen gewöhnt hatte. Besonders ein zeitungslesender Mann, der mit dem Rücken zu der kleinen Truppe saß, spitzte die Ohren.

„Ich erzähl euch jetzt was, aber das muss unter uns bleiben. Kein Wort zu niemandem, verstanden?!"

„Ja, hoch und heilig", sagten ihre Freundinnen Nicki und Sandra einstimmig, wobei die schwarzhaarige Schönheit Sandra noch hinzufügte: „Ich schwöre beim Leben unseres Plastikchirurgen", und für alle drei war klar, dass die Münder versiegelt bleiben würden. Egal was passiert.

Jasmin nahm noch einen ordentlichen Schluck des perlenden Getränks zu sich und beobachtete ihre beiden Freundinnen über den Gläserrand hinweg.

„Nun mach es nicht so spannend", bettelte Nicki und rutschte ungeduldig auf ihrem Stuhl herum.

Jasmin genoss die Aufmerksamkeit, die ihr gerade zuteilwurde in vollen Zügen und dann erzählte sie leise, was sie in den letzten zwei Monaten so Geheimnisvolles gemacht hatte.

Der Mann zwei Tische weiter schnappte nur noch Gesprächsfetzen auf. Er hörte heraus wie sie ihn als wahres Schnäppchen bezeichnete. Ein wohltuendes Kompliment für sein angekratztes Selbstbewusstsein. Er überlegte, ob er sich outen sollte, doch nur eine Minute später gefror ihm das Lächeln im Gesicht, denn die Beschreibung, die nun über sein Aussehen folgte trieb ihm die Röte ins Gesicht: Hässlicher Alienkopf, wässriger Dackelblick, Halbglatze, Nosferatu ähnlich …

Er versteifte sich merklich. Die Zeitung in seinen Händen begann leicht zu zittern, sodass er sie zusammenfaltete und für einen Moment auf den Tisch legte.

Warum nur, hatte er ihr dieses Foto zugeschickt? Aber er war davon ausgegangen, dass sie sich bald treffen würden, und wollte kein angefaultes Überraschungsei sein.

Plötzlich lachten alle drei aus vollem Halse. Lachten die etwa über ihn? Schweiß tropfte ihm von der Stirn. Er fühlte sich gedemütigt und bloßgestellt. Er nahm die Zeitung wieder auf und sah aus dem Fenster. In der Spiegelung der Scheibe sah er die drei Frauen am Tisch sitzen.

Jasmin hob ihr Glas und trank es in einem Zug leer. „Auf ein erfolgreiches Wochenende im Arts Hotel", rief sie lauthals.

„Barcelona ist ein Shoppingparadies. Du musst unbedingt zu Burberry gehen …", begann Sandra und erzählte von ihrem letzten ausufernden Spanientrip.

Zehn Minuten später verließen die drei Frauen das Café.

Der Gast mit der Zeitung, der in der letzten halben Stunde blind die Buchstaben betrachtet und keine einzige Zeile gelesen hatte, blieb noch eine Weile sitzen und sah der Blonden mit dem Bobhaarschnitt nach, wie sie in ihr schwarzes Mercedescabriolet stieg und wegfuhr. Ihr Foto hatte ihn sofort angesprochen. Die blauen Augen, die formvollendete kleine Nase, die vollen Lippen. Gut, mit ihrer Figur hatte sie etwas gemogelt. Sie war doch etwas kräftiger als sie sich beschrieben hatte, aber das war verzeihlich. Frauen waren so.

Sein Gesicht glühte immer noch. Natürlich wusste er längst, dass sie verheiratet und Mutter zweier Kinder war. Außerdem hatte sie einmal erwähnt, dass sie in Klein Borstel wohne und ihm obendrauf ein Foto geschickt, auf dem sie neben ihrem Cabriolet stand. Es war ein Leichtes gewesen sie zu finden, auch wenn der Stadtteil nicht so klein war wie er sich nannte.

Auf der einen Seite fühlte er sich zutiefst gekränkt und verletzt, auf der anderen Seite kam in ihm gerade eine maßlose Wut hoch. Sie hatte ihn persönlich angegriffen, ihn vor ihren Freundinnen zum Affen gemacht. Das konnte, wollte er nicht auf sich sitzen lassen. Aber noch war nicht aller Tage Abend. Er würde sich etwas Besonderes einfallen lassen.

2.

BARCELONA Der Mann folgte der Frau, die sich im Netz ´Sonnenschein` nannte und in die er sich schon nach dem zweiten Tag verliebt hatte. Natürlich war es nur eine virtuelle Welt, das war ihm von Anfang an klar gewesen. Nur sie hatte davon nichts hören wollen und mit ihm auf Teufel komm raus geflirtet und ihm Hoffnung gemacht.

Nach seiner Scheidung hatte für ihn eine Epoche der Einsamkeit und Frustration begonnen, die ihn von innen regelrecht auffraß. Er konnte nicht mehr malen, hatte keine Ideen und alles was er anfing wollte nicht gelingen. Und dann war sie in sein Leben getreten und die Pinselstriche glitten wieder wie von allein über die Leinwand. Er fühlte sich wie neugeboren. Mehrmals hatte er versucht, sich mit ihr zu treffen, aber sie hatte immer eine Ausrede gefunden. Natürlich hatte er unterschwellig auch die Angst verspürt, dass sie ihn nicht ansprechend finden würde. Zugegeben, das letzte Foto, das er ihr geschickt hatte, war sehr unvorteilhaft gewesen. Aber war die äußere Schale denn so wichtig? Zählten nicht mehr die inneren Werte? Er war sich ziemlich sicher, dass sie von ihm angetan sein würde, wenn er endlich persönlich mit ihr sprechen könnte. Nicht umsonst hatten sie sich fast zwei Monate über Gott und die Welt ausgetauscht, stundenlang bis in die frühen Morgenstunden gechattet.

Seit drei Stunden ging er nun von Geschäft zu Geschäft durch die Innenstadt von Barcelona hinter ihr her und wunderte sich über die Kondition, die diese Frau beim Shoppen aufbrachte. Jetzt stand er zum dritten Mal hinter ihr an der Kasse und er war ihr immer noch nicht aufgefallen. Ihre Augen waren nur auf all die schönen Sachen geheftet, die in den Geschäften auslagen und die er ihr mit Sicherheit niemals würde kaufen können. Er war nur ein armer Künstler. Er atmete ihren frischen Duft ein und betrachtete die drei Haare, die verloren an ihrem schwarzen Kaschmirmantel hingen. Mit spitzen Fingern griff er danach und steckte sich alle drei in seine Tasche. Als Andenken. Sobald sie sich eine Pause gönnte, würde er allen Mut zusammennehmen und sie ansprechen.

Er brauchte keine zehn Minuten zu warten, da steuerte sie mit ihren sechs Einkaufstüten auf einen Tisch vor einem Café zu und ließ sich erschöpft auf einen der Stühle nieder. Alle Plätze waren leer, sodass er sich direkt neben sie setzen konnte.

„Uno capuccino per favor", sagte sie etwas unbeholfen in einer Mischung aus Italienisch und Spanisch zum Kellner. Sie schob ihre Sonnenbrille nach oben, schloss die Augen und hielt ihr Gesicht in die Sonne, die sich das erste Mal an diesem Tag durch die dicken Wolken kämpfte. Ja, sie war ausgesprochen hübsch und er genoss es, sie endlich mal aus der Nähe in natura beobachten zu können. Auf ihren nackten Armen war ein blonder, zarter Flaum Haare zu sehen. Wie gerne würde er mit seinen Lippen darüber fahren und sich bis zu ihren Fingerspitzen vorküssen. Sie hatte volle Brüste, mindestens C-Körbchen, schätzte er und ihre Haut war weiß wie Porzellan. Sein Herz klopfte vor Aufregung, als er endlich den Mut fasste und sie ansprach: „Hallo, Sonnenschein."

Fast wäre ihr die Brille vom Kopf geflogen, so schnell drehte sie sich zu ihm um. Sie gab ein paar unverständliche Laute von sich, bis ihr offenbar bewusst wurde, wer da vor ihr saß.

„Winni?"

Sie kannte ihn nur bei seinem Spitznamen.

„Ja, ich bin's", sagte er heiter, fast euphorisch. „Ich kann es nicht glauben, dich hier getroffen zu haben. Ich bin nur zu einer Vernissage hier runtergeflogen, wollte mir ein bisschen die Innenstadt ansehen und da denke ich … die kenne ich doch." Er lächelte und versuchte dabei nicht zu sehr seine gelblichen Zähne zu zeigen, die im Gegensatz zu ihrem strahlend weißen Gebiss, geradezu unappetitlich aussahen.

„Ja … ja … ich weiß gar nicht was ich sagen soll", stotterte sie „Ist ja wirklich witzig."

Doch wirklich witzig schien sie das gar nicht zu finden, denn sie sah völlig verstört aus.

„Da lebt man in einer Stadt und läuft sich zufällig in Barcelona über den Weg. Vielleicht können wir gemeinsam ..."

Der Kellner brachte den Capuccino und blickte von einem zum anderen, in der Erwartung noch eine Bestellung entgegenzunehmen.

„Nein, können wir nicht", sagte sie harsch. „Ich muss dir gestehen, dass ich seit zwei Wochen wieder mit meinem Mann zusammen bin. Ex-Mann", berichtigte sie ihre eigene Lüge. „Und außerdem ..."

»... bin ich nicht dein Typ, nicht wahr?!", unterbrach er sie in gereiztem Ton und gab dem Kellner ein Zeichen zu verschwinden.

„Wie kommst du denn darauf. Ist doch Blödsinn."

„Ich hab dich ...", er hielt inne, fast hätte er sich verraten.

„Was hast du?" Jasmin kniff die Augen zusammen und sah ihn fragend an. Dann schien bei ihr der Groschen zu fallen. „Du verfolgst mich doch nicht? Du hast gewusst, dass ich nach Barcelona fahre ..."

„Ich zeig dich an, wenn du mir noch einmal zu nahe kommst." Sie legte einen Fünf-Euro-Schein auf den Tisch und griff nach ihren Tüten.

„Ist das alles was du mir zu sagen hast nach zwei Monaten?", fragte er.

„Mach jetzt hier bitte keine Szene. Okay? Zwischen uns war nichts und wird auch nie etwas sein."

Mit diesen Worten ließ sie ihn wie einen Idioten sitzen und eilte zur Straße, wo sie sich ein Taxi rief und davonfuhr ohne sich noch einmal nach ihm umzusehen. Er war für sie nur ein kleiner Zeitvertreib gewesen und das traf ihn tief in seine Wunde, die er über ein Jahr gepflegt hatte und die gerade wieder aufgerissen war.

3.

MÜNCHEN „Was haben Sie empfunden, als Sie hörten, dass Ihre Schwester sich umgebracht hat?"

Sam räusperte sich und fasste sich in den Nacken, der ihn schmerzte. Er saß auf einem hellblauen Sofa und strich mit der anderen Hand Muster in das weiche Alcantara. Das Zimmer war in einem sanften ockergelb gestrichen, ein großer bunter Blumenstrauß aus wilden Wiesenblumen und irgendeinem grünen Kraut schmückte den flachen Tisch vor ihm. Auch die Bilder zeugten von einer betont gewollten Fröhlichkeit. Alles in diesem Zimmer stand irgendwie im grellen Kontrast zu den dunklen Gedanken der Patienten, die hier stündlich ein- und ausgingen, dachte er. Auch das entspannte Gesicht des Therapeuten. Dr. Jäger war ihm empfohlen, besser gesagt dringend ans Herz gelegt worden, um sich mal alles von der Seele zu reden und so saß er nun zum dritten Mal innerhalb von zwei Wochen in dieser Praxis und gab sich Mühe, ehrlich mit sich selbst zu sein.

Ja, was hatte er empfunden, als sie ihm erklärten, dass Lily sich mit ihrem eigenen Nachthemd stranguliert hatte? Abgesehen davon, dass er auf das gesamte Personal der psychiatrischen Anstalt wütend gewesen war, hatte er sich diese Frage schon mehrfach selbst gestellt und war jedes Mal vor der Antwort zurückgeschreckt. „Nun, im ersten Moment war ich natürlich geschockt. Ja, doch das war ich", bestätigte er seine eigenen Zweifel. „Aber später fühlte ich eine gewisse Erleichterung darüber. Was natürlich nicht heißt, dass sie mir nicht unendlich fehlt." Er hörte auf zu reden und sah dem Therapeuten in die Augen. Was dachte der Mann jetzt von ihm? Dass er ein Eisklotz war, weil er keinen totalen Zusammenbruch nach dem Selbstmord seiner Schwester gehabt hatte?

„Nein, ich halte Sie nicht für gefühlskalt, Sam." Dr. Jäger schmunzelte ein wenig, weil er sich sicher war, die Gedanken seines

Patienten erraten zu haben. „Sie haben mir erklärt, dass Sie in ständiger Sorge um Ihre Schwester waren und in gewisser Weise waren Sie innerlich ständig darauf vorbereitet gewesen. Sie dürfen nicht vergessen, dass die stete Angst um einen geliebten Menschen viel Kraft und Energie kostet. Mit ihrem Tod fiel diese innere Anspannung von Ihnen ab. Es hat nichts damit zu tun, dass Sie Lily nicht geliebt haben."

Sam atmete hörbar ein und aus. Es war also normal. Er war normal. Manchmal dachte er, dass ihn sein Beruf völlig verroht hatte und er unter extremer Gefühlsarmut litt, genau wie die Psychopathen, die er seit Jahren jagte.

„Was haben Sie nach dem plötzlichen Tod von Lina gefühlt?"

Da war die gefürchtete Frage. Linas Tod machte ihm schon seit geraumer Zeit zu schaffen. Er hatte sie geliebt und nicht den Mut aufgebracht sich endgültig zu binden. Ein dummer Streit, verbunden mit unangebrachtem Stolz hatte für einen anderen Mann Platz in Linas Herzen geschaffen.

„Es hat mir das Herz zerrissen, ich hatte das Gefühl, nicht mehr atmen zu können", hörte Sam sich sagen und bekam wieder diesen beklemmenden Druck in der Brust als würde jemand in seiner Lunge sitzen und darin herumhüpfen.

„Sie hatten einen Nervenzusammenbruch und dann haben Sie sich eine Auszeit von drei Monaten genommen."

„Vier Monate", berichtigte er Dr. Jäger.

„Was haben Sie in der Zeit gemacht?"

„Erst habe ich versucht zu trinken. Diese Art von Therapie habe ich allerdings schnell wieder aufgegeben."

„Warum?"

„Die körperlichen Nachwehen, Kopfschmerzen, Übelkeit ... Das ist nichts für mich. Außerdem habe ich noch nie ein Problem mit Alkohol gelöst oder darin ertränkt."

„Was wollten Sie denn lösen?"

Zwischen Sams Augen zeigten sich zwei senkrechte tiefe Falten und er strich sich mit beiden Händen über den Kopf, als könnte er damit den Schatten wegschieben, der sich über seine Gedanken gelegt hatte.

„Gab es noch etwas zu lösen?", insistierte der Therapeut.

„Nein, eigentlich nicht. Nur ... hätte ich mich nicht so verhalten, wie ich es getan habe, wäre das alles vielleicht gar nicht passiert. Ich hätte sie nicht so einfach gehen lassen sollen, aber da war dieser Fall ..." Er machte eine Pause. Schon oft hatte er sich gefragt, ob er den Fall nur wegen seiner Bindungsängste vorgeschoben hatte. „Ich habe mich in die Arbeit gestürzt und wollte danach wieder auf sie zugehen, aber da ... war es schon zu spät", sagte er mit brüchiger Stimme.

„Dazu gehören immer zwei, Sam. Sie haben keine Schuld an ihrem Tod. Sie saßen nicht volltrunken im Auto und haben den Wagen gegen einen Baum gefahren", erklärte Dr. Jäger geduldig.

„Ich fühle mich aber schuldig. Wissen Sie, ich habe sie betrogen. Aus einer Laune heraus. Lina hat es gesehen, wenn sie es nicht schon vorher gewusst hatte ..."

Der Therapeut sah Sam skeptisch an. „Was meinen Sie damit, *wenn sie es nicht schon vorher gewusst hatte?*"

„Nun ..." Sam focht einen inneren Kampf aus. Sollte er seinem Therapeuten wirklich von Linas medialen Fähigkeiten erzählen? Er selbst hatte sie nie bei ihrer Arbeit gesehen. Doch bei Linas Beerdigung hatte er neben ihrer Mutter gestanden. Sie hatte einen Satz gesagt, der ihm bis heute nicht aus dem Kopf gegangen war. *Sie hat gewusst, dass sie sterben würde, zumindest wo es geschehen wird,* waren die Worte ihrer Mutter gewesen.

Der fragende Blick des Therapeuten ruhte immer noch auf ihm.

„Lina war ein Medium." Sam ließ den Satz einen Moment wirken. „Sie hat ihren eigenen Tod vorhergesehen. Angeblich", fügte er schnell hinzu.

Dr. Jäger räusperte sich und sah auf die Uhr. „Ja, manche träumen solche schrecklichen Dinge. Sie steigern sich so in etwas hinein, dass es letztendlich dann auch passiert."

„So war Lina nicht." Sam sah in den Augen seines Gegenübers, dass es sinnlos war, Näheres zu erklären.

„Fangen Sie wieder an zu arbeiten. Das ist die beste Medizin." Der Therapeut sah auf seine Notizen. „Sie sagten, Sie haben das Trinken schnell wieder gelassen. Was haben Sie dann in den vier Monaten gemacht?"

„Ich habe auf dem Sofa gesessen oder im Bett gelegen, Löcher in die Wände gestarrt und versucht, an nichts zu denken." Genau in diesen Momenten hatte er oft das Gefühl gehabt, dass Lina ganz nah bei ihm war, doch das erwähnte er jetzt nicht. Sam schloss die Augen. Er hatte Linas Gesicht immer noch klar und deutlich vor sich. Leider gab es zwei Linas die er dabei sah. Die Lina, die verliebt lächelte und die, die ihn mit toten, trüben Augen vorwurfsvoll ansah. Natürlich war das reine Spinnerei. Kein Toter konnte einen vorwurfsvollen Blick haben.

Sams Handy vibrierte zum dritten Mal in seiner Hosentasche. „Alarmstufe Drei", sagte er zu dem Therapeuten und entschuldigte sich leise für die Unterbrechung.

„Sam O'Connor?!", dröhnte es ihm ins Ohr.

„Am Apparat." Sam stand auf und ging zum Fenster, während er der Stimme am anderen Ende der Leitung lauschte ohne inhaltlich den Sinn zu verstehen.

Die Aussicht war trostlos. Verschmutzte Häuserwände mit schmalen Fenstern, ein grauer, ziemlich unansehnlicher Hinterhof, der auch tagsüber wohl meist im Halbdunkel lag.

„Wo stecken Sie zur Zeit, Sam?" Erst jetzt war ihm richtig bewusst geworden, wer da mit ihm sprach.

„In der Münchner Innenstadt." Schnell setzte er noch hinzu: „Aber ich weiß nicht, ob ich schon bereit bin wieder ... wieder zu arbeiten." Er hatte kaum die Worte ausgesprochen, da wuchsen auch schon wieder seine Zweifel. Aber wenn er tief in sich hineinhörte, war er doch schon bereit. Er hatte seine verletzte Seele genug gepflegt und es war an der Zeit unter Menschen zu gehen.

Dr. Jäger schien erneut seine Gedanken zu lesen und nickte ihm aufmunternd zu.

„Sam. Ich brauche Sie. Wir brauchen Sie. Ich bitte Sie inständig, sich einen Ruck zu geben." Peter Brenner, ein Holzklotz, der nur seine Arbeit im Kopf hatte und regelmäßig seine Schäfchen zusammentrommelte, hatte ihn das erste Mal, seit er für Europol arbeitete, um etwas gebeten. Natürlich hatte er sich auch ein paar Mal nach seinem Befinden erkundigt, aber die Gespräche waren immer kurz und knapp gewesen und hatten Sam das Gefühl vermittelt, dass er wie ein kaputter Motor betrachtet wurde, bei dem nicht nur ein paar Schrauben locker waren.

„Willkommen zurück", hörte er Peter Brenner sagen. „Geben Sie mir die genaue Adresse durch, ich lasse Sie in zehn Minuten abholen. Ich möchte, dass Sie sich unverzüglich einen Tatort ansehen."

Sam hob überrascht die rechte Augenbraue. „Was? Jetzt gleich?" Er sah an sich herunter. Vertrauenswürdig sah er nicht gerade aus. „Wo ist denn der Tatort?", fragte er vorsichtig. Doch Peter Brenner hatte bereits aufgelegt.

4.

BARCELONA   Das Arts Hotel in Barcelona war ein modernes Gebäude aus Glas und Stahl und zeichnete sich durch Eleganz, Komfort und zeitgenössisches Design aus. Es lag direkt am Meer und Sam verspürte plötzlich die Sehnsucht nach Sand, Sonne und Salzwasser. Er war trotz der längeren Auszeit urlaubsreif. Ein rauschender Wasserfall am Eingang begrüßte die Gäste des Hotels, bevor sie in die mit einem weißen Kronleuchter und Hunderten von weißen Rosen geschmückte Lobby kamen.

Er hatte sie kaum betreten, als ein uniformierter Beamte der *Guardia Civil* auf ihn zusteuerte, ihn ungeniert von oben bis unten musterte und schließlich zweifelnd fragte: „Sam O'Connor von …?!"

„Europol, ja." Sam strich sich über sein unrasiertes Gesicht und steckte die Hände in die Hosentaschen, die so zerrissen waren, dass seine Fingerspitzen unten herausragten. „Ich bin eine Undercover Version."

„Folgen Sie mir", sagte der Spanier unbeirrt und geleitete Sam zu den Fahrstühlen.

Sam beobachtete die roten Digitalziffern, die die Stockwerke im Sekundentakt anzeigten und fühlte sich als würde er neben sich stehen. Die letzten drei Stunden waren wie ein zu schnell abgespulter Film an ihm vorbeigerauscht. Der Wagen, der ihn kurz nach dem Telefonat mit Brenner vor der Praxis abgeholt hatte, das Flugzeug, das er ohne seine Rolle Pfefferminzbonbons bestiegen hatte - eine neue Methode, die er für sich gefunden hatte, um die Reiseübelkeit loszuwerden-, die spärlichen Informationen über den Fall, das Landen auf dem zweitgrößten Flughafens Spaniens und die Fahrt durch die belebte Hauptstadt Kataloniens bis zum Eingang des Arts Hotels.

Im vierunddreißigsten Stock angekommen, bahnte er sich einen Weg durch die im Gang stehenden neugierigen Gäste und

Ermittlungsbeamten der spanischen Polizei zu dem Zimmer, in dem man bereits auf ihn wartete. Das modern eingerichtete Duplex Apartment hatte eine breite Fensterfront mit Blick auf den beleuchteten Jachthafen „*Port Olimpica*", den weitläufigen Strand nach rechts und links und das tiefschwarze Meer, auf dem nur ein paar winzige Lichter von Schiffen in der Ferne auszumachen waren. Er trat zwei Schritte vom Fenster weg. Das Meer verschwand als hätte man eine andere Kulisse davorgeschoben. Er sah jetzt sich und den spanischen Beamten, der ihn nach oben geleitet hatte und nun an der Wendeltreppe ungeduldig auf ihn wartete. Eine schmale geschwungene Holztreppe führte in den oberen Bereich des Duplex, wo sich nur das Schlafzimmer der Suite befand.

Sam ließ sich Zeit. Er nahm schwerfällig eine Stufe nach der anderen. Das Gefühl wieder „bereit" zu sein, war inzwischen ganz verschwunden. Ein dicker Kloß saß in seiner Kehle fest. Am liebsten wäre er auf dem Absatz wieder umgekehrt und hätte alles stehen und liegen gelassen.

Die spanischen Kollegen hatten ihre Spurensuche zum größten Teil erledigt und man wartete nur noch auf ihn, um schließlich mit der Säuberung und dem Abtransport der Leiche beginnen zu können.

Die Treppe kam einer Bergbesteigung gleich, und als er schließlich die letzte Stufe erklommen hatte, stand er auf einem hellen weichen Teppich und das erste, was er sah, war die Leiche einer nackten Frau.

Ihre Haut war weiß und auf den ersten Blick schien sie unversehrt zu sein. Doch in ihren weit aufgerissenen Augen konnte Sam erkennen, dass diese Frau mit Grauen dem Tod ins Gesicht gesehen hatte. Eine Gänsehaut kroch ihm wie ein langes, vielbeiniges Insekt den Rücken hinunter. Ihre Beine waren geschlossen und ihre Arme lagen entspannt neben ihrem Körper. Keine Spuren von Fesseln an Beinen oder Handgelenken. Dieses Stillleben machte auf ihn den Eindruck als hätte der Täter versucht, symbolisch alles ungeschehen zu machen, wahrscheinlich aus einem Gefühl der Reue heraus. Eine emotionale Wiedergutmachung. Was wiederum bedeuten könnte, dass Opfer und

Täter sich kannten.

Sam betrachtete wieder ihr Gesicht, forderte sie im Stillen auf zu reden und dann schien es als würden ihre Augen seinen Bewegungen folgen. Sam drehte sich abrupt weg, atmete tief durch. Hatte er plötzlich Halluzinationen? Er sah sich um und hoffte nicht, dass irgendjemand ihn beobachtet hatte.

Auf dem Boden lagen Einkaufstüten mit verschiedenen Labels, teure Labels wie Gucci und Burberry. Der Inhalt lag verstreut im Zimmer herum. Wahrscheinlich hatte sie mit den Einkaufstüten nach ihrem Peiniger geschlagen und dabei waren die Kleidungsstücke durch die Gegend geflogen. Sam sah auf die Uhr. Es war acht Uhr abends. Er hörte jemanden leichten Schrittes die Treppe hochkommen.

„Todeszeitpunkt liegt voraussichtlich zwischen drei und fünf Uhr nachmittags, Señor." Die spanische Gerichtsmedizinerin war von hinten an ihn herangetreten und stellte sich als Zita de las Herras vor. Sie hatte langes, schwarzes Haar, das sie zu einem hohen Zopf gebunden hatte, einen etwas zu langen Pony, der ihr ständig in den Wimpern ihrer großen kaffeebraunen Augen hing und sie zum Blinzeln zwang und Sommersprossen auf einer kleinen formschönen Nase. „Der Ehemann und das Zimmermädchen haben sie so gefunden. War ihre erste Leiche, armes Ding."

„Was ist die genaue Todesursache?"

„Wenn sie nicht diesen irren Blick hätte, könnte man glatt denken, sie würde schlafen, nicht wahr?! Aber sehen Sie sich das hier an." Sie reichte Sam ein paar Handschuhe und gab ihm ein Zeichen, ihr zu helfen die Leiche auf den Bauch zu drehen.

Sam war gar nicht erbaut darüber die Tote anzufassen, aber Zitas Blick ließ ihm keine andere Wahl.

Sie drehten die Leiche gemeinsam auf die Seite, sodass erst jetzt das ganze Ausmaß der Tat sichtbar wurde. Sam gab einen Laut des Erstaunens von sich und sah Zita ungläubig von der Seite an.

„Sie haben die Leiche aber auf dem Rücken liegend vorgefunden?"

„Ja, und sie war zugedeckt mit einem weißen, frisch gebügelten

Laken aus der hoteleigenen Wäschekammer."

Sam strich sich seine gewellten Haare zurück und überlegte, was das zu bedeuten hatte. Immerhin hatte der Täter sich die größte Mühe bei seiner Arbeit gemacht. Warum sollte man das nicht auf den ersten Blick sehen?

„Er muss eine Art Bolzenschneider dabeigehabt haben, einen mit dem man dicke Schlösser knacken kann. Sie wissen schon ... Erst hat er ihr die Haut und die Muskeln abgeschält, um die Wirbelsäule freizulegen ... das hier ist der erste Lendenwirbel, sehen Sie?" Zita de las herras zeigte mit ihrem blutverschmierten, behandschuhten Finger auf eine Erhebung.

Sam war zwar grob mit der menschlichen Anatomie vertraut, aber bei gewissen Innereien, Sehnen, Muskulatur- und Wirbelbezeichnungen hörte es dann auf. Trotzdem nickte er.

„Na und dann hat er sich von unten nach oben vorgearbeitet. Sein Opfer leiden lassen bis zum letzten Atemzug. Er hat ihr erst hier unten ein paar Wirbel durchschnitten ... und dann hier oben ... sehen Sie hier die Vertebra prominens ..." Wieder zeigte sie auf eine weißliche Hervorhebung die wie Sam vermutete, der siebte Halswirbel war. Er galt als anatomischer Orientierungspunkt, weil man ihn auch von außen am besten ertasten konnte. ... „darüber hat er sie schließlich ganz durchtrennt wie eine dicke Metallkette. Das war ihr endgültiges Todesurteil." Zita lächelte Sam traurig an und gab zwei Beamten ein Zeichen, die Leiche abzutransportieren. Sie zog sich die Handschuhe ab und warf sie in eine Tüte ohne dabei Sam aus den Augen zu lassen.

„Hat das alles hier im Bett stattgefunden? Ich meine, das ist doch eine ziemlich blutige Angelegenheit oder hat er sich noch die Zeit genommen, hinterher sauber zu machen?"

„Die Sauerei hat er im Bad veranstaltet."

Die Tür zum Bad war angelehnt und verwehrte somit jeglichen Einblick.

„Wurde sie vergewaltigt?"

„Sieht nicht so aus. Keine Spermaspuren, was nicht heißt, dass er nicht doch Verkehr hatte, aber …"

„Wer sind Sie?" Ein großer breitschultriger Mann mit schwarzen, kurzen Haaren und einer Knollennase unterbrach die beiden. Seine eigentlich gutmütigen Augen waren zu kleinen Schlitzen verengt.

„Europol", antwortet Sam knapp.

„Sie haben hier keinen Zutritt", blaffte er ihn an und sah Zita wütend an. „Sie kennen doch die Prozedur. Erst wir, dann bekommen Ihre Spezialisten den Leichnam zur Obduktion."

Sam bedankte sich mit einem Blick bei Zita und ließ den leitenden Inspektor der Mordkommission, Edgar Vargas, links liegen. Vergewaltigung mit Kondom würde bedeuten, dass er ihn entsorgt, mitgenommen oder in der Toilette runtergespült hat, dachte Sam. Aber man würde Spuren von ihm an der Frau finden. Ein Haar, eine Hautschuppe, Schweiß - irgendetwas würden sie finden. Er sah sich noch einmal um. Die Frau war gerade vom Shoppen gekommen, das war offensichtlich. War sie hier oben überrascht worden? Dann hätte sich der Täter alleine heimlich Zugang verschafft. Höchstwahrscheinlich mit einer Zimmerkarte. Eine andere Möglichkeit war: Sie hatte ihren Mörder gekannt und ihn eingelassen, war nach oben gegangen, um sich vielleicht frisch zu machen und wurde dann nichtsahnend hier überwältigt.

Die Leiche wurde in einen weißen Leichensack verstaut und zwei junge Männer schleppten sie die schmale Treppe hinunter.

Mit der Fußspitze versetzte Sam der Badezimmertür einen kleinen Tritt. Sie öffnete sich wie in Zeitlupe, als würde sie ihn langsam auf das Kommende vorbereiten wollen. Er blieb im Türrahmen stehen. Die Badewanne selbst sowie der Rand waren blutverschmiert, so auch der ganze Boden und das Waschbecken. Dazwischen lagen Klumpen von Haut und Muskelgewebe und blutdurchtränkte, ehemals weiße Handtücher lagen wie Putzlappen auf dem Boden verteilt.

Sam wandte sich ab, er hatte genug gesehen. Zügig ging er die Treppen hinunter. Er brauchte dringend frische Luft. Dort oben hatte es nach menschlichen Exkrementen, Blut und Angstschweiß gerochen.

Er wollte diesen Geruch loswerden. Bevor er wieder hinaus in den Gang trat, warf er noch einen letzten Blick ins Zimmer. In der hintersten Ecke saß jetzt ein Mann in einem dunkelgrau bezogenen Sessel, der wie versteinert vor sich hinstarrte. Sam näherte sich ihm langsam und fragte: „Dr. Rewe?"

„Ja", antwortete der Mann müde, ohne aufzusehen.

„Es tut mir furchtbar leid, was mit Ihrer Frau geschehen ist. Ich weiß …"

„… Wie ich mich fühle?", bemerkte der Mann höhnisch. „Das möchte ich bezweifeln."

Sam enthielt sich jeglichen Kommentars.

„Sie sind wohl der deutsche Beamte, den man mir schicken wollte?"

„Vermutlich." Sam ersparte sich weitere Förmlichkeiten und zog sich einen Stuhl heran, um auf gleicher Höhe mit dem Ehemann des Opfers zu sein. „Wann haben Sie in dieses Hotel eingecheckt?"

„Gestern. Gestern Mittag."

„Sie sind Arzt, wie ich den Unterlagen entnehmen konnte?"

„Ich hatte ihr gesagt, dass ich nicht viel Zeit für sie haben werde, aber sie wollte ja unbedingt mit."

„Wo waren Sie heute zwischen drei und fünf?"

„Ich war den ganzen Nachmittag unterwegs. Erst mit einem Kollegen essen, dann habe ich mich für den morgigen Kongress vorbereitet."

„Das war wann?"

„Gegen fünf."

„Und wo?"

„Na, hier im Hotel unten."

„Dafür gibt es ja sicherlich Zeugen?"

„Nun, ich weiß nicht. Ich denke schon."

Sam entging nicht, dass Dr. Rewe bei den letzten Angaben etwas unsicher geworden war. Er wollte es erst einmal dabei belassen und später noch einmal das Thema Alibi angehen. „Wann haben Sie Ihre

Frau denn zuletzt gesehen?"

„Als sie mit ihren Einkaufstüten durch die Lobby kam. Gegen halb drei."

Der Mann antwortete völlig emotionslos. Manche brauchten länger um eine solche Situation zu realisieren, manche weniger, dachte Sam und ließ nach einem Arzt rufen, um auszuschließen, dass Dr. Rewe einen lebensbedrohlichen Schock erlitt. Keine Minute später betrat ein Arzt den Raum und begann Dr. Rewes Blutdruck zu messen. Sam stand daneben und nutzte die Gelegenheit, sich Dr. Dennis Rewe etwas näher anzusehen. Er hatte lange Beine und einen langen Oberkörper. Schätzungsweise war er an die ein Meter neunzig groß und sehr schlank. Er trug eine Jeans mit Bügelfalte, braune, elegante Halbschuhe und unter einem dunkelblauen Jackett – vermutlich Kaschmir - ein hellblaues Hemd mit Manschettenknöpfen, wovon einer fehlte. Sein hellbraunes, dünnes Haar war rechts gescheitelt und am Hinterkopf hatte er einen Wirbel, der ein paar unbändige Haare zum Stehen brachte und sie wie kleine Antennen aussehen ließen. „Ihnen fehlt der linke Manschettenknopf, Dr. Rewe."

Dr. Rewe verdrehte den Arm, um besser sehen zu können und war sichtlich überrascht. „Oh, ich muss ihn irgendwo verloren haben. Heute früh hatte ich ihn noch."

Wo mag er ihm wohl abhandengekommen sein?, dachte Sam. Er würde den Tatort noch einmal absuchen, bevor er ging. „Sie sind Gynäkologe?"

„Ja. Warum fragen Sie? Meinen Sie, das war die Tat eines Gynäkologen? Wollen Sie behaupten …"

„Dr. Rewe, ich will gar nichts behaupten. Ich versuche diese Tat zu verstehen", unterbrach ihn Sam gereizt.

„Na, da sind Sie nicht der Einzige."

Der Arzt war mit seiner Untersuchung fertig und packte seine Gerätschaften wieder ein. Er gab mit einem Nicken Sam unmissverständlich zu erkennen, dass dem Patienten nichts fehlte.

„Fahren Sie immer mit Ihrer Frau auf Kongresse?"

„Nein, das haben wir seit Jahren nicht mehr gemacht. Wie ich schon sagte, eigentlich wollte ich alleine fahren", erklärte er und wischte sich über die Augen, die sich jetzt mit Tränen füllten.

Sam sah aus dem Fenster. Er ließ dem Mann Zeit, sich wieder zu fassen. „Dieser Kongress. Darf ich fragen, welches Thema dort behandelt wird?"

„Dieses Jahr lag der Schwerpunkt auf Brustkrebs. Hormone, die auslösend wirken könnten. Brustamputationen und ihre Folgen sowie Therapien, die die Folgen der schweren Behandlungen erleichtern sollen."

Sam dachte an die gleichlangen, dünnen Narben unter den Brüsten bei Frau Rewe, die wohl eher von einer Schönheitsoperation stammten und weniger von einem Brustaufbau nach einer Amputation.

„Dr. Rewe, wann hatten Sie das letzte Mal Sex mit Ihrer Frau?"

„Gestern Abend. - Mit Kondom, falls Sie das auch noch wissen möchten. Soll ich Ihnen noch die Stellungen sagen, die wir praktiziert haben? Wir haben auch einen Porno gekauft, um uns anzuheizen."

Sam atmete tief ein und aus. Er musste Ruhe bewahren und durfte nicht schon am ersten Tag die Contenance verlieren, wie sein Freund Phillipe Argault zu sagen pflegte, wenn der Ruf Sam mal wieder vorausgeeilt war. Dr. Rewe versteckte seine Trauer hinter beißendem Spott. Die Frage war wie lange er es noch durchhielt, den starken Mann zu spielen. Leider war Dr. Rewe noch nicht aus dem Kreis der Verdächtigen ausgeschlossen, um ihn mit Fragen unbehelligt zu lassen.

„Als Sie Ihre Frau gefunden haben, ist Ihnen da irgendetwas aufgefallen?"

Der Mann hielt den Blick gesenkt und schüttelte nur den Kopf.

„Denken Sie nach, jede Kleinigkeit könnte wichtig sein."

Der Arzt nickte einsichtig und Sam sah sich selbst wie er vor mehr als vier Monaten in Linas tote Augen gestarrt hatte. Obwohl er in seinem Leben dem Tod so oft begegnet war, war er bei ihrem Anblick einfach zusammengeklappt und erst einmal nicht mehr ansprechbar gewesen.

„Ich konnte meine Karte nicht finden, obwohl ich sicher war, dass ich sie eingesteckt hatte. Ich musste ein Zimmermädchen bitten, mich einzulassen."

Natürlich konnte das alles so inszeniert worden sein, dachte Sam. Ehemann tötet Frau, verlässt den Tatort und kommt mit einem Zimmermädchen als Zeugin wieder.

„Zum Glück habe ich gute Beziehungen. Ein Freund hat einen Bekannten beim BKA und der hat jemanden von Europol angerufen. Ich spreche kein Spanisch, wissen Sie."

Das erste Mal sah Dr. Rewe Sam direkt an. Aber es schien ihn nicht weiter zu tangieren, dass er nicht wie ein geschniegelter Beamter, sondern eher wie ein Junkie aussah mit seinen dunklen Augenringen und seiner wenig eleganten Kleidung. Da lag also der Hund begraben, dachte Sam. Peter Brenner hatte ihn angerufen, weil er jemanden noch ein Gefallen schuldete und nicht, weil er ihn wieder im Einsatz haben wollte. „Es ist Ihnen also nichts Außergewöhnliches aufgefallen? Was ist mit Schmuck? Ist irgendetwas abhandengekommen?"

„Das weiß ich nicht. Ich weiß ja nicht einmal, was sie alles mitgenommen hat."

Sam erhob sich, er wollte sich das Zimmermädchen vornehmen, als Dr. Rewe sagte: „Warten Sie, da war doch etwas." Seine hohe Stirn wies nun Wellen von Falten auf. „Da war so ein Zettel, der neben meiner Frau lag. Aber wahrscheinlich ist er aus einer Tüte gefallen."

„Was für ein Zettel?" Er selbst hatte keinen Zettel neben der Leiche gesehen.

„Na, so ein kleiner Papierstreifen mit einem Sprichwort oder Ähnlichem drauf. Er sah so aus wie diese kleinen Zettel in den chinesischen Glückskeksen nur, dass er handschriftlich geschrieben war."

„Haben Sie den Zettel angefasst?"

„Ja, natürlich."

Sam entschuldigte sich und trat in den Gang hinaus, der immer noch voller geschäftiger Menschen war. An der Wand lehnte Edgar

Vargas und unterhielt sich mit der Gerichtsmedizinerin. In seiner Hand hielt er eine durchsichtige Schutzhülle mit einem Schnipsel darin. Sam ging schnurstracks auf die beiden zu und unterbrach ihr Gespräch. „Ich nehme an, das ist der Zettel, den Sie bei der Leiche gefunden haben?"

Vargas hielt Sam die Plastikhülle baumelnd vor die Nase. „Richtig geraten. Ist auf Deutsch, Polnisch oder was weiß ich, aber das können Sie uns ja sicherlich gleich sagen."

Sam sah sich den Zettel an und zog die Stirn kraus, während er die mit roter Tinte handschriftlich geschriebenen Zeilen las. „Ein Spruch?"

„Wenn Sie es sagen, wird es wohl so sein", erwiderte Vargas gleichgültig. „Was steht denn drauf?"

Sam gab Vargas die Schutzhülle zurück und konterte lächelnd: „Ich bin sicher Ihre Spezialisten werden Ihnen da weiterhelfen können." Mit diesen Worten drehte er sich auf dem Absatz um und ließ einen verblüfften Vargas einfach stehen.

Hatte der Täter ihnen eine Spur hinterlegt oder hatte das Zettelchen gar nichts mit dem Fall zu tun und war nur aus einer der Tüten gefallen? Doch daran wollte er nicht so recht glauben. Sam ging wieder zurück ins Zimmer. Dr. Rewe hatte sich nicht vom Fleck gerührt. Seine Augen waren rot.

„Sagen Sie, Dr. Rewe sind Sie auch in der Forschung tätig?"

„Nein."

„Ihre Frau vielleicht?"

„Nein, sie war Hausfrau. Warum?"

„War nur eine Frage. Kann es sein, dass Ihre Frau selbst gern gedichtet hat?"

Dr. Rewe sah Sam ungläubig an. „Meine Frau und dichten? Nein. Dafür hat sie ein Vermögen für diese grauenhaften Frauenzeitschriften ausgegeben und Artikel verschlungen wie: Wie bringe ich am besten und schnellsten das Geld meines Mannes unter die Leute." Plötzlich verlor der Mann seine hanseatische Haltung und klappte in sich zusammen wie ein brüchiges Stahlgerüst, dass das eigene Gewicht nicht mehr halten konnte. Er weinte und brabbelte etwas von irgendwelchen

Freundinnen seiner Frau vor sich hin.

Nach den letzten Worten des Arztes wusste Sam, dass er wieder in die Stadt fahren musste, die er in Zukunft hatte meiden wollen. Hamburg. Hamburg, wo er Lina kennengelernt und beerdigt hatte.

Carmenza García Alvarez stand zitternd vor Sam und spielte nervös an den kleinen Plastikknöpfen ihres Kittels herum. Sie arbeitete nun seit zehn Jahren als Zimmermädchen und hatte schon so einiges miterlebt. Sie hatte blutbefleckte oder mit anderen Körperflüssigkeiten beschmutzte Bettlaken ausgewechselt, Erbrochenes und Urinpfützen weggewischt, menschliche Kothaufen von Teppichen abgekratzt, aber noch nie hatte sie ein Zimmer betreten und eine Leiche darin gefunden.

„Señora, wie oft werden die Zimmer am Tag vom Personal betreten?"

„Kommt darauf an. Die Frühschicht reinigt die Zimmer, meist sind gegen Mittag alle fertig. Die Spätschicht macht die Nachzügler, bringt nach Bedarf noch einmal neue Handtücher, macht die Betten für die Nacht einstiegsbereit und legt den Gästen eine Schokolade aufs Kissen."

„Der Gast von Zimmer 34601 hatte seine Karte vergessen und Sie gebeten sein Zimmer aufzumachen …"

Die etwa fünfunddreißigjährige Frau fing plötzlich an zu weinen und verbarg ihr Gesicht in den rissigen Händen, die offenbar jahrelang mit scharfen Putzmitteln und Wasser in Berührung gekommen waren. Schluchzend sagte sie: „Das ist nicht erlaubt. Dafür werden sie mich kündigen."

Sam wusste nicht, was er erwidern sollte. Ihm tat die kleine Frau leid, die mit Sicherheit zwei Kinder oder mehr zu Hause zu versorgen hatte und ihren Job verlieren würde, nur weil sie Dr. Rewe einen Gefallen getan hatte. Auf der anderen Seite konnte sich so jeder unbefugt Zutritt zu den Zimmern verschaffen und ein Verstoß gegen die Sicherheitsregeln musste bestraft werden, damit es nicht wieder vorkam.

„Die Tat geschah im oberen Stock der Suite. Warum sind Sie überhaupt nach oben gegangen, nachdem Sie die Tür geöffnet haben?"

„Der Gast bat mich nachzusehen, ob die obere Minibar mit Wodka aufgefüllt worden war. Zumindest habe ich das so verstanden. Er sprach kaum Spanisch. Sagte nur Wodka und zeigte nach oben. Und dann wollte ich, wie gesagt, das Bett fertigmachen."

Das Zimmermädchen mit seinem spitzen, kleinen Gesicht, das ein wenig an eine Feldmaus erinnerte, sah Sam ängstlich an.

„Woher wussten Sie, dass die Frau tot war? War sie nicht mit einem Laken zugedeckt?"

„Der Blick ... Señor ... Es war dieser Blick ... Ich werde ihn nie vergessen."

Genauso wie Sam die offenen Augen von Lina niemals vergessen würde. Dieser Blick hatte sich ebenfalls in sein Gedächtnis eingebrannt.

„Ist Ihnen sonst irgendetwas aufgefallen? Haben Sie jemanden gesehen, der sich hier länger im Gang aufhielt? Oder jemand, der sich nach Gästen erkundigt hatte? Oder irgendetwas anderes, was Ihnen merkwürdig vorkam?"

„Nein", sagte sie achselzuckend und schüttelte zusätzlich den Kopf.

„Sie haben hier doch sicherlich einen Raum für Putzwagen, Handtücher, Bettlaken et cetera, oder?"

„Ja, er ist am Ende eines jeden Ganges." Sie deutete mit dem Finger hinter Sam.

„Ist er immer abgeschlossen?"

„Nur in der Nacht. Man muss ständig Handtücher und Bettwäsche rausholen, da wäre es ziemlich mühsam die Tür jedes Mal abzuschließen."

Das heißt, jeder hätte sich unbemerkt während des Tages ein Laken aus der Wäschekammer holen können, dachte Sam. „Sagen Sie ..." Sam verlor den Faden, weil auf dem Gang hinter ihm plötzlich Unruhe herrschte.

Zwei finster aussehende Beamte der *Guardia Civil* bahnten sich einen Weg zum Zimmer und kamen kurz darauf mit Dr. Rewe wieder heraus, der einen Anflug von Panik im Gesicht hatte. Er sah sich Hilfe suchend um. Als er Sam entdeckte, sagte er in energischem Ton zu den Beamten: „No ... él! Él ... no mí."

Die beiden Spanier blieben unbeeindruckt und schoben Dr. Rewe in den Fahrstuhl.

„Werde ich jetzt verhaftet? Wohin bringt man mich? Sagen Sie diesen Lackaffen, dass sie mich nicht anfassen sollen", rief er Sam zu, bevor die Türen sich schlossen.

Sam bedankte sich bei Carmenza und fuhr wenig später hinunter in die Lobby. Er wollte sich die Sicherheitsvorkehrungen und die Aufzeichnungen des Hotels ansehen. Bedauerlicherweise stellte sich heraus, dass die spanischen Kollegen bereits alle Daten der letzten vierundzwanzig Stunden mitgenommen hatten. Er würde also wohl oder übel auf die Kopien warten müssen.

Im Hotel wimmelte es nur so von Beamten der Guardia Civil. Sie vernahmen Gäste und das Personal des Hotels, besonders aber war ihr Augenmerk auf die Ärzte des Kongresses gerichtet, weil die Polizei annahm, dass der Mörder über gute chirurgische Kenntnisse verfügte.

Sam nahm sich ein Taxi und folgte Dr. Rewe auf die Polizeistation, wo er ihm half, noch ein paar Fragen bezüglich seiner Ankunft und seines Tagesablaufes zu beantworten. Dann erledigte er die Formalitäten für die Überführung der Leiche nach Hamburg und fuhr mit dem Arzt zurück zum Hotel.

Als Sam sich endlich nach Mitternacht in die gestärkte Bettwäsche fallen ließ, dauerte es keine zwei Minuten, bis er eingeschlafen war. Es war die erste Nacht, in der er zu müde und erschöpft war, um noch an Lina zu denken.

5.

DÜSSELDORF „Ich finde die Vögel sehen unfreundlich aus." Hannah Steiner stand im Schlafzimmer, die Hände in die Hüften gestemmt und betrachtete eingehend die neue Tapete an der Wand. Sie hatte sich so viel Mühe mit der Einrichtung des Hauses gegeben. Besonders stolz war sie auf die Raritäten, die sie auf Flohmärkten, Antikmärkten oder sogar über E-bay bezogen hatte. Jeder der sechs Räume in dem Haus war in einem anderen Stil eingerichtet worden, von marokkanisch, afrikanisch, ägyptisch, indisch bis hin zu Louis XV. Das Schlafzimmer mit dem asiatischen puristischen Touch gefiel ihr besonders gut. Bunte Seidenmalereien mit Geishas und Samurais hingen an den Wänden, die Türen des Schrankes waren aus speziellem Reispapier gemacht worden. Nur war ihr beim Kauf der Tapete nicht aufgefallen, dass die kleinen Viecher einen bösen Blick hatten.

„Was sagtest du, Schatz?" Harry Steiner hatte nur das Wort „vögeln" verstanden. Er musste sich verhört haben, denn er und seine Frau hatten seit Jahren keinen Sex mehr.

„Ich sagte, die Vögel sehen irgendwie unpersönlich und linkisch aus. Ich werde diese Tapete wieder abreißen lassen", rief sie jetzt, damit ihr Mann sie unter der Dusche auch hören konnte.

Die Dusche wurde abgestellt, eine Tür klapperte und dann stand Harry im Schlafzimmer. Er war nass, hatte sich ein Handtuch um die Hüften gewickelt und sah seine Frau leicht genervt an. „Ich kann dich nicht verstehen, wenn mir der Duschstrahl auf den Kopf prasselt. Was sagtest du?"

„Die Vögel, sie gefallen mir nicht. Wenn ich im Bett liege, möchte ich nicht die ganze Zeit auf diese böse dreinblickenden Monstren starren. Du tropfst den ganzen Teppich voll!"

Harry sah an sich herunter. Der Teppich unter seinen Füßen hatte sich von der Nässe dunkelgrau verfärbt. Trotzdem blieb er stehen und ignorierte seine Frau, die immer noch auf den Fleck starrte. „Du hast die Tapete doch selbst ausgesucht", stellte er ruhig fest.

„Es war mir nicht aufgefallen, dass die Vögel depressiv wirken", antwortete seine Frau.

Harry ging näher an die Tapete heran, um sie etwas genauer zu betrachten, dabei hinterließ er eine Spur dunkler Tropfen auf seinem Weg dorthin. „Also ich finde die Tapete sehr schön. Hat was Japanisches."

„Meine Güte, die ist ja auch aus Japan." Hannah verdrehte die Augen über Harrys Weltfremdheit. Sie waren nie viel gereist, hatten es im Urlaub gerade mal zu den Alpen zum Wandern geschafft. Dafür hatte sie versucht, die Welt in ihr Heim zu bringen. Harrys Kommentare waren über die Jahre immer die gleichen gewesen: Sehr schön oder schick, hatte er zu allem gesagt. Aber im Grunde genommen interessierte ihn das alles nicht. Er hatte seine Praxis, flog gelegentlich zu Vorträgen und mehr war aus ihm nicht rauszuholen.

„Japan? Ach, tatsächlich. Da lag ich doch richtig." Harry rubbelte sich die Haare trocken. „Die Vögel gucken wie Vögel eben gucken. Normal eben", erklärte er.

„Nein, das tun sie eben gerade nicht."

„Wie du meinst, mein Schatz." Harry verschwand wieder im Badezimmer und stieß die Tür etwas zu schwungvoll zu. Er wischte den beschlagenen Spiegel sauber und betrachtete sich eingehend. Er war alt geworden. Die Geheimratsecken wurden immer größer, er hatte kleine Hängebrüste bekommen und sein Bauch sah aus wie bei einer Schwangeren im fünften Monat. Er fing an sich zu rasieren, doch plötzlich wurde das summende Geräusch seines Rasiers von etwas anderem übertönt. Hinzu kam ein stetes Donnern gegen die Badezimmertür. Musste sie jetzt direkt vor der Badezimmertür saugen? Er hatte schon überlegt das Kabel durchzuschneiden, damit wenigstens eine Woche Ruhe im Haus herrschte, aber dann würde er ihre Launen und Debatten über jeden Krümel und Fusel auf dem Boden ertragen müssen und das wäre wahrscheinlich noch schlimmer.

Harry legte seinen Rasierer zur Seite und verließ das Bad. Er folgte dem schwarzen Kabel des Staubsaugers, der über eine besonders hohe Saugkraft verfügte und dadurch äußerst geräuschvoll den winzigsten Fusel in sich aufnahm und zog den Stecker mit einem Ruck aus der Steckdose. Dann ging er zurück ins Bad.

Keine drei Sekunden später dröhnte der Staubsauger wieder durchs Schlafzimmer. Harry versuchte es zu ignorieren, und an etwas anderes zu denken. Ein Lächeln huschte über sein Gesicht. Katarin. Er sprach den Namen leise aus. Drei Tage würde er sich dem Wahnsinn entziehen und mit ihr wegfahren. In aller Ruhe drei Tage Paris. In die Stadt der Liebe.

„Wie lange bist du eigentlich bei dem Kongress?", hörte er seine Frau hinter der Tür rufen.

„Drei Tage, in der Zeit kannst du das ganze Haus wieder umdekorieren." Am liebsten würde er sich scheiden lassen. Wie hatte er dieses Leben satt. Zwanzig Jahre Ehe waren für jeden vernünftigen Menschen zu viel.

„Na, ich werde es kaum schaffen, in der Zeit die Tapete zu entfernen, eine neue auszusuchen und sie anbringen zu lassen."

Er öffnete die Badezimmertür und stieg über seine am Boden kniende Frau, die die Wassertropfen aus dem Teppich drückte und ging in sein Ankleidezimmer. Er packte ein paar Hemden ein, griff noch nach zwei Polohemden von Ralph Lauren und legte sie sorgfältig in seinen kleinen Koffer.

„Wozu brauchst du denn die Freizeithemden?" Hannah lehnte mit verschränkten Armen vor der Brust im Türrahmen und beobachtete jeden seiner Handgriffe. Bei anderen war es eine Abwehrhaltung, bei ihr ein eindeutiges Zeichen dafür, dass sie gleich einen Angriff starten würde. „Früher hast du mich auf diese Kongresse immer mitgenommen", sagte sie beleidigt.

Da war er wieder. Dieser vorwurfsvolle Ton. „Ja, früher war alles anders, Schatz."

„Was soll das nun wieder heißen? Wie meinst du das?"

Er sah demonstrativ auf seine Uhr. „Ich habe jetzt keine Zeit mit dir ein Streitgespräch zu führen. Mein Flieger geht in zwei Stunden."

„Wie heißt sie?"

Die Frage kam für ihn überraschend. Genauso überraschend wie der Golfball, der ihn vor drei Wochen knapp unter dem Auge getroffen hatte. Für einen Moment hatte er nur schwarz gesehen, war wie weggetreten gewesen, aber stehen geblieben. Ein Kollege hatte ihn gestützt bis alles wieder an seinem Platz war, die Farben wiederkamen. „Hör auf", sagte er knapp und wusste, dass sie keine Ruhe geben würde.

„Wie heißt sie?", fragte Hannah erneut.

„Es gibt niemanden. Sieh mich doch an, meinst du mich findet noch jemand attraktiv? Ich bin ein alter Mann."

„Ach, es gibt genug Frauen, die allein deinen Beruf attraktiv finden. Die interessiert es dann nicht, ob ein alter Mann mit dicker Plauze auf ihnen drauf liegt. Hauptsache die Brieftasche stimmt."

Hannah drehte sich um und griff wieder zum Staubsauger. Sie wusste ganz genau, dass er nicht alleine fuhr. Sie hatte seine Taschen durchwühlt und die zwei Tickets gefunden. Männer waren so dumm. Wenn es drauf ankam, versagten sie auf der ganzen Linie. Katarin Gromowa, das war der Name der Frau, die ihren Mann nach Paris begleiten würde.

6.

PARIS Katarin Gromowa war mit zweiundzwanzig Jahren als Au-pair Mädchen nach Deutschland gekommen und hatte mit dreiundzwanzig den erstbesten deutschen Idioten geheiratet, damit sie nicht wieder zurück in die Ukraine musste. Die Ehe hielt zwei Jahre, bevor sie geschieden wurde. Sie sprach ein fast akzentfreies Deutsch, auf das sie sehr stolz war. Nur das rollende R verriet gelegentlich ihre ukrainische Herkunft. Sie hatte lange, blonde Haare und einen anmutigen Körper, für den sie nicht einmal etwas tun musste. Kein Sport, keine Diäten.

Mit ihrer erfrischenden und unkomplizierten Art lernte sie leicht und schnell Männer jeder Schicht kennen, wobei sie ihr ganzes Augenmerk eher der betuchten widmete. Sie wollte nicht wieder den gleichen Fehler machen und einen armen Schlucker heiraten, der ihr nichts bieten konnte.

Vor zwei Jahren hatte sie mit einem Kunststudium angefangen, inzwischen aber die Lust daran verloren. Das einzig Gute war, dass sie noch einen Studentenausweis hatte, über den sie gelegentlich Ermäßigungen bekam.

Vor einem halben Jahr hatte sie nach einer Affäre mit einem Schauspieler, der sie nur als „Betthupferl" benutzt hatte, in einem Café als Kellnerin angefangen und genau in diesem Café in der Innenstadt von Düsseldorf sollte ihr Schicksal seinen Lauf nehmen. Sie lernte Harry Steiner kennen.

Harry hatte gleich am ersten Tag ein Auge auf sie geworfen. Aber er war schüchtern und zurückhaltend und traute sich nicht sie anzusprechen. Am Anfang kam er jeden dritten, dann jeden Tag, bestellte einen Espresso und ein Wasser dazu und wenn er bezahlte, gab er ihr ein paar Euro Trinkgeld. Viel zu viel, dachte sie jedes Mal und bedankte sich mit einem leisen Dankeschön und einem verführerischen Lächeln. Sie konnte jeden Extra-Euro gebrauchen.

Irgendwann wechselten sie ein paar Worte miteinander und Harry Steiner brachte schließlich den Mut auf, sie zum Essen einzuladen. Sie nahm an. Danach entwickelte sich alles rasend schnell. Sie verführte ihn nach allen Regeln der Kunst und seit diesem Tag war er ihr mit Haut und Haaren ergeben. Er mietete ein schickes Apartment für sie, kaufte ihr Kleider, teuren Schmuck und behandelte sie mit Respekt - wie es noch nie jemand zuvor getan hatte.

Harry hängte sorgfältig seine Hemden und einen Anzug in den Schrank, während Katarin sich in der geräumigen Empire-Suite des George V Hotels umsah. An der Rezeption hatte man Harry für seine exklusive Wahl gratuliert und ihm erklärt, dass dieses Zimmer eine Hommage an Napoleon und seine Gattin Josephine wäre. Der Blick auf die Skyline von Paris und den Eiffelturm war fantastisch, aber die Einrichtung fand Katarin spuckehässlich. Skulpturen, verzierte in grün gehaltene Sitzmöbel, Samtkissen und auch den Kunstwerken an den Wänden konnte sie nichts abgewinnen. Zu dunkel, zu viel Pomp, dachte sie und schmiss sich aufs Bett.

„Was möchtest du als erstes machen, mein Engel. Harry hatte fertig ausgepackt und stellte den kleinen Koffer neben dem Schrank ab. Er zog sein Jackett aus, lockerte Krawatte und Hemdkragen und drehte sich zu seiner Geliebten um. Sie hatte sich bis auf die weiße Reizwäsche, die er ihr selbst gekauft hatte, ausgezogen und rekelte sich wie eine Wildkatze auf dem Bett. Eine Hand in ihrem Höschen, die andere spielte mit ihren vollen großen Brüsten. Harry seufzte glücklich. Was für ein Glück er doch hatte und das noch in seinem Alter. Katarin kicherte und gluckste vor sich hin. Er würde sich scheiden lassen, war sein letzter klarer Gedanke, bevor Katarin sich selbst die Augen verband und ihn aufforderte, sie zu fesseln.

1949

ARGENTINIEN   Die Frau jammerte in den höchsten Tönen und brabbelte kaum verständliche spanische Worte vor sich hin. Deutlich herauszuhören war „Hijo de puta", Hurensohn, der sich sicherlich auf ihren Mann und nicht auf ihn bezog und „Dios", Gott, den sie wohl um Vergebung bat.

Heinrich schnallte die Beine und Arme der Frau mit Lederriemen an der Liege fest, stopfte ihr ein Tuch zwischen die Zähne und desinfizierte den fünfunddreißig Zentimeter langen Dilatator mit Schraubvorrichtung. Dass diese verdammten Bauern aber auch wie die Karnickel ficken mussten. Diese hier lag nun schon zum zweiten Mal innerhalb eines halben Jahres mit einer ungewollten Schwangerschaft auf seinem Tisch.

Vor einem Jahr hatte er sich hier auf dem Land niedergelassen. Von seinem Ersparten und dem Geld, das ihm sein Vater mit auf die lange Reise gegeben hatte, hatte er sich eine Hazienda gekauft und darin eine Praxis eröffnet. Estancia *„El Destino"* hatte er das Haus getauft und gehofft hier erst einmal zur Ruhe zu kommen.

Er setzte sich vor die gespreizten Beine und führte dann den langen Stab mit den vier geriffelten Spitzen am Ende in den Uterus ein. Er hatte dieses Gerät von 1890, auf dem der Name G. Marelli - Milano eingraviert war, zusammen mit noch anderen Instrumenten für ein paar Lire auf einem Flohmarkt in Rom erstanden.

Die Frau bog den Rücken durch und schrie in das Tuch, während er an der Schraube drehte und sich der Muttermund langsam weitete.

Das Instrument war in Deutschland wegen häufiger Zervixrisse, die gelegentlich mit lebensbedrohlichen Blutungen einhergingen, stark kritisiert und durch andere, neuere Dilatatoren ersetzt worden. Aber wen interessierte das hier in den argentinischen Bergen? Er war ein deutscher Arzt und keiner würde seine medizinischen Kenntnisse und Erfahrungen infrage stellen.

Mit einer Kürette begann er mit der Entleerung der Uterushöhle. Die junge Frau versteifte sich wieder, auf ihrer Stirn standen Schweißperlen. Eine Flut von Erregung fuhr durch seinen Körper. Frauen, die ihm derart ausgeliefert waren, erregten ihn in einem solchen Maße, dass er zu zittern begann. Er versuchte, seine Hand still zu halten und fing an die Schraube des Dilatatoren langsam zurückzudrehen. Dann zog er das Instrument aus der Frau, die wieder zu wimmern angefangen hatte. Er schnallte sie los, legte die Instrumente in eine Schale mit Desinfektionsmittel und ging zum Waschbecken.

Während er sich die Hände wusch, beobachtete er seine Tochter, die draußen auf dem Hof einen einjährigen braunen Hengst ritt, den er als Bezahlung für eine Blinddarmoperation entgegengenommen hatte. Sie kam nach ihm mit ihren hellblauen Augen und ihrem blonden Haar, das sie zu einem Pferdeschwanz gebunden hatte und der bei jedem Schritt, den das Pferd machte, hin und her wippte.

Die Patientin legte ihm ein paar Pesos auf den Tisch, murmelte ein Dankeschön und verließ in gekrümmter Haltung die Praxis.

Er hoffte, dass sie sich keine Infektion holte, denn er konnte es sich nicht leisten durch zu viele Todesfälle aufzufallen. Erst letzten Monat war ihm nach einem solchen Eingriff ein junges Mädchen gestorben.

Nach einer langen und beschwerlichen Reise hatte er sich hier in Larousse niedergelassen, weil er sich sicher war, dass ihn hier keiner nach seiner Vergangenheit fragen würde.

Heinrich warf einen Blick ins Wartezimmer. Es war leer.

Aus der Schublade seines Schreibtisches holte er Tinte, Feder und eine unbeschriebene Urkunde heraus und begann in geschwungener Schrift seinen Namen auf die erste Linie zu schreiben. Darunter schrieb er *Doktor der Frauenheilkunde, Universität Wien, 1940* und unterschrieb unleserlich mit dem Namen *Prof. Wiesenthal*. Er pustete über die nasse Tinte, wedelte das Papier noch ein paar Mal hin und her, bis auch der letzte Punkt getrocknet war und legte es in einen goldenen dünnen Rahmen. Als die Urkunde neben ein paar anderen schließlich an der

Wand hinter ihm hing, klopfte es.

Julietta, die Angestellte, steckte ihren Kopf durch die Tür. Das Essen war fertig. Die Dreizehnjährige machte ihm schon seit geraumer Zeit schöne Augen und gab immer wieder vor, Wehwehchen zu haben. Gestern war sie in seine Praxis gekommen, hatte sich nackt vor ihm ausgezogen und ihn gebeten, sie eingehend zu untersuchen, was er dann auch tat. Sie sah hübsch aus, hatte eine passable Figur und herrlich weiche Haut. In der Nacht war er in ihr Zimmer gegangen und hatte sie entjungfert. Nach Monaten der Enthaltsamkeit war das ein berauschendes Gefühl gewesen.

Er drehte sich noch einmal zu den drei Urkunden an der Wand um. *Doktor der Frauenheilkunde, Allgemeinmedizin und Chirurgie.* Keiner dürfte je erfahren, dass er niemals Medizin studiert und sein Halbwissen nur aus Büchern hatte.

7.

HAMBURG Zum dritten Mal las Sam nun den Obduktionsbericht und fragte sich, in welche seelischen Untiefen er sich dieses Mal stürzen musste, um zu verstehen, was diesen Täter getrieben hatte. Er musste Jasmin Rewe um halb drei direkt nach ihren Einkäufen überrascht und überwältigt haben. Während ihr Mann mit einem Kollegen Essen war, hatte er sich gute zweieinhalb Stunden Zeit für seine Arbeit an Frau Rewe gelassen. Sie war über den Badewannenrand gelegt und ihre Hände mit einem Bademantelgürtel an einem Griff an der Wand befestigt worden. Reste einer Acrylatdispersion an der Wange deuteten daraufhin, dass er ihr den Mund mit einem Klebeband zugeklebt hatte. Erst dann hatte er sie entkleidet und sich langsam mit einem Skalpell Zugang zur Wirbelsäule verschafft. Sie freigelegt. Die Wirbelsäule, das Achsenorgan des Menschen, die ihn aufrecht hält, ihn beweglich macht und das empfindliche Rückenmark schützt.

Das alles hatte die Frau bei vollem Bewusstsein erleben müssen, wenn sie nicht vor Schmerzen ohnmächtig geworden war. Anschließend hatte er mit einem Bolzenschneider angefangen, die unteren Wirbel zu durchtrennen. Wieder überlief ihn eine Gänsehaut. Er war ein schmerzempfindlicher Mensch und er wollte sich nicht ausmalen, was für Qualen die Frau erlitten haben musste. Bei der Obduktion hatte man noch etwas anderes festgestellt, das Sam wie ein Fremdkörper in dem Ganzen vorkam. Damit war die Todesursache nicht ganz eindeutig.

Er hielt die Farbkopie mit etwas Abstand von sich, damit er die zwei roten handgeschriebenen Zeilen besser lesen konnte.

Doch wem gilt das Forschen, das endlose Leid.
Ob Spender, Empfänger, es heilt keine Zeit.

Dr. Rewe hatte nichts mit Forschung zu tun. An wen also waren diese Zeilen gerichtet? Die Vermutung, dass der Zettel nur aus Zufall dort herumlag, war schnell widerlegt worden, weil sich sonst mit großer Wahrscheinlichkeit auch Jasmin Rewes Fingerabdrücke oder die eines anderen darauf befunden hätten. Das war aber nicht der Fall. Lediglich die ihres Mannes hatte man darauf entdeckt, doch dieser hatte wiederholt bestätigt, dass er ihn nur kurz angefasst hätte, weil er dachte, es wäre eine Nachricht seiner Frau gewesen.

Sam sah auf die Uhr. Der Kollege, der ihm hier unter die Arme greifen sollte, war spät dran. Unpünktlichkeit war eine Eigenschaft, die er nicht ausstehen konnte und bereits einen ersten Schatten auf die Zusammenarbeit warf. Er erhob sich aus dem ledernen Stuhl, der in der Ecke eines Büros auf dem Hamburger Polizeirevier stand, um sich einen Kaffee zu holen, als er im Türrahmen mit jemandem zusammenstieß.

„Da bist du ja." Juri Pompetzki hielt Sam an beiden Armen fest, dann drückte er ihn an sich und sagte freudestrahlend: „Mensch, Sam, lange ist´s her. Ich freue mich richtig, dich wiederzusehen."

„Hat nichts gebracht sich tot zu stellen, was?"

Juris Gesicht wurde ernst. „Sie haben dir nichts gesagt?"

„Nein", entgegnete Sam und lächelte.

„Sollte wohl eine Überraschung sein. Hoffe du hast nichts dagegen, dass du mich wieder am Hals hast."

„Aber eines musst du mir versprechen. Keine Blind- Dates, keine Weibergeschichten und …" Sam sah provokativ auf die Uhr „…keine Verspätungen." Dann hielt er ihm die Hand hin und Juri schlug mit gespieltem Bedauern ein.

Sam hatte mit dem jungen Kollegen aus Hamburg vor etwa anderthalb Jahren einen äußerst prekären Fall gelöst und obwohl sie in der Zwischenzeit keinen Kontakt gehabt hatten, war er ihm so vertraut als hätte er ihn vor einem Monat zuletzt gesehen.

Seit Jahren arbeitete er allein, es sei denn, er hatte länger in einer anderen Stadt zu tun und brauchte dort wegen lokaler Unkenntnisse ein wenig Hilfe. Er war bekannt dafür, dass er mit der katholischen Kirche auf Kriegsfuß stand und kein Blatt vor den Mund nahm, wenn es darum ging seinen Standpunkt zu verteidigen. Doch dieses Mal verhielt es sich anders. Er war das erste Mal froh, diesen jungen Mann an seiner Seite zu haben, der noch nicht allzu lange bei der Hamburger Kripo war, sich aber bereits einen Namen für seinen exzellenten Spürsinn gemacht hatte. Eine Eigenschaft, die ihm selbst Erfolg gebracht hatte. Im Stillen dankte er Peter Brenner und seiner unfehlbaren Intuition. Sams bester Freund war an Krebs gestorben, seine Schwester hatte sich umgebracht, seinen Vater hatte er schon vor Jahren beerdigt, seine Geliebte war ermordet worden und seine Mutter hatte er nach langer Krankheit auch vor zwei Monaten beerdigt. Das Schicksal war in den letzten Jahren nicht gerade sanft mit ihm umgegangen. Juri war jung, manchmal ein bisschen unkontrolliert, aber er würde frischen Wind in Sams Leben bringen.

„Du siehst beschissen aus, wenn ich das mal so sagen darf." Juri legte seine Hand auf Sams Schulter und betrachtete ihn mit besorgtem Blick, den dieser mit einem gequälten Lächeln quittierte.

Er drückte Juri die Akte von Jasmin Rewe in die Hand, um von sich abzulenken und sagte: „Komm, lass uns einen Kaffee trinken gehen. Dann kannst du dich mit den Fakten vertraut machen."

Die Kantine war zu dieser frühen Stunde leer und sie hatten freie Platzwahl. Juri setzte sich in eine Ecke mit dem Rücken zur Wand, streckte die Beine lang aus und nahm sich als erstes den Autopsiebericht vor. Die Fotos verteilte er auf dem Tisch vor sich ohne wirklich einen Blick darauf zu werfen.

Während Juri las, musterte Sam seinen sowohl alten, als auch neuen Kollegen über seine Kaffeetasse hinweg. Er war immer noch muskulös und kräftig, seine Haut leicht gebräunt. Er trug, wie auch damals, ein Hemd mit aufgekrempelten Ärmeln und eine ausgewaschene Jeans. Seine blonden Locken fielen ihm wild ins Gesicht, während er sich die Tatortfotos durchsah und den Autopsiebericht las. Der junge Beamte war für Sam ein offenes Buch. Sein Gesichtsausdruck ließ keinen

Zweifel daran, was er gerade dachte.

„Nun ... das ist ... wie soll ich sagen ... ein typischer Sam O´Connor Fall. Das letzte Mal hast du mich mit ähnlich reißerischen Berichten konfrontiert." Juri lachte und Sam stimmte ein.

„Erzähl mir, was dir so in den Kopf schießt?" Jeder Tatort spricht eine eigene Sprache und der von Jasmin Rewe ganz besonders, dachte Sam und war gespannt, ob Juri seine Eindrücke teilte.

„Er hat sie nicht vergewaltigt", stellte Juri fest.

„Nein. Keine sexualisierten Komponenten."

„Und? Meinst du nicht, es war der Gatte? Einen Gärtner gibt's ja nicht."

„War auch schon mein Gedanke, und zwar allein wegen der Tatsache, dass der Täter sich in aller Seelenruhe über sein Opfer hergemacht hat. Woher wusste er, dass er so viel Zeit hatte und bei seiner Arbeit nicht gestört wird?"

„Entweder hat sie mit ihrem Mann noch telefoniert und er hat es mitbekommen. Vielleicht auch eine SMS oder er war genauestens über den Zeitablauf von Dr. Rewe informiert."

„Ja und woher?"

„Über Frau Rewe selbst. Aber die können wir ja nun nicht mehr fragen." Juri zeigte auf ein Foto, auf dem man den offenen Rücken sehen konnte. „Kompensieren solche Typen ihre sexuelle Befriedigung nicht durch sadistische Handlungen?"

„Kommt vor. Ja."

„Na schön. Mir fällt dazu nicht mehr viel ein. Außer ..."

Sam horchte auf. Juri war wohl etwas aufgefallen.

„... Also eins verstehe ich nicht, da macht er so einen Akt mit der Wirbelsäule und dann spritzt er ihr am Ende noch Petrolether ins Herz? Wie ist der denn drauf?", fragte Juri überrascht.

Sam musste über Juris verzogenes Gesicht lachen, aber er war froh, dass er nicht der Einzige war, dem dieses Detail aufgefallen war.

„Er hat sie also noch toter gemacht als sie eh schon war, wenn man das so sagen kann. Hast du nach all dem Zeug hier schon eine Idee, mit welchem Spinner wir es zu tun haben?"

„Ich weiß nur, wenn man jemandem die Wirbelsäule durchtrennt, nimmt man ihm seine Beweglichkeit, das, was einen menschlichen Körper ausmacht. Er hat damit demonstriert, dass er absolute Kontrolle über sein Opfer hat. Eine Art Machtspiel oder vielleicht auch ein Racheakt?", überlegte Sam laut.

„Das würde aber heißen, er steht in enger Verbindung zu dem Opfer? Oder er rächt sich an einer bestimmten Art von Frauen. Nur würde das wiederum bedeuten ..." Juri sprach den Satz nicht zu Ende und sah Sam mit seinen großen, blauen Augen an. Anscheinend hatte er genau den gleichen Gedanken gehegt wie Sam, wollte aus diesem Faden nur kein Knäuel spinnen.

„Zumindest hat das System noch nichts ausgespuckt." Sam schalt sich selbst einen Fachidioten, der sich in den letzten Jahren nur mit Serientätern beschäftigt hatte. Er hoffte, dass dies ein Einzelfall blieb. „Irritierend an dem Ganzen ist jedoch das hier." Sam deutete auf die Kopie der rätselhaften Zeilen und schob sie Juri rüber.

„Hm ... in rot geschrieben? Naja, wie ein Liebesbrief liest sich das ja nicht gerade."

„Dazu gibt es zu sagen, dass niemand aus der Familie etwas mit Forschung zu tun hat. Außerdem ist er auf Deutsch. Warum hat er Frau Rewe nicht hier in Hamburg getötet, sondern in Barcelona auf einem Ärztekongress? Zufall? Ich glaube nicht an Zufälle wie du weißt. Aber vielleicht ist es auch möglich, dass er sie mit jemand anderem verwechselt hat und wir völlig neben der Spur fahren." Sam strich sich über sein Haar, legte den Kopf in den Nacken und seufzte schwermütig.

„Ihr Mann leitet eine Frauenklinik. Der hat also nicht so richtig was mit Wirbelsäulen zu tun", stellte Juri trocken fest. „Aber sein Alibi wackelt ein bisschen, was?"

„Es wird noch überprüft."

Juri sah Sam ratlos an. „Was steht also auf dem Programm?"

Das letzte Mal, als er sich Aufzeichnungen dieser Art angesehen hatte, war Lina plötzlich durchs Bild gegangen, dachte Sam und versuchte sich auf die vielen Menschen zu konzentrieren, die durch die Lobby des Arts Hotels in Barcelona gingen. Die DVD hatte man ihm freundlicherweise heute früh noch vor dem Abflug an der Rezeption mit dem vorläufigen Autopsiebericht übergeben. Sam drückte die Pausetaste. „Da ist der Herr Doktor mit Frau Gattin."

Sie sahen, wie Dr. Rewe und Frau an der Rezeption eincheckten, wie sie mit dem Kofferträger in den Fahrstuhl gingen und nach einer Stunde wieder herauskamen, um Essen zu gehen. Dr. Rewe hatte Sam den ungefähren Ablauf nach ihrer Ankunft und des nächsten Tages beschrieben. Alles stimmte mit den bisherigen Angaben überein. Am Tag des Mordes sah man, wie das Paar morgens mit anderen Gästen aus dem Fahrstuhl kam, sich in der Lobby voneinander verabschiedete und Frau Rewe zum Ausgang strebte.

„Fahr noch mal zurück, Juri."

Zwei Mal sahen sie sich die Szene an. Dabei richteten sie ihr Augenmerk besonders auf einen Mann Mitte vierzig, der auf einem Sofa in der Lobby saß. Als die Rewes aus dem Fahrstuhl traten, bückte er sich schnell und begann an seinem Schuh herumzufummeln, dabei ließ er Jasmin Rewe keine Sekunde aus den Augen. Während sie auf den Ausgang zusteuerte, stand er auf und folgte ihr. Juri spielte zurück bis die Digitaluhr 14.25 anzeigte. Jasmin Rewe betrat genau um 14.27 die Lobby mit sechs Einkaufstüten und eilte gerade zum Fahrstuhl, als Dr. Rewe mit einem anderen Mann im Bild auftauchte. Sie tauschten sich kurz aus, dann verschwanden die beiden Männer wieder aus dem Bild. Jasmin Rewe wartete fünfzehn Sekunden vor dem Fahrstuhl, dann öffnete sich die Fahrstuhltür. Sie ging hinein, drehte sich zu den Knöpfen um, als ein Mann durch die Drehtür des Hotels kam und auf den Fahrstuhl zueilte. Jasmin Rewes Gesicht, sofern man es von der Entfernung und Linsenschärfe der Kamera beurteilen konnte, verzog sich. Sie sah wütend aus, bevor die Türen hinter dem Mann zugingen.

Juri und Sam sahen sich an.

„Na, wenn das mal kein Volltreffer ist", freute sich Juri und klatschte beide Hände auf den Tisch.

„Es war derselbe Mann, der vorhin noch in der Lobby gesessen hatte, wenn mich nicht alles täuscht."

„Du täuscht dich nicht, Sam, auch wenn du nicht mehr so gut siehst." Juri lachte. „Hat dieselbe Jacke, dieselbe Jeans und dieselbe Mütze angehabt."

„Na schön, ich habe meine Brille vergessen, dafür siehst du ja für uns beide", sagte Sam ein wenig beleidigt und wunderte sich, dass Juri seine leichte Sehschwäche aufgefallen war. „Ich werde die Aufzeichnungen von den Fahrstühlen anfordern."

„Ich kann nicht glauben, dass das so schnell ging. Wenn ich da an das letzte Mal denke."

„Langsam, Kleiner. Der Mann ist mit ihr zusammen in den Fahrstuhl gestiegen. Das heißt noch lange nicht, dass er sie umgebracht hat. Aber eines ist sicher: Sie kannte den Mann von irgendwoher."

„Vielleicht ein Geliebter, mit dem sie sich treffen wollte, während ihr Mann bei dem Kongress war? Ihrem Gesichtsausdruck nach zu urteilen war sie genervt, weil ihr der Kerl ins Hotel gefolgt ist. Aber wenn es ein Fremder gewesen wäre, hätte sie die Security geholt."

„Das ist möglich", sagte Sam langsam. Seine Zornesfalte zwischen den Augen vertiefte sich plötzlich. „Was ist, wenn Dr. Rewe doch seine Frau umgebracht hat? Er hat die beiden in flagranti erwischt und es so aussehen lassen …"

„Du meinst er hat von dem Geliebten gewusst und die Gunst der Stunde genutzt. Kongress, Kollegen treffen und zwischendurch bringt er sie um und schiebt es jemand anderem in die Schuhe. Legt eine falsche Fährte mit diesem Zettelchen … ja, vielleicht nicht ganz unclever."

„Das wird sich noch herausstellen."

Sam hatte in Barcelona den Tatort so weit es möglich war nach dem fehlenden Manschettenknopf abgesucht, weil er Dr. Rewe doch nicht so richtig traute. Leider ergebnislos. Er hoffte, dass die spanischen Kollegen bei ihrer Spurensuche erfolgreicher waren.

Er stand auf und machte das Licht an. Dabei erschien sein Spiegelbild im verdunkelten Fenster. Fast hätte er sich selbst mit seinem Viertagebart und den dunklen Ringen unter seinen Augen nicht erkannt. Außerdem trug er seit drei Tagen dieselben Klamotten.
„Komm, Kleiner, fahr mich kurz ins Hotel. Ich brauche einen neuen Anstrich."

8.

Sandra Lempert, Jasmin Rewes Freundin, wohnte in Wandsbek hinter dem Wohnungsamt in einer verkehrsberuhigten Zone.

Als die beiden Beamten aus dem Fahrstuhl des dreistöckigen Neubaus traten, stand sie bereits, ganz in Schwarz gekleidet, mit verschränkten Armen in der Tür ihres Penthouses. Ob sie Schwarz aus Trauer trug oder weil es schlanker machte, vermochte Sam nicht zu sagen. Sie hatte stechend blaue Augen und langes, glattes, schwarzes Haar, das sie auf eine Seite frisiert hatte und so ein hübsches Ohr und einen hochkarätigen Diamantohrring zur Geltung brachte. Sie war auf den ersten Blick sehr attraktiv, auf den zweiten Blick störten Sam die unnatürlich, aufgespritzten Lippen, die tätowierten Augenbrauen und die zu großen Augen, die wohl von einem Lidlifting stammten.

Der Duft von frisch gemahlenem Kaffee schwebte durch den Raum, aber auch der scharfe Geruch von Fensterputzmittel, das wohl kurz zuvor Kontakt mit dem fingerabdruckfreien Glastisch gehabt hatte, auf dem bereits eine Kaffeekanne, ein paar Kaffeetassen und Gebäck standen.

„Setzen Sie sich doch bitte. Möchten Sie Kaffee, Tee oder irgendetwas anderes?"

Sam ließ sich Kaffee einschenken und Juri, der am liebsten Kakao trank, die Dame des Hauses aber nicht extra bemühen wollte, gab sich mit einem Glas Wasser zufrieden.

„Wie kann ich Ihnen helfen?"

Sandra setzte sich den beiden Männern gegenüber und sah Sam an. Ihr Blick wanderte von seinem Gesicht über seine breiten Schultern zu seinen Händen, wo sie einen Moment verweilten.

„Wir sind hier, um Ihnen ein paar Fragen zu Jasmin Rewes Lebensgewohnheiten zu stellen. Sie war doch Ihre beste Freundin?"

„Ja, wir drei ...", dabei zeigte sie auf ein Foto hinter den Beamten, das in einem silbernen Rahmen in einem Glasregal stand – auch hier war nicht die kleinste Staubschicht zu entdecken. „...haben alles gemeinsam unternommen. Shoppen, auf Piste gehen, in Urlaub fahren, Fett absaugen lassen."

Die beiden Männer nickten und enthielten sich jeglichen Kommentars.

„Was für ein Typ war sie?"

„Jasmin war sehr extrovertiert. Ihr gefiel es im Mittelpunkt zu stehen."

„Wie stand es um die Ehe der Rewes? ... War sie glücklich? Oder gab es häufiger Streitereien und Probleme?"

„Sie scheinen nicht verheiratet zu sein, Herr O´Connor ... ." Sie sah auf Sams Ringfinger und hob die Augenbrauen, während sie weitersprach. „Sonst wüssten Sie, dass kaum eine Ehe ohne Streit auskommt. Also was für eine Frage."

Sam ließ sich nicht aus der Ruhe bringen, obwohl es ihn einige Mühe kostete. „Ich habe meine Gründe, warum ich nicht verheiratet bin. Ein Grund sind Frauen, die sich im Laufe der Ehejahre eindeutig zu ihrem Nachteil verändern."

„Sie lassen an sich herumoperieren, spielen die Prinzessinnen auf der Erbse und werden faul", warf Juri ein und erntete dafür einen vernichtenden Blick von Sandra.

„War Jasmin Rewe nun glücklich verheiratet oder nicht?", fragte Sam erneut.

„Also, mein Mann und Dennis sind enge Freunde. Sie fahren häufig zusammen in Urlaub. Und Dennis ist Fisch."

Einen Augenblick herrschte Stille.

„Fisch? Sie meinen das Sternzeichen Fisch?", fragte Juri irritiert und blickte zu Sam, der ebenfalls nichts damit anfangen konnte.

„Unter den Fischen gibt es viele Satyriasten. In der griechischen Mythologie war Satyr ..."

„Der Fruchtbarkeitsdämon. Sie wollen sagen, dass Dennis Rewe sexsüchtig ist?"

Sandra warf Sam einen bewundernden Blick zu und strich sich über ihr Haar. Auch Juri war von Sams Wissen beeindruckt.

„Er hat sich immer Prostituierte aufs Zimmer bestellt. Davon wusste Jasmin allerdings nichts."

Den letzten Satz ließ Sam noch einmal in seinem Kopf nachhallen. Frauen waren eine Spezies für sich. Sie hatten oft die feinsten Antennen, wenn ihr Partner fremdging. Vielleicht hatte sie davon gewusst und sich den Falschen für ihre Rache ausgesucht. Er dachte dabei an Lina, die sich gleich dem Erstbesten an den Hals geworfen hatte, nur weil für einen Moment sein neuronaler Schaltkreis ins Ungleichgewicht geraten war. Damit hatte er eine tödliche Lawine von Ereignissen und zufälligen Bekanntschaften ausgelöst, die Lina zum Verhängnis geworden waren. Genau wie im Fall von Jasmin Rewe? „Hatte Jasmin vielleicht einen Geliebten?", fragte Sam plötzlich. Eine extrovertierte Frau, die sich überall Bestätigung suchte, musste einen Geliebten gehabt haben, dachte er.

Sandra blinzelte und nippte an ihrer Tasse. „Einen Geliebten?" Sie atmete hörbar ein als brauchte sie plötzlich mehr Sauerstoff. „Davon hat sie mir nichts erzählt. Aber meine Hand würde ich nicht für sie ins Feuer legen, was das anlangt."

Die beiden Männer tauschten einen kurzen Blick aus und beide dachten das Gleiche. Eine Lüge stand im Raum.

Sam fuhr sich nach gewohnter Manier mit beiden Händen durch die Haare und betrachtete das Puppengesicht von Sandra, die wohl um die vierzig sein musste. Sein abschätzender Augenausdruck schien ihr unangenehm zu sein. Sie senkte den Blick und rückte Milchkanne und Zuckerdose zurecht, während er die Tatortfotos herausholte und sie fein säuberlich nebeneinander auf den Tisch platzierte. Meistens machte der Anblick der Opfer seine Gesprächspartner etwas beredter. „Die Tat könnte einem abgewiesenen Liebhaber zuzuschreiben sein. Hatte Ihre Freundin Jasmin wirklich keine Affäre?"

Sandra starrte auf die Fotos, die die ganze Abscheulichkeit der Tat veranschaulichten und hielt sich ihre feingliedrige mit Diamantringen bestückte Hand über den Mund. „O Gott", stammelte sie und verließ den Raum.

Als sie zurückkam, hatte sie ein Taschentuch in der Hand und tupfte ihre getuschten Wimpern trocken. „Tut mir leid, aber jede von uns hatte auch ein eigenes Leben. Auch wenn wir viele Dinge gemeinsam unternommen haben, heißt das ja nicht, dass wir symbiotisch miteinander verbunden waren. Niemand kann sich bei jemand anderem über dessen Tun und Handeln hundertprozentig sicher sein, oder?"

Sam ließ den Blick auf Sandra ruhen, bis sie schließlich wieder aufstand und vorgab, noch einiges zu tun zu haben.

Im Hinausgehen fragte Juri beiläufig, ob sie einen Anruf von ihrer Freundin aus Barcelona erhalten hätte. Er erinnerte sich daran, dass Jasmin in der Lobby ein Handy in der Hand gehalten hatte, und war sich sicher, dass sie mit irgendjemandem gesprochen hatte, bevor sie in den Fahrstuhl gestiegen war. Leider war das Handy noch bei der spanischen Polizei und für ihn und Sam zurzeit nicht zugänglich. Doch Sandra verneinte. Und dieses Mal glaubte er ihr sogar.

Sandra beobachtete, wie die beiden Beamten unten aus dem Hauseingang kamen und die Garagenauffahrt zu ihrem geparkten Wagen am Straßenrand hochgingen. Als der dunkelhaarige Polizist sich noch einmal umdrehte und nach oben sah, trat sie erschrocken zur Seite. Dann griff sie schnell zu ihrem BlackBerry und drückte auf *Nicki*.

„Wir werden den Namen von ihr nicht beschmutzen, hörst du?! Wir haben geschworen, nichts zu sagen. Egal was passiert. Stell dir nur vor wie Dennis sich fühlen wird, wenn wir diese Sache mit dem komischen Internettypen an die große Glocke hängen. Und denk auch an die beiden Kinder."

„Na, Dennis ist ja nun wahrlich kein Kind von Traurigkeit, oder? Du hast selbst erzählt, dass er mit Huren rumvögelt", konterte Nicki. „Und außerdem willst du doch nicht einen Mörder frei herumlaufen lassen."

„Denk doch mal nach. Erstens wird sie dem wohl kaum unter die Nase gerieben haben, dass sie mit ihrem Mann nach Barcelona fährt. Zweitens wollte sie den Kontakt abbrechen. Sie hat ihn doch auch nie persönlich getroffen."

Nicki Hörner legte mit Herzklopfen auf. Sie hoffte, dass die beiden Polizisten nicht auch bei ihr auftauchen würden, denn sie war eine schlechte Lügnerin.

9.

Nicki Hörner lebte etwas bescheidener, aber trotzdem stilvoll in einer kleinen Altbauwohnung in Winterhude. Sie war im Gegensatz zu ihren beiden Freundinnen natürlich schön, wie Sam feststellte und offenbar bisher kein Opfer irgendwelcher Schönheits-OPs geworden, was wiederum bedeuten konnte, dass sie das schwächste Glied in der Kette war. Vielleicht war sie diejenige, die nicht so ganz dazugehörte, weil sie weniger Geld besaß, unverheiratet war, keine Kinder hatte und die Hobbys der beiden anderen nicht teilte oder sogar eine Gegnerin dessen war. Bei Dreien war immer einer zu viel, dachte er und hoffte, dass er sie zum Reden bringen würde.

Aber er hatte sich geirrt, auch Nicki Hörner schwieg, obwohl sie sich als keine gute Lügnerin entpuppte. Als er sie fragte, ob sie von einer Affäre wüsste, verneinte sie und errötete dabei. Beide Freundinnen logen Stein und Bein, um ... ja um was? Um Jasmin Rewes Ehre zu bewahren?

„Warum lügen die beiden wie gedruckt?", fragte Juri und startete den Wagen. „Sie könnten einen Mörder überführen, stattdessen machen sie einen auf Musketierehre. Dämliche Kühe."

„Vielleicht weil sie tatsächlich eine Affäre hatte, aber die beiden sich sicher sind, dass der Kerl damit nichts zu tun hat. Sie wollen nicht, dass der Ehemann und die Kinder davon erfahren. Sag mal bist du nicht auch Fisch?"

„Ja, warum?"

„Na das erklärt dann so einiges." Sam grinste Juri an und dieser holte gleich zum Gegenschlag aus. „Wundert mich eigentlich, dass dir das mit dem Handy nicht aufgefallen ist." Juri schlug sich gegen die Stirn. „Ach, ich vergaß, du hattest ja deine Brille nicht dabei."

Sam schüttelte lachend den Kopf über Juri, der nicht gern einsteckte.

„Und was machen wir jetzt?"

„Auf ein Wunder warten", bemerkte Sam knapp und erntete dafür einen ungläubigen Blick seines Partners, als sein Handy leise vor sich hinzuvibrieren begann. Sam meldete sich und hörte dreißig Sekunden zu ohne auch nur ein Wort zu sagen. Als er auflegte, grinste er spitzbübisch seinen Partner an. „Tja, man muss nur ans Wunder glauben. Sieht so aus, als hätte da noch jemand gelogen."

Die Rewes wohnten in einer Nebenstraße im Stadtteil Klein Borstel, eine Gegend, die Sam unbekannt war, ihm aber gut gefiel. Hoher Baumbestand säumte die Straßen, gepflegte Vorgärten, schöne Altbauvillen zwischen modernen Häusern. Ähnlich wie die Gegenden am Rothenbaum und an der Elbe, die er noch vom letzten Mal in Erinnerung hatte.

Juri parkte den Wagen vor einer hübschen ockergelb-weißen Villa und verglich die Hausnummer mit der, die sie sich notiert hatten. In der Auffahrt standen drei Mercedes-Limousinen. Juri sah ins Wageninnere des 500 SL und bewunderte die hellbraune Lederausstattung und die Armaturen aus Kirschholz. „Die Wirtschaftskrise scheint an manchen Leuten spurlos vorbeizugehen."

Dr. Rewe öffnete persönlich den beiden Beamten die Tür und bat sie, im Wohnzimmer Platz zu nehmen.

Während Juri auf einem Barhocker am Tresen Platz nahm, setzte sich Sam in die andere Ecke des Wohnzimmers in einen weinroten, samtenen Sessel mit goldenen Lehnen direkt Dr. Rewe gegenüber, der, seit er ihn das letzte Mal gesehen hatte, wesentlich blasser, ja sogar krank aussah.

Dr. Rewe sah von Sam zu Juri und wieder zu Sam. „Und sind Sie mit Ihren Ermittlungen weitergekommen?"

„Ja, wir haben die beiden Freundinnen Ihrer Frau interviewt und ein paar interessante Dinge in Erfahrung gebracht."

„So? Und was, wenn ich fragen darf?" Dr. Rewe stand auf, ging an den Kühlschrank und holte eine Flasche Wodka aus dem Eisfach.

„Möchten Sie auch einen?"

Sam lehnte dankend ab, tauschte einen kurzen Blick mit Juri aus und beobachtete den Arzt wie er sich ein halbes Wasserglas Wodka einschenkte und die Hälfte davon in einem Zug austrank.

„Entschuldigen Sie, aber ich habe das Gefühl, verrückt zu werden. Die Situation ist unerträglich. Ich fühle mich irgendwie schuldig, weil ich meine Frau mit nach Barcelona genommen habe."

„Und eigentlich hatten Sie das gar nicht vor, nicht wahr?"

Juri sah auf und Dr. Rewe stellte das Glas ab. Niemandem im Raum war der lauernde Unterton von Sam entgangen.

„Ich dachte, es würde unserer Ehe guttun." Dr. Rewe schenkte sich noch einmal nach. „Wollen Sie mir irgendetwas unterstellen?"

„Wir haben erfahren, dass Sie sich in Ihren Urlauben gerne mal Prostituierte aufs Zimmer bestellt haben."

„Es geht Sie doch nun wirklich nichts an, was ich in meiner Freizeit mache, meine Herren. Das ist ja unglaublich." Der Arzt mimte den Empörten. „Vor allem, was hat das mit dem Mord an meiner Frau zu tun? Seien Sie ehrlich, Sie haben überhaupt keinen Plan, sind keinen Schritt weiter und wollen mir, dem Nächstbesten, irgendetwas anhängen, weil Sie den Fall zu den Akten legen möchten und nach Hause zu Ihren Frauen und Kindern wollen." Dr. Rewe lachte höhnisch.

„Es gibt da so ein paar Ungereimtheiten, was Ihre Person angeht...", begann Sam ohne auf die Anschuldigungen einzugehen. „...Sagten Sie nicht, Sie waren zwei Stunden mit einem Kollegen essen? So etwa zwischen drei und fünf Uhr?"

Dr. Rewe gefror das Lachen plötzlich im Gesicht. Er wurde ernst und massierte sich den Nacken. „Habe ich das gesagt?"

„Soll ich Ihnen Ihre eigene Aussage noch einmal vorlesen?" Sam begann, den Ordner zu öffnen und die Blätter hin und her zu schieben.

„Nicht nötig", lenkte der Arzt ein. „Na schön, dann war ich eben nicht so lange mit ihm essen. Und?"

„Und?" Sams Augen verengten sich zu kleinen Schlitzen. „Sie

scheinen den Ernst der Lage nicht ganz zu begreifen. Wo waren Sie danach?", fragte er scharf.

„Unterwegs."

„Unterwegs?", wiederholte Sam und sah den Mann an als hätte er nicht alle Tassen im Schrank.

Juri war jetzt aufgestanden. Dr. Rewe hatte es mit seiner herablassenden Art zu weit getrieben und er kannte Sam, wenn er wütend wurde. „Ziehen Sie sich eine Jacke an. Wir fahren zum Revier, Dr. Rewe."

Der Arzt hob die Hände als Zeichen seiner Ergebung. „Ist ja gut." Er setzte das Glas erneut an und leerte es dieses Mal in einem Zug. Seine Augen waren inzwischen glasig, sein Ton leicht lallend. „Ich habe mich danach mit einer Frau getroffen. Sind Sie jetzt zufrieden?"

Juri und Sam tauschten wieder Blicke aus.

„Wie heißt die Frau?", fragte Juri.

„Saida", antwortete Dr. Rewe leise.

„Und weiter."

„Das werden Sie mir jetzt sicher nicht glauben. Aber ich weiß es nicht. Ich habe nur eine Nummer von ihr. Sie ist eine Professionelle. Immer wenn ich nach Barcelona fahre, rufe ich sie an", erklärte er mit Verzweiflung in der Stimme, als er die misstrauischen Blicke der beiden Polizisten sah.

„Vor einer Minute sagten Sie mir noch, dass Sie Ihre Frau mitgenommen haben, weil Sie dachten, es würde Ihrer eingerosteten Ehe guttun. Und jetzt erzählen Sie mir, Sie haben sich mit einer anderen Frau getroffen, während Ihre Frau allein im Hotelzimmer saß? Kommen Sie, Dr. Rewe, geben Sie sich bisschen mehr Mühe." Sam war laut geworden. Er hasste nichts mehr, als wenn er für dumm verkauft wurde. „Erzählen Sie uns, was wirklich passiert ist zwischen vier und sechs Uhr nachmittags."

Der Arzt wischte sich unbeholfen mit dem Handrücken über den Mund. Sein Lallen war jetzt noch stärker geworden. „Ich ... ich hatte mich seit drei Wochen auf diese Reise gefreut." Ein Leuchten flackerte in den Augen des Mannes auf. „Und dann ..."

„Kam Ihre Frau dazwischen und wollte mit", warf Sam ungerührt ein.

Dr. Rewe griff sich wieder an seinen Nacken und atmete laut aus. „Diese Frau ist einfach einzigartig. Sie macht eben Dinge, die meine Frau strikt abgelehnt hat." Er verdrehte die Augen. „Ach, was sage ich, sie wurde geradezu hysterisch, als ich ihr von meinen Vorlieben erzählte."

„Welche Vorlieben sind denn das?" Sam hatte die verschiedensten Bilder vor Augen, von Auspeitschen in Lack und Leder bis zu Nadeln durch die Brustwarzen stecken, aber als Dennis Rewe von seiner besonderen Vorliebe erzählte, zog sich doch etwas in seinem Unterleib zusammen.

Saida war eine Domina, die sich auf Harnröhrenerweiterung spezialisiert hatte.

Auch Juri hatte bei den Schilderungen die Luft angehalten und es im Stillen mit mittelalterlichen Foltermethoden verglichen. Er schrieb sich nun die spanische Nummer der Frau auf, während er immer wieder zu Sam rübersah.

„Wir werden das überprüfen", sagte Sam, während er wieder das Vibrieren seines Handys in seiner Tasche spürte. Er ignorierte es und überlegte, was er Dr. Rewe unbedingt noch hatte fragen wollen, als Juri ihm zuvorkam. „Wer hat von Ihrem Treffen gewusst. Ich meine, Sie haben doch Ihr Date organisieren müssen. Was haben Sie Ihrer Frau erzählt?"

„Dass ich ein paar Geschäftstreffen habe und erst am frühen Abend zurück sein würde."

„Und wann genau haben Sie Ihr das gesagt?"

„Ach du liebe Zeit. Das weiß ich doch jetzt nicht mehr." Dr. Rewe tippte sich an die Stirn als würde es seiner Erinnerung helfen. Er hielt sich leicht schwankend am Tresen fest und setzte sich schließlich neben Juri auf einen Barhocker.

„Na ja, vor der Reise, im Flugzeug, auf dem Hotelzimmer, per

SMS ... denken Sie nach", bohrte Juri weiter.

Sams Handy vibrierte weiter, bis er sich doch entschied, den Anruf entgegenzunehmen. Er stand auf, um auf die Terrasse zu gehen. „Entschuldigen Sie mich." Plötzlich fiel ihm seine Frage wieder ein. „Ach, hat sich eigentlich inzwischen Ihre Zimmerkarte wieder angefunden?"

Dr. Rewe beantwortete die Frage kopfschüttelnd und senkte dann den Blick auf seine aneinanderreibenden Fingerkuppen.

Zu Sams Überraschung war Nicki Hörner am Apparat, die ihm schluchzend erklärte, dass ihre Freundin Jasmin eine Internetbekanntschaft gehabt hatte. Auf ihrer Mailbox war eine Nachricht von Jasmin gewesen, die sie aber gerade eben erst abgehört hatte. Darauf hatte sich ihre Freundin aufgeregt angehört und hatte wissen wollen, ob Nicki irgendjemandem gegenüber ihre Reise nach Barcelona erwähnt hätte oder ob ihr jemand an ihrem Geburtstag im Café aufgefallen sei. Sie hatte sie gebeten unbedingt zurückzurufen.

Nicki bestätigte Sam, dass sie an dem Geburtstag ihrer Freundin einen Mann mit einer Zeitung bemerkt hätte, der zwei Tische weiter gesessen und eine halbe Stunde oder länger auf ein und dieselbe Seite gestarrt hatte.

Juri hatte also offensichtlich richtig beobachtet. Jasmin hatte entweder kurz bevor sie in den Fahrstuhl getreten war oder kurz danach telefoniert. Er musste sich die Aufzeichnungen noch einmal dazu ansehen.

Dr. Rewe hatte den Laptop seiner Frau den beiden Beamten ohne Murren ausgehändigt und dieser stand nun auf Juris Schreibtisch und wartete darauf, dass man ihm sein kleines Geheimnis entlockte.

Vom Bildschirmschoner lächelte ihnen eine glückliche vierköpfige Familie entgegen. Eine Familie, die es so nicht mehr geben würde, dachte Sam, während Juri von Ordner zu Ordner sprang, Dateien und Fotoalben öffnete, in der Hoffnung, irgendetwas zu finden, dass sie in der Sache Internetbekanntschaft weiterbrachte. Im Download wurde er schließlich fündig: ein abgespeicherter Chat mit dem Datum von vor einem Monat. Er druckte ihn aus und schob ihn zu Sam, der gedankenverloren neben ihm am Tisch saß und sich vorstellte wie Dr. Rewe sich eine ein Zentimeter dicke Sonde bis zum Anschlag in die Harnröhre schieben ließ und dabei zum Höhepunkt kam.

„Na, du denkst gerade an die spanische Domina und Dr. Rewes perverse Sexpraktiken. Stimmt's?", stellte Juri mit einem Blick in Sams schmerzverzerrtes Gesicht fest.

„Kannst du Gedanken lesen?"

„Deine Gesichtszüge waren gerade ziemlich angespannt, da dachte ich, es kann sich nur um die bildhafte Vorstellung von urologischen Spielchen handeln."

Sam schüttelte sich als hätte er einen kalten Eimer Wasser über den Kopf bekommen und begann zu lesen:

Picasso: *Hi*

Sonnenschein: *Hi*

Picasso: *Schön, dass du kommen konntest.*

Sonnenschein: *Ich sagte ja, ich versuche es.*

Picasso: *Ich habe gestern Nacht darüber nachgedacht, was hier mit uns passiert. Ich fühle, dass wir auf einer Ebene sind und das hat ... wie soll ich sagen, ziemlich starke Gefühle bei mir geweckt. Gefühle, die ich schon lange nicht mehr hatte.*

Sonnenschein: *Ich weiß. Mir geht es nicht anders.*

Picasso: *Ist dir klar, dass das hier der Anfang einer großen Liebe sein könnte? Das werden wir aber erst wissen, wenn wir den nächsten Schritt wagen. Den Schritt aus der Virtualität.*

Sonnenschein: *Hm. Ich weiß nicht. Und was ist, wenn deine oder meine Erwartungen nicht erfüllt werden?*

Picasso: *Wir sind beide zu lange durch die Wüste gegangen, ohne Wasser. Wir sind ausgetrocknet. Es wird Zeit, die Pflänzchen zu gießen.*

Sonnenschein: *Wir sollten nichts übereilen.*

Picasso: *Du versteckst dich schon wieder. Ich hab die Nase voll vom Warten. Ich brauche endlich wieder jemanden an meiner Seite. Ich will mir nicht mehr nur der einzige Halt sein.*

Picasso: *Hallo? Bist du noch da?*

Sonnenschein: *Ja. Ich bin müde. Lass uns morgen weiterreden.*

Picasso: *Es macht mich verrückt, dir nicht in die Augen sehen zu können, dich riechen zu können, deine Bewegungen zu sehen, dich reden zu hören. Ich drehe durch.*

Sonnenschein: ☺ *Bis morgen.*
Sonnenschein hat den Chat verlassen.

Der Mann klang regelrecht verzweifelt und ausgehungert nach Liebe. „Gibt es nur den einen?", fragte Sam und rieb sich die Augen, die ihm etwas wehtaten nachdem er sich angestrengt hatte, die kleinen Buchstaben zu entziffern. Er würde sich nun endlich mal daran gewöhnen müssen, seine Lesebrille bei sich zu tragen.

„Bisher konnte ich keinen Weiteren finden." Juri klickte sich immer noch durch die Menge von Dateien.

„O.k., dieser ein Monate alte Chat sagt uns nur, dass da jemand war. Aber treffen wollte sie sich nicht mit ihm, was die Aussage von Nicki Hörner untermauern würde."

„Vielleicht hat sie sich aber doch in der Zwischenzeit mit ihm getroffen und hat es ihren Freundinnen nur nicht gesagt", bemerkte Juri.

„Ja, möglich wäre es. Hatte ich dir schon gesagt, dass er wohl aus Hamburg kommt. Das schränkt den Suchradius etwas ein." Hamburg war ja nicht gerade ein Dorf, weshalb Sam über seine eigene Bemerkung lachen musste, während er große Kreise auf ein Blatt Papier malte. Die Bewegung hielt ihn davon ab, die Augen zu schließen und sofort einzuschlafen.

„Nichts leichter, als jemand mit dem Pseudonym Picasso in Hamburg zu finden, Sam."

„Dachte ich's mir." Sam unterdrückte einen Gähner. „Warum hat sie ausgerechnet den gespeichert?"

Juri zuckte mit den Schultern. „Vielleicht hat sie auch nur vergessen, ihn zu löschen. Keine Ahnung. Oder ich finde die anderen Chats auch noch irgendwo." Juri sah auf Sams Kreise, die immer dunkler wurden je mehr Umdrehungen er mit dem Kugelschreiber machte.

Der Mann war in der Hoffnung gewesen, seine große Liebe gefunden zu haben, dachte Sam. Er selbst hatte sie auch mal gefunden und gehen lassen. Er würde viel Zeit brauchen, bis er wieder einen Menschen in sein Leben lassen würde.

„Vielleicht haben sie sich getroffen und da sie ihn laut Nicki Hörner ausgesprochen hässlich fand, hat sie ihn abblitzen lassen oder sogar beleidigt und er, schwer gekränkt, hat sich an ihr gerächt. Vielleicht gibt es noch weitere Vergleichsfälle. Anzeigen wegen Belästigung oder ähnlichem nach einem Internetkontakt. Wir sollten auch danach die Datenbanken durchgehen."

„Und um sich zu rächen, ist er ihr direkt nach Barcelona gefolgt? Halte ich für Blödsinn. Außerdem wäre es dann ein Mord im Affekt. Dieser hier war von langer Hand geplant. Nein, zurzeit ist noch alles offen, Kleiner. Es ist auch gut möglich, dass jemand aus einer Laune heraus Frau Rewe getötet hat. Das würde bedeuten, keine Täter-Opfer-

Beziehung, kein wirkliches Motiv. Der Albtraum eines jeden Ermittlers." Sam rieb sich wieder über die Augen und gähnte. „Ich bin müde, machen wir Schluss für heute."

Der Monitor des Computers warf einen bläulichen Glanz auf Juris junges Gesicht. Er nickte und fuhr den Laptop runter.

„Wo der Chat stattgefunden hat, kann man nicht rausfinden, oder?"

„Weißt du, wie viele Charäume es gibt?"

Sam winkte ab und zog sich eine wattierte Jacke über, die Juri ihm geliehen hatte. „Ich weiß. Hunderte, Tausende. Aber vielleicht sollten wir mal die gängigsten Partnersuchseiten durchforsten. Dann sollten wir in diesem Café in Eppendorf nachfragen, ob der Mann mit Mütze bei der Belegschaft einen bleibenden Eindruck hinterlassen hat. Wenn wir Glück haben, hat er mit Karte bezahlt."

„Das wäre schön. Ich melde mich morgen bei ein paar Seiten an und setze das schönste Bild meiner Schwester rein."

„Du hast eine Schwester?"

„Ja. Sie lebt in Sibirien."

Sam überlegte, ob Juri einen Scherz gemacht hatte, aber er verzog keine Miene. Er musste sich eingestehen, dass er nicht allzu viel über seinen Partner wusste, was ihn etwas beschämte. Immerhin arbeiteten sie eng zusammen, da sollte er ein bisschen mehr Interesse zeigen. Nur jetzt war er zu müde. Es würden sich sicherlich noch viele Gelegenheiten ergeben, mehr über Juris Geschichte zu erfahren. Sam verabschiedete sich und fuhr in sein Hotel in der Innenstadt.

Die Temperaturen waren unter den Nullpunkt gesunken. Es war saukalt und in Sam kam der Wunsch und das dringende Bedürfnis hoch nach langer Zeit mal wieder warme Sonnenstrahlen auf seiner Haut zu spüren und das Meer zu riechen.

Im Hotelzimmer angekommen legte er sich angezogen auf sein Bett und versuchte seine Gedanken abzuschalten. Immer wieder ging ihm der Zweizeiler durch den Kopf. Dieser Schnipsel war das Einzige, was in dem ganzen Fall keinen Sinn machte und ihm wollte partout auch nichts dazu einfallen. Er nahm die Akte vom Nachttisch und schlug sie auf.

Jasmin Rewe war um 14.27 durch die Lobby zum Fahrstuhl gegangen. Um 14.40 hatte sie auf Nicki Hörners Mail-Box gesprochen. Das bedeutete, dass sie allein gewesen sein musste. Plötzlich kam in Sam das unbestimmte Gefühl hoch, dass sie einer völlig falschen Spur nachgingen. Er legte die Akte beiseite, drehte sich auf den Rücken und schloss die Augen. Wilde springende Flecken in rot, gelb und braun tanzten vor seinem inneren Auge, sodass er sie wieder öffnete. Den Blick an die dunkle Zimmerdecke gerichtet, formte sich dort in leuchtend roten Buchstaben plötzlich ein Satz.

Sam machte die Augen wieder zu, wollte sich ablenken, indem er an Lina dachte. Aber mit ihr kam der Schmerz. Der Schmerz war wie ein wildes Tier, das in seinem Körper gefangen war und dort wütend herumtobte. Und es forderte die Freilassung. Seit zwei Wochen war er nun in psychiatrischer Behandlung. Er hatte die Hoffnung gehegt, durch Reden sich davon befreien zu können, aber der Schmerz war immer noch so tief, dass er manchmal kaum atmen konnte. Er war immer schon ein Meister der Verdrängung seiner Gefühle gewesen. Jede Verletzung seiner Seele hatte er weggesteckt oder tief im bodenlosen Abgrund seines Unterbewusstseins begraben. Jetzt quoll es hervor wie der Müll aus einem übervollen Container. Er hatte sich als Pfeiler gesehen, als Pfeiler für seine Schwester Lily, seine Umgebung, sogar für sich selbst. Nie hatte er sich Schwächen erlaubt und galt auch unter Kollegen als stabil, in sich ruhend und ausgeglichen. Linas Tod hatte ihm endgültig den Boden unter den Füßen weggerissen und ihm vor Augen gehalten, dass er eben nicht unfehlbar war. Er öffnete wieder die Augen und sah den Satz immer noch an der Decke stehen: *Er tötet wieder.*

Er stöpselte sich die Kopfhörer seines I-Pods in die Ohren und lauschte den ruhigen Klängen eines Klavierkonzerts von Chopin. Eine Weile betrachtete er das Foto von Lina, legte es auf seinen Bauch und nahm ihr Gesicht zehn Minuten später mit in seinen Traum.

10.

KOLUMBIEN Aleida Betancourt stöhnte laut auf. Die Schmerzen waren nicht auszuhalten und sie hoffte inständig, dass Gott sie bald erlösen würde. Sie war immer gesund gewesen, bis vor einer Woche, als die Schmerzen im Rücken unerträglich geworden waren. Nach einer eingehenden Untersuchung hatte man bei ihr einen apfelsinengroßen Tumor in der Lunge entdeckt und sie gleich zwei Tage später operiert. Seit gestern lag sie nun hier auf der Intensivstation und merkte wie die Lebensgeister sich aus ihrem Körper verabschiedeten. Es ging zu Ende, das konnte sie auch an den Augen ihrer Besucherin Lea sehen, die jetzt neben ihr saß, sie anlächelte und dabei versuchte, ihre Tränen zu unterdrücken.

Ihr ganzes Leben zog an ihr vorbei. Ein arbeitsreiches und gotterfülltes Leben, über das sie sich nie beschwert hatte. Sie war regelmäßig in die Messe gegangen, hatte ihre kleinen Sünden gebeichtet und dafür den Rosenkranz gebetet. Jetzt würde das Paradies auf sie warten.

Sie sah wieder zu Lea, die ihren Tränen nun freien Lauf ließ.

Diese Familie war ihr Leben gewesen. Sie hatte ihr über vierzig Jahre gedient. Sie kannte alle ihre Familiengeheimnisse und hatte nie ein Wort darüber verloren. Die meisten würden der ruhmvollen Familie das Genick brechen.

Im Alter von vierzehn Jahren hatte Diego Rodriguez sie von ihren Eltern abgekauft, und als Hausmädchen in seinen Haushalt gesteckt.

Lea griff nach ihrer Hand und drückte sie fest. Sie war ihr von den fünf Kindern, die sie hatte aufwachsen sehen, besonders ans Herz gewachsen. Die hübsche kleine Lea mit ihren aschblonden Haaren und grünblauen, fast türkisfarbenen Augen. Sie war das Schmuckstück der Familie, der besondere Edelstein.

Ihre Lider fielen ihr zu und ein Schluchzen drang an ihre Ohren. Weine nicht kleine Lea, dachte sie, es wird alles gut. Noch einmal versuchte sie, die bleischweren Lider zu öffnen. Sie wollte, nein, musste Lea noch ein Geheimnis anvertrauen, das nur sie und ihre eigene Schwester kannten. Ein schreckliches Geheimnis, das wie ein Schatten über den Rodriguez' lag. Es wurde Zeit, es ans Licht zu bringen. Wieder durchbohrte sie der Schmerz und nahm ihr die Kraft zum Reden.

Lea weinte jetzt hemmungslos. Sie versuchte sie zu trösten, aber dazu fehlte ihr einfach die Kraft. Schritte näherten sich ihrem Bett und eine Schwester sagte, dass es Zeit wäre zu gehen. Ihr Inneres wollte sich aufbäumen, wollte sagen *Nein, warte, da gibt es etwas, was du wissen musst,* aber sie konnte nicht, der Schmerz drückte sie zurück und brachte sie zum Schweigen.

In der Nacht machte Aleida Betancourt ihren letzten Atemzug und nahm das schreckliche Geheimnis der Familie Rodriguez mit ins Grab. Ein Geheimnis, das selbst der Familie nicht bekannt war und das sie so viele Jahre in ihrem Herzen getragen hatte. Nach siebenundzwanzig Jahren würde es sich nun allein auf verschlungenen Wegen aus der Dunkelheit befreien müssen.

11.

PARIS Katarin war im siebten Himmel. Sie hatte eine weißgoldene Chopard von Harry bekommen, auf der sie seit fünf Minuten die Zeiger beobachtete und nun überlegte, was sie bis zum frühen Abend anstellen sollte. Harry war zum Kongress gegangen und hatte ihr Geld auf den Tisch gelegt, damit sie sich verwöhnen lassen konnte. Vielleicht würde sie sich eine Massage und ein Facial-Treatment gönnen. Katarin streckte ihr Bein in die Höhe und betrachtete ihre Fußnägel. Ihre Nägel könnte sie sich auch lackieren lassen. Gerade wollte sie nach dem Hörer greifen, um im Spa anzurufen, als es klopfte und die Tür aufging.

Ein Reinigungswagen wurde hereingeschoben.

Katarin wollte protestieren, doch das Zimmermädchen war schon im Bad verschwunden. Außerdem sprach sie kein französisch. Was soll's, dachte sie und rief im Spa an. „Hallo, ich hätte gerne einen Termin für eine Massage gemacht ... Erst morgen wieder?" Sie legte enttäuscht auf und sah um die Ecke ins Wohnzimmer. Der Wagen stand direkt vor der Tür, von dem Zimmermädchen war nichts zu sehen. Nur ein Klappern und Scheppern kam aus dem Badezimmer. Das Bad war doch heute Morgen sauber gemacht worden, wunderte sich Katarin.

Sie legte sich wieder aufs Bett. Was sollte sie nur den ganzen Tag machen? Sie schaltete den Fernseher an und zappte durch die Kanäle, als plötzlich jemand neben ihrem Bett stand. Katarin starrte auf die merkwürdig aussehende Gestalt, die auf sie herabsah. Die Uniform saß nicht und dann das Gesicht ...

„Bonjour Madame", sagte das Zimmermädchen und stellte ihren Lederkoffer auf den Nachttisch.

12.

HAMBURG Sam hatte den Tag einmal anders begonnen als üblich. Er war früh morgens in den hoteleigenen Pool des Olympus Spa gesprungen und war dreißig Bahnen in dem zwanzig Meter langen Becken geschwommen. Die erste sportliche Tätigkeit seit Monaten. Seine Kondition hatte stark nachgelassen und er war sich im klaren darüber, dass er mehr Aufwand betreiben musste als mit zwanzig, um wieder in Form zu kommen. Als er nach der letzten Bahn auftauchte und die Schwimmbrille abnahm, hockte Juri auf der Treppe zum Whirlpool und lächelte ihn frech an. „Sind die Gläser verstärkt?"

Sam schwang sich aus dem Wasser, griff nach seinem Handtuch und ließ es gegen Juris Bein fatzen, der sofort spielerisch aufschrie.

„Na, bist du mal wieder von einem One-Night-Stand geflohen?", konterte Sam.

„Du hast es erraten. Dachte wir frühstücken zusammen"

„Bin gleich fertig. Warte im Restaurant auf mich."

Sam schlüpfte in einen Bademantel und fuhr mit dem Fahrstuhl nach oben zu seinem Zimmer. Sein Partner war genauso allein und einsam wie er, dachte Sam, sonst würde er seinen morgendlichen Kakao nicht mit mir trinken wollen. Er war überzeugt davon, dass auch in Juri irgendwo die Sehnsucht nach Wärme, Zugehörigkeit und Liebe schlummerte, die aber von Beziehungsunfähigkeit und Angst vor einer lebenslangen Verantwortung übertüncht wurde wie von einem dicken schwarzen Pinselstrich. Aus diesem Grund begnügte sich Juri mit flüchtigen Bekanntschaften und Sam, wenn überhaupt, mit kurzen Liebschaften, die irgendwann im Sand verliefen oder wie bei Lina mit dem Tod endeten. Vielleicht wäre seine Beziehung mit Lina über kurz oder lang genauso ausgegangen wie bei vielen anderen Paaren, die er kannte. Zuerst kam das Glück, die Liebe und Kinder. Irgendwann fand man sich in der Hölle der Ehe wieder, schmiss sich nach Jahren nur noch Beleidigungen an den Kopf und verachtete den Menschen, den man einst geliebt hatte. Ob das erstrebenswert war, bezweifelte er.

Juri hatte für sich bereits einen Kakao und für Sam einen Kaffee bestellt, als Sam sich zu ihm an den Tisch setzte. Wie ein altes Ehepaar dachte er und grinste breit.

„Was lachst du?", fragte Juri neugierig.

„Ich freue mich dich zu sehen, mehr nicht."

„Ich konnte in der Nacht nicht schlafen und habe mich im Netz getummelt. Picasso habe ich noch nicht finden können, dafür aber unsere *‚desperate housewife'*, Frau Rewe, die sich gleich auf mehreren Seiten angemeldet hatte, allerdings ohne große Aktivitäten."

„Was bedeutet, dass Picasso nicht unbedingt unser Mann ist. Aber das werden wir spätestens wissen, wenn wir sein Foto haben und es mit dem Mann in der Lobby vergleichen können."

Sie bestellten beide ein Bircher Müsli, eine Obstplatte und frisch gepressten Orangensaft zum Frühstück. Zum ersten Mal seit langer Zeit fühlte sich Sam wieder wohler in seiner Haut.

„Seit wann ist eigentlich Forschen mit endlosem Leid verbunden?" Juri hielt im Essen inne und sah Sam an.

Das Gleiche hatte er sich auch heute Morgen nach dem Aufstehen gefragt und hatte für sich den Begriff Forschung definiert. Forschung bedeutete die Suche nach neuen Erkenntnissen, die man durch wissenschaftliche Arbeiten erlangte. „Wenn man wissenschaftliche Arbeiten an lebenden Individuen vollführt, könnte das sehr viel Leid bringen, meinst du nicht? Ich habe schon überlegt, ob jemand Opfer einer Transplantation geworden ist. Das zumindest würde die Worte Spender und Empfänger erklären."

„Aber Dr. Rewe hat doch nichts mit Transplantationen zu tun."

„Vielleicht hat jemand in seiner Familie ein Spenderorgan erhalten und das auf illegale Weise. Who knows?"

Nach dem Frühstück trennten sie sich. Juri fuhr nach Eppendorf ins Frühstückscafé, Sam direkt aufs Revier, um ein paar Telefonate zu erledigen. Eines davon nach München zu seinem Kollegen Peter Bauer, den er routinemäßig damit beauftragte nach ein paar bestimmten Merkmalen im System zu suchen und natürlich nach Vergleichsfällen, obwohl er wusste, dass Brenner sich schon intensiv damit beschäftigte. Doppelt hält besser, sagte sich Sam, während er die Nummer von der angeblichen Domina in Barcelona wählte, die Dr. Rewes Alibi für die Tatzeit sein sollte.

Der Arzt hatte erklärt, dass er von der Frau nur eine Visitenkarte hatte, die man ihm vor Jahren mal in einer Bar gegeben hatte. Auf der Karte stand nur ein Name und eine Telefonnummer. Auf die Frage wie er denn ohne Adresse zu der mysteriösen Dame gekommen wäre, hatte er geantwortet, dass er dort angerufen, sich die Adresse notiert und sie einem Taxifahrer übergeben hätte.

Endlich meldete sich eine Frauenstimme. Sie klang jung und fröhlich, was Sam zunächst etwas verunsicherte, hatte er doch mit einer rauchigen und verwegenen Stimme gerechnet.

„Saida?"

„Con quien?"

Laut Dr. Rewe sprach Saida vier Sprachen perfekt, darunter sogar japanisch und war auf internationales Publikum spezialisiert.

„Ich habe Ihre Nummer von einem Freund bekommen ... Dennis Rewe."

Ein kurzes Zögern. „Ja. Und was kann ich für Sie tun?"

„Er steckt in Schwierigkeiten und ..."

„Ich gebe grundsätzlich keine Auskünfte. Über niemanden."

„Auch nicht bei Mord? Mein Name ist Sam O'Connor, Europol." Sam hörte die Frau am anderen Ende der Leitung langsam ausatmen. „Mord?", fragte sie vorsichtig nach. Schließlich bestätigte sie, dass Dennis Rewe zwischen vier und sechs bei ihr gewesen war. Er war seit Jahren ein guter Kunde. Buchte statt wie üblich einer immer gleich zwei Stunden und hatte an dem besagten Freitag ihren Terminkalender durcheinandergebracht, weil er wegen seiner Frau früher kommen musste.

„Kann es sein, dass Ihr Klient einen Manschettenknopf bei Ihnen vergessen hat? Gold mit einem blauen Stein?"

„Ja, so einen habe ich in der Nierenschale gefunden", erklärte sie und Sam stellte sich vor, dass die Frau eine ganze Krankenhausausstattung besaß, um ihren Kunden ein unvergessliches Erlebnis zu bereiten.

„Ich wusste nicht, zu wem er gehört. Wenn Sie wollen, können Sie ihn ja bei mir abholen." Ihre Stimme nahm jetzt einen verführerischen Ton an.

Sam lachte und bat sie lediglich, den Knopf für ihn aufzuheben.

Damit fiel Dr. Rewe als Verdächtiger weg.

Sam hielt das Foto des Mannes in der Hand, der Jasmin Rewe ins Hotel gefolgt war. Den Mann, mit dem sie laut Nicki Hörner nur gechattet und den sie nie getroffen hatte. Doch wenn sie die Beziehung sowieso hatte beenden wollen, würde sie ihm wohl kaum erzählt haben, dass sie nach Barcelona fahren wollte.

In dem Moment rief Juri ihn aus dem Café an. Die Kellnerin konnte sich sehr gut an den Mann mit der Mütze erinnern, weil er sehr geschwitzt, nur einen Cappuccino in drei Stunden getrunken und kein Trinkgeld gegeben hatte. Sie hatte ihn auf dem Foto aus der Lobby wiedererkannt.

Somit war zumindest schon einmal geklärt, woher Jens Wimmer gewusst hatte, dass die Rewes nach Barcelona reisen und in welchem Hotel sie absteigen würden.

„Ich habe auch schon mit Dr. Rewe gesprochen. Niemand aus seiner Familie hat jemals gesundheitliche Probleme, geschweige denn eine Organtransplantation gehabt. Er war mal wieder ziemlich sprachlos über unsere äußerst fragwürdigen Verdächtigungen und Theorien wie er sich ausdrückte. Aber bevor er ausfallend werden konnte, habe ich aufgelegt", sagte Juri und Sam ahnte, dass sein Partner gerade dabei grinste. „Bin gleich bei dir, dann checke ich weiter die Kontaktseiten. Allerdings gibt es viele ohne Fotos, die mit Gehältern und Berufen locken. Da kann der Pöbel dann Kontakt zur Elite aufnehmen."

Erneut stieg in Sam dieses Gefühl hoch, das er schon am Abend zuvor gehabt hatte. Sie gruben an der falschen Stelle. Und als hätte er es geahnt, klingelte sein Handy und sämtliche Spekulationen, Theorien und Überlegungen zu dem Fall Jasmin Rewe waren mit einem Mal null und nichtig.

1952

ARGENTINIEN   Heinrich untersuchte und säuberte die entzündete Blinddarmnarbe aus der der Eiter quoll, während der kleine Junge sich im Fieberwahn hin- und herwarf. Hinter ihm klagte die Bäuerin und der Bauer beobachtete jede seiner Handbewegungen mit Argwohn. Er wich dem Blick des Bauern aus und packte seine Sachen zusammen. Hier gab es nicht mehr viel zu tun. Der Junge würde die Nacht nicht überleben.

„Sie sind schuld", sagte der Bauer und drückte Heinrich gegen die Wand. „Sie sind ein Stümper. Wenn mein Sohn stirbt, so Gnade Ihnen Gott."

Heinrich befreite sich aus dem festen Griff des Mannes und lief schnell die Treppe runter, raus aus dem Haus. Mit zitternden Händen machte er sein Pferd los, schwang sich in den Sattel und galoppierte davon.

Er war eine Stunde geritten, als er den letzten Berg überquerte, der ihn von seiner Hazienda trennte. In der Ferne sah er eine Staubwolke direkt auf sein kleines Land zukommen. Seit er sich hier niedergelassen hatte, war niemand zu Besuch gekommen. Die Bauern, die er in der unmittelbaren Gegend medizinisch versorgte, hatten keine Autos, sie kamen mit Pferdegespannen oder zu Fuß. Er war wohl nicht vorsichtig genug gewesen. Außerdem hatten sich die Todesfälle nach Infektionen bei jungen Mädchen und Frauen gehäuft, dazu kam noch diese misslungene Blinddarmoperation bei dem kleinen Jungen. Die Beschreibung im Buch war einfach schlecht gewesen und er hatte plötzlich den ganzen Darm auf dem Tisch liegen gehabt. Vor lauter Panik hatte er das Kind einfach wieder zugenäht und dabei war wohl irgendetwas schief gelaufen. Wahrscheinlich war der Blinddarm dann doch geplatzt.

Er stieg von seinem Pferd ab, versteckte sich hinter einem Busch und beobachtete wie zwei Männer aus dem Wagen stiegen und in sein Haus gingen.

Erst als es langsam dunkel wurde, kamen sie wieder heraus und fuhren davon.

Schon seit einer Weile rechnete er damit, dass sie ihn bald finden würden. Immer wieder las man davon, dass der israelische Geheimdienst seine Fühler nach Südamerika ausgestreckt hatte. Nun war der Tag gekommen. Es war Zeit, die Zelte hier abzubrechen. Seine Tochter würde er zurück nach Deutschland zu ihrer Mutter schicken und die Hausangestellte, die ein Kind von ihm erwartete, würde er zurücklassen. Es war besser allein zu reisen, unauffälliger, als mit einem schwangeren und dazu noch dunkelrassigen Anhängsel. Damit hatte er eh einen großen Fehler begannen, nämlich seinen Orden verraten. Natürlich hatte er niemals damit gerechnet, dass der Orden wieder aufleben würde. Erst letzte Woche war Post aus Brasilien gekommen. Er wurde erwartet.

13.

PARIS Der Mord in Paris warf auf der einen Seite Sams gesamte Überlegungen und Theorien über den Haufen, auf der anderen Seite bestätigte er, was er bereits gefühlt und geahnt und wogegen er sich mit Händen und Füßen gesträubt hatte, nämlich dass es ein weiteres Opfer geben würde. Einzig und allein der kurze Zeitabstand zwischen den Taten machte ihm große Sorgen.

Peter Brenner hatte sich nicht allzu deutlich über das Gewaltverbrechen am Telefon geäußert, und als Sam am Tatort ankam, war er von dem Anblick der Toten auf dem Bett regelrecht geschockt. Auch in ihrem Gesicht stand noch der Ausdruck des Nichtverstehens und des Unglaubens über die Dinge, die mit ihr geschehen waren. Ihre langen blonden Haare lagen wie drapiert über ihrer Brust oder das, was davon noch übrig war. Sie lag in der gleichen Haltung da wie Jasmin Rewe.

Die Tote war vom Zimmerservice entdeckt worden, der einen Strauß roter Rosen aufs Zimmer stellen wollte. Der junge Mann war bereits von der französischen Polizei vernommen worden und befand sich nun in ärztlicher Behandlung.

Sam überflog den ersten Bericht, steckte ihn in die Akte, die er unter seinem Arm trug, und beobachtete die französischen Beamten bei ihrer Arbeit. Alle wuselten geschäftig hin und her und Sam konnte niemanden entdecken, der ihm auskunftsfreudig erschien.

Die tiefe sonore Stimme des französischen Leiters der Mordkommission erreichte das Zimmer, noch bevor der Mann selbst zu sehen war. Als der große, schwerfällige Mann mit dem rosigen Gesicht und dem Bart den Raum betrat, trafen sich sofort ihre Blicke. Erst Zweifel, die Stirn in Falten gelegt, dann die Erkenntnis. Lächelnd kam der Franzose mit ausgestreckter Hand auf ihn zu. „Bien sûr, Monsieur O'Connor. L' Allemand mit dem amerikanischen Namen. Je suis Mathis Germain, erinnern Sie sich … Wir haben vor Jahren mit

Argault diesen Kinderschlächter zur Strecke gebracht."

„Mais oui, je me souviens encore très bien", antwortete Sam und hoffte, dass man ihm die Lüge nicht anmerkte. Er konnte sich beim besten Willen nicht an den Mann erinnern. Er versuchte den Namen einzuordnen, aber sein Namensgedächtnis war einfach katastrophal, dafür konnte er sich normalerweise gut Gesichter merken. Die Erinnerung bröckelte nur langsam durch.

Der Franzose war damals noch dunkelhaarig gewesen, inzwischen war er komplett grau bis weißhaarig, deshalb hatte er ihn wohl auch nicht gleich erkannt.

„Sie sind wegen Ihrer Landsleute hier, nicht wahr?" Germain drehte sich um und zeigte auf die Leiche. „Wobei dieser Fall vielleicht eher an die ukrainischen Behörden gehen sollte."

„Ist sie Ukrainerin?"

„Dem Namen nach ja. Katarin Gromowa. Steht zumindest in ihrem Pass. Monsieur Harry Steiner, ihren Begleiter, versuchen wir noch ausfindig zu machen. Man sagte uns, er wäre noch auf einem Kongress. Cruel, mon Dieu. Was für eine Cochonnerie." Germain verzog angewidert das Gesicht.

Sam schluckte die aufsteigende Übelkeit herunter, die ihm die Kehle wie ein dicker Wurm hinaufkroch, der sich durchs Erdreich an die Oberfläche kämpft. Jeder Tatort hatte sein eigenes Aroma, was den Geruch des Todes betraf. Mal roch es mehr, mal weniger intensiv. Dieser hier hatte eine ordentliche Dosis abbekommen.

„War sie zugedeckt, als man sie fand?" Eine Tatsache, die Sam besonders interessierte.

„Ja, mit einem weißen Laken frisch aus der Wäscherei", antwortete Germain.

Warum deckte er seine Opfer zu? Was sah er für einen Sinn darin? Es gab Täter, die ihre Opfer nach der Tat bedeckten, um ihnen nicht ganz die Würde zu nehmen oder um ihre Tat ungeschehen zu machen. Das war oft bei Vergewaltigungen von Kindern der Fall, was hier nicht zutraf.

„Ich hörte schon, es gibt einen ähnlichen Fall in Barcelona."

Sam nickte zustimmend. Ähnlich, aber doch anders, dachte er. „Wurde dem Opfer auch Petrolether ins Herz gespritzt?"

„Das werden wir wohl erst nach der Obduktion wissen. Wundbenzin?" Inspektor Germain kratzte sich hinter dem Ohr. „C'est curieux."

„Warum finden Sie das merkwürdig?"

„Ich weiß nicht ... der Gedanke ist mir plötzlich entfallen."

Für einen Augenblick hatte Sam das Gefühl, dass sein französischer Kollege absichtlich den Gedanken vergessen hatte.

„Nun, das hier ist der Grund, warum man Sie wohl herkommen ließ. Das haben wir neben der Toten gefunden."

Der Inspektor reichte Sam einen kleinen Plastikbeutel, in dem ein kleiner Schnipsel lag. Sofort fielen ihm die Handschrift und die rote Tinte auf.

Gesunde zu Krüppeln, verstummt ist ihr Schrei.
Der Tod als Erlösung, er machte sie frei.

„Ich verstehe nur ein paar Worte. Une traduction wäre doch sehr hilfreich, Monsieur O´Connor. Was genau steht dort?"

„Nun, wenn Gesunde zu Krüppeln gemacht werden, ist der Tod die Erlösung für sie", erklärte Sam auf Französisch. „Wir dachten, es handelt sich im ersten Fall nur um einen Spruch, aber dies scheint der zweite Teil zu sein. Eine Art Gedicht vielleicht."

„Une poème?"

Sam nickte. Dabei dachte er, dass eigentlich diese Zeilen eher auf den ersten Mord gepasst hätten und die ersten zu diesem Fall hier.

„Denken Sie auch, dass sie eine Prostituierte war?"

„C'est faisable. Où une maitresse, mais ...?"

Plötzlich wurden sie durch eine aufkommende Unruhe abgelenkt. Beide Männer drehten sic gleichzeitig um, um den Herd dessen auszumachen, als ein Mann ins Zimmer hereinstürzte. Er sah sich wie ein Gehetzter um, dann fiel sein Blick auf das Gesicht der jungen Frau, die man bereits in einem Leichensack verstaut hatte ohne ihn jedoch ganz zu schließen. Ein fast unmenschlicher Schrei entrang sich seiner Kehle, bevor er sich auf die Tote stürzte.

Sam war der Einzige, der sofort reagierte und Harry Steiner kurz vor dem Fall auf die Tote abfing und zur Seite schleuderte, sodass er gegen den Schrank prallte. Anschließend half er dem Mann auf, setzte ihn auf einen Stuhl und entschuldigte sich für sein grobes Eingreifen bei ihm. Doch Dr. Harry Steiner reagierte gar nicht. Er sah nur fassungslos zu wie die Leiche seiner Geliebten abtransportiert wurde. Kurz darauf fiel er in eine Art katatonischen Zustand und starrte ins Nichts.

Sam versuchte ihn zu erreichen, gab es jedoch nach fünf Minuten auf. Er behielt den älteren Mann im Auge und wartete bis Dr. Steiner den ersten Schock überwunden hatte. Erst nach einer halben Stunde nahm er erneut Anlauf. „Herr Dr. Steiner, ich bin hier, um Ihnen zu helfen. Können Sie mir erzählen, in welchem Verhältnis Sie zu der Toten standen?"

„Sie war meine Geliebte."

„Sind Sie verheiratet, Dr. Steiner?"

„Wer macht so etwas Grauenvolles? Sie hatte doch nur mich, meine kleine Katarin", flüsterte Harry Steiner und verbarg das Gesicht in seinen Händen.

Sam begann, seine Rolle als Ermittler zu verabscheuen. Immer wieder musste er in seinem Beruf in Menschen dringen, die gerade einen geliebten Menschen verloren hatten, nur um irgendwelche Informationen aus ihnen herauszuquetschen. Hätte man das mit ihm gemacht, er wäre wahrscheinlich handgreiflich geworden. „Sie sind Augenarzt, nicht wahr?", fragte er weiter, obwohl er die Antwort bereits wusste.

Als Harry Steiner Sam nun ansah, war sein Gesicht gerötet und seine Augen blickten müde. Er nickte träge, während sein Blick zu dem blutverschmierten Bett hinwanderte. „Was hat man mit ihr gemacht?

… Da ist … da ist so viel Blut?", murmelte er stockend.

Sam schwieg und spielte verlegen mit der Ecke seiner Akte, die auf dem Tisch lag.

„Dem vielen Blut nach zu urteilen, war sie noch länger am Leben … Das stimmt doch?!" Harry Steiner griff nach Sams Arm und sah ihn mit flehendem Blick an.

„Genaues kann ich Ihnen erst nach der Obduktion sagen", antwortete Sam ruhig und sah durch Harry Steiner hindurch. Er konnte den traurigen, verzweifelten Blick des Mannes kaum ertragen und als Steiner noch anfing zu schluchzen, sah Sam betreten zu Boden.

„Ich kann nicht ohne sie nach Hause fahren. Das geht nicht", sagte der Mann leicht hysterisch und sah Sam mit weit aufgerissenen Augen an.

„Dr. Steiner, Sie sind noch gar nicht reisefähig. Ich werde jetzt erst einmal dafür sorgen, dass Sie ein anderes Zimmer bekommen."

„Ja, sicher", sagte der Arzt resigniert und ließ sich von Sam langsam aus dem Zimmer führen. Auf dem Weg nach unten zur Rezeption versuchte Sam, noch etwas mehr von dem Arzt in Erfahrung zu bringen. „Sagen Sie, bei dem Kongress für Augenärzte … Worum geht es da genau?"

„Um neue Operationsmethoden bei Netzhautkrankheiten. Im Endstadium war bisher eine Erblindung unvermeidbar. Durch eine Transplantation …" Dr. Steiner hielt sich an der Wand des Fahrstuhls fest. Er wankte wie ein Betrunkener. „Ich kann es nicht glauben … mein Leben ist zerstört."

Sam legte beruhigend seine Hand auf die Schulter des Mannes. „Dr. Steiner ich bin vor vier Monaten durch das Gleiche gegangen. Ich weiß, wie Sie sich fühlen."

Der Arzt hob den Kopf und sah ihn mit wässrigen Augen an. „Sie?"

„Ja, ich." Es war nicht Sams Intention gewesen, sich ins Spiel zu bringen, deshalb sagte er nur knapp. „Die Zeit heilt, glauben Sie mir." Er wollte nicht unsensibel erscheinen und doch brannte ihm die eine

Frage auf der Zunge. „Dr. Steiner, Sie erwähnten vorhin Transplantation."

„Ja? Sagte ich das?" Der Arzt überlegte und kratzte sich am Kopf, als der Manager an der Rezeption sein Bedauern ausdrückte und Harry Steiner ein neues Zimmer im fünften Stock zuwies.

Als sie zurück zu den Fahrstühlen gingen, musste Sam den Arzt immer wieder stützen.

„Ach ja, jetzt fällt es mir wieder ein ... Mit der Transplantation von Netzhautzellen besteht heutzutage die Möglichkeit, einen Patienten von dem Verlust der Sehschärfe zu bewahren."

„Sie führen also auch Transplantationen durch?", fragte Sam überrascht.

„Gelegentlich."

„Woher stammen dann die sogenannten Teile oder Organe?"

„Von Toten, aber einige Zellen werden heute schon im Labor hergestellt."

Sie hatten das Zimmer 505 erreicht. Sam hielt Steiner die Tür auf, führte ihn zum Bett und half ihm dabei, die Schuhe auszuziehen. Anschließend rief er nach einem Arzt, der dafür sorgen sollte, dass der Mann erst einmal schlafen konnte.

„Sie sind aber nicht in der Forschung tätig, oder?"

„Nein."

„Waren es auch früher nicht?"

Harry Steiner antwortete nur mit einem Kopfschütteln und sah dabei aus wie eine traurige Bulldogge. „Was soll ich nur ohne meine Katarin machen? Sie war mein Leben, mein Licht, mein Alles."

„Legen Sie sich hin, Dr. Steiner. Schließen Sie die Augen und versuchen Sie zu schlafen."

Harry Steiner tat wie ihm geheißen und ließ sich schwerfällig in die Kissen sinken.

„Soll ich irgendjemanden für Sie anrufen?"

Harry Steiner sah Sam plötzlich mit Panik erfülltem Blick an. „Nein, nein. Ich bin okay. Danke. Sollte mir noch etwas einfallen, melde ich mich bei Ihnen. Lassen Sie mir nur Ihre Nummer da." Er zeigte auf das Nachttischchen und schloss wieder die Augen.

Sam beschwerte seine Karte mit dem Telefon und verließ leise das Zimmer. Er holte sein Handy aus der Tasche und drückte auf die erste gespeicherte Nummer.

„Gut, dass du anrufst, Sam. Wir haben unseren Picasso gefunden", sagte Juri euphorisch und Sam konnte hören wie stolz sein Partner war. Doch ihm spukten ganz andere Gedanken im Kopf herum. Ein Serienmörder tötete selten so kurz hintereinander. Außerdem fuhr der Täter von Stadt zu Stadt, um dieselbe Handschrift zu hinterlegen. Sorge bereitete Sam nicht nur der Zeitfaktor, sondern auch, dass alles fein säuberlich geplant war. Der Mann war sehr organisiert, was ihn umso gefährlicher machte. Er könnte schon morgen oder übermorgen wieder zuschlagen. Die Frage war nur wo. Wieder auf einem Kongress? Und welches Paar würde es dieses Mal treffen.

„Sam? Hey, hörst du mir überhaupt zu?"

„Ja, natürlich höre ich dir zu. Ihr habt die Kontaktseite gefunden und setzt die Geschäftsführung unter Druck, den richtigen Namen von Picasso herauszugeben."

„Leider ist es schon zu spät, aber ..."

„Juri finde so schnell wie möglich heraus, in welchen Städten in nächster Zeit Ärztekongresse stattfinden. Es eilt, hörst du. Alles andere erzähle ich dir, wenn wir uns sehen." Sie hatten keine Zeit, die Polizei arbeitete zu langsam, um bei dem Tempo dieses Täters mitzuhalten. Sam lief es kalt den Rücken runter und er spürte seine Ohnmacht. Im Fahrstuhl traf er wieder auf Mathis Germain, der ihn stirnrunzelnd ansah. „Mon ami, Sie sehen etwas mitgenommen aus. Kommen Sie, ich lade Sie zu einen Kaffee ein."

Sam gab ein gequältes Lächeln von sich.

„Setzen Sie sich nicht unter Druck, Sie werden das, was noch kommen wird, nicht aufhalten können. Aber eines ist sicher, Sie sind nicht allein, Sam. Die Polizei in Barcelona arbeitet an dem einen Fall und wir arbeiten an dem anderen. Und ich bin sicher, wir haben bald noch ein paar weitere Kollegen, die mitspielen dürfen." Er schlug Sam freundschaftlich auf die Schulter, um ihn zu ermutigen. „Er wird einen Fehler machen, wenn er den nicht schon gemacht hat. Es gibt jede Menge Fingerabdrücke in dem Zimmer."

„Es gab auch eine Menge Gäste dort. Sie glauben doch nicht, dass hinter jedem Gast die Lichtschalter geputzt werden."

„Warten wir es ab." Mathis zwinkerte Sam zu und wieder kam in ihm das Gefühl auf, dass Germain irgendetwas wusste oder vielleicht auch nur ahnte, was er ihm bisher nicht mitgeteilt hatte.

Indessen arbeitete jemand im fünften Stock im Zimmer 507 des Georges V. an seinem nächsten Streich.

14.

KOLUMBIEN Die Trauerfeier fand im kleinen Kreise statt. Ein paar wenige Familienangehörige von Aleida waren am Mittag von der Küste angereist, um ihrer Schwester und Tante die letzte Ehre zu erweisen.

Lea war noch in der Nacht über den Tod der Angestellten informiert worden und hatte sich dann um die Formalitäten gekümmert. Sie hatte einen schlichten Sarg ausgesucht, wobei sie sich sicher war, dass die Toten ohne Särge verbrannt und diese anschließend weiterverkauft wurden. Zu ihrer Studienzeit hatte sie in der Pathologie sogar die Mutter einer Bekannten zum Sezieren auf dem Tisch gehabt, die eigentlich ein Tag zuvor beerdigt worden war. In diesem Land war einfach alles möglich.

Neben der Urne stand ein Foto von Aleida. Eine gute Seele war von ihnen gegangen. Die beste aus dem Hause Rodriguez, dachte Lea. Aleida war immer für sie da gewesen, solange sie zurückdenken konnte, mehr als ihre eigene Mutter. Als sie klein war, hatte sie sie in den Schlaf gesungen, ihre Wehwehchen weggepustet und sie vor ihren größeren Brüdern beschützt. Ja, ihre beiden Brüder. Rafael war zurzeit in Europa und Felipe stand neben ihr mit gesenktem Kopf und zitternden Händen. Anscheinend war er auf Entzug.

Die Nachtschwester hatte sie am frühen Morgen persönlich angerufen und ihr die Nachricht von Aleidas Tod übermittelt. Als sie die paar Habseligkeiten aus dem Krankenhaus abholte, hatte die Schwester sie zur Seite genommen und ihr die letzten verständlichen Worte mitgeteilt, die Aleida noch über die Lippen gehaucht hatte mit der Bitte, sie Lea zu sagen. *Leas Bruder ... ein schreckliches Geheimnis ...* war das Einzige, das sie verstanden hatte. Was hatte sie nur damit sagen wollen, überlegte Lea, und welchen Bruder meinte sie?

Felipe hatte schwere Drogenprobleme, aber das war allen bekannt, obwohl es von ihrer Mutter vehement abgestritten und von den anderen unter den Tisch gekehrt wurde. Damit existierten die Probleme für sie dann auch nicht mehr. Felipe arbeitete gelegentlich im Heim, und zwar nur wenn er mal wieder blank war und Geld für Drogen und Alkohol brauchte. Dann half er dabei, die Toten zu waschen und zu konservieren. Er hatte sein Medizinstudium abgebrochen und sich darauf verlassen, dass seine Mutter ihm immer wieder Geld zusteckte, was sie auch regelmäßig tat, aber das schien nicht für seinen Konsum auszureichen.

Und Rafael, ihr Lieblingsbruder? Rafael leitete das Heim, seit ihr Vater im Rollstuhl saß. Er hatte ein paar harte Schicksalschläge hinnehmen müssen über die niemand mehr sprach. Er war das, was man ein stilles Wasser nennt und die sind vermeintlich tief. Meinte Aleida vielleicht ihn?

Lea sah sich um. Auf der anderen Seite, direkt vor dem Altar, saß Aleidas Schwester Daniela. Vielleicht sollte sie mal mit ihr reden. Sie hatte kaum den Gedanken ausgesprochen, als Daniela ihren Kopf in Leas Richtung drehte und sie mit eisigem Blick ansah. Lea erschrak und lehnte sich wieder zurück, um aus der Schusslinie zu sein. Dann faltete sie die Hände zum Gebet und bat Aleida im Stillen, ihr zu helfen.

15.

PARIS Inspektor Mathis Germain war ein alter Hase bei der französischen Mordkommission und hatte schon so einiges in seinen Dienstjahren gesehen, trotzdem gehörte die gehäutete Frau, die nun auf dem Seziertisch vor ihnen lag, zu einem *cas extraordinaire* wie er sich ausdrückte.

Der Gerichtsmediziner hatte auf einem anderen Tisch die abgezogenen schweren Hautteile liegen und fügte sie akribisch auf der Leiche zusammen. Nach getaner Arbeit sagte er stolz wie jemand, der das letzte zehntausendste Puzzleteil einfügt: „Wie es aussieht, Messieurs, fehlt kein Stück." Er sah Sam und den Inspektor erwartungsvoll über seine kleine schmale Brille hinweg an.

„Was haben Sie noch für uns", fragte Germain und sah auf die Uhr. Allen war bewusst, dass hier Überstunden gemacht wurden und es bereits kurz vor Mitternacht war.

„Er hat ihr Petrolether ins Herz gespritzt. Aber erst nachdem er ihr Teile der Haut abgezogen hat. Das ist das, was ich bis jetzt sagen kann. Wenn Sie mich jetzt entschuldigen würden. Ich werde morgen früh weitermachen." Er deckte die Leiche ab und Sam folgte seiner Bewegung. Gerichtsmediziner deckten ihre Leichen ab, genau wie der Mörder es getan hatte. Aber es gab auch andere Berufsgruppen, wie Leichenbestatter, Ärzte und Krankenschwestern. Es war etwas, das sie mit der Zeit verinnerlichten, genau wie Handwerker ihr Werkzeug in Ordnung hielten.

„Der genaue Todeszeitpunkt?", fragte Germain nach.

„Liegt bei etwa drei Uhr nachmittags."

Die Wolken hingen dunkel und schwer am Nachthimmel von Paris. Ein leichter Nieselregen ließ die Straßen und Bürgersteige unter den Lichtern der Straßenlaternen glänzen und überzog die parkenden Autos mit einem feuchten Film, als Sam und Germain aus dem Gebäude der Gerichtsmedizin heraustraten.

Der Inspektor sah Sam eine Weile an, räusperte sich dann laut und begann Sam zu erzählen, dass sein Vater letzten Monat gestorben sei und das Familienerbe, ein altes Bauernhaus in der Nähe von Paris, nun ihm gehöre. Es hatte seinen Großeltern gehört, die im zweiten Weltkrieg umgekommen waren, weshalb sein Vater immer ein Deutschhasser gewesen war. Er musste ohne Eltern aufwachsen, was er dem deutschen Volk nie verziehen hatte. Er wurde zu einem alten verbitterten Mann. Bis zu seinem Tod hatte er diesen Hass in sich getragen.

Sam sah blinzelnd zum Himmel hoch. Der Regen war stärker geworden. Aber Germain schien sich davon nicht beeindrucken zu lassen und erzählte weiter, dass er letzte Woche in dem Haus gewesen sei und etwas Interessantes entdeckt hatte, was er Sam gerne zeigen würde. Sam konnte sich nicht vorstellen, was das sein sollte, aber er tat interessiert und verabredete sich für den nächsten Morgen mit Germain, um die Aufzeichnungen des Hotels durchzusehen. Vielleicht wäre dann noch Zeit für einen kleinen Ausflug, obwohl er das bezweifelte. Er wurde in Hamburg erwartet.

Germain hatte etwas Väterliches an sich und erinnerte ihn ein wenig an seinen verstorbenen, alten Freund Argault. Äußerlich hatten die beiden Männer, außer ihrer Größe, nicht viel gemeinsam. Argault hatte etwas Vornehmes in seiner Haltung und seinem Benehmen gehabt. Germain war dagegen eher plump und bäuerlich. Vielleicht lag es schlicht und ergreifend an der französischen Sprache, die Germain so vertraut für Sam machte. Schließlich verabschiedete sich Germain und ging in die entgegengesetzte Richtung wie Sam. Er sah dem älteren Mann noch eine Weile nach, lauschte dem rhythmischen Klopfen der Regentropfen, die auf die Blechdächer der Autos prasselten, bis er sich schließlich auch zu Fuß auf den Weg zu seinem Hotel machte. Die Kälte tat ihm gut. Sie hatte eine klärende Wirkung auf seine Gedanken.

Es stellte sich die Frage, ob der Täter seine Opfer vorher gekannt hatte? Die Opfer kamen aus zwei verschiedenen Städten. Die Männer waren beide Ärzte, beide waren aufgrund eines Ärztekongresses in der jeweiligen Stadt. Aber was hatten ein Gynäkologe und ein Augenarzt gemeinsam? Auf den ersten Blick nichts. Auf den zweiten waren sie beide verheiratet gewesen wie Millionen andere auch. Hatte der Mörder vielleicht gedacht, dass Katarin Gromowa Harry Steiners Frau ist? Wollte er ihnen das nehmen, was ihnen am nächsten stand, was ihnen lieb und teuer war? Wenn ja, warum? Rache, ging es Sam wieder durch den Kopf. Das Motiv musste etwas mit Rache zu tun haben. Nur Rache für was? Und wen würde es als Nächstes treffen?

Juri hatte tief und fest geschlafen, sein ganzer Organismus war gerade zur Ruhe gekommen. Als das Telefon plötzlich dicht neben seinem Ohr klingelte, schreckte er hoch und wusste für einen Moment gar nicht, wo er war. Er fluchte leise, als er neben sich eine Frau liegen sah. Er musste nach dem Sex einfach eingeschlafen sein.

Er nahm das Gespräch an und sagte: „Augenblick Schatz", rüttelte die Frau neben sich wach und zeigte panisch auf sein Handy. „Meine Frau kommt gleich nach Hause und wenn du nicht geviertelt werden möchtest, solltest du sofort verschwinden", flüsterte er.

Die junge Frau stolperte schlaftrunken aus dem Bett und zog sich in Windeseile an. Mit den Schuhen in der Hand stürmte sie aus Juris Wohnung, der sich entspannt in die Kissen zurückfallen ließ.

„Du nennst mich Schatz?", fragte Sam.

„Nur im Notfall. Was gibt's, kannst du nicht schlafen?"

Sam entschuldigte sich für die späte Störung, aber ihn ließen die Ärztekongresse keine Ruhe.

„Ich konnte nur im Internet recherchieren", erklärte Juri und schwang sich aus dem Bett. Er ging zu seinem Schreibtisch und suchte seine Notizen durch. „Okay ich hab's ... Urologie in München, Kinderkrankheiten in Stockholm, Krebs im Allgemeinen in Rom, Endokrinologie, Gynäkologische Onkologie, Minimalinvasive Chirurgie, Orthopädie und Unfallchirurgie, Endoprothetik und alle in anderen Städten. Allein in Deutschland ist fast alle drei Tage ein Kongress. Das ist das, was ich bisher gefunden habe. Wenn ich noch genauer suche, wird die Liste mit Sicherheit länger, Sam."

Sam stand noch eine Weile auf einer Brücke und betrachtete die tanzenden Reflexe der Straßenlaternen auf dem Wasser. Der Regen erzeugte eine pockennarbige Oberfläche und Sam war inzwischen vollkommen durchnässt. Er strich sich das triefende Haar nach hinten und legte einen Schritt zu. Es war Zeit, ins Bett zu kommen. Wirbelsäule, Haut … auf was könnte der Mörder es als Nächstes abgesehen haben? Innere Organe, Augen, Extremitäten? Gab es überhaupt ein Muster? Wie konnte er das nächste Opfer, wenn es eines gab, schützen? Die Frage war leicht zu beantworten und sie lautete: gar nicht! Dafür gab es viel zu viele potenzielle Opfer. Sam wollte es sich nicht eingestehen, aber der Fall war beängstigend, weil der Täter in kein richtiges Profil hineinpasste. Er war nicht sexuell motiviert, handelte nicht aus wahnhaftreligiösen Gründen, war weder impulsiv noch tötete er im Affekt. Seine Morde waren wie eine kleine Inszenierung, die von langer Hand geplant worden war. Fragte sich nur, für wen er seine kleinen Stücke und seine Botschaften schrieb?

16.

VENEDIG Die bronzenen Riesen schlugen auf ohrenbetäubende Weise vier Uhr. Für einen kurzen Moment schienen die Menschen in ihren Bewegungen innezuhalten als hätte man die Zeit gestoppt. Der „schönste Festsaal Europas", so hatte Napoleon die Piazza di San Marco bezeichnet und das war sie in der Tat, besonders wenn die Lagunenstadt sich in eine maskenhafte Märchenwelt zum Carneval di Venecia verwandelte.

Ein ganzer Hofstaat rauschte an Leila vorbei. Sie sahen aus wie Geister aus dem 16. Jahrhundert, die immer noch nach alter Gewohnheit ihre Runden auf dem Markusplatz drehten. Aber als sie sich in Pose stellten, um von ein paar Touristen abgelichtet zu werden, war der ganze Zauber vorbei. Leila sah blinzelnd nach oben. Dicke Regentropfen schnellten wie winzige Wasserbomben auf sie zu. Es hatte den ganzen Tag immer wieder genieselt und am Himmel hing eine tiefe graue Wolkendecke, die zu der geheimnisvollen Aura, die Venedig um diese Jahreszeit umgab, beitrug.

Rafael stand auf einer Gondel, winkte und rief ihr etwas zu, das sie nicht verstand. Was für Flitterwochen! Sie warf einen letzten Blick auf die Glanzwerke venezianischer Baukunst am Markusplatz und ließ sich auf die Gondel helfen.

Eine Stunde fuhren sie durch die nebelverhangenen, schmalen Wasserstraßen unter Brücken hindurch und an historischen Häusern mit ihren kleinen Balkonen vorbei.

Rafael beobachtete Leila, die wie ein kleines Kind alles in sich aufnahm und verspürte eine wohlige Wärme in sich. So musste sich Glück anfühlen, dachte er. Sie hatten heimlich geheiratet, was ihm seine Familie wahrscheinlich nie verzeihen würde, besonders sein Vater nicht, der keine seiner Beziehungen gutgeheißen hatte. So hatte er Leila von Anfang an geheim gehalten. Er hoffte, so das Schicksal in die andere Richtung gewendet zu haben, damit es nicht wie bei den anderen zuschlagen konnte. Eine Gänsehaut lief ihm über den Körper und ließ ihn erschauern. Wenn er sein Leben Revue passieren ließ, sah er privat nur auf viel Trauer und Scherben zurück. Das sollte nun ein Ende haben. Ja, er war sich sicher mit seiner neuen Liebe und mit dem Kind, das sie in sich trug, sollte alles anders werden.

Nach Barcelona, Paris und Venedig standen noch ein paar andere europäische Städte auf dem Programm. Er hatte seine Flitterwochen geschickt mit ein paar wichtigen Geschäftsterminen verbunden, wovon Leila aber bisher nichts mitbekommen hatte. Sein BlackBerry gab ein leises Piepen von sich. Er las zufrieden die Zeilen. Ja, Berlin würde der Höhepunkt seiner Reise werden. Und damit sollte er in jeder Hinsicht Recht haben.

17.

PARIS Sam hatte in der Nacht miserabel geschlafen. In seinen Träumen hatte sich der derzeitige Fall mit der Vergangenheit und seiner blühenden Fantasie vermischt, sodass er schweißgebadet aufgewacht war, als Lina gerade dabei war, ihm die Augen herauszuschneiden. Er hatte keinen Schmerz gefühlt, nur ein dumpfes Drücken, das – wie er jetzt feststellte - von der Kissenecke kam, die sich in sein rechtes Auge bohrte. Er drehte sich auf den Rücken und sah an die Zimmerdecke des Hotels, die ein großer hässlicher Wasserfleck in Form eines deformierten Herzens schmückte. Wie passend dachte er und schwang sich aus dem Bett.

Frisch rasiert und geduscht saß er eine halbe Stunde später mit Germain, frisch gemahlenem Kaffee und duftenden Croissants in einem leicht verdunkelten Raum des französischen Kommissariats und sah sich die schwarz-weiß Aufzeichnungen aus der Lobby des George V an. Nach einer Stunde stellten sie fest, dass die Lobby nicht viel hergab.

Die nächste Einstellung zeigte den Hotelgang im vierten Stock. Ein Zimmermädchen schob ihren Wagen von Zimmer zu Zimmer, brachte neue Handtücher, neue Bettwäsche. Klopfte an Zimmertüren, ging rein und kam wieder heraus. In Dr. Harry Steiners Zimmer war sie gegen 10 Uhr morgens und verließ es gegen 10.26 wieder. Zwischendurch kamen Gäste und gingen wieder. Darunter auch Harry Steiner und Katarin Gromowa, die ihr Zimmer um 9 Uhr morgens verlassen hatten und um 12 Uhr wieder zurückkamen. Sie hatte sich eng an ihn geschmiegt und schien ziemlich ausgelassen zu sein. Immer wieder hielt sie ihren Arm nach oben und gab ihm einen Kuss.

„Was macht sie da?", fragte Germain und drückte die Pausetaste.

„Sie ist ganz aus dem Häuschen. Es sieht so aus, als würde sie ständig auf die Uhr sehen. Hat man bei der Leiche eine Frauenuhr gefunden?", fragte Sam.

„Nein, ich glaube nicht. Kein Schmuck, soweit ich weiß. Vielleicht hatte sie die Sachen im Tresor." Germain machte einen kurzen Anruf und bestätigte, dass man keinen Schmuck im Zimmer gefunden hatte, auch nicht im Tresor. „Wir werden Monsieur Steiner fragen. Er kommt in einer Stunde."

Dr. Steiner verließ das Zimmer wieder um 12.30, ohne seine Geliebte. Um 12.55 war das letzte Zimmer auf diesem Stockwerk gemacht. Das Zimmermädchen stellte um ein Uhr den Wagen in die Wäschekammer und verschwand durch eine Tür, über der ein leuchtendes Schild ‚*Exit*' angebracht war. Keine fünf Minuten später kam sie zurück und holte den Wagen wieder raus, fuhr ihn direkt vor die Tür der Zimmernummer 410, Dr. Steiners Zimmer. Sie klopfte nicht an, öffnete mit einer Karte die Tür und schob den Wagen vor sich ins Zimmer rein. Die Tür schloss sich. Das Zimmermädchen kam nicht mehr heraus.

„Tja, da haben wir unseren Mörder", sagte Sam und fuhr sich über das Grübchen an seinem Kinn. „Er hatte sich als Zimmermädchen verkleidet. Wie originell." Er hatte schon in Barcelona kurz darüber nachgedacht, aber das nicht weiter verfolgt. Es war das Naheliegenste gewesen. „Zimmermädchen, Zimmerservice, Kofferträger oder Securité. Natürlich ist so jemand weniger verdächtig, wenn er sich in den Gängen aufhält."

„Was wäre gewesen, wenn das Zimmermädchen den Wagen noch einmal gebraucht hätte?"

„Sie haben immer zwei in den Wäschekammern stehen. Sie hätte angenommen, eine Kollegin hätte ihn geholt."

Germain zündete sich eine Zigarette an und blies den Rauch langsam gegen eine kleine Tischlampe, wo er sich um die heiße Glühbirne kringelte.

Gegen 15.30 sahen sie das verkleidete Zimmermädchen rückwärts aus der Tür kommen.

„Bastard", schimpfte Germain und ließ seine Wut an der Zigarette aus, indem er sie regelrecht im Aschenbecher zerquetschte.

An der Tür klopfte es leise. Der Kopf einer brünetten Beamtin erschien und kündigte Monsieur Steiner an. Sie lächelte Sam mit einem koketten Augenaufschlag an und schloss wieder leise die Tür.

„Sam, sind Sie inzwischen verheiratet?"

„Non, Monsieur."

„Sie sollten jede Chance wahrnehmen. Man ist nie mehr so jung wie heute."

Harry Steiner schien in der Nacht um zwanzig Jahre gealtert zu sein. Der Mann saß gebeugt auf einem Stuhl, das Gesicht eines Greises, angeschwollene Tränensäcke unter den rot unterlaufenen Augen und er hatte sich seit gestern Abend nicht umgezogen. Er bestätigte, dass er Katarin eine weißgoldene Chopard mit Diamantherzen und braunem Lederarmband an dem besagten Tag gekauft und sie sich wie ein kleines Kind darüber gefreut hatte. Die Uhr und ein paar Diamantohrringe, die sie aber schon bei ihrer ersten Begegnung im Café getragen hatte, waren jedoch nirgendwo aufgetaucht.

Über die Vergangenheit von Katarin Gromowa konnte er nichts erzählen. Sie hatte immer gesagt, *was interessiert die Vergangenheit, wir leben jetzt, Harry. Jetzt und vielleicht morgen nicht meh*r. Bei diesen Worten sackte der Mann in sich zusammen und schluchzte hemmungslos.

Laut Dr. Steiner hatte sie keinen Computer besessen, so schied die Wahrscheinlichkeit aus, dass sie sich im Internet auf die Suche nach Männern gemacht hatte wie Jasmin Rewe. Aber war die Vergangenheit der Opfer wirklich wichtig? Sam kam plötzlich alles so sinnlos vor. Er sah zu Germain, der sich Notizen auf einem Zettel machte und immer mal wieder zu Dr. Steiner sah, der sich allmählich beruhigte.

Zwei lange Minuten redete keiner. Das einzige Geräusch war der Stift, der über das Papier kratzte.

„Dr. Steiner, haben Sie noch ihre Zimmerkarte?", fragte Sam in die Stille.

„Ich denke schon." Harry Steiner überlegte einen Augenblick, dann fasste er in seine rechte Jacketttasche, durchsuchte die linke und beide

Innentaschen. „Sie müsste … na, wahrscheinlich habe ich sie auf dem Zimmer liegen gelassen. Ich … ich weiß nicht", sagte er verwirrt und rieb sich über die Stirn als würde er damit sein Gedächtnis anregen. „Nein, ich bin mir sicher, dass ich sie eingesteckt habe. Merkwürdig."

„Hatten Sie einen Zusammenstoß mit jemandem? Nachdem Sie das Zimmer wieder am Mittag verlassen haben?"

Harry Steiner sah Sam argwöhnisch an. „Ja … doch, bevor ich ins Taxi gestiegen bin, bin ich mit jemandem … oder er mit mir. Es war ein junger Mann." Harry Steiner versuchte, sich genauer zu erinnern.

„Wie sah er aus?"

Germain hatte jetzt aufgehört zu schreiben.

„Er war kleiner als ich, etwa eins fünfundsiebzig, schmal. Gut gekleidet. Dunkle Jacke, dunkle Hose. Er trug eine Schirmmütze wie ein typischer Franzose. Aber da war irgendwas … was war es noch."

„Denken Sie nach. Hatte er etwas in den Händen, war er tätowiert, trug er Schmuck?"

Dr. Steiner schüttelte den Kopf.

„Nein. Er sagte: Entschuldigung, Señor."

„Entschuldigung, Señor? Sind Sie sich da ganz sicher?"

„Ja, ich bin mir sicher."

Sam hob die rechte Augenbraue und sah sein Gegenüber skeptisch an. Hatte sich Dr. Steiner vielleicht verhört? Mit welchem Landsmann hatten sie es hier zu tun? Jemand, der sich wie ein Franzose kleidete, deutsche Gedichte schrieb und sich auf deutsch mit spanischer Anrede entschuldigte. Oder führte da jemand die Polizei gewaltig an der Nase herum?

„Ist Ihnen der Mann schon vorher aufgefallen?"

„Nein."

„Woher wusste er, dass Sie Deutscher sind?"

„Ich habe keine Ahnung."

„Können Sie sich noch an die Haarfarbe erinnern?"

Dr. Steiner kratzte sich an der Schläfe, schloss die Augen für einen Moment. „Ja, ich glaube er war blond … aber so genau weiß ich es nun auch nicht mehr. Er hatte ja diese Mütze auf."

Blond war in den südlicheren Gefilden seltener, obwohl es auch blonde Spanier gab. Ein Deutscher wäre da vielleicht noch wahrscheinlicher, überlegte Sam. Doch würde ein Deutscher in Paris zu jemandem „Señor" sagen?

18.

HAMBURG Jens Wimmer war gerade dabei seine Wohnungstür aufzuschließen, als er mit voller Wucht dagegen gedrückt wurde. Aus dem Augenwinkel konnte er andere Gestalten ausmachen, die die Treppen hoch- und runterkamen.

„Jens Wimmer?"

Die Hände hoch erhoben, versuchte er zu nicken, was ihm schwerfiel, weil er immer noch mit dem Gesicht an der Tür klebte. Er wurde abgetastet und jemand durchsuchte seine Taschen.

„Interessant. Was haben wir denn hier." Der Polizist hielt eine kleine Plastiktüte mit drei blonden, halblangen Haaren in die Höhe und steckte sie ein. Schließlich ließ man von ihm ab.

„Ja, so heiße ich. Was geht denn hier ab?", fragte er empört.

„Wir müssen Sie bitten mitzukommen", sagte der Beamte bestimmt und legte ihm Handschellen an.

Jens Wimmer wurde in ein Polizeifahrzeug verfrachtet und dann fuhr man mit ihm quer durch die Stadt. Während der Fahrt sprach niemand ein Wort mit ihm.

Sam war nach einem Anruf von Brenner kurzerhand aus dem Büro der Police judicaire aufgebrochen und hatte den Ausflug, den Germain mit ihm machen wollte, auf einen anderen Tag verschoben. Brenner hatte sich direkt mit ihm auf dem Pariser Flughafen getroffen, ihm eine weitere Akte in die Hand gedrückt und ihm Fräulein Estelle Beauchamp vorgestellt, die ihn nur kurz während seiner Bandscheibenoperation vertreten würde.

Sie hatte einen gepflegten Pagenschnitt und ihre wachen, intelligenten Augen versteckte sie hinter einer schwarz gerahmten, schmalen Brille, die sie sehr sexy aussehen ließ wie Sam fand. Sie gab ihm ihre warme, gepflegte Hand zur Begrüßung und steckte sie gleich darauf zurück in ihre Manteltasche.

Sam öffnete die Akte. Ein ungelöster Mordfall von vor vier Jahren aus einem Wiener Hotel. Allerdings handelte es sich hier nicht um die Frau eines Arztes, sondern um eine Prostituierte namens Anna Galanis. Sie war tot im Hotelbett mit einem Laken zugedeckt gefunden worden. Todesursache: intrakardiale Giftinjektion. Obwohl die Dame in der Kartei einer Begleitagentur war, konnte man nicht herausbekommen, mit wem sie sich an dem besagten Abend getroffen hatte. Man vermutete, sie hatte sich spontan mit ihrem Mörder verabredet.

Unter den Beweismitteln lag auch ein kleiner Zettel. Sam las die Zeilen und seufzte. „Vor ein paar Tagen dachte ich, der Fall ist so gut wie gelöst. Gestern wurde ich eines anderen belehrt, wobei ich noch einen kleinen Hoffnungsschimmer hatte. Heute weiß ich, dass wir weit entfernt davon sind, diesen Typen zu fassen", stellte er resigniert fest.

„Na, wer wird denn da so pessimistisch sein. Sie haben in Ihrer Dienstzeit eine überdurchschnittlich hohe Erfolgsquote zu verzeichnen, vergessen Sie das nicht, O'Connor."

Doch auch Brenners ermutigende Worte konnten Sam nicht fröhlich stimmen, weil der Moment des Erfolgs, die damit verbundene Genugtuung und der Stolz auf die Arbeit immer sehr kurz waren und deshalb schnell in Vergessenheit gerieten. Er hielt genauso lange an, bis der nächste Fall auf dem Tisch lag. Es konnte sich dabei um eine Woche, einen Tag oder ein paar Stunden handeln. Die Geschwüre der Gesellschaft wuchsen von Tag zu Tag.

Brenner schlug ihm väterlich auf die Schulter, verzog dabei schmerzhaft das Gesicht und verabschiedete sich, während Fräulein Beauchamp wieder ihre Hand aus der Manteltasche zog und sie ihm hinstreckte. Sam ergriff sie und stellte fest, dass sie in den letzten Minuten um einige Grade abgekühlt war.

Die beiden gingen Richtung Ausgang, während Sam sich nach der Beschilderung der Gates umsah. Er drehte sich noch einmal nach Brenner und seiner Vertretung um, als Estelle Beauchamp sich ebenfalls umdrehte und ihm ein letztes Lächeln zuwarf, bevor die automatische Tür sich zwischen ihnen schloss.

Während Sam im Wartesaal saß und auf den Aufruf seines Fluges wartete, sah er sich die Fotos des dritten Opfers an. Sie waren aus verschiedenen Blickwinkeln aufgenommen. Keine Verstümmelungen, keine weit aufgerissenen starren Augen. Die Frau sah eher aus als würde sie schlafen. War dieser Mord der Anfang einer Serie gewesen? Ein kleiner Probelauf vielleicht? Wenn dem so war, hatte sich der Täter rasant entwickelt. Es gab aber keine weiteren Fälle in den vergangenen Jahren. Was hatte der Mörder also in der Zwischenzeit gemacht? Hatte er wegen eines anderen Deliktes im Gefängnis gesessen und war deshalb nicht aktiv gewesen?

Nach einem Flug mit einigen Turbulenzen, bei dem sich Sam zwei Pakete Pfefferminzbonbons reingestopft hatte, um die Panik und aufkommende Übelkeit zu überwinden, landete er schließlich wohlbehalten auf dem Hamburger Flughafen.

Eine halbe Stunde später hörte er sich Juris ausführlichen Bericht an, der sichtlich stolz auf seine Recherchearbeit war, und als sie sich schließlich die Aufzeichnungen aus dem Fahrstuhl ansahen, fiel Sam sofort etwas an Jens Wimmer auf, das nicht in sein derzeitiges Täterbild passte. Doch er wollte Juri nicht frustrieren und hielt es für besser, darüber erst einmal zu schweigen.

„Hier sieh dir das an. Der Typ wird richtiggehend aggressiv. Und sie pöbelt ihre Internetbekanntschaft an. Alles leider ohne Ton. Aber er wird uns sicherlich gleich Näheres dazu sagen können. Er sitzt nämlich nebenan."

Sam sah seinen Partner an und lächelte. „Prima. Weißt du, seit wann er von seiner Reise zurück ist?"

„Seit heute früh. Und da haben wir ihn uns gleich geschnappt."

„O. k. Dann wollen wir mal."

1953

BRASILIEN Orgelmusik erfüllte die hohen mit dicken, dunklen Holzbalken verzierten Räume, als Heinrich durch das alte ehemalige Kloster geführt wurde, vorbei an Wandgemälden, die den heiligen Blasius und andere Märtyrer zeigten, vorbei an Statuen des heiligen Georgs, der mit einer Lanze gegen den Drachen, das Böse, kämpfte. Sie gingen über einen mit kleinen Steinen gepflasterten Innenhof, in dessen Mitte ein prachtvoller, alter Baum stand und seine starken, knorpeligen Äste in alle Himmelsrichtungen streckte. Wo er auch hinsah, sein Blick wurde von natürlicher Schönheit eingefangen. So sollte es sein, dachte er und passierte ein Tor über dem das Engel- und Faun-Wappen hing. Er lächelte. Hier würden sie sich ungestört der Welterlösung widmen können. Ihre Schritte hallten durch zwei weitere marmorne Hallen, die nur spärlich möbliert waren, bis sie schließlich vor einer breiten, hölzernen Tür standen. Sein kleiner, dunkelhäutiger Begleiter klopfte an die Tür und wartete, bis er die Erlaubnis von innen erhielt zu öffnen. „Kommt herein, Fra Heinrich."

Der blonde Hüne betrat den Raum und wurde sogleich in die Arme geschlossen.

„Wir haben schon sehnsüchtig auf Ihre Ankunft gewartet."

Nun erhoben sich zwei weitere in weiße Mönchskutten mit dem roten Ritterkreuz gekleidete Männer und streckten ihm die Hand entgegen.

„Willkommen in der neuen Heimat", sagten Fra Chlodio und Fra Ladislaus wie aus einem Munde. „Es ist alles vorbereitet."

Heinrich spürte ein wohliges Gefühl der Erregung in sich aufsteigen. Die lange beschwerliche Reise in die 2,3 Millionen Metropole Sao Paulo hatte sich gelohnt. Die Ankunft in der turbulenten Stadt war geradezu beängstigend gewesen nach der langen Zeit, die er auf dem Land gelebt hatte. Ihm wurde ebenfalls eine Kutte gereicht und dann führte man ihn über einen Gang, von dem aus man einen Blick in einen paradiesischen Garten voller exotischer Blumen, seltener Orchideen und Schmetterlinge hatte, zu einem weiteren Trakt. Das erste Mal seit acht Jahren hatte er das Gefühl, zu Hause angekommen und in Sicherheit zu sein.

Und dann öffnete sich endlich die Tür zu einem längst aufgegebenen Traum.

„Für Material ist zur Genüge gesorgt, Fra Heinrich", sagte Fra Ladislaus und zog die Decke von einem Käfig, der mitten im Raum stand.

Große, dunkle Augen sahen gehetzt von einem zum anderen. Es war ein junges Mädchen, höchstens vierzehn. Sie war splitternackt und riss den Mund zu einem Schrei auf. Doch es blieb still.

„Wir haben ihr die Stimmbänder durchtrennt."

Zufrieden nickend blickten alle auf das Objekt im Käfig.

„Ist sie ..."

„Ja, sie ist reif."

Er konnte spüren, wie seine Männlichkeit wuchs. Wie gerne hätte er sich der Begierde nach diesem jungen Fleisch überlassen. Aber diese Vereinigung war gegründet worden um rassische Idealstaaten in die unterentwickelten Teile der Welt zu bringen und die Ausbreitung zu unterstützen. Alles Hässliche und Böse hatte genau aus Nichtbeachtung der Reinheitsregel Einzug in die Welt gefunden. Und er hatte sie schon einmal gebrochen. Das durfte nicht noch einmal vorkommen.

Sein Vater hatte immer gesagt: *Eine anständige Herkunft ist eine Verpflichtung, dessen sollst und musst du dir stets bewusst sein. Der Verkehr mit minderwertigen Leuten wird unter keinen Umständen geduldet.*

„Gut. Dann können wir ja gleich anfangen." Er sah sich um. Der Raum war gut ausgestattet. Sie konnten dort weitermachen, wo sie aufgehört hatten.

19.

HAMBURG „Sie waren verreist, Herr Wimmer? Darf ich fragen, von wo Sie heute Morgen gekommen sind?", begann Sam das Verhör.

„Ich weiß zwar nicht, was Sie das angeht, was ein Steuerzahler, der Ihr Gehalt bezahlt, in seiner Freizeit macht, aber wenn ich dann nach Hause gehen kann, will ich die Frage mal beantworten." Jens Wimmer sah abwechselnd zu Sam und Juri, die ihn emotionslos beobachteten und wartete vergeblich auf eine Reaktion auf seinen provozierenden Kommentar. „Ich war für ein paar Tage in Barcelona. Ist das ein Verbrechen?"

„Bis heute Morgen?"

„Ja, bis heute Morgen."

„Können Sie das belegen."

„Die Pensionsrechnung ist in meiner Tasche, Ticket und Bordkarte ebenfalls."

„Sprechen Sie Spanisch, Herr Wimmer?"

„Nur weil ich nach Barcelona fahre, heißt das doch noch lange nicht, dass ich Spanisch spreche, oder?" Jens Wimmer war verärgert und brachte das durch seine abweisende Haltung nur allzu deutlich zum Ausdruck. Er nahm seine Schirmmütze ab und kratzte sich am kahlen Kopf, dann setzte er sie wieder auf und verschränkte die Arme vor der Brust.

Sam sah zu Juri und gab ihm ein Zeichen, das Verhör weiterzuführen. Er selbst machte es sich auf einem Stuhl in der Ecke bequem und überlegte, ob er Juri ausbremsen sollte. Er entschied sich vorerst dagegen.

Das Labor in Paris hatte die Tinte auf dem kleinen Zettel untersucht und dabei festgestellt, dass es sich hierbei um keine gewöhnliche rote Pelikantinte handelte, sondern um Blut. Menschenblut, der Blutgruppe A+. Jasmin Rewe hatte 0+, genauso wie ihr Mann und Dr. Steiner. Nur Katarin Gromowa hatte die Blutgruppe

A+. Es wurde gerade überprüft, ob es ihr Blut war mit dem die Zeilen geschrieben worden waren. Außerdem fehlte noch die Bestätigung aus Barcelona, dass es sich bei dem ersten geschriebenen Gedicht ebenfalls um Blut handelte. Die Tatsache, dass der Täter Spuren an beiden Tatorten hinterlassen hatte, konnte nichts Gutes bedeuten, dazu war der Täter zu organisiert. Sam führte es deshalb nicht auf Nachlässigkeit zurück, sondern eher darauf, dass sie es mit jemandem zu tun hatten, der der Meinung war, sich auf sicherem Terrain zu bewegen.

„Was hatten Sie für ein Verhältnis zu Jasmin Rewe?"

Bei diesem Namen stutzte Wimmer für einen Moment.

„Wir haben uns über eine Partnervermittlungsseite im Internet kennengelernt." Plötzlich schien ihm ein Licht aufzugehen. „Das glaube ich jetzt nicht. Das muss ein Scherz sein. Die Ziege hat mich doch nicht angezeigt?" Ungläubig schüttelte er den Kopf.

„Warum meinen Sie, würde sie das tun?"

„Das kann nicht ihr Ernst sein. Ich habe sie zufällig dort gesehen und angesprochen. Ist das ein Verbrechen?"

„Zufällig? Sie sind ihr ins Hotel gefolgt."

„Stimmt doch gar nicht."

„Wie kommen Sie dazu Haare von ihr bei sich zu tragen?"

Wimmers Augen zuckten nervös. Er rang nach einer Erklärung, schließlich gab er auf und erzählte den beiden Polizisten, bis auf ein paar winzige Details, die ganze Geschichte. Dass er ihr auch noch ins Hotel gefolgt war, ließ er erst einmal aus.

Juri drückte auf die Fernbedienung und zeigte Jens Wimmer die Hotelaufzeichnungen, während Sam aufstand, um den Tisch herumging und sich auf die Kante setzte. „Jasmin Rewe wurde ermordet, Herr Wimmer, just nachdem Sie sich mit ihr im Fahrstuhl gestritten haben", erklärte er ruhig.

Jens Wimmer öffnete den Mund, aber es kam kein Laut heraus. „W-w-wie jetzt?", stotterte er aufgeregt. „Damit habe ich aber nichts zu tun!"

„Sie sind mit Jasmin Rewe in den 34. Stock gefahren. Was ist dann passiert?"

„Sie ist ausfallend geworden, da hab ich ihr den Fuckfinger gezeigt, und weil der Fahrstuhl nicht gleich kam, bin ich die Treppen runtergelaufen und zum Hinterausgang raus. Musste mich abregen."

„Sie hat also allein das Zimmer betreten?"

„Natürlich."

Juri sah Sam fassungslos an, stellte sich an die Seite und begann auf seiner Lippe herumzukauen. Er sah wütend aus.

Sam fühlte sich plötzlich miserabel, weil er sein Wissen und seine Gedanken für sich behalten hatte. Lange hatte er darüber nachgedacht wie sich ein Deutscher, ein Franzose oder ein Spanier entschuldigen würden. Entschuldigung, excusé-moi, Monsieur und perdón, Señor. Kein Deutscher würde eine Anrede dahintersetzen. „Ist Ihnen auf dem Hotelgang im 34. Stock irgendetwas oder irgendjemand aufgefallen?"

Jens Wimmer überlegte und fuhr sich nervös über die Mütze als würde es darunter wieder anfangen zu jucken. „Da war nur ein Zimmermädchen mit furchtbar hässlichen Beinen. Ziemlich behaart war die Gute. Aber es gibt ja welche, die stehen auf so was."

Nachdem Jens Wimmer gegangen war, blieben die beiden Polizisten sitzen. Sam rückte seinen Stuhl so zurecht, dass er Juri direkt gegenübersaß. Sein Partner wich seinem Blick aus und schien sich arg beherrschen zu müssen.

„Was sollte das? Du hast von Anfang an gewusst, dass er nicht unser Mann ist. Warum hast du nichts gesagt? Wir arbeiten zusammen, Sam. Du solltest hier nicht den Einzelgängertyp raushängen, der der Welt irgendetwas beweisen muss, nur weil er den letzten Fall verpatzt hat …"

Sam fiel der Kaffeebecher aus der Hand und der Inhalt ergoss sich über seine Schuhe.

„Tut mir leid, ich wollte nicht …", begann Juri.

„Nein mir tut es leid. Du hast Recht. War uncool. Du hast trotzdem einen guten Job gemacht und es steht jetzt fest, dass Jens

Wimmer den Mörder gesehen hat. Wir wissen nun, dass er sich auch beim ersten Fall als Zimmermädchen verkleidet hat. Ich für meinen Teil, weiß zurzeit nicht wie ich diese beiden Fälle zusammenbringen kann. Deshalb kann jede Information, auch wenn sie noch so unwichtig erscheint, für uns von Bedeutung sein. Okay Partner, ich werde mich bessern", sagte Sam sanft, beugte sich über den Tisch und schlug Juri leicht auf die Schulter. Er mochte den Jungen immer mehr. Er war ehrlich und sagte was ihm nicht passte gerade heraus. Er war immer noch nicht dazu gekommen mehr über ihn zu erfahren. Das Einzige was er wusste war, dass Juri gerne Speed-Datings besuchte, Kakao liebte, eine Schwester hatte und hinter jedem Rock her war, aber feste Beziehungen ablehnte.

„Sam, ich weiß nicht, ob es wichtig ist, aber in einer Woche ist in Berlin der größte Ärztekongress der Welt. Es werden elftausend Mediziner aus einundvierzig Nationen erwartet. Was meinst du?"

Sam hob eine Augenbraue und dachte über den Inhalt der Information nach. Er stand auf, ging zum Fenster und öffnete es so weit wie möglich. Er hatte in der letzten halben Stunde Kopfschmerzen bekommen und brauchte dringend frische Luft. Draußen herrschte die ganze Bandbreite von Grautönen. Einfach deprimierend. Er dachte wieder an die Sonne und das Meer in Barcelona. „Willst du was trinken?"

Juri nickte und Sam ging raus an den Getränkeautomaten. Er wollte die Zeit nutzen, in seinem Kopf aufzuräumen. Nachdem der kleine Pappbecher sich mit einem doppelten Espresso gefüllt hatte, trank er ihn in einem Schluck weg. Die Koffeinspritze würde seinen Kopfschmerz mildern. Erst danach drückte er auf die Taste für den Kakao. War es Zufall, dass dieser Ärztekongress in einer Woche stattfand? Arbeitete der Mörder auf das Event hin? Elftausend Mediziner? Wie viele kamen mit einem Partner? Sie würden in der ganzen Stadt verteilt sein.

„Ich vermute, wir werden in den nächsten Tagen ein nächstes Opfer haben. Irgendwo in Europa. Und das Schlimmste ist, wir können nichts dagegen tun", sagte er, während er Juri den Kakao reichte.

„Vielleicht sollte man ein Rundschreiben an die Hotels rausschicken, die ihre Gäste warnen sollen", schlug Juri vor.

„Warnen vor was oder vor wem? Vor Zimmermädchen?" Sam legte Juri die Akte des dritten Falls auf den Tisch und erklärte ihm kurz, was der Obduktionsbericht hergegeben hatte.

„Keine Arztfrau, nur eine Prostituierte? Ein Versuchskaninchen?"

„Keine Ahnung. Nur warum hat er bei ihr auch so einen kleinen Zettel mit einer Nachricht hinterlassen? Sie muss also zum Plan gehört haben."

Juri legte eine Folie mit den Versen unter einen Overheadprojektor und warf das Bild an eine weiße Wand.

„Wollen mal sehen, was sie uns noch erzählen können."

Verlassen und leer muss werden der Leib
Ob alt, ob jung, ob Mann, ob Weib.

Doch wem gilt das Forschen, das endlose Leid
Ob Spender, Empfänger, es heilt keine Zeit.

Gesunde zu Krüppeln, verstummt ist ihr Schrei
Der Tod als Erlösung, er machte sie frei.

Sie lasen die Zeilen beide für sich. Nach dem dritten Mal hielt Sam inne. „Ich hasse Gedichte und so Zeugs, aber wenn mich nicht alles täuscht, fehlt da was."

„Du meinst noch ein Verslein?"

„Er bezieht sich in dem zweiten Zweizeiler auf die Forschung. Doch vorher steht nichts davon."

„Verstehe ich nicht."

„Er schreibt, *doch wem gilt das Forschen*, doch keiner redet vorher vom Forschen. Weißt du, was ich meine?"

„Ja und nein. Du willst mir vermutlich sagen, es gab noch einen Mord nach der Prostituierten Anna Galanis und vor Frau Rewe?"

„Ja, das denke ich."

Sam rief Brenner an und erzählte ihm von seinem Verdacht und kurz danach telefonierte er mit Peter Bauer in München. Doch keiner von beiden hatte bisher etwas im System gefunden.

Am frühen Abend setzte Juri Sam in seinem Hotel ab. Aber anstatt auf sein Zimmer zu gehen, machte Sam einen Spaziergang durch die Innenstadt. Er ging ein Stück an der Alster entlang, vorbei am Atlantik Hotel und plötzlich fand er sich vor dem Restaurant wieder, das Linas Mutter gehörte. Er hatte sich seit der Beerdigung im letzten Jahr nicht mehr gemeldet und war beschämt darüber. Immerhin hatte die Frau ihr einziges Kind verloren. Gerade wollte er auf dem Absatz kehrtmachen, als die Tür aufging und Consuela vor ihm stand. Sie hatte die Hände in die Hüften gestemmt und Sam dachte schon, sie würde ihm nun die Leviten lesen, aber sie sagte nur in sanftem Ton: „Ich habe gehofft, dass Sie eines Tages vor der Tür stehen würden, Sam, und vor allem, dass ich Sie dann auch dabei erwische." Sie lächelte und zog ihn ins Restaurant. „Es gibt da nämlich etwas, was ich Ihnen zeigen wollte."

Sie sagte es in einem geheimnisvollen Ton, sodass Sam unwillkürlich kalt ums Herz wurde. Er nahm auf einem Stuhl Platz und wagte nicht nachzufragen, um was es sich dabei handelte. Ihr Gesichtsausdruck verhieß jedenfalls nichts Gutes.

In dem Restaurant hatte sich nichts verändert, alles stand noch am selben Platz, genauso wie er es in Erinnerung hatte. Bilder von *Don Quichotte* und bunte handgemachte Flamencofächer aus Holz mit typisch spanischen Motiven zierten die Wände. Über der Bar hingen ein roter und ein schwarzer *sombrero cordobés* und ein paar Kastagnetten, die Lina immer während des Tanzes benutzt hatte. Ja, auch die kleine spanische Flagge in der Ecke an der Bar hing traurig und verstaubt an einer Holzstange. Aber ohne den erfrischenden und temperamentvollen Geist von Lina war das Leben aus dem Restaurant gewichen.

Er drehte sich um, um nach dem Tisch zu sehen, an dem er immer gesessen hatte. Zu seinem Erstaunen war er nicht mehr da. An dem Platz stand eine große Vase mit Trockenblumen.

Consuela war im hinteren Teil des Restaurants verschwunden und kam nun mit einem Bündel in der Hand wieder zurück. Als sie Sams Blick sah, sagte sie: „En esta mesa … hat zuletzt der Mann gesessen, der für Linas Tod verantwortlich war. Ich habe ihn aus dem Restaurant geworfen und vor dem Restaurant eigenhändig angezündet." Aus einem rotem Manton mit aufgestickten bunten Blumen wickelte sie einen schäbigen alten Leitzordner aus. Bevor sie ihn aufschlug hielt sie beide Hände darauf und schloss die Augen für ein paar Sekunden. Dann öffnete sie ihn ehrfurchtsvoll als wäre es die Heilige Bibel.

Der Ordner war voller Papiere. Die beiden obersten löste sie aus den Ringen heraus und legte sie auf den Tisch. Tränen traten in ihre Augen, als sie stockend anfing zu sprechen. „Sam, Sie wissen ja … dass meine Lina … über besondere … Fähigkeiten verfügt hatte." Sie sah ihm direkt in die Augen, um dort nach einer Bestätigung zu suchen.

Sam nickte verhalten.

„Mein kleines Mädchen kam ganz nach ihrer Großmutter." Consuela holte ein Taschentuch aus ihrer Schürze und wischte sich die Augen trocken. „Antes de que Lina … bevor das alles passierte, hat sie Sitzungen bei Kunden gemacht." Sie schob ihm die beiden Papiere rüber. „Este aquí … entstand vermutlich bei der letzten."

Sam nahm die beiden Blätter in die Hand und atmete tief durch. Es war als wäre noch die Energie von Lina darin zu spüren, zumindest bildete er sich das ein. Er konnte sogar den leichten Honigduft riechen, der sie immer umgeben hatte. Nach näherem Betrachten des ersten Blattes sah er Consuela fragend an.

„Yo sé, es sieht aus wie Gekritzel eines kleinen Kindes, aber man muss auf los detalles achten." Sie forderte ihn stumm auf, noch einmal genauer hinzusehen.

Sam schluckte den Kloß im Hals hinunter und sah wieder auf das Blatt. In jeder Ecke war ein Kreuz gemalt worden und tatsächlich, je länger er hinsah, desto deutlicher wurde das Bild. Und dann erkannte er, dass Lina mit wenigen Strichen ihre Todesstätte gezeichnet hatte, die er selbst nur allzu deutlich noch vor Augen hatte. Die Rundbögen der Fenster, die Fackeln an den Wänden, der Seziertisch in der Mitte des Raumes, der wie ein Bett aussah, sogar die Kanopten waren eingezeichnet worden. Aber auch diese konnte man nur erkennen, wenn man wusste, worum es sich dabei handelte. Lina wusste zu diesem Zeitpunkt sicherlich nicht, was sie da gemalt hatte. „Wann …" Sams Stimme brach ab.

„Etwa zwei Wochen vor ihrem Tod. Aber was mich besorgt, ist das hier." Sie zeigte auf das zweite Papier in Sams Hand.

Ein Kellner trat an den Tisch und fragte, ob Sam etwas bestellen wolle. Consuela bat ihn, eine Karaffe *Sangría* und eine Flasche Wasser zu bringen.

In der Mitte des zweiten Blattes entdeckte er plötzlich seinen eigenen Namen. Er war umgeben von vielen Jas und Neins, Striche, die ins Nichts gingen und ein trompetenförmiges Gebilde. Und genau daneben stand: „Tod" und „Hauch des Teufels".

„Diese Striche hier, die einfach im Nichts enden, sind meist unbeantwortete Fragen der Geister und …"

Sam hörte nicht mehr hin. Er wusste nicht, was er davon halten sollte. Hatte Lina tatsächlich seinen Tod gesehen? Und was sollte diese Trompete darstellen? Er war verwirrt.

Inzwischen stand die Sangria auf dem Tisch und Consuela hatte ihm ein Glas eingeschenkt, das er in einem Zug austrank. Endlich hörte sie auf zu reden.

Sam bereute es plötzlich, dass er nicht gleich auf sein Hotelzimmer gegangen war.

„Sam, haben Sie gehört was ich gesagt habe?"

„Was? Ja, natürlich", antwortete er schnell, obwohl er kein Wort mehr verstanden hatte. Er sah auf die Uhr und stand auf. „Tut mir leid, aber ich habe noch eine Verabredung. Ich muss leider los."

Er hörte noch ihre letzten Worte, dass er jederzeit hier willkommen wäre, dann trat er auf die Straße hinaus und entfernte sich eiligen

Schrittes von dem Restaurant.

Es wehte ein eiskalter Wind, Ostwind, wie die Hamburger dazu sagten, der einem unter die Haut ging, aber Sam spürte nichts davon. Den Weg zum Hotel legte er wie ferngesteuert zurück.

20.

KOLUMBIEN Lea fuhr seit einer Stunde durch die Straßen des *Barrios San Salvador*. Eine Gegend, die man als Wohlhabender tunlichst meiden sollte, aber sie hatte keine andere Wahl. Sie musste unbedingt mit Daniela, der Schwester von Aleida, sprechen. Sie war die Einzige, die vielleicht etwas über *„ein furchtbares Geheimnis"*, das ihren Bruder betraf, wusste. Sie fuhr an einer Gruppe Jugendlicher vorbei, die ihr nachsahen und mit dem Finger auf sie zeigten.

Hier hatten Banden das Sagen und täglich gab es Tote in diesen Vierteln, in die sich nicht einmal die Polizei hineintraute. Fremde durften nur nach Absprache und mit Genehmigung vom *„Patrón del Barrio"*, dem Chef des Viertels, hier rein und mussten normalerweise eine „Eintrittsgebühr" bezahlen. Und sie fuhr völlig unbedarft in ihrem kleinen BMW hier herum und suchte die verdammte Adresse. 51C 49-35 stand auf dem Zettel. Sie war zum vierten Mal in der 51C, aber die 49 schien es nirgends zu geben.

Eine ältere Frau kam aus einem Hauseingang heraus. Lea hielt an, ließ das Fenster halb herunter und hielt ihr die Adresse hin. Der Erklärung nach, war sie nur eine *Quadra* von ihrem Ziel entfernt. Sie bedankte sich freundlich und fuhr die steile Straße weiter nach oben.

Auf einem einfachen Holzbrett, das an einem Zaun lehnte, stand eine gekritzelte Neunundvierzig. Kein Wunder, dass sie das übersehen hatte. Sie hatte nach normalen blauen Straßenschildern Ausschau gehalten, nicht nach bemalten Holzlatten. Ein Blick in die Straße verriet ihr, dass hier die Ärmsten des Barrios wohnen mussten. Sie parkte den Wagen etwas weiter oben neben einem gelb gestrichenen Steinhaus und hoffte, dass er nachher noch dastehen würde. Dann machte sie sich mit dem kleinen Koffer, in den sie die paar Habseligkeiten von Aleida gepackt hatte, auf den Weg in die Höhle des Löwen.

Der Weg war matschig, steinig und glitschig. Links standen Hütten, die mit alten Brettern zusammengeschustert worden waren, rechts kleine Steinhäuser. Und zwischen den Steinhäusern führten steile Treppchen aus Holz ins Nimmerleinsland des Viertels. Lea betete, dass sie da nicht hineinmusste.

Drei Jugendliche kamen auf sie zu und betrachteten sie argwöhnisch. Sie antwortete mit einem Lächeln und fragte den Größten der drei, wo sie Daniela Betancourt finden könnte. Der Junge musterte sie von oben bis unten. Offensichtlich gefiel ihm, was er sah, denn er machte ihr ein Zeichen, ihm zu folgen. Ein Vorteil dieser Viertel war, dass hier jeder jeden kannte, dachte Lea und setzte sich in Bewegung. Die anderen beiden gingen dicht hinter ihr. Keiner sprach ein Wort.

Die Straße wurde zu einem kleinen Spießrutenlauf. Aus allen Winkeln und Ecken beobachtet von Gaffern, alt und jung, fühlte Lea sich zunehmend unwohler. Sie drehte sich um, um die Distanz zu ihrem Auto abschätzen zu können und ihr wurde klar, dass sie trotz Turnschuhe nicht so schnell hier rauskommen würde, wenn man es nicht wollte. Vielleicht war die Idee doch nicht so gut gewesen, Aleidas Schwester aufzusuchen. Was hatte sie sich nur dabei gedacht? Die Jungs halfen ihr mit dem Koffer über ein dünnes Brett, das über ein tiefes Schlammloch gelegt worden war und führten sie links einen steilen Weg hoch, der wiederum über Stock und Stein ging. Schließlich zeigten sie auf eine alte Wellblechhütte und ließen Lea allein davor zurück.

Es gab keine Tür zum Anklopfen, lediglich ein alter Vorhang hing vor dem Eingang.

„Hallo", rief sie leise und hoffte, dass man sie gehört hatte.

Der Vorhang wurde zur Seite geschoben und vor ihr stand ein kleines, mit Dreck beschmiertes Mädchen.

„Ist Daniela da?", fragte sie freundlich.

Das Mädchen nickte und rannte wieder hinein. Lea folgte ihr.

Daniela Betancourt stand am Herd und kochte. Sie drehte sich nicht um und hielt ihren Blick stoisch auf den Inhalt des Topfes gerichtet. „Was wollen Sie hier?", fragte sie kalt.

„Ich ... ich hoffe, Ihnen hat die Beerdigung gefallen. Ich ..."

„Das ist das Mindeste, was man für einen langjährigen Sklaven tun kann, oder nicht? Eine anständige, würdevolle Beerdigung", zischte Daniela und drehte sich zu ihr um. In ihren Augen stand der blanke Hass.

„Ich habe Ihnen ein paar Dinge von Aleida mitgebracht. Es ging alles so schnell, ich meine die Krankheit und ... ich denke sie hätte gewollt, dass Sie ihre Sachen bekommen." Lea stellte den kleinen Koffer in die Mitte des Raumes, der Wohnzimmer, Küche und Schlafzimmer in einem für vier Personen war.

„Was wollen Sie wirklich?"

Sie war durchschaut worden und sie war sich sicher, dass Daniela genau wusste, was sie wollte. „Na schön, Ihre Schwester sprach von einem Geheimnis, das meinen Bruder betrifft. Leider war sie schon zu schwach mir zu erzählen, worum es ging und deshalb ..."

„Gehen Sie", sagte Daniela harsch. Sie stand nun dicht vor Lea, die Hände in die Hüften gestemmt und sah sie an, als hätte sie einen ekelhaften Riesenwurm vor sich stehen.

„Okay, ich gehe." Lea drehte sich zum Eingang um, wo das kleine Mädchen stand und den Vorhang zur Seite hielt.

„Wenn Sie irgendetwas brauchen sollten, zögern Sie nicht mich anzurufen. Ich meine, ich hatte ja keine Ahnung, dass Sie ... Sie sind doch Krankenschwester, oder?"

„Und? Sie müssten doch wissen, was eine Krankenschwester verdient. Sie arbeiten doch selbst in einer Klinik. Ihr Reichen seid Halsabschneider und Menschenverachter. Jemand wie ich bekommt ein Minimumgehalt, von dem man kaum existieren kann. Aleida hat nicht einmal das bekommen, mit der Begründung, dass sie in Ihrem Haus gegessen und geschlafen hat. Sie widern mich an, Lady."

Lea konnte nichts dazu sagen. Die Frau hatte recht. Die Reichen wurden in ihrem Land immer reicher, weil sie die Arbeitskräfte regelrecht ausbeuteten und die Armen immer ärmer, weil jedes Jahr alles teurer wurde und in keinem Verhältnis zu der Erhöhung der Gehälter stand.

„Aber ein kleines Geheimnis kann ich Ihnen verraten. Wussten Sie, dass meine Schwester von Ihrem Vater entjungfert und von Ihren Brüdern gefickt wurde?"

Lea hielt den Atem an. Sollte sie das glauben oder war es nur eine erfundene Anschuldigung, die ihr hier entgegengeschleudert wurde. Ja, sie hatte solche Geschichten von anderen Familien gehört, aber ihre eigene?

„Verschwinden Sie."

Lea verließ das Haus und ging mit gesenktem Kopf zurück zu ihrem Wagen. Sie fühlte sich als hätte sie einen Eimer Fäkalien über den Kopf geschüttet bekommen.

21.

HAMBURG Sam lief früh morgens um die Alster. Nach der langen Auszeit brannte seine Lunge und seine Beine wollten den Dienst versagen, aber er zwang sich, weiterzurennen. Er brauchte die Glückshormone, die beim Laufen freigesetzt wurden, außerdem löste er so oft Probleme im Kopf.

Nach vierzig Minuten kam er sich vor wie ein dampfender alter Kessel, dazu taten seine Ohren von der Kälte weh, seine Beine waren wie Gummi und der Lösung des Falles war er keinen Schritt näher gekommen. Er hatte zwar keine bahnbrechende Idee gehabt, aber irgendwo war da ein unbestimmtes Gefühl, dass er in einen neuen Abschnitt seines Lebens eintauchte. Warum das so war, konnte er sich nicht erklären, aber es fühlte sich irgendwie gut an, trotz der Prognose, dass er vielleicht bald dem Tod ins Auge sehen würde. Aber er konnte ihm genauso gut von der Schippe springen. Außerdem zweifelte er nach wie vor an solchen Wahrsagereien.

Der heiße Duschstrahl prasselte auf seinen Nacken und löste die kleinen Verspannungen. Dabei entschied er, den Tag ruhig anzugehen und sein Frühstück auf dem Zimmer einzunehmen. Er hatte den Gedanken kaum zu Ende geführt als es an der Tür klopfte. Es war Juri mit ein paar frischen Lachsbagels, Schinkenbrötchen und einem Kaffee to go für Sam. Er bat ihn herein und freute sich, dass sein junger Kollege so um sein Wohlbefinden bedacht war.

„Ich habe dich schon angerufen, dachte du liegst noch in den Federn."

Sam sah auf sein Handy: zwei Anrufe in Abwesenheit. Der eine war tatsächlich von Juri, die andere Nummer kannte er nicht, aber scheinbar hatte der Unbekannte eine Nachricht hinterlassen. Die Nachricht war nicht von heute morgen, sondern von gestern abend um elf Uhr dreißig, als er bereits geschlafen hatte. Sam biss in den Bagel und hörte seine Box ab. Erst konnte er die Stimme nicht einordnen, doch dann fing sein Herz schneller an zu pochen.

Dr. Steiner hatte gestern Nacht auf sein Band gesprochen. Er sagte, er hätte etwas entdeckt. Etwas, das vielleicht für den Fall interessant wäre und dass Sam ihn sofort zurückrufen solle. Augenblicklich drückte er auf Rückruf und ließ es ein paar Mal klingeln. Als niemand abnahm, versuchte er es noch einmal. War es vielleicht zu früh für den Arzt? Er sah auf die Uhr. Es war acht Uhr dreißig, eine humane Zeit. Schließlich meldete sich eine Frau. Er nannte seinen Namen und bat sie, ihn mit Dr. Steiner zu verbinden.

„Der ist nicht zu sprechen. Wer sind Sie?" Die Stimme klang abweisend und in Sam schlich sich sofort der Gedanke ein, dass Steiner sein Verhältnis gebeichtet hatte.

„Ich bin von der Polizei. Ich …"

Der nächstfolgende Satz am anderen Ende der Leitung saß wie eine Ohrfeige. Sam fiel der Bagel aus der Hand, der auf dem Boden einen hässlichen bunten Fleck hinterließ.

Juri hatte aufgehört zu kauen und sah seinen Partner mit großen Augen an. Selten hatte er ihn so sprachlos gesehen.

Sam ließ die Hand sinken.

„Was ist los?" Juri war dabei, den Bagel aufzusammeln und die Mayonnaise vom Teppich zu kratzen ohne Sam aus den Augen zu lassen.

„Dr. Steiner hat sich heute Morgen das Leben genommen. Ich bin platt."

Juri glotzte Sam an, als hätte er einen rosafarbenen Elefanten vor sich sitzen.

„Verdammte Scheiße. Ich hätte es wissen müssen. Der Mann war am Boden zerstört." Sam fluchte vor sich hin, während er in seine Jacke schlüpfte und sich eine schwarze Wollmütze über den Kopf zog.

„Hey, dich trifft nun wirklich keine Schuld, Sam. Es sind eben nicht alle so tough wie du und stecken den Tod ihrer Freundin so gut weg."

Sam fuhr herum, seine Augen waren zu kleinen Schlitzen verengt, aber er brachte kein Wort über die Lippen. Er stand nur da und sah

Juri an.

„Sorry. Ich wollte dich nicht …"

Sam atmete tief durch. Sein Partner hatte die ganze Zeit kein Wort über Linas Tod verloren, jetzt war es ihm indirekt rausgerutscht und sein Blick verriet nur, dass er sich dafür schämte.

„Komm lass uns gehen."

Der Zorn war genauso schnell verflogen wie er aufgekommen war. Sein Partner hatte eine hohe Meinung von ihm und fast musste Sam innerlich lachen. Er war nicht tough gewesen, sondern einfach nur zu feige. Das war alles. Natürlich schien nach dem Tod von Lina alles keinen Sinn mehr gehabt zu haben, aber das war ein vollkommen normales Gefühl. Glücklicherweise hatte er sich manchmal mit einem gewissen Abstand selbst analysieren können und vielleicht hatte gerade das ihn davor gerettet, zum Alkoholiker oder Selbstmörder zu werden. Allerdings gab es da noch einen kleinen Punkt, der ihn davon abgehalten hatte und den er für sich behielt. Eitelkeit. Wieviele Menschen hatte er in der Pathologie nackt auf den Seziertischen liegen sehen. Dazu wollte er definitiv nicht gehören.

Juri war ein sicherer Fahrer, sodass Sam kein Problem damit hatte, ihm das Steuer zu überlassen. Er selbst war nämlich ein miserabler Beifahrer und konnte für andere ziemlich ungenießbar werden. Bei gutem Durchkommen würden sie in etwa drei Stunden in Düsseldorf sein.

Was hatte Dr. Steiner nur entdeckt, das wichtig für den Fall sein könnte? Hatte es vielleicht etwas mit seiner Geliebten Katarin zu tun? Oder war er auf etwas anderes gestoßen? Eine Patientenakte vielleicht?

Ein Anruf in München bei Peter Bauer könnte schon mal Aufschluss darüber geben, ob Katarin Gromowa doch nicht so ein unbeschriebenes Blatt war. Juri hatte seit dem kleinen Versprecher im Hotel kein Wort mehr gesagt und konzentrierte sich auf die Straße.

In der Ferne kam ein Gewitter auf. Die ersten Regentropfen bedeckten die Windschutzscheibe und wurden von den

Scheibenwischern zur Seite gefegt. Der Wagen fuhr mit steter Geschwindigkeit über die Autobahn und Sam fing an, sich zu entspannen.

Er betrachtete Juri eine Weile von der Seite und stellte dann die Frage, die ihn schon seit längerem beschäftigt hatte. „Sag mal, wo bist du eigentlich aufgewachsen? War deine Mutter nicht Russin und dein Vater Deutscher?"

„Du hast ein gutes Gedächtnis. Meine Eltern waren aber nie verheiratet, deshalb trage ich ja auch den Namen meiner Mutter. Pompetzki. Ich bin in Sibirien bei meinen Großeltern aufgewachsen, nachdem meine Mutter uns halb totgeschlagen hat. Mich und meine Schwester."

„Das tut mir leid."

„Sie hatte ein Alkoholproblem. Immer wenn sie trank, fing sie an durchzudrehen. Ich weiß noch, als sie im Suff halb nackt im Winter rausgerannt ist. Sie hat fast beide Hände und Füße verloren. So war's nur ein Fuß und die Nase. Sie hat sie im Schnee verloren."

„Ich wusste gar nicht, dass das so schnell gehen kann."

„Das passiert Betrunkenen häufig. In Russland wird so viel gesoffen, um sich innerlich aufzuwärmen. Außerdem ist Wodka billiger als Wasser."

„Du sagtest, deine Schwester lebt noch in Sibirien?

„Ich wollte sie damals mitnehmen, aber sie zog es vor dort zu bleiben." Juri zog ein Foto aus seiner Brieftasche und reichte es Sam.

„Und was macht sie da?"

„Sie arbeitet als Simultanübersetzerin. Reist viel herum."

Juris Schwester war eine Schönheit. Sie hatte ein schmales Gesicht, die gleichen großen, blauen Augen wie ihr Bruder und einen blonden Lockenkopf. Sie lächelte keck in die Kamera.

„Sie ist wirklich sehr hübsch."

„Oh ja, das ist sie. Sie ist noch Single …" Wobei die Betonung auf Single lag.

Sams Handy klingelte. Es war Peter Bauer aus München. Er stellte den Lautsprecher an, damit Juri mithören konnte. „Also Katarin Gromowa hatte mal als Begleitservice für eine Agentur gearbeitet. Sie ging wohl auch mit ihren Kunden auf Kurztrips. Es gab da einmal ein Problem mit einem Prominenten, aber das ist auch schon alles. Sie war zwei Jahre verheiratet, hat nie Steuern bezahlt, ist dem Staat aber auch nicht mit Sozialhilfe zur Last gefallen. Mehr kann ich dir nicht sagen."

Sam bedankte sich und legte auf. Hatte Dr. Steiner herausbekommen, dass seine Katarin eine Prostituierte war und sich deshalb das Leben genommen? Blödsinn, dachte er und scheuchte diesen Gedanken wieder fort.

Das GPS führte sie nach dreieinhalb Stunden direkt nach Gerresheim bei Düsseldorf in ein Wohngebiet, das „auf der Hardt" hieß. Hier reihten sich gut erhaltene Häuser des ehemaligen Bürgertums aus der Zeit vor dem Ersten Weltkrieg aneinander und eines davon gehörte den Steiners. Eine zweistöckige Villa in lachsrosa mit einem kleinen Vorgarten, der von einem alten, weißen Holzzaun umschlossen war und einer großzügigen Garagenauffahrt, vor der ein paar Autos parkten. In jedem Fenster im unteren Stock stand eine Lampe und ein paar Blumen. Wahrscheinlich waren bereits die ersten Familienmitglieder eingetrudelt, die der Witwe Beistand leisteten.

Sam fühlte sich nicht besonders wohl dabei, die Trauernden zu stören, aber er konnte auch nicht aus Rücksicht noch eine Woche warten, um an das zu kommen, was Harry Steiner gefunden hatte und was für die Aufklärung des Falles vielleicht von Bedeutung sein könnte.

Das Haus war voller als erwartet. Anscheinend hatte Frau Steiner schon früh morgens alle Familienmitglieder, Freunde, Bekannte und nähere Nachbarn erreicht, um ihnen die traurige Nachricht über das plötzliche Ableben ihres Mannes mitzuteilen.

Die Mutter von Frau Steiner war empört über den Besuch der beiden Polizisten und verschwand meckernd in der Küche. Auf einem Sofa im Wohnzimmer saß die Witwe umringt von anderen Frauen und presste sich ein Taschentuch auf den Mund. Als sie Sam und Juri als nicht zum Kreis gehörende identifizierte erhob sie sich, schob die

beiden auf den Flur hinaus und schloss die Verbindungstür hinter sich.
„Sie sind von der Polizei, nicht wahr? Was wollen Sie noch von mir?" Wieder diese eisige Stimme, die einen Gebirgsbach zum Einfrieren bringen konnte.

„Ich hatte heute Morgen angerufen. Wie ich bereits am Telefon sagte, hatte Dr. Steiner mich gestern Nacht angerufen und wollte mir etwas Wichtiges mitteilen, das …"

„Woher soll ich wissen, was das war", unterbrach ihn die Frau und sah ihn abschätzig an.

„Und warum hat er Sie überhaupt angerufen?"

Einen Augenblick herrschte Stille.

„Es geht um eine Katarin Gromowa, Frau Steiner", mischte sich jetzt Juri ein, der merkte, dass Sam zögerte, die Fakten auf den Tisch zu legen.

Das Gesicht der Frau erstarrte für eine Sekunde, dann sah sie sich um, ob jemand etwas gehört haben könnte und führte die beiden in den zweiten Stock in ein Zimmer, von dem aus man auf einen großen abgedeckten Swimmingpool und ein paar Liegestühle sehen konnte.

„Ich wünsche nicht, dass der Name dieses Flittchens publik gemacht wird. Es war eine Affäre, die mit Sicherheit bald geendet hätte. Ich möchte kein Aufhebens darum machen, haben Sie das verstanden?"

„Sie wussten also von der Affäre?", fragte Sam überrascht.

Frau Steiner erklärte den beiden, dass ihr Mann in der Vergangenheit, seine Flüge zu Kongressen immer von seiner Sekretärin oder von ihr hatte buchen lassen und er es dieses Mal eigenständig geschafft hat, was ihr natürlich mehr als verdächtig erschienen war. Sie hatte nicht lange suchen müssen, um die zwei Tickets zu finden. „Dieser alte Dummkopf", fügte sie überflüssigerweise hinzu und Sam hatte wieder den traurigen verzweifelten Mann vor Augen.

„Hat er einen Abschiedsbrief hinterlassen?"

„Nein, er hat sich ohne Erklärung in der Bibliothek unten erhängt", sagte sie schnippisch.

Sam und Juri sahen sich eine Sekunde an. Kein Wunder, dass der Mann den Flug vom Himmel in die Hölle nicht verkraftet hatte. Katarin Gromowa hatte Harry Steiner wieder aufleben lassen, hatte seinem Herz Flügel geschenkt, ihm das Gefühl gegeben, wichtig zu sein. Hinzu kam wahrscheinlich guter Sex, den er mit seiner Frau nie gehabt hatte.

Sam war die Frau unsympathisch. In ihrer ganzen Haltung lag Überheblichkeit, Kontrolle und Gefühlsarmut.

„Frau Gromowa wurde in Paris ermordet", bemerkte Sam lakonisch.

Endlich konnte er eine Regung in ihrem Gesicht ausmachen. Plötzlich sagte Frau Steiner völlig unerwartet: „Sie meinen doch nicht, dass Harry sie umgebracht hat und sich deshalb … Oh mein Gott!", rief sie erschrocken „Was werden die Nachbarn jetzt sagen?"

Juri sah das herannahende Gewitter kommen. Er ahnte, was gleich passieren würde, doch bevor er etwas sagen konnte, platzte Sam auch schon heraus: „Kein Wunder, dass Ihr Mann sich erhängt hat. Sie sind einfach widerwärtig, wenn ich das so freiheraus sagen darf."

Frau Steiner riss die Augen auf und schnappte nach Luft wie ein Fisch auf dem Trockenen. „Was erlauben Sie sich."

„Ich glaube Ihrem Mann fehlte nur der Mut, Ihnen genau das ins Gesicht zu sagen."

Frau Steiner starrte ihn weiterhin mit offenem Mund an. Ihr Gesicht verfärbte sich rot und Juri befürchtete schon das Schlimmste, aber dann drehte sie sich um und verschwand in einem der vier Zimmer, nicht ohne die Tür hinter sich zugeknallt zu haben.

Sam und Juri gingen langsam die Treppe hinunter. Kurz bevor sie die Haustür erreichten stand Frau Steiner plötzlich wie ein unheilvoller Geist auf dem Treppenabsatz und streckte ihre Hand nach den beiden aus. „Warten Sie."

Die harten Züge waren aus ihrem Gesicht und ihrer Haltung verschwunden. Sie sah jetzt nur noch wie eine todunglückliche Frau aus, die etwas Wichtiges in ihrem Leben verloren hatte und es sich selbst das erste Mal eingestehen konnte. Tränen rollten über ihre Wangen. Sie wischte sie mit ihrem zerknüllten Taschentuch weg und begann stockend zu erzählen, dass ihre Ehe in den letzten Jahren nicht einfach gewesen war, weil er sich zurückgezogen und sie nicht mehr in seine Arbeit einbezogen hatte. Die Ehe war kinderlos geblieben, weshalb sie sich dem Haus gewidmet hatte, um wenigstens hier nicht nutzlos zu erscheinen. Sie hatte umdekoriert, versucht Neues zu schaffen, aber ihr Mann hatte alldem keine Beachtung geschenkt. Er hatte nur, ohne zu Murren, das teure Hobby seiner Frau bezahlt. „Ich habe ihm seine Geliebte nicht einmal übel genommen. Aber das Gefühl alleine zu sein, das war nicht schön und zu wissen, dass da eine jüngere Frau ist, hat die Sache auch nicht vereinfacht. Ich bin jetzt sechzig, über den Zenit, wie man so schön sagt. Ich habe gedacht, mit Harry alt zu werden und jetzt hat er mich einfach so verlassen und ich kann nicht einmal mehr kämpfen", sagte sie weinend und setzte sich auf die Treppe.

Sam tat die Frau plötzlich leid. Sie und Harry Steiner waren das Paradebeispiel für ihn, warum er immer vor einer Ehe zurückgeschreckt war. „Es tut mir leid …", begann er sanft.

„Nein, mir tut es leid. Sie müssen ja einen furchtbaren Eindruck von mir haben. Sagen Sie mir also wie ich Ihnen helfen kann?"

„Ihr Mann muss gestern etwas entdeckt haben, das für den Mordfall von Bedeutung sein könnte."

Sie deutete auf das Arbeitszimmer. „Er war den ganzen Tag zu Hause und hatte sich da eingeschlossen. Sehen Sie sich ruhig um. Wenn Sie etwas brauchen … Ich bin nebenan." Mit diesen Worten ging sie zurück ins Wohnzimmer zu den anderen Trauergästen, und Juri und Sam sahen sich im Arbeitszimmer um. Es war düster und vollgestellt mit alten Möbeln. Dunkle Vorhänge hingen vor dem Fenster und es war unaufgeräumt. Wahrscheinlich war es das einzige Zimmer, wo Frau Steiner keine Hand angelegt hatte und der einzige Raum im Haus, in dem Harry Steiner allein seinen Gedanken nachhängen konnte.

Juri sah zu Sam. In seinem Blick lag eine Mischung zwischen

Respekt und Bewunderung.

„Sieh mich nicht so an, Kleiner." Ein hintergründiges Lächeln umspielte seine Lippen. „Ich hatte keine andere Wahl. Sie hätte uns sonst kurzerhand vor die Tür gesetzt."

„Du bist ein echter Löwenbändiger, Sam."

Sam schmunzelte vor sich hin und sah dabei alle Unterlagen, Rechnungen und Papiere auf dem Sekretär durch. Besonders war sein Augenmerk auf kleine Zettel gerichtet, auf denen Dr. Steiner sich schnelle Notizen gemacht hatte. Doch er konnte nichts Auffälliges entdecken, außer dass auf einem die Zahl 1953 ein paar Mal geschrieben, unterstrichen und umkreist worden war.

„Sagt dir die Zahl 1953 irgendetwas?"

Juri sah von einem Planer auf, den er in der Hand hielt und durchblätterte. Er schüttelte langsam den Kopf. „Vielleicht wurde Harry Steiner in dem Jahr geboren?"

„Hatte ich auch schon überlegt, aber das war `59. Der Zettel liegt obenauf, irgendetwas muss ihm gestern dazu eingefallen sein."

Juri hatte die letzte Schublade durchgesehen und widmete sich nun einem großen Bücherregal. Bis auf die untere Reihe, in der Bücher über Ophthalmologie nach Nummern geordnet standen, lagen in den oberen Regalen alte Bücher kreuz, quer und übereinander. Hier war lange nicht mehr abgestaubt worden, stellte er fest. Als erstes ging er die Reihe durch, die vom Schreibtisch leicht erreichbar war und zog einen kleinen abgegriffenen Ledereinband heraus. Auf der ersten Seite war ein Bild. Ein Engel und ein Faun. Darunter stand handschriftlich Brasilien 1953. Aber die folgenden Seiten waren leer oder herausgerissen.

Als Sam Frau Steiner das Buch zeigte, war sie überrascht, dass das in dem Bücherregal gestanden hatte, denn sie hatte es noch nie zuvor gesehen. Auch mit der Jahreszahl 1953 konnte sie nichts anfangen. Allerdings erzählte sie ihnen etwas, das entscheidend für den Fall werden sollte.

1955

SãO PAULO Als die neue Besitzerin, Maira da Silva, durch das Portal des umgebauten Klosters schritt, stellten sich plötzlich die feinen Härchen auf ihrem Arm wie kleine Antennen auf. Sie war erst vor einem Monat von Brasil nach Sao Paulo gekommen und hatte sich direkt in dieses Viertel hier verliebt. Zu ihrem großen Glück stand das großzügige Anwesen zum Verkauf und passte perfekt in ihre Pläne.

Der Preis war so gering gewesen, dass sie erst gedacht hatte, der Mann würde einen Scherz machen. Doch als sie ihm den Koffer mit Bargeld überreicht hatte, war er ohne zu zählen in seinem Volkswagen davongefahren.

Und nun stand sie hier und betrachtete das große Wandgemälde ihres Vorgängers. „Blasius" stand in römischen Lettern darunter. Der Patron der Ärzte, der zum Bischof ernannt wurde, und als Märtyrer starb, weil er Jesus Christus als seinen Herrn sah, genauso wie der heilige Georg, der in einer Ecke stand und seine Lanze auf den Drachen unter ihm richtete. Offenbar hatte das Haus einem sehr Gläubigen gehört. Das beruhigte sie und trotzdem war eine eigenartige, eine geradezu erdrückende Energie hier drin.

Sie ging weiter durch die ersten beiden Säle und öffnete am Ende die doppelseitige Holztür und die Fenster, die zum Hof führten. Licht durchflutete den Raum und zeigte nun deutlich seine Macken. Die Wände waren durchzogen von tiefen Rissen und der alte Holzfußboden brauchte auf jeden Fall eine Überholung.

Eine zweite Tür führte zu vier weiteren Sälen, die sie in Schlafräume für die Waisen der Stadt umwandeln wollte. Hier sollten die Straßenkinder von Sao Paulo ein Heim und eine Zukunft finden. Sie sah auf die Uhr. Luano Peres, der Architekt, der mit der Umgestaltung des Hauses beauftragt werden sollte, war mal wieder zu spät. Maira ließ den Blick durch die Räume schweifen. Irgendetwas störte sie. Und dann fiel ihr auf, dass sämtliche Fenster zur Straße hin zugemauert worden waren. Licht fiel lediglich durch die kleinen Fenster zum Gang ein. Maira schüttelte den Kopf, was hatte der Vorbesitzer hier nur gemacht? Das Haus war ja wie eine Festung, geschützt vor den Blicken von außen.

Durch eine knarrende Seitentür betrat sie den Hof. Aus ihm wollte sie einen Paradiesgarten zaubern, voller Vögel und Papageien. Dafür müsste man darüber ein Netz spannen. Den Blick prüfend nach oben gerichtet, ging sie zu dem alten knorrigen Baum in der Mitte, als sie plötzlich über etwas stolperte.

Sie fiel auf beide Knie und schürfte sich beim Abstützen beide Innenflächen der Hände auf. Maira fluchte leise vor sich hin und suchte nach dem Übeltäter. Es war einer der vielen viereckigen Steine, mit denen man den Hof gepflastert hatte und der nun neben ihr lag. Sie hob ihn auf und wollte ihn wieder an seinen Platz stecken, als sie etwas in der kleinen Öffnung entdeckte. Es sah aus wie ein rosa Regenwurm.

In dem Moment kam Luano durch die Flügeltür. „Ein großartiges Haus. Ich bin begeistert. Ich habe schon so einige Ideen wie man …" Luano hielt mitten im Satz inne.

Maira hatte einen Stein in der Hand und hatte ihren Blick auf irgendetwas in der Erde gerichtet. Ihr Gesicht war zu einer Grimasse verzerrt. Sie trat ein paar Schritte zurück ohne das aus den Augen zu lassen, was sie da in der Erde entdeckt hatte. „Da … da …", stammelte sie und fiel rückwärts über einen weiteren Stein, der sich ebenfalls gelöst hatte.

Luano kam seiner Auftraggeberin zur Hilfe, indem er sie auffing und sie so vor einem weiteren Fall bewahrte. Er folgte ihrem Finger, der auf etwas zeigte. Dann sah auch er, was sie da entdeckt hatte.

Drei Stunden später hatte die Polizei die Hälfte des Hofes freigelegt. Leichen von jungen Frauen kamen zum Vorschein wie tote Fische, die nach einer Explosion an die Oberfläche getrieben wurden. Dafür hatte ein unterirdischer Wasserlauf gesorgt, der durch starke Regenfälle angestiegen war und durch seine Ausdehnung nach oben das düstere Geheimnis des Hofes preisgegeben hatte.

22.

HAMBURG Sie waren gerade durch den Elbtunnel gefahren, als Sam einen Anruf aus Barcelona erhielt, der bestätigte, dass auch der Zettel, der neben Jasmin Rewe lag, mit Blut der Blutgruppe A+ geschrieben worden war. Schrieb der Mörder etwa mit seinem eigenen Blut? Oder schrieb er mit dem Blut eines seiner Opfer? Bisher war noch nicht bekannt, welche Blutgruppe die Prostituierte aus Wien gehabt hatte und ob der Zettel, der bei ihr lag, ebenfalls die Blutgruppe A+ aufwies. Jedenfalls hatte das Labor in Barcelona auf dem Papier noch andere Spuren gefunden. Spuren einer Pflanze, einer Orchidee. Um welche Art es sich hierbei handelte, konnten sie noch nicht sagen, aber sie arbeiteten daran.

Hatte der Mörder absichtlich diese Partikelchen dort hinterlassen? Hatten sie es vielleicht mit einem Orchideenliebhaber zu tun? Es war sogar möglich, dass er diese Blumen züchtete, die auf jedem Kontinent wuchsen, außer in der Antarktis.

Botaniker bezeichneten die Orchidee als besonders intelligente Pflanze wegen ihrer hohen Anpassungsfähigkeit an die verschiedensten Lebensverhältnisse. Sie wuchs in jeder Ökozone, nur nicht in der Wüste. Die Orchidee symbolisierte nicht nur sexuelle Lust, Fruchtbarkeit, Reichtum und Macht, sondern auch Gewitztheit und Cleverness. Eigenschaften, die der Mörder sicherlich für sich beanspruchen konnte, denn bisher war er ihnen stets mehrere Schritte voraus gewesen.

„Hey, denk nicht so laut. Bezieh mich mit ein, Sam." Juri holte ihn aus seiner Träumerei heraus und unterbrach sein Gerüst aus Gedanken, das er sich gerade Stock für Stock aufgebaut hatte.

„Die Blutgruppe A ist weltweit die häufigste. Zu neunzig Prozent vertreten in Nordeuropa und zu zweiundvierzig in Mitteleuropa. Danach kommt die Blutgruppe 0 mit achtunddreißig Prozent. Weißt du auch, wo die am häufigsten vorkommt?"

„Hm, ich passe."

„Zu neunzig bis hundert Prozent in Süd- und Zentralamerika, aber auch Nordamerika. Und natürlich in Europa."

„Okay, du meinst also der Mörder ist auf jeden Fall Mitteleuropäer ... falls er mit seinem eigenen Blut schreibt."

„Ja, falls. Wenn nicht, sind wir so schlau wie vorher. Habe nur laut gedacht."

Juri parkte das Auto auf einem Behindertenparkplatz direkt vor der Klinik und erntete einen missbilligenden Blick von Sam.

„Was? Du bist doch behindert ohne Brille, oder nicht?"

Sam boxte ihm leicht in die Seite und stieg aus.

Das vierstöckige Gebäude der Frauenklinik lag in einer verkehrsberuhigten Straße und so weit das Auge reichte, war keine einzige Parklücke auszumachen.

„Bin gespannt wie ein Flitzebogen", sagte Juri und sprang lässig über einen Poller.

Dr. Rewe stand in grüner Chirurgenkleidung am Fenster in seinem Büro und beobachtete wie gerade aus einer Ambulanz eine junge Frau in die Notaufnahme gebracht wurde, als Sam und Juri an die Tür klopften und eintraten. Er arbeitete achtzehn Stunden am Tag, um sich abzulenken und dementsprechend sah er auch aus.

Beiden fiel sofort Dr. Rewes verändertes Erscheinungsbild auf. Der Mann hatte mindestens fünf Kilo abgenommen, seine Wangen waren eingefallen und seine Haut war wachsbleich wie die eines Toten.

„Sie sollten sich eine Auszeit gönnen, Dr. Rewe, sonst werden Ihre Kinder auch bald nicht mehr viel von Ihnen haben", bemerkte Sam.

„Ich weiß. Ich bin selbst Arzt. Wie kann ich Ihnen helfen? Haben Sie irgendetwas in dem Computer meiner Frau entdeckt, das die Lösung des Falles bringt?"

Ein kurzer Blickaustausch zwischen Juri und Sam. Ohne Worte waren sie sich einig, dass sie die Internetbeziehung von Frau Rewe nicht erwähnen wollten.

„Nein. Sie können den Computer auf dem Revier jederzeit abholen."

Sam und Juri nahmen unaufgefordert auf einem braun Ledersofa Platz, während Dr. Rewe am Fenster stehen blieb und verdrossen registrierte, dass die beiden Polizisten wohl länger bleiben wollten. Höflichkeitshalber fragte er, ob sie etwas trinken wollten und war erleichtert, als beide ablehnten.

„Sagen Sie, Dr. Rewe, gibt es in Ihrer Familie noch mehr Ärzte?", fragte Sam.

„Ja."

„Wer?"

„Mein Vater war ebenfalls Arzt. Darf ich fragen, warum Sie das interessiert?"

„Es gab nach dem Mord Ihrer Frau noch einen weiteren. Er war ähnlich aber anders."

Dr. Rewe war sichtlich überrascht und Sam hatte nun seine volle Aufmerksamkeit.

„Anders? Wie soll ich das verstehen?"

„Kann es sein, dass Ihr Vater … " Sam machte absichtlich eine kurze Pause. Auch weil er einen Augenblick befürchtete danebenzuliegen. „Orthopäde war?"

Dr. Rewe sah Sam erstaunt an. „Sie haben das recherchiert?"

„Nein, ich habe geraten."

Ein Blick zu Juri verriet Dr. Rewe, dass Sam die Wahrheit sagte.

„Soll das ein Witz sein? Ich meine, was hat mein Vater mit dem Mord an meiner Frau zu tun? Er ist seit zehn Jahren unter der Erde."

„Dr. Richard Steiner ist seit zwanzig Jahren tot. Er war Hautarzt und der Vater von Dr. Harry Steiner. Dieser war mit seiner Geliebten in Paris. Und während er zu einem Kongress ging, hat man ihr die Haut abgezogen."

Dr. Rewe war sprachlos. Er schüttelte immer wieder den Kopf und murmelte Unverständliches vor sich hin.

„Es muss irgendetwas geben, was Ihre Familien miteinander

verbindet, Dr. Rewe. Denken Sie bitte nach."

Dr. Rewe setzte sich hinter den Schreibtisch und vergrub sein Gesicht in beiden Händen. Als er wieder aufsah, sagte er leicht verzweifelt: „Mir sagt der Name Steiner wirklich nichts. Ich kann Ihnen da nicht helfen, so sehr ich es mir wünschte."

„Gibt es noch irgendwelche Aufzeichnungen von Ihrem Vater. Tagebücher, Hinterlassenschaften, Fotos, irgendetwas ..."

Juri holte das kleine lederne Buch aus seiner Tasche, das er im Arbeitszimmer von Dr. Steiner gefunden hatte und legte es Dr. Rewe hin, der den Einband in seinen Händen drehte und wendete.

„Was soll das sein? Da steht ja nichts drin. Ich habe von meinem Vater nichts geerbt, außer ein bisschen Geld."

Sam hatte schon fast die Hoffnung aufgegeben als Dr. Rewe seine Mutter erwähnte, die vielleicht genauer im Bilde sein könnte. Aber die Freude war schnell verflogen, denn Frau Rewe wohnte nicht in Deutschland und hatte auch kein Telefon wie andere Erdenbewohner.

„Aber Sie können sie über ein kleines Restaurant in ihrer Nähe erreichen. Die sagen ihr dann meistens Bescheid und wenn sie Lust hat und guter Stimmung ist, ruft sie auch zurück", erklärte Dr. Rewe und durchsuchte sein Handy nach einer Nummer, schrieb sie auf einen Zettel und reichte ihn Sam. Dann brachte er die beiden zum Ausgang und eilte mit wehendem Kittel den Korridor hinunter.

Sam atmete hörbar aus, als er die Telefonnummer eingehender betrachtete. „Frankreich? Verdammte Scheiße." Er haute mit der flachen Hand auf das Dach des Autos.

„Du willst doch da nicht etwa hinfahren?"

„Du hast doch gehört, was er gesagt hat. Wenn sie in Stimmung ist, ruft sie an. Und ich habe keine Lust, wieder von der Stimmung einer Frau abhängig zu sein."

„Und was ist, wenn sie auch nichts weiß?"

„Sie muss etwas wissen. Sie ist die Ehefrau gewesen", sagte Sam und merkte, dass er versuchte, sich selbst zu überzeugen. Natürlich war ihm bewusst, dass er sich da an etwas klammerte, das vielleicht gar nicht da war. Aber was sollte er sonst machen? Däumchen drehen, warten, bis der nächste Mord geschah und hoffen, dass der Mörder, wie Germain sagte, einen Fehler beging?

Inspektor Germain. Hatte er ihm nicht etwas zeigen wollen? Auch er hatte angeblich etwas entdeckt wie Dr. Steiner. Sam war neugierig geworden. Er würde sich noch einmal mit ihm treffen und seine Einladung aufs Landhaus annehmen.

23.

FLORENZ Sie waren von Venedig nach Florenz geflogen. Und jetzt stand Leila direkt unter Brunelleschis Kuppel aus dem 15. Jahrhundert und betrachtete die Fresken der Höllenqualen. Sehr beeindruckend fand sie, und griff automatisch nach ihrem Kreuz auf ihrer Brust. Sie war katholisch, sehr gläubig und sie glaubte an die Hölle.

Wo war Rafael? Er hatte gesagt, er müsste nur kurz auf die Toilette. Das war aber schon eine Weile her. Überhaupt war er heute irgendwie anders. So still und nachdenklich. Bereute er inzwischen vielleicht doch die heimliche Heirat mit ihr? Sie drehte sich langsam um ihre eigene Achse und versuchte, ihren Mann unter den vielen Besuchern des Doms auszumachen. In welche Richtung war er gegangen? Dann sah sie ihn. Er stand halb hinter einer Säule und unterhielt sich mit zwei anderen Männern.

Leila beobachtete die Drei. Es sah nicht so aus, als würde Rafael ihnen den Weg irgendwohin erklären, obwohl der eine einen Touristenführer in der Hand hielt. Im Gegenteil, sie schienen sich zu kennen und fast sah Rafael verärgert aus. Dann sah er zu ihr rüber. Sein Gesicht wurde wieder freundlich, er verabschiedete sich von den beiden und kam auf sie zu. „Hey, corazón."

„Wer waren die Männer?"

„Sie haben mich nach einem Hotel hier in Florenz gefragt."

„Touristen?"

„Ja."

„Und konntest du ihnen helfen?"

„Natürlich. Komm lass uns in dieses Antiquariat gehen. Ich würde gerne einen alten, italienischen Gedichtband kaufen, den ich im Schaufenster gesehen habe." Rafael nahm sie an der Hand und zog sie aus dem Dom heraus. Er schien jetzt wieder besser gelaunt zu sein. Aber warum hatte er sie angelogen? Es war ziemlich eindeutig, dass er die Männer gekannt hatte. Sie würde noch hinter sein kleines Geheimnis kommen. Immerhin arbeitete sie für die *Fiscalía*, die gefürchtete Staatspolizei in Kolumbien.

Die Familie Rodriguez genoss keinen guten Ruf. Man verdächtigte sie, in einige schmutzige Geschäfte involviert zu sein, aber beweisen konnte man ihnen bisher nichts, dazu besaßen sie zu viel Geld und wussten, wen sie wo, wann und wie zu schmieren hatten.

Rafael war ein leichtes Opfer gewesen, sie hatte ihn anfangs mit gutem Sex und Liebreiz um den Finger gewickelt und er war wie verzaubert von ihr gewesen. War es immer noch wie sie in seinen Augen sehen konnte. Womit sie allerdings nicht gerechnet hatte: Sie hatte sich auch in ihn verliebt. Sie kam aus armen Verhältnissen und das, was er ihr bot, war mehr, als sie sich je erhoffen durfte. Dennoch war sie auf der Hut, denn sie wusste, was mit seinen anderen drei Frauen passiert war. Und sie wollte auf keinen Fall das gleiche schreckliche Schicksal mit ihnen teilen. Bei aller Liebe hatte sie sich trotzdem vorgenommen, hinter das Geheimnis zu kommen und das Rätsel zu lösen. Ihr Interesse war rein persönlich, denn eine von Rafaels Frauen war ihre Cousine gewesen.

24.

CHANTEAU Das kleine Hexenhäuschen mitten im Wald im Loiretal lag so gut versteckt, dass Sam und Juri ein paar Mal an dem kleinen Weg, der direkt zu einem alten verrosteten Eisentor führte, vorbeigefahren waren.

Noch gestern Abend hatte er die Nummer in Frankreich angerufen, die ihm Dr. Rewe von seiner Mutter gegeben hatte und nachgefragt, ob sie sich zurzeit auch in Chanteau aufhielt. Robert Camus, der Besitzer des Restaurants „La Rue" bestätigte, dass er sie noch am Morgen auf dem Markt des kleinen Örtchens getroffen hätte, worauf Sam sofort zwei Flüge nach Paris gebucht hatte. Von da aus waren sie mit einem Leihwagen etwa einhundert Kilometer Richtung Orléans gefahren.

Die idyllische Ruhe im Wald war so außergewöhnlich für Sam, dass er sich wie auf einem anderen Planeten fühlte. Sogar die Bäume schien man hier atmen zu hören.

„Puh, das ist aber ganz schön einsam für eine alleinstehende Frau, findest du nicht?" Juri sah aus dem Fenster in alle Richtungen. „Nicht nur einsam, sondern auch unheimlich. Wo man hinsieht ist Wald. Man kann ja nicht mal den Himmel vor lauter Bäumen sehen."

„Ich kann mir vorstellen, dass es Menschen gibt, die haben die Welt da draußen so satt, dass sie sich genau so ein Fleckchen suchen, um sich ganz zurückzuziehen."

Sie ließen den Wagen vor dem Tor stehen und betraten das Grundstück.

„Das wär genau dein Ding, wenn du die Möglichkeit hättest, stimmt's?!"

„Ja vielleicht, aber ich würde mir etwas am Meer suchen", sagte Sam und klopfte an die massive Holztür. Die Vorstellung, jeden Tag das Meer zu riechen war in der Tat verlockend.

Eine kleine zierliche Frau in ausgewaschenen Jeans und dicker Wolljacke öffnete den beiden die Tür.

„Sie müssen die Herren von der Polizei sein, die bei Camus angerufen haben. Er hat mir noch gestern Abend jemanden vorbeigeschickt. Er ist immer so fürsorglich. Daraufhin habe ich gleich bei meinem Sohn angerufen, um sicher zu gehen, dass er und die Kinder in Ordnung sind." Sie trat zur Seite und machte eine ausholende Geste, um die beiden in ihr Heim zu bitten. „Vorsicht stoßen Sie sich nicht!", warnte sie die beiden Männer und zeigte auf den Türrahmen, der eher für Kleinwüchsige gebaut worden war.

Sam duckte sich und drehte sich breit grinsend zu Juri um. „Du passt da locker gestreckt durch. War wohl mal für Zwerge wie dich gedacht."

Tatsächlich passte Juri mit seinen ein Meter sechsundsiebzig ohne Probleme durch.

Innen roch es nach Kuchen und Gebäck wie zur Weihnachtszeit und Sam knurrte plötzlich der Magen.

„Ich versorge das Restaurant und ein paar Cafés in der Umgebung mit Kuchen und Quarkspeisen à l'Allemand. Sie sehen beide hungrig aus, möchten Sie vielleicht ein Stück." Sie zeigte auf einen Kuchen mit einer cremigen Füllung. „Und dazu einen Kaffee oder Tee?"

„Haben Sie vielleicht auch Kakao?", fragte Juri vorsichtig.

„Aber sicher. Setzen Sie sich und erzählen Sie mir, warum Sie die weite Reise zu mir gemacht haben."

Während Frau Rewe Teller und Tassen aus einer alten Vitrine holte, Kuchen auffüllte und Kaffee kochte, erzählte Sam kurz und knapp von den drei Mordfällen und dass sie vermuteten, dass die Familien Rewe und Steiner irgendwie verbunden waren. Zwischendurch beobachtete er wie Frau Rewe immer mal wieder kurz innehielt. Irgendetwas schien ihr auf dem Herzen zu liegen. „Halten Sie mich für herzlos, weil ich nicht zur Beerdigung meiner Schwiegertochter gehe?"

„Sie werden Ihre Gründe dafür haben", antwortete Sam.

„Ich mochte sie nicht, Gott hab sie selig, aber sie war egoistisch, war nur hinter dem Geld meines Sohnes her und zog es vor, Partys mit ihren Freundinnen zu feiern, anstatt sich um die Kinder zu kümmern."

Schließlich stellte sie den Kuchen und den Kaffee auf den Tisch und tat jedem auf.

Juri verfolgte jede ihrer Bewegungen wie eine hungrige Schlange, die ihre Beute im Visier hatte.

„Fangen Sie ruhig an." Sie lächelte und setzte sich mit an den Tisch. „Meine beiden Enkelkinder kommen jeden Sommer hierher. Das ist immer eine sehr schöne Zeit. Wir gehen dann Kräuter und Beeren sammeln."

Sam nickte und schob sich das erste Stück Kuchen in den Mund. „Er schmeckt ausgezeichnet", lobte er ihre Backkünste vor dem ersten Schluck Kaffee. Er war brennend heiß, aber noch mehr brannte ihm die eine Frage auf der Zunge und damit wollte er nicht warten, bis alle aufgegessen hatten. „Sagt Ihnen der Name Steiner etwas?", begann er vorsichtig.

„Oh ja, ich glaube schon. Irgendetwas bimmelt da bei mir in der letzten Ecke meiner grauen Zellen." Sie stand auf, holte eine kleine Kiste aus einer großen alten Holztruhe mit Eisenscharnieren und stellte sie neben sich auf den Tisch. Dann schob sie sich einen Bissen Kuchen in den Mund und lächelte über den leeren Teller von Juri. „Hätte ich gewusst, dass Sie beide so einen Hunger mitbringen, hätte ich etwas gekocht. Aber ich wusste ja auch nicht genau, wann Sie hier auftauchen würden. Greifen Sie ruhig zu."

Unter den neugierigen Augen von Sam öffnete sie den Deckel der kleinen Kiste und holte einen Stapel Fotos daraus hervor. Es waren alte vergilbte Fotos in Sepiafarben und schwarz-weiß.

„Die habe ich gefunden, als mein Mann vor zehn Jahren verstarb. Erst wollte ich sie wegschmeißen, weil ich damit nichts anfangen konnte. Es waren seine Erinnerungen, nicht meine. Aber dann habe ich es mir doch anders überlegt. Jetzt weiß ich warum. Alles im Leben hat einen Sinn."

Das hatte Lina auch immer gesagt, fuhr es Sam durch den Kopf. Er nahm die Fotos in die Hand, die sie vor ihm auf den Tisch legte.

„Das hier ist Dennis mit seinem Vater. Da war er knapp einen

Monat alt."

Sam hielt das Foto ins Licht, um es besser sehen zu können. Richard Rewe hatte auf dem Bild schütteres Haar, war leicht untersetzt und trug eine Hornbrille auf der Nase. Sam reichte das Foto an Juri weiter.

„Er war damals sechsundvierzig, ich gerade mal zwanzig."

Sam überschlug schnell wie alt Frau Rewe sein musste und kam auf genau siebzig Jahre. Ihre Gesichtszüge waren glatt und jugendlich, wodurch sie gute fünfzehn Jahre jünger wirkte. Das gepflegte, graue Haar trug sie in Kinnlänge und umspielte elegant ihr schmales Gesicht.

„Das hier habe ich gesucht. Sehen Sie, hier auf der Rückseite steht's."

Auf dem Foto waren etwa zehn Personen abgelichtet. Ein paar in weißen Kitteln, die anderen in Straßenkleidung. Sie standen in zwei Reihen, wie bei einem Klassenfoto. Im Hintergrund war ein weißes Gebäude zu sehen, das umsäumt war von Palmen. Eine Schwester mit weißer Haube war offenbar versehentlich auf das Foto gekommen. Sie schob jemanden im Rollstuhl. Das Gesicht des im Rollstuhl Sitzenden war von einem der Männer halb verdeckt, aber es hatte etwas Eigenartiges. Und noch etwas war auf dem Foto: ein Schild, ebenfalls nur halb zu sehen, auf dem irgendwas stand. Sam kniff die Augen zusammen und hielt das Foto weiter weg.

„Hier, nehmen Sie die." Frau Rewe nahm ihre goldumrahmte Lesebrille ab und reichte sie Sam über den Tisch, der sie lediglich wie ein Vergrößerungsglas vor das Foto hielt. Tatsächlich waren die Buchstaben jetzt deutlicher erkennbar. *Casa de…*, mehr konnte man bedauerlicherweise nicht darauf lesen. Sam drehte das Bild um. Mit Tinte geschrieben und teilweise etwas verschmiert standen dort sechs Namen. Unter anderem Steiner und Rewe. Das war ein Volltreffer, dachte er. „Ich kann Ihnen gar nicht sagen, wie sehr Sie uns damit geholfen haben, Frau Rewe."

Juri hatte sich die anderen aussortierten Fotos angesehen. Es waren Familienfotos jüngeren Datums.

Das Foto muss jemand anderem gehört haben, dachte Sam. „Das ist nicht die Handschrift ihres Mannes, oder?"

„Nein, ich glaube nicht. Warum?"

„Ich dachte nur, dass man seinen eigenen Namen ja nicht hinten raufschreibt, oder?"

„Das ist richtig. Aber ein Name, den ich öfter gehört habe, steht hier nicht drauf. Sicher gehörte das Foto ihm. Er ist mir entfallen ... ach herrje, man wird alt", stöhnte sie und legte Sam ein weiteres Foto hin.

„Also diese beiden Herren da, die kenne ich zum Beispiel nicht. Sie waren zu einem Geburtstag meines Mannes plötzlich aufgetaucht. Haben sich auch nicht vorgestellt. Gesehen hab ich sie auch nie wieder."

„Wissen Sie, wann die gemacht worden sind?"

„Ich glaube es war sein Fünfzigster, kann aber auch der Sechzigste gewesen sein. Und die anderen sind wohl alle gemacht worden, bevor ich Richard kennengelernt habe, also um 1950 ... und dieses hier ..." Sie zeigte auf das Bild mit dem weißen Haus im Hintergrund „...war um 1960, denn es gibt noch eins davon, auf dem das genaue Datum draufsteht."

„Wissen Sie auch, wo das gemacht wurde? *Casa de* ..., könnte das in Spanien gemacht worden sein?"

„Das kann ich Ihnen leider nicht sagen."

Sie durchwühlte wieder das kleine Kästchen und zauberte noch ein Foto daraus hervor. Wieder war es ein Gruppenfoto, dieses Mal waren nur fünf der Männer und eine Frau abgelichtet.

„Richard fuhr oft weg und jedes Mal wurde ein Riesengeheimnis darum gemacht. Er sagte immer nur, dass es geschäftlich sei. Er war ein ausgezeichneter Orthopäde, aber im Grunde genommen ein Misanthrop. Er war menschlich ein Arschloch. Entschuldigen Sie." Sie hielt sich die Hand vor den Mund, als wäre ihr das Schimpfwort plötzlich herausgerutscht und lächelte verschämt wie ein kleines Mädchen. „Sie können die Fotos ruhig behalten. Sie haben jetzt ihren

Dienst getan."

„Können Sie damit etwas anfangen?" Juri holte das kleine Buch aus der Tasche und reichte es ihr über den Tisch. Sie blätterte die leeren Seiten durch und betrachtete das Bild lange und eingehend.

„Dieses Bild kommt mir irgendwie bekannt vor. Komme aber gerade nicht drauf, wo ich es schon einmal gesehen habe. Ich habe damals Geschichte studiert, da läuft einem ja so einiges über den Weg. 1953? Nein, sagt mir nichts. Tut mir leid."

Sie stand auf, räumte schnell ab und stellte drei Weingläser auf den Tisch. Dazu holte sie eine Flasche Rotwein. Beide Männer winkten gleichzeitig ab, aber Frau Rewe sah die beiden an als würde sie keinen Widerspruch dulden. „Ich habe so selten Besuch hier, tun Sie mir den Gefallen und bleiben Sie heute abend meine Gäste. Ich habe zwei Gästezimmer und Sie werden hier im Wald so gut schlafen wie noch nie, das verspreche ich Ihnen."

Wieder setzte sie ihr charmantes Lächeln auf und Sam willigte ein. Das Wochenende stand vor der Tür und wenn sie morgen früh zurück nach Paris fahren würden, reichte das auch.

Juri war ebenfalls ganz seiner Meinung und nippte bereits genüsslich an dem Wein.

Gegen Abend versuchte Sam Inspector Germain zu erreichen, den sie auf dem Rückweg nach Paris noch einmal besuchen wollten. Im Wald gab es tatsächlich keine Verbindung, weshalb er ein Stück in den Ort hineinfuhr. Ein kleiner, gemütlicher, französischer Ort mit einer kopfsteingepflasterten Altstadt und Häusern aus dem 19. Jahrhundert. Aber Germain hatte nur seine Mailbox an.

Sam war zufrieden, die Reise hierher hatte sich gelohnt. Endlich sah er ein Fortkommen in dem Fall. Mit den Namen auf dem Foto würden sie vielleicht verhindern können, dass es weitere Opfer gab. Vorausgesetzt sie arbeiteten schnell und machten den Vorsprung wett, den der Mörder mit seinem Wissen hatte.

25.

KOLUMBIEN Der Morgen graute und der Nebel lag noch verschlafen auf den Bergen und Tälern, als Lea um halb sechs Uhr morgens ins Heim fuhr. Sie wollte sich in Ruhe im Büro ihres Bruders umsehen und das ging besser, solange das ganze Personal noch nicht im Einsatz war. Vielleicht würde sie hier fündig werden, was das Geheimnis anlangte.

Das hohe Tor öffnete sich automatisch mit ihrer Fernbedienung. Langsam fuhr sie die Auffahrt hoch, die durch die große Parkanlage führte, direkt bis vor das weiße Gebäude, das man von der Straße nicht einsehen konnte. Zwischen den Büschen lugte ein Kopf mit einem Hut hervor, der Gärtner, der in seine Arbeit vertieft war.

Sie parkte ihren Wagen und betrat leise wie ein Eindringling das Gebäude. Sie selbst schaute nur zwei Mal die Woche hier vorbei, untersuchte die Behinderten und wechselte ein paar Worte mit ihnen, ansonsten hatte sie ihre eigene Praxis in der *Clínica Medellin*. Schon als kleines Kind hatte sie Ärztin werden wollen und entschied sich noch während des Abiturs, dass sie sich auf Erbkrankheiten und besondere Behinderungen nach Geburtstraumen spezialisieren wollte.

Mit einem Zweitschlüssel, den sie sich gestern im Haus ihrer Eltern während des täglichen Treffens zum Mittagessen geholt hatte, öffnete sie Rafaels Büro. Ein Blick nach rechts und einen nach links. Kein Mensch war auf dem langen Gang zu sehen und so konnte sie unbemerkt hineinschlüpfen.

Ihre Augen gewöhnten sich schnell an das Halbdunkel im Büro. Typisch, dachte sie, Rafael war schon immer unordentlich gewesen. Sein Schreibtisch brach beinahe unter einem Berg von Akten und Papieren zusammen. Sie setzte sich in den braunen Ledersessel und drehte sich langsam hin und her. Niemand sonst, außer Rafael, hatte Zutritt zu seinem Büro. Es war also ein sicheres Versteck für Geheimnisse.

Es wurde jetzt schnell hell und die Gegenstände im Raum nahmen klare Formen an. Vor ihr lag Rafaels Kalender. Sie blätterte ihn durch. Ein paar Eintragungen von seinen Terminen in Europa über zwei Wochen. Barcelona, Paris, Florenz, Wien und Berlin. Nichts Außergewöhnliches. Wo war der Terminkalender vom letzten Jahr? Sie ging alle Schubladen durch und wurde in der untersten fündig. Dunkelblau mit goldenen Lettern drauf, ein Geschenk der Krankenkasse, das jedes Jahr zu Weihnachten verschickt wurde. Dieser war voller Notizen, manche davon kaum zu entziffern. Name, Kreuz, Name Kreuz, Name Kreuz … fast jeden Monat hatten sie ein oder zwei Todesfälle im Heim zu bedauern. Etwas ungewöhnlich für ein Pflegeheim für Behinderte, dachte sie und arbeitete sich durch den Stapel Krankenakten. Nur der letzte Todesfall lag darunter.

Alfonso Villegas. Sie konnte sich noch sehr gut an den kleinen Jungen erinnern. Kind einer Inzestehe. Acht Jahre. Diagnose: ß-Thalassämie. Sein Skelett war durch die erlittenen Anämien verbogen gewesen. Die Eltern hatten schließlich das Geld für die Pflege nicht mehr aufbringen können und ihr Kind nicht mehr besucht. Zwei Monate später war es gestorben. Woran, das stand hier nicht. Das Kind war jeden Monat auf Bluttransfusionen angewiesen gewesen, damit genügend Sauerstoff transportiert werden konnte, außerdem brauchte es Medikamente um die Unmengen an Eisen aus den Körper zu entfernen, die eingelagert wurden. Kosten, die das Heim vorgestreckt hatte. War die Behandlung eingestellt worden? Hatten sie das Kind sterben lassen? Doch das würde sie ihrem Bruder nicht zutrauen.

Lea schrieb sich die anderen Namen aus dem Buch heraus. Irgendwo mussten ja die Akten sein. Sie wollte vorsichtig an die Sache herangehen und keinen Verdacht aufkommen lassen, dass sie hier rumschnüffelte.

Inzwischen war Leben ins Haus gekommen, der normale Alltag hatte begonnen. Türen gingen auf und zu und draußen im Garten gingen die ersten spazieren, während die Zimmer gereinigt wurden.

Lea spähte hinaus. Es war niemand zu sehen. Sie verschloss die Tür hinter sich und ging den langen Gang zum Patiententrakt hinunter. Das merkwürdige Gefühl in der Magengegend war stärker geworden. Irgendetwas war hier nicht in Ordnung, das spürte sie.

26.

CHANTEAU/PARIS   Sam erwachte am frühen Morgen vom Klopfen eines Spechts, der unermüdlich einen Baumstamm bearbeitete. Wie von Frau Rewe vorausgesagt, hatte er so gut wie schon lange nicht mehr geschlafen. Tief und fest, ohne störende und erschöpfende Träume wie es so oft in letzter Zeit vorkam. Kaffeeduft stieg ihm in die Nase. Das erste Mal seit langem, dass er sich seinen Kaffee morgens nicht selber machen musste. Lina hatte ihm immer einen ans Bett gebracht, wenn sie da gewesen war. Er streckte sich und sah sich um.

Ein alter Schrank, bei dem sicherlich die Türen quietschten, wenn man ihn öffnete, war mit dem Bett und einem alten Sessel, in dem zwei alte Porzellanpuppen saßen und ihn aus traurigen Glasaugen anstarrten, das einzige Mobiliar in dem Zimmer. Ein getrockneter Blumenstrauß stand auf dem Nachttisch und an der einen Wand hingen viele bunte Kinderzeichnungen.

Sam schlug die Decke zurück. Es war nicht gerade mollig warm hier. Er zog sich schnell seine Jeans und sein Sweatshirt über und ging ins Bad. Das Wasser war eiskalt. Sam entschied sich für eine Katzenwäsche.

Juri saß bereits am Frühstückstisch und rieb sich die müden Augen, als Sam ins Wohnzimmer kam.

„Na, wie haben Sie geschlafen?" Frau Rewe stellte frische Brötchen zwischen diverse Käsesorten, Marmeladen und einer Schinkenplatte auf den Tisch, schenkte Orangensaft in die Gläser und wickelte die gekochten Eier aus einem Handtuch.

„Hervorragend", sagte Sam und setzte sich zu Juri. Sein Partner war morgens, wenn er abends etwas getrunken hatte, nie sehr gesprächig, deshalb klopfte er ihm nur freundschaftlich zur Begrüßung auf die Schulter.

„Mir ist heute Nacht noch der eine Name eingefallen, den mein

Mann öfter erwähnt hatte. Ich glaube es war Thiel, Heinrich. Ja Heinrich Thiel."

„In welchem Zusammenhang war das?"

„Oh, daran kann ich mich nicht mehr erinnern. Er schien ihn sehr zu bewundern. Er war wohl auch Arzt. Kennengelernt habe ich den Mann allerdings nie."

Direkt nach dem Frühstück brachen die beiden in Richtung Paris auf und Sam versuchte noch einmal, Germain anzurufen. Dieses Mal meldete sich der Inspektor gleich nach dem zweiten Klingeln. Im Hintergrund war lautes Stimmengewirr zu hören und er klang gestresst. Er erklärte kurz und knapp, dass er gerade an einem Tatort war, dass sie sich aber gegen Nachmittag kurz auf dem Kommissariat treffen könnten.

In Sams Zeitplan passte das gar nicht, denn er hatte gegen Nachmittag in München sein wollen.

Juri rieb sich unaufhörlich die Stirn. Ein Zeichen dafür, dass er immer noch einen Kater hatte. Er hatte gestern Abend gemeinsam mit Frau Rewe an die drei Flaschen Wein getrunken.

„Kennst du Paris?"

„Nein. Warum fragst du?"

„Weil wir noch gute vier bis fünf Stunden Zeit haben, bis wir Germain treffen. Was hältst du davon, wenn du noch eine Kopfschmerztablette einschmeißt und wir in den Louvre gehen?"

„Gute Idee", sagte Juri und sein Gesichtsausdruck verdeutlichte, dass er von der Idee überhaupt nicht angetan war.

Eine Stunde später erreichten sie Paris.

Juris Laune war inzwischen besser geworden und er ließ sich tatsächlich ohne Murren auf einen Besuch im Louvre ein. „Wie kann man nur so ein fürchterliches Ding vor dieses alte Gebäude stellen?", war sein erster Kommentar vor der zweiundzwanzig Meter hohen Glaspyramide, die vor dem Haupteingang stand.

„Es soll die Moderne mit der Geschichte verbinden. Das Glas steht für das Neuzeitliche."

„Ganz toll."

„Das ist eben Kunst. Was ist für dich Kunst?"

„Darüber habe ich mir noch keine Gedanken gemacht. Aber ich verbinde Kunst eher mit Ästhetik, Schönheit und etwas Besonderem. Kunst macht für mich niemand, der sich mit der Windel in die Ecke setzt und auf das Jahr des Hundes hinweist."

Sam musste lachen. Juri wählte gerne das Extreme.

Sie schlenderten zwei Stunden durch das Museum, sahen sich unter anderem das weltbekannte Lächeln der Mona Lisa an und stritten darüber, ob das eine oder andere Bild nun Kunst oder nicht Kunst war.

Gegen Nachmittag fuhren sie zum Kommissariat, wo sie einen übermüdeten Germain antrafen, der alle Hände mit einem Mordfall zu tun hatte. Sam gab ihm den Namen und das ungefähre Alter des Franzosen, der mit auf dem Foto gestanden hatte. Francois Bellier. Dann erzählte er von dem Treffen mit Frau Rewe. Wieder konnte Sam sehen, dass Germain etwas im Kopf herumspukte.

Er fuhr sich mit der Hand über das Gesicht und sah eine Weile aus dem Fenster. Er schien einen inneren Kampf mit sich auszutragen. „Ich hatte Ihnen doch von meiner Entdeckung erzählt, die ich gemacht habe. Ich kann mich natürlich irren, aber ..." Jetzt drehte er sich zu den beiden deutschen Polizisten um. „Wissen Sie, wie jüdische Kinder in den KZs zu Tode kamen, außer dass man sie in die Gaskammer steckte oder ihnen ein Genickschuss verpasste?"

Sam und Juri schüttelten gleichzeitig den Kopf.

Neben ihm saß Juri und blätterte in der Bordzeitung der Lufthansa, während Sam schon eine ganze Packung Mentos vertilgt hatte. Sie hatten gerade den Start hinter sich und der Kapitän erklärte über Lautsprecher, dass der Flug nach München etwa ein einhalb Stunden betragen würde.

Inzwischen hatte das französische Labor auf dem zweiten Zettel ebenfalls Spuren einer Orchidee gefunden und es bestand kein Zweifel mehr, dass sie absichtlich dort platziert worden waren.

Sam hing seinen Gedanken nach, beobachtete die Wolken bei ihrer Neuformierung und versuchte, Gesichter und Tierformen darin zu sehen. Er hatte sich nie ausführlich mit dem gruseligen Kapitel des zweiten Weltkrieges und die Rolle der Deutschen beschäftigt. Er hatte Filme darüber gesehen wie *Holocaust* und *Schindlers Liste* und jedes Mal hatte er den Fernseher ausgeschaltet, weil die grausamen Akte der Unmenschlichkeit ihm die Tränen in die Augen getrieben hatten.

„Also langsam glaube ich auch daran, dass unser Mörder so eine Art Rächer ist", sagte Juri, ohne den Blick von der Zeitung zu nehmen. „Wenn er aus der Zeit des Holocaust und ein Überlebender ist, dann wäre er heute mindestens siebzig Jahre. Und wir gehen von einem jüngeren Mann aus. Er schmeißt uns kleine Häppchen hin und wir kauen darauf herum wie auf Gummi."

Sam stöhnte auf und drückte damit seine Verzweiflung aus, die ihm dieser Fall bereitete. Aber es war nicht das erste Mal, dass er das Gefühl hatte, überfordert zu sein und nicht weiterzukommen. Und dann war jedes Mal etwas passiert. Ein Zufall. Sein unberechenbarer Verbündeter, der ihm plötzlich Neues brachte und ihm Kraft gab weiterzumachen.

„Denkst du, die Orchidee ist ein weiterer Hinweis?"

„Da man Spuren auf beiden Zetteln gefunden hat, gehe ich mal schwer davon aus, dass er uns auch damit etwas sagen will."

Das Flugzeug flog nun durch die dunkelgrauen Wolken und Sam schloss die Augen. *Den Kindern im KZ wurden die Arme festgehalten und dann wurde ihnen eine Giftinjektion ins Herz gespritzt, die sofort zum Tod führte.*

27.

WIEN   Den „Wiener Eistraum", so nannte man die Eisfläche von sechstausend Quadratmetern vor dem beleuchteten Rathaus, auf der Jung und Alt auf Schlittschuhen ihre Pirouetten drehten.

Leila lief jeden Sonntag auf der gesperrten „*Autopista*" in Medellin Inline-Skates, sodass sie keine großen Probleme hatte, sich aufrecht zu halten.

Rafael saß dagegen mehr auf dem Hosenboden, als dass er stand. Erschöpft stellte er sich nach einer Weile an den Rand und winkte ihr zu, während sie eine weitere Runde drehte.

Als sie an der Stelle vorbeifuhr, an der sie Rafael das letzte Mal gesehen war, war diese leer. Wo war er jetzt schon wieder? Sie sah sich um, versuchte ihn in der Menge auszumachen. Aber er hatte eine dunkle Jacke an wie etwa neunzig Prozent der Leute hier. Plötzlich wurde sie von hinten fest umschlungen. Er lachte und zog sie runter vom Eis. „Komm, lass uns ins Hotel gehen. Ich habe Karten für die Oper für uns bestellt."

Leila fühlte sich wie in einem Traum. Sie hoffte, nicht daraus aufzuwachen und anschließend aufgeschlitzt irgendwo aufgefunden zu werden. Konnte Glück wirklich anhalten? Ihre Mutter sagte immer, dass es von einem Selbst abhing, inwieweit das Glück anhielt, denn jeder definierte Glück anders. Rafael war einfühlsam, aufmerksam und obendrein noch gut aussehend. Groß, gut gebaut, hellhäutig und blond. In Kolumbien eine Ausnahme und von allen Frauen begehrt, weil sie dachten, er wäre ein Ausländer. Ausländer waren eine Fahrkarte in die große, weite Welt, auch wenn man am Ende in einem kleinen Dorf in Deutschland oder Amerika endete. Es bedeutete Ansehen und Respekt innerhalb der Familie und von Verwandten und Bekannten. Wenn Rafael anfing zu sprechen, lobten ihn alle für sein akzentfreies und außergewöhnlich gutes Spanisch. Er selbst machte sich inzwischen einen Spaß daraus und ersparte sich jegliche Erklärung über seine wahre Herkunft. Ja, sie hatte den perfekten Mann an ihrer Seite und das bedeutete für sie Glück. Sie streichelte über ihren Bauch, eine Geste, die sie sich erst im letzten Monat angewöhnt hatte.

Das *Hotel Sacher* aus dem Jahr 1876 im Herzen von Wien lag direkt gegenüber der Staatsoper an einer der wichtigsten Einkaufstraßen der Stadt. Für Leila sah es aus wie ein Palast und in dem Zimmer mit dem Himmelbett fühlte sie sich wie eine europäische Prinzessin.

Rafael saß bereits nach fünf Minuten fertig angezogen auf dem Bett und schielte wieder unauffällig nach seiner Uhr. Er schien abgelenkt und nervös zu sein. „Schatz, ich geh schon mal runter. Wir sehen uns gleich unten an der Bar", sagte er und war schon aus der Tür, bevor sie etwas entgegnen konnte.

Die Oper fing um acht Uhr an, jetzt war es erst halb sieben.

Sie schlüpfte schnell in ein schwarzes Kleid und schwarze hohe Schuhe, schnappte sich ihre Tasche und wollte gerade aus dem Zimmer gehen, als sie ein vertrautes Geräusch hörte. Rafael hatte sein BlackBerry vergessen. Sie nahm es in die Hand und sah es an als hätte sie eine gefährliche Waffe in der Hand. Sollte sie oder sollte sie nicht? Es wäre ein Vertrauensbruch.

Sie steckte es in die Tasche und verließ das Zimmer. Eilig rannte sie den Gang zum Fahrstuhl entlang, vielleicht konnte sie Rafael noch einholen. Plötzlich verlangsamte sie ihre Schritte und blieb schließlich stehen. Ein vergewissernder Blick, dass sie allein war, dann kramte sie das BlackBerry aus ihrer Tasche und drückte auf Posteingang. Namen, die sie noch nie gehört hatte und die mit Sicherheit nicht aus der Heimat waren. Sie öffnete eine bereits gelesene Mail. Während sie die Zeilen las, wurde ihr schwindelig. Das konnte doch nicht sein! Sie las Wort für Wort noch einmal. Sie betete ein stilles Gebet, hoffte, dass sie sich irrte und öffnete noch eine. Der Inhalt war anders aber ähnlich. Plötzlich machte so einiges Sinn, woran die Staatsanwaltschaft in Kolumbien in den letzten Jahren gearbeitet hatte, aber nie einen Beweis finden konnte. Dann drückte sie aus Versehen auf die zuletzt eingegangene Nachricht und wusste nicht wie sie das rückgängig machen sollte. Leila wurde schlecht. Sie übergab sich direkt vor sich auf den Boden, wischte sich über den Mund und lief zurück aufs Zimmer.

Im Badezimmer stellte sie sich vor den Spiegel und sah sich in die Augen. „Du bist mit einem Mörder zusammen", sagte sie zu sich selbst. Dann hörte sie wie die Zimmertür aufging. Es war nur das Zimmermädchen.

28.

MÜNCHEN Sam sah seine Post durch, die seit zwei Wochen im Briefkasten gelegen hatte, während Juri auf dem Sofa lag und durch die Kanäle zappte. Die Werbung schmiss er sofort in den Papierkorb, Rechnungen öffnete er und stapelte sie zu einem Haufen. Montag würde er sich als erstes darum kümmern, dachte er und blickte argwöhnisch auf den Absender eines Briefes in seiner Hand. Er legte ihn wieder beiseite, ging in die Küche und machte sich einen Kaffee. Zurück im Wohnzimmer griff er wieder nach dem Brief und riss ihn auf.

Juri sah sich CSI Miami an und pulte dabei Pistazien aus den Schalen. Stirnrunzelnd blickte er zu Sam, der ungläubig auf den Brief in seiner Hand starrte. „Was ist los? Irgendwas passiert?"

Sam kratzte sich am Hals: „Ich hab wohl was geerbt … von meiner Mutter." In Sams Stimme lag Zweifel.

„Und? Ist das so ungewöhnlich?"

„Na ja, wir hatten jahrelang keinen Kontakt. Sie stand letztes Jahr plötzlich bei mir im Büro und hat mir ein paar Kinderalben von mir vorbeigebracht. Zwei Monate später war sie tot. Krebs."

„Oh, das tut mir leid."

Sam sagte nichts weiter. Er hatte auch in den zwei Monaten keine richtige Beziehung mehr zu seiner Mutter aufbauen können. Irgendwie war sein Herz erkaltet, obwohl er sich wirklich Mühe gegeben hatte, sie nicht als gefühllose Person zu sehen, die sie zweifelsohne während seiner Kindheit gewesen war. Sie hatte beide Kinder verstoßen, weil ihr die Männer wichtiger gewesen waren. Und ob Menschen sich änderten, daran zweifelte er doch sehr. Am Ende war sie alleine gewesen und er war der Einzige, der sie noch besucht hatte. Und jetzt hatte sie ihm etwas hinterlassen.

„Was hast du denn geerbt?"

„Das steht hier nicht. Ich muss nach Malaga zu einem Notar, um das zu erfahren."

Wann sollte er das noch machen? Gab es da Fristen? Er hatte so gar keine Ahnung von Erbschaft. Er sah auf das Datum. Der Brief war vor etwa drei Wochen geschrieben worden.

Sein Handy brummte auf dem Tisch vor sich hin.

„O´Connor?" Die Stimme war leise und etwas zögerlich, trotzdem wusste Sam sofort, wen er dran hatte.

„Fräulein Beauchamp."

„Ich soll Sie von Herrn Brenner grüßen. Er schleppt sich immer noch tapfer ins Büro, obwohl er kaum sitzen kann. Ich habe ihn von der Security raustragen lassen."

„Er hat bestimmt gezetert und geflucht wie das Rumpelstilzchen." Sam lachte über die Vorstellung und Estelle Beauchamp stimmte mit ein.

„Was kann ich für Sie tun?"

Juri hatte aufgehört zu kauen und sah neugierig zu Sam hinüber, der ein Lächeln im Gesicht und einen charmanten Ton aufgelegt hatte.

„Also, wir haben es mit einer Miltonia zu tun."

Sam war verwirrt. Hatte er irgendetwas verpasst? „Wie bitte? Was soll das sein?"

„Ach tut mir leid, ich meinte mit einer Miltonia-Orchidee." Sie räusperte sich verlegen. „Auf allen Zetteln wurden Spuren von ihr gefunden."

„Nett, und was soll uns das zeigen? Dass er Blumen liebt?"

„Ich soll Sie von Herrn Brenner fragen …"

„Wie weit ich bin und ob es etwas Neues gibt, was er noch nicht weiß."

Estelle Beauchamp lachte nun aus vollem Herzen. „Sie kennen Ihren Boss ja ziemlich gut."

„Ich habe noch ein paar Namen für Sie. Unter ihnen könnte unser nächstes Opfer sein."

„Geben Sie sie mir durch."

Sam nannte Fräulein Beauchamp die sieben übrig gebliebenen Namen und legte auf. Unter Juris gespanntem Blick setzte er sich neben ihm aufs Sofa.

„Und? Du sagst ja gar nichts. Dann gehe ich mal davon aus, dass sie ungemein sexy ist und dich ein schlechtes Gewissen plagt, weil du sie anziehend findest."

„Zu deiner Beruhigung. Sie ist etwa siebzig Jahre alt, hat graue, kurze Haare, eine Hakennase mit Warze und trägt eine bunte Hornbrille ... außerdem hat sie sehr ausladende Hüften. So gar nicht mein Typ."

„Mit siebzig ist man pensioniert, Sam."

Der passionierte Orchideenliebhaber Lorenzo Spiga lebte in der Nähe von München und freute sich immer, wenn er mal sein Wissen zum Besten geben konnte.

Sam hatte sich einen dünnen, in einen weißen Kittel gekleideten Mann vorgestellt, der verliebt jede Blüte seiner selbst gezüchteten Orchideen durch eine große Lupe betrachtete. Stattdessen begrüßte ihn ein selbstbewusster, durchtrainierter, junger Mann mit einem schwarzen Lockenkopf und fröhlichen, grauen Augen. Ein Naturliebhaber und Cliffhanger wie man im Flur auf ein paar Fotos an der Wand sehen konnte.

Lorenzo Spiga führte Sam und Juri durch ein spärlich eingerichtetes Haus, eindeutig bedeutete es ihm nicht so viel wie das große gläserne Tropenhaus, das im Garten stand.

Obwohl es draußen kalt war, war es hier drinnen angenehm warm, sodass Sam und Juri sich ihrer Jacken entledigten. Kolibris, Schmetterlinge aber auch Fliegen und andere Insekten flogen über und durch den fantastischen Blütenzauber, der sich ihnen darbot. Sam fühlte sich, als wäre er in den Urwald gebeamt worden.

„Ich versuche hier speziell seltene tropische Orchideen zu züchten und dafür habe ich mir dieses Glashaus gebaut, um auch alle natürlichen Begebenheiten zu schaffen. Sie müssen wissen, dass durch eine Wind- oder eine Insektenbestäubung jeglicher Art, neue Kreationen entstehen können. Neue, das heißt weltweit eine noch nicht vorhandene Spezies. Das macht den Reiz aus."

Lorenzo streichelte liebevoll über die Blüten einer Orchidee, die mit dem Namen „Dendodrium" gekennzeichnet war. „Sie hatten mich wegen der Miltonia Orchidee angerufen. Zugegebenermaßen ist sie nicht gerade selten. Sie war übrigens die Lieblingsblume von Prinzessin Diana", erklärte er und ging in den hinteren Teil des Hauses.

Sam und Juri folgten ihm im Gänsemarsch auf dem künstlich angelegten kleinen Trampelpfad.

„Hier haben wir sie ja." Er zeigte auf eine kleine pinkfarbene mehrblättrige Blume mit schönen Zeichnungen und gelbem Kern. „Man nennt sie nicht nur wegen ihres Aussehens Veilchenorchidee, sondern auch weil sie demütig, bescheiden und im Verborgenen blüht. Sie ist eine von dreitausendfünfhundert Orchideen, die in Kolumbien zu Hause sind."

Lorenzo war in seinem Element. Er ging jetzt von einer Orchidee zur anderen und zu jeder hatte er etwas zu sagen. Er erzählte etwas über das Herkunftsland und wo sie genau zu finden waren, bis Juri ihn unterbrach: „Man kann aber diese Art Orchidee, also diese Maltonia …"

„Miltonia", korrigierte ihn Lorenzo schnell.

„Miltonia …", verbesserte sich Juri „ überall kaufen oder sehe ich das falsch. Also man muss dafür nicht nach Kolumbien fahren, um an diese Latina ranzukommen?"

Sam schmunzelte über Juris Bemerkung. Typisch für ihn, die Orchidee mit einer Frau zu vergleichen. Er war eben durch und durch ein Womanizer, obwohl er sich in seiner Gegenwart sehr zurückhielt. Wahrscheinlich nahm er nur Rücksicht auf ihn, und wenn sie sich trennten, ging er los wie ein Vampir, der Blut brauchte.

„Ganz und gar nicht, das sehen Sie richtig. Eines der größten Exportgeschäfte Kolumbiens sind Blumen. Sie bekommen Orchideen heute sogar in jedem deutschen Baumarkt."

Sam war jetzt noch stärker davon überzeugt, dass es sich bei dem Orchideenstaub um einen weiteren Hinweis ihres Mörders handelte. Aber warum hatte er ausgerechnet Spuren der Miltonia Orchidee auf den Gedichten hinterlassen? Es könnte vielleicht bedeuten, dass er demütig, bescheiden und im Verborgenen aufgewachsen war und das eine Anspielung auf seine Kindheit sein sollte.

Sie gingen gerade wieder Richtung Ausgang, als Sam vor einer Orchideenart stehen blieb, an der ein Schildchen hing mit dem Namen *Galeandra baurii. Herkunftsland: tropisches Amerika, ca. 20 Arten.* Die Blüten waren trompetenförmig und erinnerten ihn an die Zeichnung von Lina. Was hatte das zu bedeuten? Hatte sie etwas über seinen nächsten Fall gewusst? Würde er durch eine Orchidee in Gefahr kommen? Sam schüttelte den Kopf, das war völlig absurd, sagte er sich und schloss wieder zu Juri auf.

1956

MATO GROSSO   Sie hatten alle die Stadt verlassen müssen, nachdem man mit dem Finger auf sie gezeigt und die Öffentlichkeit angefangen hatte, den Orden nach dem Verschwinden einer jungen Frau eingehender unter die Lupe zu nehmen.

Irgendjemand musste gesehen haben wie die junge Frau in das Haus gegangen war. Sie hatte sich als Putzhilfe angeboten. Schwanger und allein, hatte sie gesagt wie all die anderen auch. Perfekt also. Bedauerlicherweise hatte diese gelogen und das war ihnen zum Verhängnis geworden. Wie sich später herausstellte, war sie die Tochter eines hohen Industriellen, die sich vom Chauffeur der Familie hatte schwängern lassen und dafür eine Trachtprügel von ihrem Vater bezogen hatte. Danach war sie von zu Hause weggelaufen und wollte sich eine Arbeit im „Aristokratenviertel" suchen.

Rund um das ehemalige Kloster hatten Anhänger des Ordens ihre Häuser gebaut und damit ein süddeutsches Flair in das beliebte Viertel gebracht. Die kleine „Community" genoss einen hervorragenden Ruf und man erzählte sich, dass dort nur schöne Männer lebten. Blond, groß und blauäugig. Und sie suchten Frauen, die ebenfalls blond waren, um mit ihnen Familien zu gründen. So manche Einheimische hatte sich daraufhin ihr dunkles Haar bleichen und färben lassen in der Hoffnung, eine der Auserwählten zu werden. Doch den mysteriösen Männern war es nicht allein ums Aussehen gegangen. Was tatsächlich dahinter stand, blieb für die Nicht-Eingeweihten ein Geheimnis.

Sie hatten sich vorsorglich erst einmal für eine Weile getrennt, um nicht weiter aufzufallen, denn blonde, große Menschen mit blauen Augen fielen einfach zwischen all den dunkelhäutigen Indianern in der Pampa auf. Bis die Aufregung sich gelegt hatte, sollte sich jeder allein durchschlagen und dann wollten sie ihren Sitz woanders wieder aufbauen. Ein neues Land, eine neue Stadt, ein neuer Anfang.

Er war direkt durch den brasilianischen Urwald geflohen, hatte seine Hilfe als deutscher Arzt in den Dörfern angeboten und sich so ein wenig Geld verdient. Dabei hatte er erfahren, dass ein anderer deutscher Arzt seine Spuren hier und da hinterlassen hatte. Nach der Beschreibung konnte es sich nur um einen der meist gesuchtesten Ärzte handeln, die in Auschwitz experimentiert hatten. Auch er hatte offensichtlich seine Experimente an Frauen weitergeführt und das anscheinend mit Erfolg, im Gegensatz zu ihm. In fünf Familien, bei denen der Arzt die Frauen mit seltsamen Medikamenten behandelt und Blutproben genommen hatte, waren Zwillinge geboren worden. Alles diente nur einem Zweck, die Geburtenrate des Übermenschen künstlich zu erhöhen.

Er und Fra Chlodio hatten den gleichen Weg nach Norden eingeschlagen und sich zufällig in einem abgelegenen Dorf getroffen. Beide wollten sich hier lediglich mit Proviant versorgen und am Abend weiterziehen. So entschlossen sie sich, entgegen der Vereinbarung, sich gemeinsam auf den Weg zu machen. Der erste Abschnitt ihrer Strecke führte sie an riesigen hohen Zuckerrohrfeldern vorbei. Der Weg war durch die vielen Regenfälle in den letzten Tagen aufgeweicht und schlammig, sodass jeder Schritt ein schmatzendes Geräusch von sich gab.

Fra Chlodio summte ein altes deutsches Lied vor sich hin, während Heinrich dem Rascheln des meterhohen Zuckerrohrs, das sich im Wind wiegte, lauschte. Irgendwo in der Ferne war ein Motorengeräusch zu hören und plötzlich standen die beiden Männer im grellen Scheinwerferlicht.

Heinrich rannte links ins Feld, Fra Chlodio rechts hinein. Die Blätter des Zuckerrohrs peitschten ihm ins Gesicht, während er in der Dunkelheit blindlings durch das Feld rannte. Er stolperte ein paar Mal, fiel der Länge nach hin, rappelte sich wieder hoch und rannte weiter. Rannte um sein Leben und hinterließ dabei eine breite Spur zertretener Pflanzen im Feld. Dann blieb er plötzlich stehen, rang nach Atem und versuchte seinen Verfolger auszumachen. Da! Ein Rascheln, Stille, der

Schein einer Lampe huschte durch die Halme, eine Waffe wurde durchgeladen. Dann hallten drei Schüsse durch das Zuckerrohrfeld.

29.

MÜNCHEN   Estelle Beauchamp hatte die Namen, die Sam ihr gegeben hatte, überprüfen lassen. Wie sich herausstellte, war das ein ziemlich schwieriges Unterfangen, denn bis auf drei Namen war niemand mehr aufzufinden.

Da gab es einen Johann Kremer, der im Max-Planck-Institut in der Abteilung für Biochemie gearbeitet hatte und vor fünfzehn Jahren verstorben war. Keine registrierten Nachkommen.

Dr. Hans Münch war 1965 bei einem tödlichen Unfall mit seinem Auto auf der Autobahn München-Salzburg – heute eine der gefährlichsten und meist befahrenen Strecken - verunglückt. Ebenfalls unverheiratet gewesen.

Und die Ärztin Dr. Rosemarie Klein: Sie hatte eine Praxis in Heidelberg gehabt, bis sie krank wurde. Sie war letztes Jahr in einem Altersheim gestorben. Ihre Tochter Sybille, verheiratet mit einem Griechen, hatte sich vor zehn Jahren eine Überdosis Heroin gesetzt und ihre Tochter wiederum - und jetzt kam das Interessante - war die Prostituierte Anna Galanis, die vor vier Jahren in Wien mit einer Herzinjektion getötet worden war.

„Okay, dann ist ja wohl keiner mehr von der Runde übrig, den man umbringen könnte", sagte Juri trocken.

„Hoffen wir mal, dass du Recht hast."

Plötzlich fiel Sam der Name Thiel wieder ein, den er vergessen hatte zu erwähnen. Er ließ Juri eine Textmessage von seinem eigenen Handy schreiben, weil er sich einfach zu viel auf den winzigen Tasten vertippte und Juri zudem doppelt so schnell war wie er.

„Wann schaffst du dir endlich ein BlackBerry an? Das ist wie ein kleiner Computer, kannst sogar die E-Mails darüber abrufen."

„Ja, und die Tastatur ist noch kleiner. Nein, lass mal, ich habe mich gerade mal mit dem da angefreundet."

Juri warf Sam einen ungläubigen Blick zu. „Das hier ist mindestens vier, fünf Jahre alt."

„Da siehst du mal wie lange ich brauche, um mit etwas warm zu werden." Sam grinste schelmisch und holte das Foto aus dem Ordner, auf dem die zehn Ärzte abgebildet waren.

„Du bist ein hoffnungsloser Fall, Sam." Juri hatte die SMS fertig geschrieben und sendete sie ab.

„Brenner muss etwas übersehen haben. Ich bin sicher, dass es noch einen Mord zwischen dem ersten und dem von Frau Rewe gibt. Fünf von den Männern auf dem Foto sind unauffindbar? Das kann ich kaum glauben. Unser Täter ist jung. Schätze mal zwischen fünfundzwanzig und dreißig."

„Wieso bist du da so sicher?"

„Weil er sich schon viel eher an den Leutchen hier gerächt hätte. Er war noch zu jung. Ich glaube, er hat erst in einem gewissen Alter von etwas erfahren, das ihn so getroffen haben muss, dass er sich an die Fersen der Nachfahren geheftet hat."

„Und die wissen nicht einmal etwas von den Schandtaten ihrer Väter."

„Dafür werden sie es jetzt erfahren. Sofern wir ihn kriegen und er uns von seiner Motivation erzählt."

„Freut mich, dass du so positiv eingestellt bist", bemerkte Juri sarkastisch.

Sam konnte sich vorstellen, dass der Mörder selbst durch die Forschungen dieser Ärzte jemand Nahestehendes verloren hatte. Vielleicht sogar einen oder beide Elternteile, weshalb er bescheiden und im Verborgenen aufgewachsen war wie eine Veilchenorchidee.

„Okay, was wäre, wenn einer oder zwei von denen ihren Namen gewechselt haben und Brenner sie deshalb nicht finden konnte?"

„Dann sind sie höchstwahrscheinlich noch am Leben und wir werden sie nie finden, aber der Täter dann auch nicht."

Die Frage war, wie er herausgefunden hatte, wann die beiden Ärzte Steiner und Rewe verreisen und wo sie absteigen würden. Dafür gab es mehrere Möglichkeiten: Die Klinik, die Praxis, die Ehefrauen ... oder hatte er direkt Kontakt mit ihnen aufgenommen? War es das, woran Steiner sich erinnert hatte, überlegte Sam.

Als Erstes riefen sie Frau Steiner an. Dieses Mal war sie gleich freundlich und zuvorkommend, aber sie hatte keine verdächtigen Anrufe in letzter Zeit erhalten.

Die Sekretärin, die die Buchführung und Terminplanung machte, konnte ihnen auch nichts sagen. Sprechstundenhilfen hatte es insgesamt drei in der Praxis von Dr. Steiner gegeben. Alle drei hatten Patienten in einem gewissen Zeitraum für die Terminplanung mitgeteilt, dass Dr. Steiner in der fraglichen Zeit auf einem Kongress sein würde. Er hatte sich nach dem Kongress noch eine Auszeit gönnen wollen wie jetzt herauskam, die in die Kongresszeit eingeplant war. Zwei Mitarbeiterinnen hatten Patienten gegenüber erwähnt, dass Dr. Steiner nach Paris zu einem Kongress für Augenärzte fahren würde nach alter Gewohnheit sehr wahrscheinlich im George V absteigen. Wem gegenüber sie das erwähnt hatten, konnten sie nicht mehr sagen. Fakt war, es war gesagt worden. Insofern hätte sich der Mörder über die Praxis die Information holen können.

In der Frauenklinik, die Dr. Rewe leitete, wechselte das Personal schichtweise. Wer, wann und wie was gesagt hatte, war ebenfalls nicht mehr nachzuvollziehen.

Wie sich herausstellte waren beide Ärzte Gewohnheitstiere. Sie fuhren jedes Jahr etwa zur selben Zeit auf die Kongresse und stiegen in denselben Hotels ab. Normalerweise fuhren sie allein. Wären sie selbst Opfer geworden, wenn sie ohne Begleitung gewesen wären?

Sam betrachtete wieder das Foto ohne wirklich etwas zu sehen, bis nach einer Weile die Gesichter zu einer gräulichen Masse verschwammen. Wer von ihnen war noch am Leben? Machte es überhaupt Sinn, das ganze Augenmerk auf Berlin zu richten, nur weil dort einer der größten Ärztekongresse stattfand? Was war, wenn mit Steiner der letzte der Bauern gefallen war?

„Geh ins Bett, Sam", hörte er Juri sagen, der es sich liegend auf

Sams Couch gemütlich gemacht hatte und nur noch mit einem halb offenen Auge fernsah.

Schwerfällig erhob sich Sam und schlurfte in sein Schlafzimmer. Er zog sich aus und legte sich ins Bett. Durch die Ritzen der Fenster hörte er den Wind und die Äste der Bäume bewegten sich hinter den geschlossenen Jalousien wie im chinesischen Schattentheater. Eine Weile beobachtete er das Schauspiel, dann suchte er eine bequemere Schlafstellung. Er wälzte sich hin und her, doch der erlösende Schlaf wollte einfach nicht über ihn kommen. Er schloss die Augen und sah plötzlich Linas Mutter vor sich.

Consuela hatte die gleichen Augen wie ihre Tochter. Das war ihm allerdings erst bei ihrem letzten Treffen aufgefallen. ‚Tod' und sein Name hatten dort auf dem Zettel gestanden. Eines natürlichen Todes werde ich wohl eher nicht sterben, dachte er. Es sei denn ein plötzlicher Herzinfarkt oder eine fortgeschrittene Krebserkrankung, von der er noch nichts wusste, würde ihn von heute auf morgen dahinraffen. Aber daran glaubte er nicht. Hatte es vielleicht etwas mit dem derzeitigen Fall zu tun?

Sie hatten einen ziemlich gewieften Täter aufzuspüren. Er ging strategisch vor und Sam hatte das Gefühl, dass alles, was bisher geschehen war, nur ein kleines Vorspiel gewesen war. Der König stand auf seinem Platz und war noch im Spiel.

30.

KOLUMBIEN   Lea war heute zur Visite ins Heim gefahren. Es gab einen Neuzugang, den sie sich anschauen wollte. Außerdem fühlte sie sich verpflichtet, ab und zu nach dem Rechten zu sehen, solange ihr Bruder noch auf Reisen in Europa war. Bei der Gelegenheit wollte sie mal nach ein paar Patienten fragen, die letztes Jahr verstorben waren, vor allem nach dem kleinen Jungen Alfonso Villegas.

Sie streifte sich ihren weißen Arztkittel über, hing sich das Stethoskop um den Hals und nahm die oberste Rapportkarte vom Tisch. Lea zog die Stirn kraus, als sie die Zeilen überflog.

Schon im Gang hörte sie seltsame Geräusche, die von irgendeinem der Patientenzimmer zu kommen schienen und je näher sie sich auf die Quelle zubewegte, desto deutlicher wurde es. Doch Lea war immer noch im Zweifel, ob sie ihren Ohren auch wirklich trauen konnte. Gackagackgack... gackgaaaack...gackgaaaaack. Es hörte sich an, als würde jemand ein paar Hühner durch das Zimmer jagen. Sie lauschte eine Weile an der Tür, bevor sie schließlich eintrat.

Zwei Pflegerinnen waren gerade damit beschäftigt, eine Frau mit riesigen flachen Hängebrüsten und einem völlig deformierten Körper auf dem ein viel zu kleiner Kopf saß zu waschen. Ihre kleinen, hellblauen Augen gingen flink hin und her und dabei gab sie Laute von sich wie ein aufgeregtes Huhn.

Lea machte ein Gesicht als hätte man sie geohrfeigt. Erst der genervte Blick von Schwester Rosa, die versuchte die Patientin unter den flatternden Armen zu waschen, holte sie zurück. In ihrer ganzen Zeit als Ärztin hatte sie noch nie einen ähnlichen Fall gesehen.

Ein Pfarrer hatte die junge Frau - Ella nannte man sie - bei einem Hausbesuch im Hühnerstall entdeckt. Seit ihrer Geburt - fünfundvierzig Jahre waren seitdem vergangen - hatten die Eltern Ella dort versteckt gehalten. Da der Hühnerstall aber nur ein Meter zwanzig hoch war, hatte das Kind mit den Jahren eine gebeugte Haltung annehmen müssen, der Grund für ihren gekrümmten Rücken.

Unbewusst legte Lea den Kopf etwas schief, und betrachtete Ella. Auf den schmalen Schultern saß ein dünner langer Hals und ein kleiner Kopf, der immer nach hinten und vorne schnellte. Danach ging es übergangslos ausladend nach unten bis zum Becken aus dem ein paar spindeldürre, kurze Beinchen herausragten. Ein menschliches Huhn. Phänomenal, dachte sie. Dieses Menschenkind hatte sich an seine Umgebung und an die Tiere, die mit ihm gelebt hatten, angepasst.

Lea war schnell klar, dass diese junge Frau an Idiotie litt. Mal wieder ein typischer Inzestfall.

Schwester Rosa verließ den Raum und Nathalia, die andere Schwester räumte auf und bezog das Bett für Ella, die jetzt einen rosa Kittel trug.

„Wo ist eigentlich der kleine Alfonso Villegas geblieben? Ist er wieder zur Pflege nach Hause gegangen?", fragte Lea nebenbei, als wüsste sie nichts von dem Eintrag im Planer ihres Bruders.

Nathalia war seit zwei Jahren hier, sie war gerade mal zwanzig Jahre alt, hatte eine Schwesternschule absolviert und war gleich im Heim angenommen worden. Sie war stets freundlich und zuvorkommend, aber auch sehr still. „Wussten Sie nicht, dass er im Dezember kurz vor Weihnachten gestorben ist?"

„Oh tatsächlich?" Lea hoffte, dass sie die Überraschung gut spielte. „Woran ist er denn gestorben?"

„Sie haben gesagt: Nierenversagen."

Nathalia warf Lea einen Blick zu, den sie nur schwer deuten konnte. *Sie haben gesagt* ... sollte das implizieren, dass es nicht der Wahrheit entsprach? Wenn sie das Mädchen auf ihrer Seite hätte, könnte sie noch weitere Fragen stellen. Sie war sich nicht ganz sicher.

„Es gab letztes Jahr ziemlich viele Todesfälle hier?", bemerkte sie lakonisch, während sie etwas auf das Krankenblatt schrieb.

„Ich weiß nicht. Manchmal sind es mehr, manchmal weniger, nicht wahr, Doña Lea?" Wieder dieser Blick.

Die Hühnerfrau lief aufgeregt im Zimmer herum und gab erneut diese gackernden Laute von sich.

„Wo sind denn eigentlich die Akten der Verstorbenen?"

„Doña Lea, ich habe …"

In diesem Moment ging die Tür auf und Schwester Rosa betrat wieder den Raum. Sie hatte etwas zu Essen für die Hühnerfrau dabei, die bei dem Anblick anfing zu glucksen. Rosa arbeitete seit etwa zehn Jahren für das Heim. Lea und sie hatten immer nur die nötigsten Worte gewechselt, ansonsten gingen sie sich tunlichst aus dem Weg. Das mochte daran liegen, dass Lea sie ein paar Mal ermahnt hatte, als ihr die auffällig nachlässige Pflege an einigen Patienten aufgefallen war. Rosa ließ sich nicht gerne etwas sagen, sie teilte das Personal für die Woche ein und ihr Chef war Rafael Rodriguez und nicht seine Schwester, die gelegentlich mal hier vorbeischaute und im Grunde genommen keine Ahnung hatte, was im Heim los war.

Nathalia, die gerade hatte antworten wollen, verstummte augenblicklich und stopfte das Laken in die Matratze ohne Lea noch einmal anzusehen.

Was hatte sie ihr sagen wollen, was die andere nicht hören sollte? Lea entschied sich, später nach dem Essen noch einmal nach der Hühnerfrau zu sehen und trat auf den Gang hinaus, der wie immer nach einer Mischung aus Urin, anderen Ausdünstungen und Chemikalien roch, die die beißenden Gerüche übertünchen sollten.

Sie hatten inzwischen drei Aidskranke im Heim liegen, die in Hinterzimmern ihrer Familien dahingesiecht waren, weil Angehörige sie wie Aussätzige behandelt hatten. Für primitive Köpfe war Aids immer noch eine Strafe Gottes. Den Nachbarn und Verwandten wurde in so einem Fall meistens erzählt, dass der Sohn, Enkel oder die Tochter im Ausland studierten. Zwei der Kranken waren so schwach, dass sie wohl diese Woche nicht überstehen würden.

Lea wollte gerade mit ihrer Visite weitermachen als Nathalia aus dem Zimmer der Hühnerfrau kam. Ihr Blick war auf den Boden gerichtet, doch als sie an Lea vorbeikam, sah sie kurz hoch und sagte leise: „Ich muss mit Ihnen sprechen, Doña Lea." Sie machte ihr ein Zeichen, ihr in die Wäschekammer zu folgen.

Lea blickte sich um, ob jemand sie beobachtete, aber niemand war zu sehen.

Die Wäschekammer roch nicht nach Stärke und Waschpulver, sondern unangenehm nach Muff und Feuchtigkeit.

„Doña Lea, wie soll ich sagen, es gibt da ein paar Fälle, die schon recht eigenartig waren." Nathalia drehte das Ende ihres langen, schwarzen Haares zu einer Locke und sah Lea nervös an.

„Inwiefern? Was meinst du mit eigenartig?" Eine Gänsehaut kroch ihr den Nacken hoch.

„Zum Beispiel Maria José, erinnern Sie sich, die immer Blumen an die Wände gemalt hat."

Lea erinnerte sich noch gut an die ebenfalls geistig behinderte, aber physisch gesunde Frau um die vierzig, die, wo immer sie auch entlangging, Blumen an die Wände, auf die Böden, Stühle und Tische gemalt hatte. Anfangs noch mit dicken Filzstiften, dann wurden diese durch Kreide ersetzt, die besser abzuwaschen ging.

„Was ist mit ihr?", fragte sie neugierig.

„Sie ist einfach plötzlich in der Nacht verschwunden."

„Was heißt einfach so verschwunden?"

„Ich hatte Dienst in der Nacht. Ich habe sie noch ins Bett gebracht, und als ich um drei Uhr morgens nach ihr gesehen habe, war sie weg. Ich habe überall nach ihr gesucht. Der Chef hat mich am nächsten Tag zur Sau gemacht, aber ..."

„Ja?"

„Ich habe auch im Keller nach ihr gesucht und da habe ich ihn gesehen."

„Ihn?"

„Ja, Ihren Bruder."

„Und? Daran ist doch nichts Ungewöhnliches."

„Ich weiß nicht. Morgens um drei schon."

Leas Augenbrauen hoben sich leicht. Ja, das war in der Tat

eigenartig. Was hatte Rafael da unten gemacht? Vielleicht hatte er jemanden für die Beerdigung präpariert.

„War irgendjemand am Tag zuvor gestorben?"

Nathalia überlegte einen Moment. „Das war meine erste Nachtschicht an diesem Tag, nachdem ich eine Woche krank gewesen war. Das kann ich also nicht so genau sagen."

„Was war mit Oscar, war er auch krank?"

Nathalia schüttelte den Kopf.

Lea redete sich ein, dass nichts Ungewöhnliches daran war, dass ihr Bruder um diese Uhrzeit in der Pathologie gewesen war. Natürlich untersuchte er oft die Todesursachen mancher Patienten selbst. Rafael hatte ihr mal in einer betrunkenen Minute gebeichtet, dass tote Körper ihn mehr faszinierten als lebendige. Es war also so eine Art Hobby für ihn, sich in der Pathologie zu tummeln. Rafael wollte nie Medizin studieren, er hatte es gemacht, weil sein Vater es so gewünscht hatte. Sein größter Wunsch war es gewesen, nach dem Studium an der Universität von Antioquia für unbestimmte Zeit nach Europa zu gehen. Weit weg von der Familie. Der Blitz, der ihren Vater vor fünfzehn Jahren getroffen hatte, hatte ihm einen Strich durch die Rechnung gemacht. Rafael war kurzerhand zum Chef des Heimes ernannt worden.

El Hogar del Desválido, das Heim des Wertlosen, war 1970 von ihrem Vater gegründet worden und wurde größtenteils mit Spenden finanziert.

„Wo sind die Akten von den Kranken und Verstorbenen?"

„Im Keller. Aber den Schlüssel zum Aktenschrank hat Rosa."

Das war natürlich dumm. Ausgerechnet die alte Schreckschraube, dachte Lea. Doch Probleme hatte es noch nie für sie gegeben. Nur Schwierigkeiten bei ihrer Lösung, aber auch die waren zu wuppen.

Sie ließ Nathalia allein in der Wäschekammer zurück und beendete ihren Besuch für heute früher als sonst. Sie musste sich noch einmal den Schlüsselbund mit den Zweitschlüsseln vornehmen.

31.

MÜNCHEN „Goethe sagte schon sehr richtig: *Im Grunde ist der Mensch zu allem fähig.*"

Schlaue Sprüche waren das Letzte, was er jetzt brauchen konnte. „Ist das alles was Sie mir sagen können, Dr. Jäger?", fragte Sam aufgebracht. Am liebsten hätte er diesen Therapeuten mit seinem mitleidsvollen Lächeln am Kragen gepackt und wachgerüttelt.

Alle warteten gespannt darauf, dass der Mörder wieder zuschlug und ein weiteres grauenvoll hingerichtetes Opfer zu bedauern war.

„Wieder wird ein unschuldiger Mensch sterben, weil da ein lebender emotionaler Sprengsatz durch die Gegend läuft. Das ist doch pervers!" Sam war wütend. Wütend auf sich, dass ihm noch keine zündende Idee eingefallen war, wütend darauf, dass er den nächsten Schritt dieses Mistkerls nicht im geringsten vorhersehen konnte, wütend auf die Gesellschaft, die solche schizoiden Missgeburten hervorbrachte und wütend auf seinen Therapeuten, der ihn gerade blöde ansah und irgendwelche Notizen über ihn in sein Heftchen schrieb, um sie später psychologisch auszuwerten.

„Ich weiß, wie Sie sich gerade fühlen. Es ist wie eine Art Ohnmacht, Sie haben das Gefühl, lebendig begraben zu sein, aber das geht vorbei."

Phrasen über Phrasen, die er nicht hören wollte.

„Vergessen Sie nicht, Sam, Sie waren in den letzten Monaten psychisch relativ instabil. Nach dem Tod Ihrer Freundin haben Sie sich das erste Mal in Ihrem Leben gehen lassen. Haben zugemacht, Ihnen war plötzlich alles egal. Sie haben nicht mehr den Starken gespielt und das war eine Art innere Heilung für Sie, glauben Sie mir. Ein Mensch wird krank, wenn er seine Gefühle nicht zulassen kann und sie ständig unterdrückt."

Es war Sams vierte Sitzung und es war das dritte Mal, dass Dr. Jäger ihm das im selben Wortlaut erzählte. „Bullshit, meinen Sie im

Ernst, das interessiert auch nur einen Menschen da draußen wie es hier drinnen aussieht?" Sam tippte energisch auf sein Herz. „Wichtig ist, dass man funktioniert."

In der Nacht hatte er die meiste Zeit wach gelegen, obwohl er todmüde gewesen war und sich gefragt, was das alles für einen Sinn machte. Wollte er wirklich sein Leben weiterhin damit verbringen, irgendwelche kranken Seelen zu jagen, die jeden Tag aufs Neue wie Unkraut wucherten. Bei achtzig Prozent der Serientäter konnte man bereits Konflikte in der Kindheit mit einem der Elternteile feststellen. Achtzig Prozent! Wie viele asoziale Familien gab es auf diesem Erdball, die der Nährboden für potenzielle Mörder waren? Menschen, die in ihrer Kindheit verprügelt, gequält, missbraucht, gedemütigt, verachtet und tief enttäuscht wurden, die ihre seelischen Verletzungen in extreme Gemütsarmut und Teilnahmslosigkeit gegenüber ihrer Umgebung verwandelten. Und irgendwann wurden sie auf die Menschheit losgelassen und der aufgestaute Hass entlud sich wie bei einem Überdruckventil. Sie töten wie im Rausch.

Nur der Mörder, mit dem er es zutun hatte, tötete nicht im Rausch. Er war kontrolliert und organisiert. Keine Anzeichen von Impulsivität oder Töten im Affekt. Er war weder ein religiöser Fanatiker und nicht sexuell orientiert, noch ein Raubmörder, obwohl er eine Uhr und ein paar Diamantohrringe gestohlen hatte. Hatte er die Schmuckstücke mitgenommen, um sie jemandem zu schenken oder vielleicht, um sie zu verkaufen? Jasmin Rewe hatte auch Schmuck getragen, doch an ihr hatte nichts gefehlt wie sich im Nachhinein herausgestellt hatte oder war es nur nicht sein Stil gewesen? Auf jeden Fall handelte es sich nicht um Erinnerungsstücke an seine Opfer. Es schien, dass dieser Mann seinen eigenen Krieg führte und Krieg war pure Gewalt. Gewalt wurde eingesetzt, um ein bestimmtes Ziel zu verfolgen.

„Sam? Es ist gut, wenn Sie Ihrem Ärger Luft machen."

Der Therapeut sah auf die Uhr. Anscheinend war ihm heute die Sitzung mit Sam zu anstrengend. „Manchmal muss man loslassen, um weiterzukommen. Vielleicht sollten Sie mal einen Tag etwas ganz anderes machen, gar nicht an den Fall denken."

„Sie sind ein richtiger Sesselfurzer, Dr. Jäger. Sie wissen selbst, dass ich erst seit Kurzem wieder dabei bin, da kann ich mich nicht einfach so …" Sam schnippte mit den Fingern in die Luft „...wieder ausklinken und sagen, ich hab Migräne." Er erhob sich von dem blauen Sofa, griff nach seiner Jacke und verließ die Praxis, als Dr. Jäger ihm noch hinterherrief: „Trotzdem denke ich, Sie sollten sich einen Tag freinehmen. Fahren Sie nach Malaga und klären Sie Ihre Erbschaftsangelegenheit."

Juri wartete in einer nahegelegenen Bäckerei, trank einen Kakao und las Zeitung, als Sam von seiner Therapiesitzung kam. Diese Sitzungen waren ihm von oberster Stelle zwar sehr ans Herz gelegt worden, aber Sam entschied nach dem heutigen Tag, dass Dr. Jäger genug zu seiner Genesung beigetragen hätte und er seine schlauen Sprüche nun jemand anderem erzählen könnte.

„Wow, du siehst aus als hättest du jemanden den Arsch aufgerissen?", stellte Juri fest, nachdem er Sams grantigen Gesichtsausdruck gemustert hatte.

„Was gibt´s Neues?", fragte Sam ohne auf Juris Kommentar einzugehen.

„Alles bereitet sich auf den großen Ärztekongress in Berlin vor. Zivileinheiten sind in und vor den meist besuchten Hotels abgestellt worden. Das Personal wird genauestens überprüft, damit sich keiner unbefugt Zutritt verschaffen kann und alle tragen einen grünen Punkt auf der Uniform. Kameras sind zusätzlich installiert worden. Und es ist bisher noch kein weiterer Mord passiert, soweit ich weiß."

„Das ist ja beruhigend zu wissen", sagte Sam trocken. Seit er die Praxis verlassen hatte, spukte ein Gedanke in seinem Kopf herum, der ihn nicht mehr loslassen wollte.

„Ich glaube, ich hole mir ein Ticket und kläre die Sache mit dem Erbe."

„Was jetzt?"

„Ja, uns sind zurzeit eh die Hände gebunden. Wir können nur abwarten. Es kann heute was passieren oder erst nächste Woche oder in einem Jahr oder auch gar nicht mehr. Vielleicht hat er seine Rache gehabt. Alle möglichen Opfer auf dem Foto sind tot oder nicht auffindbar. Keine brauchbaren Spuren bei den Tatorten, die uns weiterbringen könnten. Wir haben nichts, außer seine dämlichen Verse und eine Blutgruppe. Nicht mal ein Motiv. Das ist grandios."

„Gut, ich sehe schon, du bist nicht in bester Stimmung."

„Was soll das jetzt heißen."

„Dass du dir einen Flug buchen solltest. Ich halte so lange die Stellung."

Sam sah Juri misstrauisch an. Er wusste nicht, was er von seiner Reaktion halten sollte. Aber sie gefiel ihm. Juri war gelassen, während er selbst gerade in einer streitsüchtigen Stimmung war.

„Los, worauf wartest du. Mittwoch fängt der Kongress an, dann sollten wir in Berlin sein."

„Ja, doch, warum nicht. Berlin, Frankfurt, Mailand, Zürich, Madrid, wer weiß, wo dieses Arschloch als Nächstes auftaucht und seine vielsagenden Zettelchen hinterlässt."

„Du glaubst also, dass Berlin Quatsch ist?"

Sam zuckte resignierend mit den Schultern, als sein Handy plötzlich eine Musik spielte, die er definitiv nicht eingestellt hatte.

Juri unterdrückte ein Lachen, während Sam ihm gegen die Rippen haute. „Du sollst nicht mit meinem Handy spielen. Was ist das überhaupt?"

„Die Musik aus der amerikanischen Serie Hawaii 5-0. Lief bei uns in den 70ern wie Kojak und Starsky und Hutch. Müsstest du aber noch aus deinen Kindertagen kennen. Ist halt schon älteres Kaliber. Ist doch cool oder, besser als dein anderes Gebimmel."

Sam schüttelte missbilligend den Kopf, während er den Namen auf dem Display las. Für einen Moment hielt er die Luft an und die Straßengeräusche um ihn herum nahm er nur noch wie durch einen Filter wahr.

„O'Connor!"

„Ja", sagte er vorsichtig und machte sich darauf gefasst, die nächste Schreckensnachricht zu hören, aber Estelle Beauchamp sagte lediglich: „Wir haben noch jemanden von dem Foto gefunden."

Keine halbe Stunde später standen Sam und Juri vor einem grauen dreistöckigen Mietshaus aus den sechziger Jahren und drückten auf den Klingelknopf, der neben dem Namen D. Thiel stand.

Sam trat zwei Schritte von der Tür weg, damit man ihn besser von den oberen Fenstern aus sehen konnte. Alte Leute waren heutzutage vorsichtig und ließen meist keine Unbekannten ins Haus. Tatsächlich bewegte sich jemand hinter einer Gardine und kurz darauf ertönte der Türsummer.

Die Wohnung lag im zweiten Stock. An der Wand direkt gegenüber der Eingangstür hing ein Poster von Clint Eastwood aus jungen Jahren mit einem qualmenden Zigarillo im Mund. Er betrachtete die Ankömmlinge argwöhnisch durch ein zusammengekniffenes Augenpaar.

Sie stellten sich beide noch einmal vor und zeigten ihre Dienstausweise, bevor sie die kleine, sehr gepflegte Wohnung von Doris Thiel betraten.

Im Wohnzimmer standen ein antikes, abgewetztes Ledersofa und zwei dazu passende Ledersessel, auf denen Juri und Sam Platz nahmen.

Ein kleiner Hund beschnüffelte erst Juri und dann Sam, bevor er auf den Schoß seiner Herrin sprang und sich genüsslich im Nacken kraulen ließ. „Dann schießen Sie mal los, meine Herren. Es klang sehr ... na, wie soll ich sagen ... dringend, dass Sie mich sehen wollten."

Als Sam den Namen ihres Vaters erwähnte, war es als würde sich ein dunkler Schatten auf Doris Thiels Gesicht legen. Ihre Augen wirkten plötzlich kalt, ihr Kiefer und ihr Körper waren angespannt. Trotzdem gab sie sich keine Blöße und versuchte, weiterhin zu lächeln.

„Erkennen Sie darauf Ihren Vater?" Sam beugte sich über den Holztisch, der zwischen ihnen stand und reichte ihr die alte schwarz-weiß Fotografie.

Doris Thiel griff nach ihrer Brille, die an einer bunten Perlenkette hing und hielt sie dicht vor das Foto. „Oh ja. Unverkennbar." In ihrer Stimme schwang jetzt eine Mischung aus Verachtung, Angst und Zorn mit. „Es ist der Mann in der Mitte in der ersten Reihe."

„Erkennen Sie vielleicht noch jemanden auf dem Foto?"

Dieses Mal ließ sie sich mehr Zeit. Erst nach einer Weile sagte sie leise: „Ich bin mir nicht ganz sicher, aber dieser Mann hat meiner Mutter mal persönlich einen Brief vorbeigebracht."

Sam und Juri waren gleichzeitig aufgesprungen und um den Tisch herumgegangen, um genau zu sehen, auf wen Frau Thiel zeigte. Ihr Finger deutete auf den Kopf eines hochgewachsenen Mannes, der direkt hinter Thiel stand. Er war dunkelhaarig, trug einen Seitenscheitel und lächelte in die Kamera.

„Sind Sie sicher?" Sam versuchte, nicht allzu erwartungsvoll zu klingen.

„Ziemlich sicher. Ich erinnere mich deshalb so genau, weil er mir damals heimlich einen Umschlag mit Geld zugesteckt hatte. Es war von meinem Vater und sollte wohl sein schlechtes Gewissen beruhigen. Außerdem war meine Mutter ganz angetan von ihm. Er war charmant, gut aussehend und verführte sie gleich in der ersten Nacht. Er blieb etwa drei Wochen bei uns, dann verschwand er aus unserem Leben, genauso plötzlich wie er aufgetaucht war. Wenn der Postbote in die Straße fuhr, rannte meine Mutter ihm entgegen, in der Hoffnung ein Brief von ihm wäre dabei."

„Und? War mal ein Brief von ihm dabei?"

Doris Thiel genoss die Aufmerksamkeit, die ihr die beiden Polizisten entgegenbrachten in vollen Zügen. Sie hingen an ihren Lippen und jede Information, die sie preisgab, zauberte ein Lächeln auf die hübschen jungen Gesichter. Sie bot ihnen ein paar Kekse aus einer kleinen Porzellandose an und genehmigte sich selbst einen. Während sie an dem Keks knabberte, ließ sie sich ausgiebig Zeit mit den Antworten. „Ja, einmal, etwa ein halbes Jahr später, brachte der

Postbote tatsächlich einen Brief für sie mit. Ihr Gesicht strahlte. Ich habe sie danach nie wieder so glücklich gesehen. Doch als sie ihn geöffnet hatte, war der ganze Zauber vorbei. Sie schloss sich in ihr Zimmer ein und kam sieben Tage nicht mehr heraus."

„Wissen Sie, was …"

„Was in dem Brief stand?" Wieder lächelte sie geheimnisvoll. „Ich suche ihn später für Sie raus, wenn Sie wollen."

Sam konnte es kaum glauben. Das Glück war ihnen hold. Damit hätten sie eine weitere Lücke gefüllt. Er rutschte unruhig auf seinem Sessel hin und her und versuchte, sich auf die nächsten Fragen zu konzentrieren.

„Haben Sie eine Ahnung, wo das Foto gemacht worden ist?", kam ihm Juri zuvor.

„Ich bin mir nicht sicher, aber ich denke irgendwo in Südamerika."

Eine Antwort mit der Sam überhaupt nicht gerechnet hatte. War er doch immer davon ausgegangen, dass die Aufnahmen irgendwo in Spanien gemacht worden waren.

„Ich habe immer bei ihm gelebt. Als ich acht war, schickte er mich ohne eine Erklärung zu meiner Mutter nach Darmstadt zurück. Danach hörte ich lange Zeit nichts mehr von ihm. Irgendwann muss er sich in einer stillen Stunde an seine Tochter erinnert haben und fing an, mir Briefe zu schreiben. Beantwortet habe ich allerdings keinen davon."

Sam war kurz davor, sie zu fragen, warum sie keinen seiner Briefe beantwortet hatte, entschied sich aber dann dagegen, weil es ihm doch zu persönlich erschien.

„Sie sagten irgendwo in Südamerika? Hatte er keinen festen Wohnsitz?", warf Juri ein und kaute auf dem Ende seines Kugelschreibers herum.

„In Argentinien lebten wir ziemlich zurückgezogen. Keine sozialen Kontakte. Und als eines Tages zwei Männer nach ihm fragten, sagte er uns, er müsse für kurze Zeit verreisen."

„Können Sie sich noch daran erinnern, was für Männer das waren?"

„Sie sahen aus wie man heute diese FBI-Beamten im Fernsehen zeigt. Düster dreinblickend, wortkarg. Einer trug sogar eine Waffe, soweit ich mich erinnere. Sie blieben etwa drei Stunden bei uns im Haus, sahen alles durch, und als mein Vater nicht kam, verschwanden sie wieder. Noch am selben Abend packte mein Vater seine Sachen. Er schickte mich mit dem nächsten Flugzeug zurück nach Deutschland mit der Begründung, dass meine Mutter mich sehen wolle, was nicht ganz der Fall war. Und die Angestellte mit dem dicken Bauch ließ er einfach im Haus zurück. Die Briefe, die ich später nach Jahren erhielt, kamen aus verschiedenen Orten in Brasilien. Er war wohl immer auf der Flucht vor diesen Männern. Und die Nachricht von seinem Tod kam, glaube ich, aus Kolumbien."

Die Miltonia-Orchidee kam aus Kolumbien, schoss es Sam durch den Kopf. „Wann war das ungefähr?"

„Das kann ich Ihnen genau sagen. Ich habe sie trotz allem aufbewahrt." Sie beugte sich runter zu einem kleinen, hellbraunen Lederkoffer und zog ihn unter dem Regal vor ohne den Hund vom Schoß zu nehmen. In dem Koffer waren haufenweise Briefe und andere Papiere. Sie fischte ein gefaltetes Papier daraus hervor und las die Zeilen laut vor. „Hier steht: *Nach einer schweren Malariaerkrankung verstarb Heinrich Thiel um zehn Uhr dreißig des Datums 3. März 1963 in der Clinica Javier Ruiz in Bogota.* Sprechen Sie Spanisch?"

Sam nickte und Doris Thiel reichte ihm die Sterbeurkunde, damit er sich selbst davon überzeugen konnte.

„Warum meinen Sie, war Ihr Vater auf der Flucht?", fragte währenddessen Juri.

„Das lag wohl an seiner Tätowierung unter dem Arm. Das Zeichen der SS. Ich habe ein wenig später mehr darüber erfahren. Die Amerikaner haben nach Kriegsende besonders nach dieser speziellen Tätowierung bei den Deutschen gesucht und die Kriegsverbrecher in Gefangenenlager gesteckt. Mein Vater, der offensichtlich ein Nazi war, konnte damals mit Hilfe eines Bischoffs in Italien, der ihm die Papiere und das Visum besorgte, nach Argentinien fliehen. Das habe ich später von meinem Großvater erfahren."

War es nicht das zweite Mal, dass im Zusammenhang mit den Fällen der Begriff Nazi fiel? Inspektor Germain hatte die Injektionen ins Herz erwähnt. Und trotzdem ergab alles überhaupt keinen Sinn.

„Sie sind keine Ärztin geworden, oder?" Sam hatte die Titel auf den Buchrücken in den Regalen überflogen. Es waren fast ausschließlich Romane, keine Fachbücher für Mediziner.

„Nein." Sie lachte das erste Mal wieder. „Nachdem ich gesehen habe, wie viele Leute unter der Hand meines Vaters starben, dachte ich, es wäre besser, die Finger von dem Beruf zu lassen."

„Was meinen Sie damit, es starben viele Leute?", fragte Juri neugierig.

„An Infektionen, glaube ich. Ich kann mich aber auch nicht mehr so genau daran erinnern. Ich war ja noch ein Kind. Aber mir ist in Erinnerung geblieben, dass wir ziemlich oft auf irgendwelchen Beerdigungen waren. Patienten meines Vaters."

„Was für ein Arzt war Ihr Vater?"

„Er arbeitete hauptsächlich als Gynäkologe, operierte aber auch am Blinddarm … irgendwie hat er alles gemacht."

Ein lautes Knacken in Juris Mund durchbrach die kurze Stille. Er hatte es endlich geschafft, seinen Stift durchzubeißen. Sam sah die Anspannung in seinem Gesicht.

Ihm selbst ging es nicht anders, aber er war auch verwirrt. Konnte diese Entdeckung bedeuten, dass dem nächsten Opfer die Gebärmutter entfernt wurde? Und wer war das nächste Opfer? Doris Thiel selbst, eine der letzten Überlebenden?

Sie erzählten ihr in Kurzform von den beiden anderen Fällen und dass sie vermutlich in Gefahr schwebte. Doch Doris Thiel nahm es gelassen. Sie war sich sicher, dass ihr niemand etwas tun würde.

„Sagen Sie, die Angestellte mit dem dicken Bauch. War sie schwanger oder …?"

„Vermutlich."

„Von Ihrem …"

„Ja sie trieb es mit meinem Vater. Also denke ich, dass sie von ihm schwanger war."

„Haben Sie von ihr einen Namen? Oder irgendetwas, was uns weiterhelfen könnte, sie zu finden?"

„Wenn sie noch lebt, dann wird sie sicherlich noch dort in Lanusse wohnen. Sie war ein einfaches Bauernmädchen und gerade mal sechs Jahre älter als ich. Ihr Name war Julietta, mehr weiß ich nicht mehr."

Als Doris Thiel die beiden Polizisten verabschiedete, drückte sie Sam einen Brief in die Hand, den sie kurz zuvor noch aus ihrem Lederköfferchen geholt hatte.

Am frühen Nachmittag flog Sam mit der Fülle von Informationen, die er von Doris Thiel bekommen hatte nach Malaga. Obwohl er immer weiter in die Tiefe der Fälle eintauchte und die Sicht eigentlich hätte klarer werden müssen, schien es immer dunkler um ihn herum zu werden. Es war, als würde ihm jemand die Augen zuhalten.

1963

BOGOTÁ Auf dem Schild am Eingang des dreistöckigen weißen Gebäudes stand: „*Casa del Desvalido*". Wenn man es wörtlich übersetzte hieß es: „Heim des Wertlosen", wurde aber als Zuhause für die Unbeweglichen bezeichnet. Es war das erste Heim für geistig und körperlich Schwerstbehinderte, das in Bogotá, wenn nicht sogar in ganz Kolumbien gegründet worden war. Das Haus war von Spenden reicher Kolumbianer erbaut worden die Vertrauen zu den sympathischen Ärzten aus Übersee hatten. Für die Presse stellten sich die Gründer, Mitbegründer und Ärzte zu einer Gruppe zusammen und ließen sich für ein Foto ablichten.

Besonderen Zuspruch fand das Projekt beim Präsidenten des Landes, der selbst einen behinderten Sohn hatte und froh war, dass dieser in gute deutsche Pflege kam.

Heinrich empfing den Präsidenten persönlich und führte ihn und seine Familie durch die Anlage des Heims. Aurelia, die jüngste Tochter des Präsidenten, zog sofort die Blicke der ganzen Belegschaft auf sich. Sie war um die Zwanzig und von zarter, fast zerbrechlicher Gestalt. Aber das Besondere an ihr war: Sie hatte lange, blonde Haare, grüne, katzenartige Augen und eine schimmernde, perlweiße Haut.

Für Heinrich war es Liebe auf den ersten Blick, glaubte er doch auch, dass es sich bei Aurelia um eine direkte Nachfahrin der Ur-Arier handelte, die Himmler schon in Spanien vermutet hatte. Wie sich herausstellte, hatte die Familie Valencia tatsächlich spanische Vorfahren.

Eine Woche nach dem Besuch im Heim wurde Heinrich auf ein Fest in das Haus des Präsidenten eingeladen.

Aurelia stolzierte in einem grünen Kleid zwischen den Gästen umher und ließ ihn dabei nicht einen Augenblick aus den Augen, vermied es aber, sich ihm ganz zu nähern. Wenn sich ihre Blicke trafen, schenkte sie ihm nur ein bezauberndes Lächeln.

Die Einladungen häuften sich und Heinrich wurde zu einem gern gesehenen Gast des Hauses. Er verzehrte sich nach Aurelia und da sie ihn stets auf Abstand hielt, stürzte er sich in die Arbeit und Forschung im Heim. Hier war er umso grausamer, hatte kein Erbarmen mit den wehrlosen Kreaturen, die ihm und seinen Kollegen ausgeliefert waren. Bei ihnen wurden neue Medikamente getestet, Viren injiziert und sinnlose, geheime Operationen durchgeführt wie Verkürzungen des Darms und Amputationen von Gliedmaßen. Dabei wechselte man das Personal so oft wie möglich, damit niemandem die hohe Sterbequote der Patienten in dem Heim auffiel.

Und dann kam der Tag, an dem Heinrich seine blutigen Handschuhe abzog und sie in eine kleine Dose mit Sondermüll stopfte. Dabei stach er sich an einer Nadel, die jemand dort unachtsam hineingeworfen hatte. Sie war mit dem Erreger *Malaria trópica* infiziert. Zwei Wochen später lag er nach starken Fieberanfällen, unaufhörlichem Erbrechen und plötzlichem Nierenversagen im Koma.

32.

BERLIN Leila fand die Hauptstadt faszinierend. Zwar war das Hotel nicht so spektakulär wie die anderen, in denen sie bisher übernachtet hatten, aber es sollte ja auch nur für zwei Tage sein. Rafael bekam hier einen Sonderrabatt, weil seine Familie seit mehr als zwanzig Jahren die Platinmitgliedskarte für die Hotelkette besaß.

Sie hatten sich das zweihundert Jahre alte Brandenburger Tor angesehen und waren später über den Kurfürstendamm geschlendert.

Leila hatte schon nach dem Opernbesuch in Wien eine Veränderung in Rafaels Verhalten ihr gegenüber bemerkt. Er war nicht mehr so gesprächig und nicht mehr so liebevoll. Er hatte sie geliebt, aber irgendwie war er nicht bei der Sache gewesen. Irgendetwas ging in ihm vor. Und es war nichts Gutes, das konnte sie deutlich spüren. Ein paar Mal hatte sie ihn dabei erwischt wie er sie verstohlen von der Seite betrachtet hatte. Er musste von ihrer Spionage in seinem BlackBerry etwas gemerkt haben.

Leila bekam eine Gänsehaut. Noch war sie sicher. Hier auf der Reise würde er ihr nichts tun. Anders würde sich die Sache in Medellin gestalten. Sie dachte wieder an seine anderen Frauen. Alles krampfte sich in ihr zusammen. Ihr wurde plötzlich schwindelig, dann wurde ihr schwarz vor Augen und sie hörte sich selbst wie einen Zementsack zu Boden fallen. Aufgeregte Stimmen drangen an ihr Ohr. Rafael, der jetzt in einer anderen Sprache sprach. Sie konnte ihn nicht verstehen, was redete er da bloß?

Die Schwärze löste sich schnell wieder auf und dann sah sie sein besorgtes Gesicht direkt über ihr. „Hey Schatz, geht's wieder?"

Leila rappelte sich hoch. Es war ihr unangenehm, hier vor all diesen Leuten auf dem dreckigen Asphalt zu liegen.

„Komm wir fahren ins Hotel. Du musst dich ausruhen. Es hat sicherlich mit der Schwangerschaft zu tun."

Oder er hat mir etwas ins Frühstück gemixt, dachte Leila.

Die kleine Menschentraube, die sich um sie herum gebildet hatte, löste sich langsam auf. Rafael bedankte sich bei ein paar Passanten auf Deutsch und führte sie zum nächsten Taxistand, der glücklicherweise nur ein paar Meter entfernt war. Er schob sie in das Wageninnere und nannte dem Fahrer den Namen des Hotels. Während der Fahrt sprach er kein Wort, sah aus dem Fenster und hielt nur ihre Hand. Sollte sie ihm einfach sagen, was sie herausgefunden hatte? Ihn beruhigen, dass sie trotz allem hinter ihm stand und ihn nicht verraten würde? Oder war es besser, einfach die Unschuldige zu mimen und so zu tun als hätte sie die Nachrichten nicht gelesen.

Auf dem Hotelzimmer angekommen, rief er den Service an und bestellte etwas zu Essen für sie aufs Zimmer. „Die Reise ist viel zu anstrengend für dich. Ich hätte an deinen Zustand denken sollen", sagte er vorwurfsvoll mehr zu sich selbst als zu ihr.

„Es geht schon wieder. Ich fühle mich wieder gut. Mach dir keine Sorgen."

Er deckte sie zu und trat ans Fenster.

„Ich habe nur noch heute hier etwas zu erledigen, dann fahren wir nach Hause. Wir brechen die Reise ab."

„Aber ..."

„Kein Aber", sagte er streng. Leila zuckte innerlich zusammen. In diesem Ton hatte er noch nie mit ihr gesprochen.

Rafael sah auf die Uhr, dann ging er ins Bad. Sie hörte wie er Wasser in die Badewanne einließ. Ja, vielleicht war es besser, nach Hause zu fahren. Sie würde die Ehe annullieren lassen und der Staatsanwaltschaft einen anonymen Hinweis geben. Vielleicht wäre es ratsam noch von hier eine E-Mail an Arturo Castillo von der *Fiscalía* zu schreiben, dem Mann, der schon seit Jahren hinter der Familie Rodriguez her war. Später, wenn er zu seinem Termin geht, dachte sie.

Das Bett war weich, ihr Kopf lag schwer auf den Kissen. Eine bleierne Müdigkeit übermannte sie. Die Wärme umschloss sie und trug sie fort ins Traumland.

Als Rafael aus dem Bad kam, stand das Essen, das er bestellt hatte, mitten im Zimmer auf einem Servicewagen und Leila schlief tief und fest. Er zog sich an, steckte mit einem Lächeln sein BlackBerry ein und verließ leise das Hotelzimmer.

33.

Die Sonne kam immer mal wieder hinter den Wolken hervor und wenn sie verschwand, legten sich dunkle Schatten über die Straßen und Häuser. Es war, als ob das Böse unaufhaltsam durch die Stadt Berlin kroch.

Man wartete auf ihn. Er hatte schon eine Weile die Lobby genau beobachtet. Sie versuchten sich mit allen Mitteln auf das, was da kommen würde vorzubereiten und trotzdem konnten sie ihn nicht aufhalten. Sie waren doch gar nicht so dumm wie er dachte. Woher wussten sie, dass sein nächstes Opfer in Berlin war?

Beamte in Zivil taten so als wären sie Gäste. Einfach lächerlich. Da drüben saß ein Paar, das keines war. Er war ein guter Menschenkenner. Das hatte ihn das Leben gelehrt. Außerdem saß das Jackett der Frau schlecht und man konnte eine Ausbeulung erkennen, dort wo sie ihre Waffe trug. Hinter dem Tresen der Anmeldung stand ein Mann, der ebenfalls vorgab, zur Belegschaft zu gehören. Aber auch er war einfach zu auffällig. Seine Augen waren viel zu unruhig und er hatte nicht einen einzigen Gast angesprochen, der einchecken wollte. Er stand eigentlich nur im Weg herum. Idiot. Auch der Kofferträger sah ihm verdächtig aus. Er hatte Blickkontakt mit den anderen, außerdem trug er ein Mikro im Ohr.

Wie weit wohl die Stockwerke abgesichert waren? Sorgfältig faltete er seine Zeitung zusammen und ging zu den Fahrstühlen. Es war Zeit. Er konnte es kaum erwarten, ihre Augen zu sehen, wenn sie den letzten Atemzug machen würde. Sie und ihr Kind, dass die Schlampe in sich trug. Sein Herz fing an zu rasen, seine Kopfhaut kribbelte und ihm wurde heiß. Er hätte einen Freudensprung machen können, alles schien wie am Schnürchen zu laufen.

Er ging auf sein Zimmer im siebten Stock und zog sich um.

Leila residierte im sechsten und die Techniker waren im zweiten

Stock und installierten dort die Überwachungskameras. Wenn er mit ihr fertig war, würden sie gerade im vierten oder fünften sein. Wieder kribbelte es ihm in den Haarwurzeln und ein zufriedenes Lächeln huschte über sein Gesicht.

Der Wagen mit den Handtüchern und Putzmitteln rollte über den Gang und hielt vor Zimmer 666. Wie passend doch die Zimmernummer war. Ein teuflisches Grinsen machte sich in seinem Gesicht breit. Er zog die Karte durch den Schlitz, als ein grünes Lämpchen und ein leises Klicken ihm anzeigten, dass die Tür offen war. Ein letzter Blick in den Gang, dann verschwand er mitsamt Wagen im Zimmer. Die Tür fiel hinter ihm ins Schloss.

„Rafa? Bist du das?", rief Leila aus dem Bad.

„Sí", antwortete er und grinste. Er holte seinen Arztkoffer unter einem Handtuch hervor und stellte ihn auf den Tisch.

„Warum bist du schon zurück?"

Er antwortete absichtlich nicht. Wollte sie einen Augenblick zappeln lassen, bis die große Überraschung kam. Die Mutterhure sollte lange leiden. Das hatte sie verdient.

„Rafa?"

Dann kam der Moment. Die Badezimmertür ging auf und sie stand vor ihm in BH und Slip. Verstört sah sie ihn von oben bis unten an. Es war ein Leichtes, ihre unausgesprochenen Gedanken zu lesen. Ja, sein Outfit war etwas gewöhnungsbedürftig, aber sie würde sich in den nächsten fünf Minuten daran gewöhnen.

Leila griff nach einem Handtuch, das auf dem Wagen lag, um sich zu bedecken und fing an zu stottern: „Wa-was ... soll das?"

Erst dann sah sie das Skalpell in seiner Hand. Sie wollte zurück ins Bad laufen, aber er war schneller. Hielt sie an ihren langen Haaren fest und riss sie zurück. Schleuderte sie aufs Bett und drehte ihr die Arme auf den Rücken. Das Kissen erstickte ihre Schreie und ihre unverständlichen Worte, die sie brabbelte. Dann knebelte er sie und drehte sie um, damit er ihr in die Augen sehen konnte. Ein paar Mal schlug er ihr kräftig ins Gesicht, bis ihre Nase blutete.

Was für eine Befriedigung. Es war das gleiche berauschende Gefühl, das er auch bei den anderen gehabt hatte. Noch ein paar Mal schlug er mit der Faust zu und weidete sich an ihrer Hilflosigkeit. Oh ja, das hatte gesessen. Ihr Kiefer hing plötzlich schief im Gesicht.

Sie wimmerte vor Schmerzen und flehte um Gnade. Doch für ihn gab es keine Gnade. Er führte das Skalpell vor ihren Augen hin und her wie ein Pendel, drehte und wendete es mit prüfendem Blick. Man konnte sich sogar darin spiegeln, so blitzte die Klinge.

Dann erzählte er ihr in aller Seelenruhe seine Familiengeschichte. Sie sollte doch wissen, warum sie heute an diesem wunderschönen Sonnentag in einem Berliner Hotel sterben würde. Er wollte sie nicht ahnungslos in die Hölle schicken. Er war ein guter Mensch. Wen interessierte schon der Unrat, den er beseitigte. Sie konnten froh sein, dass es Menschen wie ihn gab, die den Müllmann für die feine Gesellschaft spielten.

Leila hatte reglos zugehört, und als sie erkannte, dass auch ihre Vorgängerinnen auf sein Konto gingen, fing sie an, sich auf dem Bett zu winden wie ein Aal in einer Plastikwanne.

„Wenn du so zappelst, dann schneide ich noch daneben", sagte er und grinste sie an. Bisher hatte er sich immer kontrolliert. Nur jetzt war er am Ziel angekommen. Er könnte sich so ein bisschen mehr Spielerei schon gönnen. Mit dem Skalpell fing er an, sie ein wenig zu ritzen und dann schnitt er tief durch die Haut- und Fettschicht hindurch.

Sie machte sich nicht mehr die Mühe in den Knebel zu schreien. Tränen rannen ihr die Schläfen runter.

„Tut's weh?"

Sie nickte. Er trennte die Muskeln durch und rammte das Messer in ihren Körper.

Leila drückte den Rücken durch, versuchte ihn von ihren Beinen zu werfen.

„Na, na, na, du willst mich doch nicht verärgern?" Er schlug sie wieder ein paar Mal.

Das Bett war jetzt voller Blut.

„So eine Sauerei, wenn du stillgelegen hättest, wäre das nicht passiert." Er betrachtete sie einen Moment, ihre Augen trafen sich und dann konnte er sich nicht mehr halten. Sein Zorn übermannte ihn.

34.

MALAGA Der Notar hatte Sam vom Flughafen abholen und ihn direkt in die Kanzlei fahren lassen.

José Sanchez Figuera war ein distinguierter Mann um die fünfzig mit vollem, schwarzen Haar. Er bat Sam mit einer ausholenden Geste, ihm gegenüber Platz zu nehmen und holte aus einem Wandsafe einen großen, weißen Papierumschlag heraus. Dann setzte er sich seine goldgerahmte Lesebrille auf.

Sam zückte seine ebenfalls, legte sie jedoch nur griffbereit auf den Tisch. Sie steckte in einem kleinen Etui und war zum Ausklappen. Eine von denen, die man sogar schon billig im Supermarkt bekam. Bisher hatte er sich keine anfertigen lassen, weil er immer noch der Meinung war, es sei zu früh dafür.

Der Notar öffnete mit einem Brieföffner in Form eines geschnitzten Delfins den Umschlag und zog das Testament vorsichtig daraus hervor. Er legte das Blatt vor sich und sah Sam über seine Brille hinweg an. „Ihre Mutter hat Sie sehr geliebt."

Sam sah den Notar zweifelnd an, enthielt sich aber jeglichen Kommentars. Er war nicht hierher gekommen, um seine Kindheitsgeschichte vor dem Mann auszubreiten.

„Ich kann mir vorstellen, dass es Ihnen schwerfällt, das so anzunehmen. Aber glauben Sie mir, ich weiß es. Ich habe es in ihren Augen gesehen, wenn sie über Sie gesprochen hat."

In der Tat hatte Sam Schwierigkeiten, das zu glauben. Seine Mutter und er hatten sich bereits entfremdet, als er sechzehn war und sie von New York nach Deutschland gezogen waren. Nie hatte er ihr verziehen, dass sie seinen Vater verlassen hatte. Sein Vater, der später im Dienst des NYPD erschossen wurde. Nicht einmal zur Beerdigung war sie mitgekommen, weil sie bereits einen Urlaub mit einem ihrer Geliebten gebucht hatte. Der Kontakt brach ganz ab, nachdem er eine eigene Wohnung bezog und Lily, seine Schwester, eines Tages an seine Tür klopfte und bat, bei ihm wohnen zu dürfen.

Nach mehr als beinahe zwei Jahrzehnten, stand sie letztes Jahr plötzlich in seinem Büro und überreichte ihm zwei Alben mit Kinderfotos von ihm. Ihr Abschiedsgeschenk. Zwei Monate später starb sie an den Folgen einer Krebskrankheit. Keiner ihrer früheren Liebhaber war übrig geblieben.

„Darf ich fragen in welchem Verhältnis Sie zu meiner Mutter …" Sam hielt mitten im Satz inne. Wie dumm von ihm, eine solche Frage zu stellen. „Warum waren Sie nicht auf ihrer Beerdigung."

„Sie wollte, dass ich sie hübsch in Erinnerung behalte. Wir haben uns vorher verabschiedet."

Sam nickte. Natürlich für die Hässlichkeiten des Lebens hatte sie sich ihren Sohn ausgesucht, der ihr in der letzten Stunde die Hand halten durfte.

„Ihre Mutter hat Ihnen das Haus am Strand, eine Wohnung in München, Anteile an einer Schönheitsklinik, ein paar Aktien und etwas Bargeld vermacht."

Er schob Sam das Testament über den Tisch.

„Sie brauchen nur da unten zu unterschreiben, wenn Sie das Erbe annehmen wollen."

Sam war wie benommen. „Das Haus am Strand?"

„Kennen Sie das Haus etwa nicht. Haben Sie sie nie dort besucht?" Der Notar war sichtlich überrascht.

„Nein. Wir hatten uns für eine ganze Weile aus den Augen verloren", sagte Sam leise und sah auf die Summe, die unter den Immobilien stand. Er griff blind nach der Brille und setzte sie auf, um sich zu vergewissern, dass er die kleine Zahl richtig gelesen hatte. Nein, er hatte sich nicht geirrt. Da standen tatsächlich fünf Nullen hinter einer Acht. Achthunderttausend Euro in bar? War das wirklich die Summe, die er erhalten sollte? Plus, plus, plus.

„Und wo ist der Haken an der Sache?", fragte er skeptisch.

„Wie meinen Sie das?"

„Na ja, was gibt es für Auflagen oder Bedingungen?"
„Nur ihre Unterschrift."
„Hatte sie Steuerschulden?" Nicht einmal jetzt, da sie tot war, traute er seiner Mutter über den Weg. Es hatte nie etwas gegeben, was nicht mit einer Bedingung verknüpft war. Er hatte damals sein erstes Auto von ihr bekommen, aber nur um seine Schwester zum Klavierunterricht und Volleyball zu fahren oder sie zu ihren Freundinnen zu chauffieren oder aus der Disco abzuholen. Als er begriffen hatte, dass seine eigene Freizeit dadurch total eingeschränkt war, schmiss er ihr die Autoschlüssel vor die Füße und fuhr wieder mit dem Fahrrad.

Als sie noch kleiner waren, wurde er an den Wochenenden mit seiner Schwester grundsätzlich zu seiner Tante oder den Großeltern abgeschoben, damit sie ihre Ruhe zu Hause hatte. Oft bekam er dafür einen Schein in die Hand gedrückt. Ansonsten musste er sich während seiner Schul- und Studienzeit sein Geld durch Regale auffüllen im Supermarkt, Zeitungen austragen, Maler- oder Putzarbeiten oder Babysitten selbst verdienen.

Sie hatte wohl so einiges in den Jahren von den Kerlen zusammengesammelt, dachte er und überflog noch einmal sein großzügiges Erbe.

„Ich kann Ihnen das Haus zeigen, wenn Sie wollen", bot der Notar freundlich an.

Doch Sam war nicht nach Gesellschaft. Er wollte allein sein. Er unterschrieb das Papier und nahm das befremdliche Gestell wieder von seiner Nase.

„Wenn Sie das Haus verkaufen wollen ... mein Bruder ist Immobilienmakler. Er kennt hier alles, was Rang und Namen hat. Wir sind Ihnen damit gerne behilflich."

„Ich werde es mir erst einmal ansehen."

Sam ließ sich eine Beschreibung geben wie er das Haus finden konnte, bedankte sich und nahm sich ein Taxi.

Das Haus lag an einer kleinen Straße direkt am Meer. Eine Villa reihte sich an die nächste und eine war mondäner als die andere. Doch das Haus seiner Mutter war mit Abstand das schönste wie er zugeben musste. Geschmack und Stil hatte sie immer gehabt, das musste er ihr lassen. Die Bezeichnung Haus oder Villa war allerdings nicht passend, denn es glich einem kleinen arabischen Palast mit seinen Türmchen und Zinnen. Auch der warme, rotbraune Terrakottaton ließ das Haus zwischen den anderen weißen Villen hervorstechen.

Sam vergewisserte sich, dass die Hausnummer auch die richtige war. Vielleicht hatte der Notar sich geirrt? Aber der Schlüssel passte. Er ging durch das Haus, öffnete die Terrassentür und atmete tief durch.

Direkt vor ihm, nach einem kleinen Stück Garten, lag ein breiter weißer Sandstrand und dahinter glitzerte das Meer. War es nicht das, was er sich gewünscht hatte? Ein Haus am Meer? Allerdings war die Größenordnung eine andere gewesen. Er hatte an ein kleines, bescheidenes Häuschen gedacht und nicht an ein Sechszimmerhaus mit sechs Bädern, Marmorfußböden und so viel überflüssigem Schnickschnack wie Schwanenwasserhähne.

Über dem Kamin standen ein paar gerahmte Fotos. Er erkannte sich selbst und Lily darauf, als sie noch Kinder waren. Lily saß auf seinem Schoß, lachte in die Kamera und entblößte dabei zwei riesige Zahnlücken. Das waren noch glückliche Zeiten gewesen. Kurze Zeit darauf waren sie nach Deutschland gezogen.

Sam sah sich noch einmal um und rief dann den Notar an.

„Was ist das Haus ungefähr wert?"

„Zwischen einer und zwei Millionen Euro, würde ich sagen."

Ungläubig sah Sam sich um. Stand er wirklich in einem Haus, das jetzt ihm gehörte, sein Eigentum war und fast zwei Millionen Euro Wert war?

„Es ist ein Traum, oder nicht?"

Es mochte für so manchen ein Traumhaus sein, aber seines war es nicht. Er hatte eine andere Vorstellung davon. Er wünschte sich eher eine luxuriöse Zweizimmerbambushütte mit exotischen Möbeln, einer

Hängematte auf der Terrasse mit Blick aufs Meer und das Ganze musste mitten auf einem dschungelbewachsenen Berg stehen.

„Ja, es ist sehr schön", sagte er zögerlich. Er wollte nicht undankbar erscheinen. „Aber ich will es nicht behalten. Verkaufen Sie es und rufen Sie mich dann an."

Sam zog sich seine Schuhe aus und ging den Strand hinunter zum Meer. Das eiskalte Wasser umspülte seine nackten Füße und der Wind, der hier unten recht stark war, zerwühlte sein Haar und zerrte an seiner Jacke.

Ich bin ein reicher Mann, ging es ihm durch den Kopf. Aber irgendwie interessierte ihn das nicht und glücklich machte es ihn in diesem Moment auch nicht. Sein Leben würde sich nicht ändern. Die Hände tief in seine Jackentasche vergraben, ließ er seinen Blick eine Weile über den Horizont und dann über den meilenweiten Strand schweifen. Abgesehen von ein paar Vögeln, die im Sand ihre Spuren hinterließen, war niemand zu sehen. Er war allein. Allein mit dem Wind und dem aufgewühlten Meer.

Er setzte sich in den kalten Sand und holte den Brief aus der Innentasche, den Doris Thiel ihm mitgegeben hatte. Der Brief an ihre Mutter, der angeblich an einem Strand in Rio de Janeiro von Ernst Ritter, ihrem Geliebten geschrieben worden war, worin er erklärte, dass er leider in näherer Zukunft nicht mehr nach Deutschland zurückkommen könnte, weil er in Schwierigkeiten steckte. Deshalb würde er sich von der Liebe seines Lebens verabschieden müssen. Sie sollte nicht auf ihn warten, denn das wäre vergeblich.

Doch es war nicht das Meer, das damals für Ritter unüberwindbar gewesen war. Sam betrachtete die Briefmarke, auf der man den Datumsstempel leider nicht mehr erkennen konnte. Aber was er mit Sicherheit sagen konnte war, dass die Briefmarke nicht aus Brasilien stammte.

Die Feuchtigkeit des Sandes war inzwischen durch seine Hose gedrungen. Er stand auf, klopfte sich sauber und ging wieder hoch zum Haus. Auf dem Weg dorthin, bückte er sich nach einer zartrosa

Muschelschale und steckte sie in die Tasche, als sein Handy in seiner Tasche vibrierte.

Es war Peter Brenner und dieses Mal hatte er keine guten Nachrichten. Ziemlich scheußliche Sache kommentierte er den Fall, aber zweifellos derselbe Mann. Sie hatten gedacht, er würde während des Kongresses zuschlagen, stattdessen hatte er drei Tage zu früh seine Vorstellung gegeben.

Du kannst jetzt aufhören, du brauchst dich nie wieder mit diesen kranken Psychopathen abgeben. Du hast jetzt genug Geld, um dich zurückzuziehen, um das zu machen, was du willst.

Er hatte immer das gemacht, was er machen wollte. Seit wann hatte er keinen Spaß mehr an seinem Job? Die Antwort war simpel. Durch Lina hatte er gelernt wie schnell man plötzlich selbst ins Schussfeld geraten konnte und wie verletzlich er war. Er war kein Übermensch, das war ihm klar geworden und irgendetwas in ihm hatte sich verändert. Genau das bereitete ihm Sorgen, denn er hatte das Gefühl, sich selbst nicht mehr richtig zu kennen. War er dem Ganzen noch gewachsen? Er biss sich auf die Lippen, bis er Blut schmeckte. *Verdammt Sam, reiß dich zusammen und bring den Kerl zur Strecke. Und wenn es dein letzter Fall ist, den du löst.*

35.

BERLIN Den metallischen Geruch, den Blut in größeren Mengen verströmt, konnte er bereits auf dem Gang vor dem Hotelzimmer 666 riechen.

Überall waren Beamte des Kriminaldauerdienstes, die den Tatort abgesperrt hatten und die Spezialisten des Erkennungsdienstes in ihren weißen Schutzanzügen, die auf der Suche nach tatrelevanten Mikrospuren oder DNA-Material waren.

Juri hielt sich schon im Eingang Nase und Mund mit einem Taschentuch zu und schielte zu Sam, der als Erster das Zimmer betrat. Beim Anblick der Toten stöhnte Juri leise auf und gab nur ein „Oh je" von sich.

„Der scheint sich richtig ausgetobt zu haben oder was meinen Sie?" Der Mordkommissionsleiter sah kopfschüttelnd auf die Leiche und dann zu Sam. „Darf ich fragen, was Sie hier suchen?"

Sam stellte sich und Juri kurz vor und fragte nach der Identität des Opfers.

„Leila Arango Mejia."

„Hat er etwas für uns hinterlegt?" In den Augen seines Gegenübers las er die Antwort, bevor sie über die Lippen kam.

„Ein Gedicht in hübschen roten Lettern geschrieben."

Es war nicht ganz das, was er erwartet hatte. Sam zögerte einen Augenblick. „Ein Gedicht oder ein Zweizeiler?", fragte er deshalb noch einmal nach.

„Ein Gedicht."

„Kann ich es bitte sehen."

„Es ist ins Labor geschickt worden. Wird auf Fingerabdrücke überprüft."

„Die Sie darauf nicht finden werden", sagte Sam selbstsicher. Er drehte sich zu Juri um, der sich inzwischen gefasst hatte und sich die

Tote näher ansah.

„Wo ist der Ehemann?"

„Woher wissen Sie, dass es einen Ehemann gibt?" Der MKL sah Sam skeptisch an.

Mit den Deutschen gab es fast immer Kompetenzprobleme. Keiner wollte sich die Butter vom Brot nehmen lassen, aber Sam hatte zurzeit wenig Sinn für solche Spielchen. „Passen Sie auf, Herr …"

„Wirsch."

„Herr Wirsch, ich bin nicht irgendein Kaspar. Sie geben mir die Informationen, die ich haben will, dann kommen wir uns auch nicht in die Quere, okay?" Sams Haltung und Gesichtsausdruck duldeten keine Widerrede.

„Der Ehemann ist im Nebenzimmer und wird gerade verhört", erklärte der MKL spitz.

Na geht doch, dachte Sam und trat neben Juri, um sich die Leiche oder was davon übrig war, ebenfalls näher anzusehen.

Aus dem Bauch war ein ganzer Gewebeteil herausgeschnitten worden, das Gesicht war eine einzige blutige Masse und kaum noch erkennbar. Es schien, als hätte er an der Frau seine ganze Wut ausgelassen. Warum nur an ihr und nicht an den anderen? Hatte sie ihn gereizt, etwas gesagt, dass ihn so maßlos wütend gemacht hatte? Sogar die Brüste hatte er ihr abgeschnitten, ihr die Weiblichkeit genommen.

Sams Blick folgte einer Blutspur zu einem Papierkorb.

„Wir haben den Fötus im Papierkorb gefunden", sagte Wirsch hinter ihm. „Sie war schätzungsweise Ende vierten Monats."

„Das ist ja abartig." Juri war noch blasser um die Nase geworden und Sam merkte eine unbändige Wut in sich hochsteigen. Er fühlte sich so hilflos wie noch nie.

„Ich will sofort das Gedicht sehen", sagte er gereizter als gewollt, doch gerade das schien seine Wirkung haben.

„Ich kümmere mich darum."

Ein Beamter war dabei, den Schrank und die Taschen des Paares zu durchwühlen und holte ein altes Buch aus einer Seitentasche. Er ging die einzelnen Seiten durch, um zu sehen, ob darin etwas versteckt lag und tütete das Beweisstück ein.

„Was ist das?", fragte Sam und zeigte auf das Buch.

„Sieht aus wie ein Gedichtband." Der Beamte reichte es dem MKL.

„Canti e frammenti? Von Giacomo Leopardi", las dieser laut von dem Buchdeckel ab.

„Ein Gedichtband?" Sam warf Juri einen vielsagenden Blick zu. „Ich schau mir mal den Ehemann an. Wie heißt er?"

„Rafael Rodriguez."

Sam und Juri gingen gemeinsam eine Tür weiter ins Zimmer 668.

Ein Beamter war vor der Tür abgestellt worden, zwei weitere sprachen mit Rafael Rodriguez.

Als Sam eintrat, stand einer der beiden sofort auf und streckte Sam die Hand entgegen. „Herr O'Connor, ich heiße Maik Schenker. Hab viel von Ihnen gehört. Man hat Sie schon angekündigt." Er lächelte Sam offen an, der es überhaupt nicht gewohnt war, von seinen Landsleuten Komplimente zu bekommen. Es bestätigte ihn ein klein wenig in seiner Entscheidung weiterzumachen und sich selbst nicht aufzugeben.

„Was haben Sie bisher herausgefunden?"

„Wir hatten Anweisung von oben, auf Sie zu warten." Er zwinkerte Sam zu. „Aber was ich schon mal sagen kann, die beiden kommen aus Südamerika, aus Kolumbien. Sie haben eine Europareise gemacht. Flitterwochen wie er meinte. Haben erst vor vier Wochen geheiratet. Er ist Arzt. Ach ja, er hat gerade die Tickets geändert, sie wollten übermorgen zurück in die Heimat fliegen. Angeblich war sie etwas geschwächt von der Reise." Er machte eine kleine Pause und überlegte. „Ja, das war's so weit."

Sam bedankte sich bei Maik und setzte sich an den kleinen runden Holztisch Rafael gegenüber.

Der Mann war zwar erschüttert von dem Mord an seiner Frau, aber nicht am Boden zerstört wie die anderen beiden Ehemänner, bemerkte

Sam. Er wirkte irgendwie abgeklärt, als hätte er in seinem Leben schon Schlimmeres erfahren müssen. „Sie sprechen Deutsch?"

„Ja."

„Sonst noch eine Fremdsprache?"

„Französisch und Italienisch", antwortete Rafael Rodriguez knapp.

Sam legte den italienischen Gedichtband auf den Tisch.

„Sie mögen Gedichte?"

„Ja, ich sammle Gedichtbände aus aller Welt."

Sam entging das leichte Zittern in Rafaels Hand nicht. Er war ein gut aussehender Mann mit seinem dunkelblonden, dichten Haar und grau-grünen Augen. Untypisch für einen Kolumbianer, dachte er. Aber es gab viele blonde, hellhäutige Spanier, die einstigen Eroberer Südamerikas. Wahrscheinlich hatte er davon eine große Portion abbekommen. Sam versuchte, die Größe des Kolumbianers einzuschätzen. Er war nicht gerade klein. Er schätzte ihn um die ein Meter achtzig. „Erzählen Sie mir von Ihrer Reise. Wo waren Sie überall in Europa, während Ihrer Flitterwochen?"

Rafael begann langsam, die Städte nacheinander aufzuzählen. Bei der Erwähnung von Barcelona und Paris tauschte Sam und mit seinem Partner Blicke aus.

Schloss sich hier nun endlich der Kreis? War dieser Mann aus Kolumbien mit den sanften, fast femininen Zügen tatsächlich ein brutaler Mörder? Er sollte doch eher das Opfer sein, aber der Name Rodriguez hatte nicht auf der Rückseite des Fotos gestanden. Wieder fragte sich Sam, warum der Mann vor ihm so verhalten, fast unbeteiligt schien, obwohl seine Frau nebenan halb zerstückelt lag.

„Sie sind Arzt? Welches Fachgebiet?", fragte Sam weiter.

„Ich bin Allgemeinarzt."

„Können Sie uns sagen, wann genau Sie in Barcelona und wann in Paris waren? Und in welchen Hotels."

„Das steht auf den Hotelrechnungen. Sie liegen im Zimmer."

Sam gab Maik ein stummes Zeichen, die fraglichen Beweise zu holen.

„Trug Ihre Frau Schmuck?"
„Nur ihren Ehering."
„Ist das Ihre erste Reise nach Europa?"
Ein süffisantes Lächeln huschte über Rafaels Gesicht. „Nein, ich fliege fast jedes Jahr ein paar Mal hierher."
Maik kam mit einem Bündel Papiere zurück und reichte sie Sam, der den ersten Umschlag an sich nahm und den Rest zur Durchsicht an Juri weitergab.
„Und was ist der Sinn und Zweck Ihrer vielen langen Reisen?", fragte er gedehnt und sah sich das Datum auf der Hotelrechnung in Paris an, die er aus dem Umschlag gezogen hatte. Als Rafael nicht gleich antwortete, sah er auf.
„Ich sehe mir gerne die Welt an. Ein Hobby von mir."
„Dann sind Sie also nicht wegen des Ärztekongresses hier?" Sam hob eine Augenbraue und beobachtete Rafael Rodriguez. Ihm entging nicht das kleinste Lidzucken, die nervöse Zunge, die sich im Inneren des Mundes bewegte oder das Wippen des Fußes unter dem Tisch.
„Nein", gab Rafael knapp zur Antwort.
Sam beobachtete den Mann weiter. In seinem Blick lag eine Art Resignation, eine tiefe Traurigkeit, die er nicht herausließ.
„Sie waren also mit niemandem hier in Berlin direkt verabredet?", hakte Sam noch einmal nach.
„Nein. Im Grunde genommen …", setzte Rafael Rodriguez an.
Im Grunde genommen ist der Mensch zu allem fähig, hatte Goethe schon gesagt. Die Worte des Therapeuten fielen Sam wieder ein.
„…Wollte ich meiner Frau nur die deutsche Hauptstadt zeigen. Ich hatte keine Lust hier zu fachsimpeln."
„Warum sprechen Sie so gut Deutsch?"
„Ich habe die deutsche Schule in Medellin besucht."
Laut den Hotelrechnungen war Rafael Rodriguez zur gleichen Zeit in Barcelona gewesen, als Frau Rewe getötet worden war, aber in Paris kam er erst zwei Tage später an. Nach dem Mord an Katarin Gromowa.

„Sind Sie von Barcelona nach Paris geflogen?"

„Ja."

„Haben Sie noch die Bordkarten?"

„Sie müssten dabei liegen."

Juri breitete sämtliche Papiere auf dem Tisch aus, bis er die Bordkarten dazwischen entdeckte. Sie bestätigten Rafaels Aussage.

„Haben Sie eine Ahnung, warum Ihre Frau und Ihr Kind auf so bestialische Weise umgekommen sind?"

Rafael antwortete nicht, sah Sam nur emotionslos an. Das unheimliche Gefühl, dass mit dem Mann irgendetwas nicht stimmte wurde immer stärker. „Wo waren Sie, als der Mord geschah?"

„Leila schlief und ich habe die Tickets ändern lassen. Anschließend war ich in der Cafeteria im Hotel." Rafael Rodriguez sah abwesend aus dem Fenster, so als würde ihn die ganze Sache gar nichts angehen.

„Na schön, wir werden das überprüfen."

„Bin ich etwa verdächtig? Glauben Sie, dass ich *das* meiner Frau angetan habe? Das kann nicht Ihr Ernst sein."

Endlich zeigt der Mann Leben, dachte Sam. Rafael Rodriguez war aufgesprungen. Seine Augen blitzten vor Wut.

Juri stand hinter Sam, er hatte sich ebenfalls erhoben: „Setzen Sie sich wieder hin, Señor Rodriguez," sagte er ruhig aber bestimmt.

Auch die anderen drei Beamten im Raum waren in Position gegangen.

Nur Sam saß da und verzog keine Miene. Er studierte wieder das Gesicht des Kolumbianers, der das erste Mal wütend und verletzt aussah.

„Wir gehen nur unserer Arbeit nach. Sie wollen doch auch, dass man den Mörder Ihrer Frau fasst … oder etwa nicht? Wer hat die Frau überhaupt gefunden?", fragte Sam in die Runde.

Die Antwort kam von Rafael Rodriguez selbst: „Ich", sagte er leise.

36.

KOLUMBIEN Nur das Geräusch von Besteck, das auf Porzellan traf, war während des Mittagessens zu hören. Keiner der sechs Personen an der vier Meter langen Tafel sagte ein Wort.

Lea beobachtete ihren Vater, der am Ende des Tisches in seinem Rollstuhl saß und unbeholfen den Löffel zum Mund führte. Als das Essen seitlich aus seinem Mundwinkel wieder herauslief, sah sie weg.

Eine Angestellte brachte den Nachtisch, eine Schale mit Tiramisu herein und stellte Kaffee und Tee auf eine kleine Anrichte.

Lea sah in die Runde. Neben ihr saß Victoria, sie hatte als zehnjährige Kinderlähmung bekommen und humpelte am Stock durch die Gegend. Letztes Jahr hatte sie ihrer Mutter die Ohren vollgeheult, ihrer Scheidung zuzustimmen. Scheidung gab es grundsätzlich nicht in dem gottesfürchtigen Haus dieser Familie. Man schloss eine Ehe fürs Leben und die konnte nur Gott selbst trennen, und zwar durch den Tod und nicht anders.

Es wurde ein Priester, ein Freund der Familie zurate gezogen und tagelang darüber debattiert, ob eine Scheidung wirklich notwendig war . Schließlich stimmte man ihr wegen Untragbarkeit zu, allerdings nur der standesamtlichen. Die Ehe vor Gott blieb bestehen.

Ihre Mutter hatte den Mann für Victoria vor zehn Jahren ausgesucht und mit viel Geld sozusagen ‚*eingekauft*'. Ein Mann aus dezentem guten Hause, aber arm. Heute war er ein angesehener Geschäftsmann und hatte im Zentrum von Medellin einige gut gehende Geschäfte. Er war der Familie Rodriguez zwar dankbar, aber wohl nicht so dankbar, um die ekelhaften Tyranneien und Launenhaftigkeiten von Victoria weiterhin zu ertragen. Ihm war der Kragen geplatzt und er hatte die Einundvierzigjährige einen widerlichen, alten Krüppel genannt. Lea konnte es ihm nicht verdenken.

Sie selbst gehörte mit fünfunddreißig in diesem Land auch zum alten Eisen, trotzdem dachte sie nicht daran zu heiraten. Es hatten zwar viele Männer an ihre Tür geklopft und ihr den Hof gemacht, aber der Richtige war noch nicht darunter gewesen. Und solange ihre Eltern lebten, würde sie den Bund der Ehe auch nicht eingehen, weil sie an ein dauerhaftes Glück und Treue in einer Ehe nicht glaubte. Wozu sich also unnötig Probleme aufhalsen.

Maria, ihre andere Schwester mit dem Namen der heiligen Mutter gesegnet hatte äußerlich nichts mit ihr und Rafael gemeinsam. Sie hatte eine Knollennase, kleine, schmale Augen und dünne, braune Haare. Zudem war sie mental zurückgeblieben. Für einen außenstehenden Betrachter sah sie auf den ersten Blick normal aus, aber wenn sie anfing zu sprechen, sich in Sätzen verfing und stotterte, merkte man bald, dass da etwas nicht stimmte. Nach der Grundschule hatten ihre Eltern sie von der Schule genommen und sie zu Hause unterrichten lassen. Aber auch nur, weil es besser aussah und ihre Mutter darauf bestanden hatte. Maria konnte sich nichts merken, vergaß alles wieder nach ein paar Minuten. Somit war der Unterricht auch für die Katz. Sie begleitete ihre Mutter auf Reisen und würde wohl den Großteil der Besitztümer, die von der Familie mütterlicherseits stammten, einmal erben. Die Begründung dafür lautete, dass sie nie einen Mann abkriegen würde, der für sie sorgen könnte. Da half auch kein Geld der Welt, um die schwachsinnige Tochter zu verheiraten.

Ihr Vater hatte zu keinem seiner Kinder einen wirklichen Bezug. Mit den beiden Behinderten redete er nur das Nötigste und seinen drogenabhängigen Sohn Felipe verachtete er und behandelte ihn wie Luft, wenn er wie heute mit am Tisch saß. Lediglich Rafael akzeptierte er voll und ganz. Gelegentlich fragte er Lea wie die Praxis lief. Das Gespräch spielte sich jedoch immer gleich ab. Sie sagte: „Gut." Und er erwiderte: „Das habe ich auch nicht anders erwartet."

Alle stürzten sich auf den Nachtisch. Das war die Gelegenheit, nach dem Schlüssel für den Aktenraum zu suchen. Sie entschuldigte sich und gab vor, auf die Toilette zu gehen, doch stattdessen lief sie direkt in den hinteren Trakt des Hauses.

Das Zimmer ihres Vaters war das letzte von insgesamt sechs Schlafzimmern. Sie ging hinein, öffnete die Schublade und sah sich den Bund an. Alle Schlüssel waren mit Kürzeln beschriftet. SA, *Sala de Actas*? Das könnte der richtige sein, dachte sie, machte den Schlüssel ab und steckte ihn ein. Sie hatte gerade die Schublade zugeschoben, als Maria plötzlich in der Tür stand und sie mit großen Augen ansah.

„W-w-w-a-a-as m-a-ma-ma-chst du da?", stotterte sie. „Ma-ma ... mama!", rief sie. „Lea ..."

„Halt den Mund", fauchte Lea sie an.

„A-a-ber das ist nicht d-dein Zi-Zi-Zimmer."

Lea wusste nicht, was sie sagen sollte. Sie stand vor ihrer bekloppten Schwester wie ein Ölgötze und überlegte fieberhaft wie sie erklären sollte, dass sie in Vaters Zimmer war, obwohl jeder im Haus wusste, dass der Zutritt strengstens untersagt war.

„I-ich mu-muss das Ma-Mama sagen."

Lea packte ihre Schwester am Arm und sagte. „Ein Wort und ich bring dich ins Heim, verstanden?! Und da kannst du dann verrotten."

Maria hasste das Heim. Allein das Wort machte ihr Angst. Warum wusste keiner, aber es war auf jeden Fall ein gutes Druckmittel.

Maria fing an zu heulen. Dämliche Kuh, dachte Lea. Sie würde noch die Aufmerksamkeit der ganzen Familie auf sich ziehen. „O.k., pass auf, ich habe im Auto Schokolade für dich. Importierte Schokolade."

Das Gesicht ihrer Schwester hellte sich auf und die Tränen versiegten augenblicklich.

Lea atmete erleichtert auf. In ein paar Minuten würde Maria eh vergessen haben, dass sie sie hier gesehen hatte. Sie ging mit ihr zum Auto, holte die halb geschmolzene Milka Schokolade aus dem Handschuhfach und drückte sie ihr in die Hand. „Hier lass es dir schmecken."

Maria setzte sich auf die kleine Steinmauer, die die dahinterliegenden Blumenbeete vom Parkplatz abgrenzte und riss gierig das Papier auf. Innerhalb von zwei Sekunden war sie von oben bis unten mit Schokolade vollgeschmiert.

Lea ging zurück ins Esszimmer und setzte sich zufrieden an den Tisch.

Ihr Vater sah inzwischen ähnlich wie Maria aus. Das Tiramisu hatte ihm einen unregelmäßigen Bart rund um den schmalen, eingefallenen Mund gezaubert und ihre Mutter versuchte, den alten Mann sauber zu wischen, während er vor sich hinschimpfte.

Lea beobachtete ihren Vater. Er war mal ein herrischer, tyrannischer Mann gewesen, der nie jemanden um Rat gefragt hatte, der seine Kinder bei jedem Ungehorsam mit dem Gürtel verprügelt hatte, bis sie nicht mehr aufstehen konnten, sodass sie schon bei seinem Anblick in die Hose pinkelten. Dieser Mann saß nun wie ein kleines, hilfloses Kind im Rollstuhl, trug Windeln und seiberte sich voll. Was für eine Ironie.

37.

BERLIN Sam und Juri saßen in einem Konferenzraum des Interkontihotels im dritten Stock zusammen mit Maik Schenker, dem MKLWirsch und Fräulein Beauchamp, die ein iPhone in die Mitte des Tisches platzierte und leise sagte: „Er kann's nicht lassen."
„Das habe ich gehört", dröhnte es aus dem Handy.
„Haben Sie ihre OP gut überstanden, Brenner?", fragte Sam, amüsiert darüber, dass sein Chef sich keine Ruhe zu gönnen schien.
„Nun legen Sie schon los, O'Connor", antwortete Brenner barsch.
An einer Wand waren die Tatortfotos aller drei Morde gepinnt und auf dem Tisch lagen die jeweiligen Autopsieberichte und das Gedicht.
Die Leiche war dieses Mal nicht mit einem Leinentuch zugedeckt gewesen. Sam zog daraus den Schluss, dass diesem Mord etwas sehr Persönliches anhing. Auch sonst hatte er stark den Eindruck, dass es eine Beziehung zwischen Täter und Opfer gegeben hatte.
Im Labor hatte man wie schon erwartet, festgestellt, dass dieses Gedicht ebenfalls mit Blut der Blutgruppe A+ geschrieben worden war, außerdem befanden sich die Fingerabdrücke von Rafael Rodriguez auf dem Zettel, der ihn genau wie Dr. Rewe in die Hand genommen hatte, um zu sehen, was darauf stand und keinen Gedanken daran verschwendet hatte, ob er Spuren hinterlassen könnte.
Sam berichtete über den Tathergang der beiden anderen Morde und dann las Juri das Gedicht laut vor.

Die Zeit gibt das Leben, doch nimmt sie es auch
Es wächst, reift heran und bläht auf den Bauch.
Zum richtigen Zeitpunkt hat es keine Not.
Doch war es zu früh, ergreift es den Tod.
Der Zeiten Gesetz verändert man nicht
Verkürzt und verändert es Leben zerbricht.
Die wimmernden Schatten, die daraus entstehen

Sie irren umher, von keinem gesehen.

Der MKL kratzte sich am Hinterkopf, Maik sah abwechselnd mit fragendem Blick zu Juri und Sam, während Estelle Beauchamp ihre Brille abnahm und sich den Nasenrücken rieb. Sie sah auch ohne Brille ganz reizend aus, stellte Sam fest.

„O.k. unser Täter ist von seinen herkömmlichen Versen abgewichen und hat uns dieses Mal ein vollständiges Gedicht geliefert. Was ist Ihre Meinung dazu?" Sam sah in die Runde von einem zum anderen. Keine Antwort. Alle blickten ihn erwartungsvoll an als wäre er der rettende Anker. „Ich glaube, es geht hier um eine Schwangerschaft, etwas, das in einem Bauch heranwächst, ihn aufbläht. Alles ist gut, solange die Zeit eingehalten wird. Die neun Monate, denke ich mal … *doch war es zu früh, ergreift es den Tod.* Eine Frühgeburt? Denn die Gesetze der Schwangerschaft ändert man nicht. Vielleicht spricht er auch von einer Abtreibung. Genau das, was er im Grunde genommen mit seinem dritten Opfer gemacht hat, bei dem er den Fötus gewaltsam aus dem Mutterleib gerissen hat." Juri und er hatten lange gemeinsam über den Zeilen gesessen und gegrübelt, bis sie zu diesem Ergebnis gekommen waren, das er gerade vorgetragen hatte.

Fräulein Beauchamp nickte Sam anerkennend zu, was Juri mit Genugtuung registrierte.

„Und was sollen die anderen Verse bedeuten?", fragte der MKL.

Auf dem Tisch lagen die drei Verse der ersten Opfer in einer Schutzhülle und ein kaum noch leserlicher blutverschmierter Papierstreifen, den man nach der Obduktion aus der Gebärmutter des letzten Opfers gefischt hatte.

„Diese Teilchen ergeben wiederum ein Gedicht für sich, wobei wir glauben, dass immer noch ein Puzzleteilchen fehlt. Ein Mord zwischen Anna Galanis und Jasmin Rewe. Bisher haben wir nichts finden können, was nicht heißt, dass er nicht begangen worden ist. Ich denke nur, dass Deutschland, Spanien und Frankreich nicht infrage kommen. Die Engländer ermitteln gerne für sich, vielleicht sollten wir dort mal anfragen oder auch in Übersee. Amerika, Südamerika, Afrika oder Asien. Jedenfalls haben wir Folgendes, wenn wir die vier Verse zusammenfügen." Sam gab Juri ein Zeichen und der las laut vor:

Verlassen und leer muss werden der Leib
ob alt, ob jung, ob Mann ob Weib.
Doch wem gilt das Forschen, das Streben der Welt?
Ob Spender, Empfänger, es heilt keine Zeit
Gesunde zu Krüppeln, verstummt ist ihr Schrei
Der Tod als Erlösung, er machte sie frei.
Das Weiß der Götter mit Blut so befleckt
Der Strom des Todes die Erde bedeckt.

„Ich verstehe nur Bahnhof", platzte der MKL hervor. „Was lässt Sie vermuten, dass da noch ein Mord fehlt?"

Juri erklärte es ihm geduldig und erntete weiterhin fragende Blicke. Den MKL hatte er schon von der ersten Minute an auf dem Kieker gehabt. Ein überheblicher, arroganter Sack, dachte er.

Aus dem iPhone war nun ein leises Klackern zu hören. Peter Brenner schien auf irgendetwas herumzutrommeln.

„Es gibt eine Verbindung zwischen den Eltern beziehungsweise Großeltern der Opfer wie bei Anna Galanis. Dazu können wir sagen: Der eine war Hautarzt, der andere Orthopäde. Einem Opfer wurde die Haut abgezogen, dem anderen die Wirbelsäule durchschnitten. Die Großmutter des ersten Opfers hat in Auschwitz ebenfalls ihre Spuren hinterlassen. Trotzdem entging sie dem Prozess und eröffnete später in Heidelberg eine Praxis. Ihrer Enkeltochter wurde lediglich eine tödliche Injektion ins Herz gespritzt genauso wie den anderen beiden Opfern. Eine Tötungsart, die in den KZs häufig angewandt wurde. Dann haben wir hier den Brief eines Arztes, sein Name war Ernst Ritter." Sam reichte den Brief zuerst an Fräulein Beauchamp weiter. „Er hatte diesen Brief angeblich 1960 am Strand von Rio geschrieben, abgeschickt wurde er jedoch aus Israel, genauer gesagt aus Jerusalem.

Dort verliert sich seine Spur, aber wie wir wissen war der israelische Geheimdienst hinter Kriegsverbrechern her, hat ihnen in Jerusalem den Prozess gemacht und sie hingerichtet. Das sind natürlich nur Vermutungen, aber …"

„Bisschen weit hergeholt, meinen Sie nicht?", unterbrach ihn Wirsch. „Sie wollen uns doch wohl nicht erzählen, dass irgendein jüdischer Rächer nach fast siebzig Jahren noch unterwegs ist. Entschuldigen Sie Herr O'Connor, aber bei allem Respekt, so einen Bullshit habe ich schon lange nicht mehr gehört. Die Überlebenden des Holocausts sind heute, wenn sie noch am Leben sind, um die siebzig oder achtzig Jahre alt."

„Halten Sie den Mund, Wirsch." Brenners Stimme klang durch den Lautsprecher äußerst rau und genervt. Doch der MKL ließ sich nicht den Mund verbieten. „Und wo sind die Väter jetzt?"

„Beide verstorben."

„Das macht Sinn." Der MKL schüttelte missbilligend den Kopf.

„Er rächt sich an den Nachkommen", warf Maik ein.

„Ja, sehr dramatisch."

„Ist der Vater von Rafael Rodriguez auch Arzt?", fragte Fräulein Beauchamp dazwischen.

„Das haben wir noch nicht in Erfahrung gebracht", antwortete Sam und sah ihr länger als nötig in die Augen, woraufhin Estelle Beauchamp leicht errötete.

„Alles deutet doch darauf hin, dass er seine Frau selbst umgebracht hat und die anderen wahrscheinlich auch", erwiderte Wirsch. „Er hat kein Alibi und seine Fingerabdrücke sind auf dem Gedicht."

„Er war zum Zeitpunkt des zweiten Mordes nicht in Paris", sagte Sam gereizt. „Eine Tatsache, die allen hier am Tisch Sitzenden bekannt sein sollte."

„Vielleicht hat er einen Komplizen. Ganz klar ist, dass die beiden anderen Tatorte sehr sauber hinterlassen wurden. Sie tragen eindeutig eine andere Handschrift. Der letzte war ja das reinste Gemetzel. Ein bis zur Unkenntlichkeit eingeschlagenes Gesicht, ausgekugelte Arme, aufgeschnittener Unterleib, entrissener Fötus ... Die Wut eines durchgeknallten, vielleicht betrogenen Ehemanns?"

Sam überflog noch einmal den Autopsiebericht. Es fehlte etwas. Eine Pause entstand, in der sich alle gegenseitig ansahen. Jeder hoffte, dass irgendjemand eine plausible Lösung vortrug.

„Denken Sie laut, O'Connor", hörten sie Brenner sagen.

„Hier steht nichts von einer Injektion ins Herz wie bei den anderen beiden Opfern. Das irritiert mich ein wenig."

„Vielleicht hat er es in seinem Blutrausch vergessen", kommentierte Wirsch und suchte bei Maik und Fräulein Beauchamp eine Bestätigung.

„Wir haben die kolumbianischen Behörden bereits über ihren Landsmann verständigt. Mal sehen was die für Informationen über ihn ausspucken", sagte sie und nickte Sam aufmunternd zu.

Alle erhoben sich, als Juri Sam ein Foto reichte, auf dem man den rechten Arm der Toten sehen konnte. Er deutete stumm auf ein kleines Detail.

Sam kniff die Augen leicht zusammen, um besser sehen zu können und dann sah er, was Juri gemeint hatte. Er nickte bestätigend, schob die Fotos zusammen und steckte sie in die Akte.

„Von wegen siebzig und dick", sagte Juri leise und zwinkerte Sam zu. Dann folgte er den anderen nach draußen.

„Sam, ich würde gerne noch einmal mit Ihnen sprechen." Estelle Beauchamp erhob sich und ging auf Sam zu. Sie blieb dichter als notwendig vor ihm stehen. „Ich fahre morgen erst wieder nach Den Haag zurück ... Vielleicht könnten wir heute Abend gemeinsam essen gehen?"

Sam lächelte und nickte als das Handy auf dem Tisch wieder zu sprechen begann. „Fräulein Beauchamp!! Ich möchte nicht Zeuge einer unsittlichen Begegnung werden. Schalten Sie sofort das Ding aus."

38.

KOLUMBIEN Lea huschte über den hell erleuchteten Gang im Untergeschoss des Heimes. Es roch nach abgestandener Luft und vor allem nach Formaldehyd. Aus dem Autopsieraum drang leise Salsamusik an ihr Ohr.

Hier unten wurden die Verstorbenen obduziert und für die Beerdigung, sofern es eine gab, vorbereitet. Ein zusätzlicher Service des Heimes, den schon ihr Vater eingeführt und ihr selbst auch die Möglichkeit gegeben hatte, die eine oder andere Krankheit etwas genauer zu untersuchen.

Lea sah durch die kleine kreisrunde Scheibe oberhalb der Schwingtür.

Oscar, der Leichenpräparator war gerade dabei, einen verstorbenen Aidspatienten zu obduzieren. Plötzlich hielt er inne und sah direkt in ihre Richtung. Er musste bemerkt haben, dass das Licht im Gang angegangen war. Das Licht war an Bewegungsmelder gekoppelt und ging jedes Mal automatisch an, wenn jemand den Gang betrat.

Lea duckte sich schnell, lief zur nächsten Tür und versteckte sich im Türrahmen. Sie hörte wie die Schwingtür aufging und Oscar ein „Hallo" in den Gang rief. Sie wartete einige Minuten, bevor sie wieder aus ihrem Versteck heraustrat. Alles war jetzt ruhig.

Nathalia hatte versprochen dafür zu sorgen, dass sie im Aktenraum ungestört bleiben würde. Sie wollte die Nachtschwester und einen Pfleger in Schach halten bis Lea ihr eine SMS sandte.

Endlich stand sie in dem fensterlosen Kellerraum. Hier drin war es stickig und roch nach altem Papier. Bis zur Decke lagen Akten von Patienten gestapelt, die seit der Gründung des Heimes, hier ein- und ausgegangen waren. Bisher hatte niemand die Zeit gefunden, sie zu katalogisieren, geschweige denn die Daten in den Computer einzugeben.

Mit der Taschenlampe leuchtete Lea jeden Winkel des Raumes ab.

In einer Ecke standen drei neuere verschlossene Aktenschränke. Sie holte die kleinen Schlüssel aus ihrer Hosentasche und öffnete einen nach dem anderen. Zwölf Namen standen auf ihrer Liste. Sie begann mit dem Jungen Alfonso Villegas, den sie auch persönlich gekannt hatte.

Alfonso Villegas war ganz plötzlich an Nierenversagen gestorben. Zwei Monate, nachdem seine Familie nicht mehr für die Medikamente und Behandlungen aufgekommen war und ihn auch nicht mehr im Heim besucht hatte. Der kleine Körper war verbrannt worden. Autopsie: R. Rodriguez, darunter stand seine Unterschrift.

Lea suchte weiter. Die Blumenfrau: Verstorben an Herzversagen. Keine Verwandten. Ebenfalls verbrannt. Autopsie: R. Rodriguez.

Und so ging es weiter. Bis auf zwei Fälle waren alle letztes Jahr Verstorbenen von ihrem Bruder eigenhändig obduziert und anschließend verbrannt worden. Davon sechs, die physisch kerngesund und nur geistig nicht auf der Höhe gewesen waren.

Lea rieb sich über das Gesicht. Warum sollte ihr Bruder diese Patienten getötet haben? Das Heim lebte seit seiner Gründung von großzügigen Spenden. Die Vision ihres Vaters war es gewesen, auch den armen Behinderten die Möglichkeit einer medizinischen Hilfe zu bieten. Er war in den siebziger Jahren in medizinischen Kreisen für seine mildtätige Institution hoch angesehen gewesen.

Irgendetwas musste sie übersehen haben. Aber die Berichte gaben nichts weiter her. Sie würde ihren Bruder zur Rede stellen, sobald er wieder zurück war. Noch einmal sah sie sich im Raum um. Sie konnte nichts weiter Ungewöhnliches entdecken. Schließlich hinterließ sie alles wie sie es vorgefunden hatte und trat auf den Gang hinaus. Wieder ging das Licht automatisch an.

Lea hatte gerade die Hälfte zwischen Aktenraum und Fahrstuhl erreicht, als sie sah, dass die Anzeige des Fahrstuhls leuchtete. Jemand fuhr nach unten. Ihr Herzschlag setzte für einen Moment aus. Wo sollte sie hin? Es war zu spät, um zurückzulaufen und sie war zu weit weg von der letzten Türnische. Es blieb nur der Obduktionsraum.

Oscar stand mit dem Rücken zu ihr und war gerade dabei ein paar Innereien zu wiegen.

Lea schlüpfte hinein und versteckte sich unter einer Bahre. In dem Moment ging die Tür auf und die Nachtschwester sagte: „Kaffeepause, Oscar." Darauf folgte ein Giggeln, ein Schmatzen, irgendetwas zerriss und dann wurde Lea unfreiwillig Zeugin obszöner Worte und dem Geräusch dumpfen Aufeinanderprallens menschlicher Leiber.

39.

BERLIN Sam und Juri waren auf dem Weg zum LKA Schöneberg, wo Rafael Rodriguez weiter vernommen werden sollte. Sam hatte die Augen geschlossen und dachte an die letzte Nacht, in der er nach allen Raffinessen verführt worden war. Estelle hatte einen schönen Körper, sie war weich und fest zugleich gewesen und biegsam wie eine Zirkusakrobatin. Sie hatte aus Sam alles rausgeholt. Bei dem Gedanken musste er wieder lächeln.

Juri arbeitete sich durch den zähflüssigen Frühverkehr. Ihm war Sams auffällige Entspanntheit nicht entgangen. Er wollte gerade anfangen zu sticheln, als ein Anruf die Stille im Wagen störte.

Sam sah auf das Display – unbekannt. Er lehnte sich wieder zurück. Dann nahm er plötzlich doch das Gespräch an.

Frau Rewe stand in Frankreich bei strömendem Regen in einer Telefonzelle und verstand kaum ihr eigenes Wort, geschweige denn das, was Sam ihr sagte. „Ich habe mich wieder erinnert", schrie sie laut in den Hörer. „Sie hatten mir doch dieses ... gezeigt."

Sam sah fragend zu Juri, der auch nur mit den Schultern zuckte.

„Was?"

„Na, das Buch mit dem Engel und dem ..."

Für Sam hörte es sich so an als stünde Frau Rewe inmitten eines Kugelhagels.

„Ich kann Sie kaum verstehen", schrie sie wieder in den Hörer.

Sam hielt das Telefon etwas vom Ohr weg und sagte langsam und deutlich: „Ich habe auch nichts gesagt, Frau Rewe."

„Was?"

Sam hörte sie fluchen, dann war das Gespräch unterbrochen.

Sie parkten den Wagen gerade vor dem LKA, als Sams Handy erneut klingelte. Dieses Mal war die Verbindung ausgezeichnet, weil Frau Rewe von dem kleinen Restaurant ihres Freundes aus telefonierte.

„Mich hat dieses Bild nicht in Ruhe gelassen und mir ist da ein Seminar eingefallen, das ich damals besucht habe. Es ging dabei um esoterische Geheimbünde", begann sie und klang dabei sehr aufgeregt. „Es gab da einen Orden, gegründet von einem Österreicher, so etwa um 1900, dem nur Personen beitreten durften, die blond, blauäugig und eine arioheroische Figur aufwiesen. Für diesen Orden war die arische Rasse das gute Prinzip, Neger und mediterrane Völker, also die dunklen Rassen gehörten zum bösen Prinzip. Es gab für sie nur Gut und Böse, nichts zwischendrin. Sie waren der Meinung, dass zum Beispiel das Böse auf die Erde kam, weil die Lemurier sich mit einer schönen aber minderwertigen Rasse vermischt und deshalb die göttliche Gnade verloren hatten. Und diese Gnade wollten sie zurückhaben. Sie glaubten daran, dass durch eine Rassentrennung die verkümmerten Fähigkeiten der Gottmenschen wieder hergestellt werden können. Das bedeutete, dass man mit Unterprivilegierten hart umzugehen hatte. Sie sollten versklavt, verbrannt oder für ihre Zwecke benutzt werden … na ja, auf jeden Fall wollte dieser Orden durch eine arische Elite das Universum retten und dafür gingen sie über Leichen und Länder. Die Anhänger des Ordens sollten nämlich überall auf der Welt solche ariochristlichen Zentren gründen und das Wappen sollte ihr Zeichen sein. Das Wappen mit dem Engel und dem Faun, dem Guten und dem Bösen. So, Ende meiner Geschichtsstunde. Was sagen Sie?"

Sam war überrascht und verwirrt zugleich. „Nun, was soll ich sagen … gute Arbeit. Sie sind eingestellt."

Frau Rewes Lachen am anderen Ende der Leitung konnte sogar Juri hören.

„Diese Informationen muss ich jetzt erst einmal verstehen und sacken lassen."

„Tun Sie das, und wenn Sie noch fragen haben, rufen Sie mich an."

Sam bedankte sich bei der Frau, die ihnen für die Ermittlungen einen entscheidenden Hinweis gegeben hatte und legte auf. „Hast du schon mal was von einer arischen Elite gehört, die das Universum retten wollte?"

„Ich glaube ich lasse mich demnächst nach Russland versetzen. Du kommst mir immer mit zu schrägen Typen daher. Du willst mir jetzt nicht erzählen, dass unser Mörder so ein Bekloppter ist, oder?"

„Die Opfer waren bis auf das letzte blond. Es geht hier also nicht um eine Rassengeschichte, aber anscheinend war zumindest der alte Steiner Mitglied eines solchen Ordens, sonst wäre er ja nicht im Besitz dieses Buches gewesen." Sam strich sich seufzend über die Stirn und sagte leicht verzweifelt: „Ich glaube ich werde langsam wahnsinnig."

„Na, vielleicht sitzt die Lösung ja da drin." Juri zeigte mit dem Finger auf das Polizeigebäude vor sich. „Zerlegen wir ihn wie einen Frosch."

„Man merkt doch manchmal, dass dir die Schulzeit noch tief in den Knochen sitzt, Kleiner."

40.

Rafael Rodriguez saß in einem Verhörzimmer und hatte sich bereits bei einem Vorgesetzten über die äußerst fragwürdige und schlechte Behandlung beschwert, die einem Besucher wie ihm in diesem Land zuteilgeworden war. Zumal er Opfer nicht Täter war.

Sam und Juri lauschten noch ein paar Sekunden an der Tür und schnappten dabei Worte wie Nazideutschland und Ausländerhasser auf, bevor sie das Zimmer betraten. Eine alte Leier, die viele ausländische Kriminelle zu ihrer Verteidigung vorbrachten.

Auf jeden Fall hatte sich Rafaels gestriges lethargisches Verhalten in rasenden Zorn verwandelt.

Der junge Beamte, der lediglich auf Señor Rodriguez aufpassen sollte, damit er nicht das Weite suchte oder sich etwas antat, starrte stur an die Wand neben der Tür und vermied jeglichen Blickkontakt mit dem äußerst aggressiven und beängstigenden Kolumbianer.

Als Sam und Juri den Raum betraten, sah er regelrecht erleichtert aus.

„In meinem Land werden Ausländer freundlich behandelt."

„Setzen Sie sich, Señor Rodriguez. Es wird sich sicherlich gleich alles als großes Missverständnis herausstellen", sagte Sam in ironischem Unterton, setzte sich dem Mann gegenüber und öffnete die Akte. Er ließ sich viel Zeit dabei. Sah sie noch einmal durch und plötzlich fuhr ihm der Schreck durch alle Glieder. Er machte einen zweiten Stapel und legte jedes einzelne Blatt darauf. Es war weg!

„Man hat mir Blut abgenommen. Warum nimmt man mir Blut ab?

„Seien Sie endlich ruhig", sagte Sam barsch und gab Juri ein Zeichen, ihm nach draußen zu folgen. „Wo ist das Foto?"

„Welches Foto meinst du?"

„Na, das eine, das uns Frau Rewe mitgegeben hat."

„Sie müssen beide in der Akte sein."

„Da ist nur das eine. Ich brauche das, auf dem alle drauf gewesen sind."

Juri nahm Sam die Akte aus der Hand und ging die Blätter noch einmal eigenhändig durch. Aber auch dieses Mal tauchte das Foto nicht auf. „Das gibt's doch nicht. Sie waren beide hier drin", sagte er deprimiert.

„Hattest du es nicht in der Tasche, als wir bei Frau Thiel waren?"

Sam dachte angestrengt nach. Er konnte sich erinnern, dass er das Foto in seine Jackentasche gesteckt hatte. Er ging zurück ins Zimmer und nahm sie von der Garderobe. Als er jedoch in die Innentasche griff, war diese leer. Nach dem Besuch bei Frau Thiel war er direkt zum Flughafen gefahren, und dann nach Malaga geflogen. Bei der Kontrolle am Flughafen hatte er die Jacke ausgezogen und anschließend über den Arm gehängt. Das Foto muss dabei herausgefallen sein. Sam fluchte laut vor sich hin und hieb mit der flachen Hand gegen die Wand. „Okay, ruf Frau Thiel an. Vielleicht hat sie noch ein Foto von ihrem Vater", sagte er zu Juri.

Doris Thiel hatte gesagt, dass ihr Vater als Gynäkologe in Argentinien gearbeitet hatte und dem letzten Opfer war die Gebärmutter rausgerissen worden. Bestand dort vielleicht ein Zusammenhang? Herausfinden konnten sie das nur, wenn sie Rafael Rodriguez ein Foto vorlegen konnten.

Sam versuchte, gelassen in den Raum zurückzugehen. „Also, Señor Rodriguez, es gibt da ein paar Ungereimtheiten", begann er. „Sie sagten, Ihre Frau hätte nur einen Ring am Finger getragen."

Rafael Rodriguez nickte bestätigend. Als Sam ihm jedoch erklärte, dass seine Frau aber zusätzlich noch ein paar Diamantohrringe trug und eine Choparduhr umhatte, und zwar dieselbe, die man der Toten in Paris abgenommen hatte, sah Rafael so aus, als wäre er der deutschen Sprache nicht mehr mächtig.

„Das kann nicht sein", sagte er verwirrt. „Sie müssen sich irren."

„Wir haben die Seriennummer überprüft. Es gibt keinen Zweifel."

Rafael Rodriguez erfasste zunächst nicht die Bedeutung dieser

Worte, dann lief sein Gesicht rot an. „Also, Sie denken dass ich …?! Ich will sofort einen Anwalt haben!"

Sam ignorierte Rafaels Wunsch und fragte ihn stattdessen über seine Eltern aus. Schließlich stellte er die entscheidende Frage: „Ist Ihr Vater Arzt?"

„Ja. Beziehungsweise war Arzt. Er übt seinen Beruf nicht mehr aus," sagte Rafael, als Juri durch die Tür schlüpfte und Sam mit einem Kopfschütteln zu verstehen gab, dass der Anruf bei Frau Thiel nicht erfolgreich gewesen war.

„Was für ein Arzt?"

„Allgemeinarzt", antwortet Rafael.

Eine enttäuschende Antwort für Sam, der gerne etwas anderes gehört hätte. „Kein Gynäkologe?"

„Wie ich bereits sagte, Allgemeinarzt. Ich lebe nicht im Busch. In Kolumbien studiert man genau wie überall auf der Welt und praktiziert das, was man gelernt hat und nichts anderes."

Sam war plötzlich mulmig zumute, schwarze Flecken tanzten vor seinen Augen. Er gab seinem Partner ein Zeichen weiterzumachen, setzte sich auf einen Stuhl in der Ecke und hörte Juri bei der weiteren Befragung aufmerksam zu.

„Sie haben gesagt, dass Sie Gedichtbände sammeln. Vielleicht können Sie uns sagen, von wem dieses hier geschrieben wurde." Juri legte die zusammengelegten Verse gut lesbar vor Rafael auf den Tisch.

Während der Kolumbianer Zeile für Zeile las, folgte Sam der Bewegung seiner Augen, aber er konnte keine verräterischen Anzeichen erkennen. Als Rafael fertig war, sagte er bestimmt: „Tut mir leid, den Dichter kenne ich nicht."

„Sie haben die Gedichte also nicht selbst geschrieben?"

Ein sarkastisches Lachen erfüllte den Raum. „Ich wäre froh, wenn ich so schreiben könnte", erwiderte Rafael.

„Wir haben bei jedem Opfer ein Verslein gefunden, nur bei Ihrer Frau hat man sich mehr Mühe gegeben. Sie war es wert, noch ein ganzes Gedicht hinzuzufügen. Warum meinen Sie, ist das so?"

Rafael zuckte mit den Schultern und sah unsicher zur Seite. Sam registrierte diesen Blick. Er hatte das Gefühl, dass Rafael sich gerade an etwas Bestimmtes erinnerte. Er stand auf, öffnete die Fenster und ließ frische, kalte Luft ins Zimmer.

„Ach, und da ist noch etwas. Die rote Farbe, mit der man die Gedichte geschrieben hat, ist Blut", erklärte Juri und machte absichtlich eine längere Pause, bis er zum Endhieb ansetzte. „Ihr Blut, Señor Rodriguez."

Rafael musterte Juri und verzog keine Miene. Die Sekunden dehnten sich ins Unendliche. Er sah zu Sam, der mit verschränkten Armen am Fenster stand, dann wieder zu Juri. Sein Mund ging auf und zu, suchte verzweifelt nach Worten. „Wie kann das sein?", brachte er schließlich hervor.

„Genau das wollen wir von Ihnen hören."

„Nun, keine Idee?", fragte Sam und sah Rafael abschätzend an.

„Na ja, mir wird wohl kaum ein Vampir in der Nacht Blut ausgesaugt und anschließend damit die Gedichte geschrieben haben."

„Das Märchen würde ich Ihnen auch nicht abkaufen", entgegnete Sam ruhig und wartete auf eine glaubwürdigere Erklärung. Als keine kam, sagte er: „Na schön, dann überlegen wir doch gemeinsam wie Ihr Blut aufs Papier gekommen ist. Sie sind seit zwei Wochen in Europa. Haben Sie sich irgendwo verletzt? Waren Sie im Krankenhaus? Hat man Ihnen irgendwo Blut abgenommen?"

„Nein, nichts von alledem. Ich habe vor zwei Monaten einen Totalcheck in Medellin gemacht. Das mache ich jedes Jahr. Dabei hat man mir das letzte Mal Blut abgenommen."

Sie hatten die Bordkarten und die Hotels überprüft. Rafael Rodriguez war beim zweiten Mord an Katarin Gromowa definitiv nicht in Paris gewesen. Bei Frau Rewe hatte man ein dunkelblondes Haar gefunden, aber auch das stammte nicht von Rafael Rodriguez und seine Fingerabdrücke waren an keinem Tatort gefunden worden.

Anstatt endlich einer Lösung des Falls entgegenzusehen wie sie erhofft hatten, wurde das Ganze immer verzwickter und mysteriöser.

Der einzige Zeuge, der ihn hätte wiedererkennen können, war tot. Harry Steiner. Doch seine Beschreibung stimmte ebenfalls nicht ganz mit der äußeren Gestalt von Rafael überein. Steiner hatte den Mann auf einen Meter fünfundsiebzig geschätzt, Rafael war aber über einen Meter achtzig. Hatte sich der Arzt tatsächlich um etwa acht Zentimeter verschätzt?

Kopfzerbrechen machte Sam auch das Blut. Hatte jemand das Blut in der Klinik gestohlen, in der Rafael sich hatte untersuchen lassen und damit die Gedichte geschrieben? Naheliegend war eher, dass sich Rafael selbst das Blut abgezapft und damit die Zeilen geschrieben hatte.

Es klopfte an der Tür. Maik Schenker streckte seinen Kopf hinein und winkte Sam hinaus. Die Pause kam ihm mehr als gelegen.

„Erst die gute oder erst die schlechte Nachricht?", fragte Maik.

„Immer zuerst die schlechte", entgegnete Sam.

„Sein BlackBerry hat nichts hergegeben. Alles leer. Keine E-Mails, keine Telefonnummern. Scheinbar gerade erst gekauft. Okay, und jetzt die Gute. Wir haben das Kaffeekränzchen überprüft, das Rafael Rodriguez gegen drei Uhr in der Cafeteria im Hotel abgehalten hatte. Zwei Zeugen bestätigen, dass er sich dort mit einer Frau getroffen hat. Nach der Beschreibung war sie groß, blond, schlank und ziemlich gutaussehend. Sie haben in einer Ecke gesessen und leise miteinander gesprochen, als wollten sie nicht, dass jemand ein Wort aufschnappt. Dann haben sie bezahlt und haben gemeinsam das Hotel verlassen."

„Kann man herausfinden, wer die Frau war?"

„Das haben wir schon." Maik lächelte verschmitzt. „Sie heißt Judith Weinmann. Die Rechnung aus der Cafeteria hat sie aufs Zimmer gehen lassen."

„Und wo ist sie jetzt?"

„Sie hat nur bis heute einschließlich gebucht. Sollen wir sie aufs Revier bringen lassen?"

„Warten Sie hier. Ich sag Ihnen gleich Bescheid."

Sam bat um eine Karaffe Wasser und betrat wieder das Verhörzimmer.

Rafael Rodriguez sah müde und geschafft aus. Er war sich so oft durch die Haare gefahren, wohl aus Verzweiflung, dass sie in alle Himmelsrichtungen abstanden.

„Sie hatten uns gesagt, dass Sie einen Kaffee trinken waren, während man Ihre Frau getötet hat."

„Ja, das sagte ich."

„Allein?"

„Ja. Allein."

Dass der Kolumbianer ohne rot zu werden, lügen konnte und ihm dabei noch fest in die Augen sah, fand Sam sehr beeindruckend.

Sam stand auf, ging zur Tür und sagte etwas in den Gang hinaus. Dann setzte er sich wieder und lächelte Rafael freundlich an.

41.

KOLUMBIEN   Lea war in der Nacht mehrmals aufgewacht. Sie schlief sonst wie eine Tote, träumte so gut wie nie und wenn, dann hatte sie den Inhalt schon vergessen, bevor sie die Augen öffnete. Doch dieses Mal konnte sie sich sehr genau an die Bilder aus ihrem Traum erinnern. Sie hatte von dem kleinen Jungen Alfonso Villegas geträumt.

Er stand am Ende eines langen, dunklen Ganges. Und obwohl sie ihn nicht erkennen konnte, wusste sie, dass er es war. Er machte ihr ein Zeichen ihm zu folgen, aber ihre Füße waren plötzlich bleischwer und unsichtbare Arme umschlossen sie mit eisernem Griff, hielten sie davon ab, sich von der Stelle zu bewegen. Ein Mann tauchte plötzlich aus dem Nichts auf. Sein Gesicht war nur schemenhaft zu sehen, aber es schien keine Gefahr von ihm auszugehen. Sie spürte, dass er ihr nur helfen wollte. Als sie versuchte, ihm ihre Situation zu erklären, stellte sie zu ihrem Entsetzen fest, dass ihr Mund zugenäht war, genau so wie sie es bei den Toten machten, wenn sie sie für die letzten Stunden unter den Lebenden präparierten. Sie konnte sogar den dicken Faden im Mund spüren, der durch ihr Zahnfleisch ging. Der Mann drehte sich auf einmal um und ging weg, ließ sie hier allein im Dunkeln. Und dann sah sie helles, weißes Licht aus dem Raum kommen. Es beleuchtete den ganzen Gang. Plötzlich konnte sie sich wieder bewegen. Sie fing an zu rennen, aber als sie endlich den Raum erreichte, war der kleine Junge verschwunden. Dann war sie aufgewacht.

Lea versuchte, in dem Traum eine tiefere Bedeutung zu sehen. Natürlich war er nur eine Reflexion ihrer Gedanken und Handlungen in den letzten Tagen, vielleicht sogar ihres schlechten Gewissens, immerhin schnüffelte sie hinter ihrem Bruder her.

Sie ging ins Bad und drehte das Wasser auf. Es war eiskalt. Ihr fiel ein, dass sie vergessen hatte, Gas zu bestellen, somit hatte der Boiler das Wasser über Nacht nicht erhitzen können und sie hasste nichts mehr, als morgens noch halb verschlafen kalt zu duschen. Nach einer Katzendusche stand sie, eingewickelt in ein Handtuch, mit Gänsehaut vor dem Spiegel.

Der Raum war ihr irgendwie bekannt vorgekommen. Sie überlegte. Der Aktenraum im Heim vielleicht? Sie hatte die Schlüssel noch nicht wieder zurück an ihren Platz gelegt.

Ihrem Vater würde es eh nicht auffallen und Rafael wurde erst in einer Woche zurückerwartet.

Sie schlüpfte in eine Jeans, zog sich eine weiße Bluse an und fuhr ohne zu frühstücken in ihre Praxis in die *Clínica Medellin,* wo bereits drei Patienten auf sie warteten.

Am Mittag verließ sie die Praxis früher als sonst, und anstatt zu ihren Eltern zum Mittagessen zu fahren, fuhr sie beinahe wie ferngesteuert ins Behindertenheim.

Musik und metallische Geräusche drangen aus der Pathologie an ihr Ohr, als Lea zum zweiten Mal die Tür zum Aktenraum aufschloss. Irgendetwas störte das Bild hier drin, fand Lea, und sah sich erneut um. Regale, Regale, graue Aktenschränke, und dann stand da in der Mitte dieser alte Holzschrank, der irgendwie hier nicht reinpasste. Wahrscheinlich noch ein Überbleibsel aus den alten Zeiten.

Lea schalt sich eine dumme Gans. Nur weil die alte Aleida auf dem Sterbebett von einem schrecklichen Geheimnis gesprochen hatte, sah sie in jedem Raum Gespenster, interpretierte etwas in einen Traum hinein, das wahrscheinlich jeglicher Realität entbehrte. Ein schreckliches Geheimnis konnte so vieles bedeuten, gerade für Katholiken.

Sie hörte plötzlich Schritte auf dem Gang näher kommen. Sie sah sich um. Wo sollte sie sich verstecken? Panik kam in ihr hoch. Hier gab es kein Versteck, außer das hinter der Tür. Bleib ruhig, ermahnte sie sich. Du brauchst dich überhaupt nicht zu verstecken. Du bist die Schwester des Chefs. Doch ihre eigenen Worte klangen in diesem Moment nicht gerade überzeugend. Die Schritte machten vor der Tür halt, ein Schlüsselbund klimperte. Ein Schlüssel wurde in das Schloss

gesteckt. Ein kurzes Zögern, dann ging die Tür langsam auf.
Lea hielt den Atem an.

42.

BERLIN Judith Weinmann war gerade dabei aus dem Hotel auszuchecken, als ein junger Mann neben sie trat, seinen Ausweis vorzeigte und sie bat, mit ihm zu kommen. Sie versuchte eine gelassene Miene aufzusetzen, obwohl in ihrem Innern genau das Gegenteil der Fall war. War irgendetwas schief gegangen? Sie waren wohl nicht vorsichtig genug gewesen. Sie versuchte sich zu beruhigen, versuchte sich an die Abmachungen im Ernstfall zu erinnern. Sie hatte alles auswendig gelernt und spulte die Sätze in ihrem Gedächtnis ab. Ja, sie hatte alles behalten, glaubte sie zumindest.

Der junge Polizist gab während der Fahrt kein einziges Wort von sich, nur das Funkgerät knisterte ab und zu und gab eine Meldung in Codewörtern von sich, die ein Normalsterblicher nicht verstand. Endlich hielten sie vor einem großen, grauen Gebäude.

„Kommen Sie herein", sagte ein gutaussehender Mann zu ihr und stellte sich als Sam O´Connor vor.

Judith betrat den Raum. Dann trafen sich ihre Blicke. Rafael Rodriguez saß auf einem Stuhl. Er sah müde aus. Jetzt hieß es, das Band in ihrem Kopf abspielen zu lassen.

„Okay. Sagen Sie immer noch, dass Sie alleine Kaffee trinken waren?"

Rafael ließ die Finger knacken und sah Sam wütend an. „Das ist doch unglaublich. Sie spionieren mir nach? Ich wollte …"

Sam hob die Hand, unterbrach Rafael mitten im Satz und gab Juri ein stummes Zeichen. Daraufhin führte Juri Judith Weinmann wieder aus dem Raum und schloss die Tür hinter sich.

„So nun hoffe ich für Sie, dass sich Ihre beiden Geschichten decken. Wer ist die Frau und warum haben Sie sich mit ihr in der Cafeteria getroffen?"

Rafael kniff den Mund zusammen wie ein trotziges Kind.

„Na, was ist?"

„Wir haben uns zufällig getroffen. Sie ist eine alte Bekannte."

„Ärztin?"

„Ja."

„Wo kommt sie her?"

„Aus Israel. Wir haben uns vor Jahren mal hier in Berlin auf einem Kongress getroffen."

Israel. Zum zweiten Mal in kurzer Zeit stolperte er über dieses Land. Erst der Brief von Ernst Ritter, jetzt diese Frau. Doch dazwischen lagen fünfzig Jahre. Eine Verbindung war also wirklich sehr zweifelhaft.

„Was macht sie hier in Berlin?", fragte Sam weiter.

„Ich denke sie ist wegen des Kongresses hier."

„Dann frage ich mich, warum sie gerade auschecken wollte. Der Kongress beginnt doch erst übermorgen, oder nicht?"

„Fragen Sie sie doch selbst."

„Worüber haben Sie sich unterhalten?"

„Über Gott und die Welt. Nichts Besonderes."

„Bitte etwas genauer. Was heißt für sie Gott und die Welt?", insistierte Sam und beobachtete Rafael, der bei der letzten Frage nervös geworden war. Sam konnte regelrecht den Adrenalinspiegel in den Adern seines Gegenübers steigen sehen.

„Belangloses eben. Ich habe ihr von meiner Reise erzählt. Venedig, Florenz, meiner Arbeit in Medellin."

Sam glaubte dem Mann kein Wort. Sie hatten sich nicht zufällig getroffen, sondern waren verabredet gewesen. Dafür gab es zwei Zeugen. Dann hatten sie leise geredet. Das machte niemand, der sich zufällig trifft. Was hatten die beiden also für ein Geheimnis?

Sein Handy brummte auf dem Tisch und Sam nahm das Gespräch an. Die Informationen, die er nun bekam, waren mehr als überraschend und würden Rafael Rodriguez wohl endgültig in die Knie zwingen.

Juri hatte in der Zwischenzeit in einem anderen Raum Judith

Weinmann interviewt. Es waren die gleichen Fragen, die bei Sam auf einem Zettel standen und die Antworten der beiden waren fast deckungsgleich. Genau wie Sam, konnte auch Juri das Gefühl nicht abschütteln, dass da irgendetwas faul war, nur beweisen konnten sie den beiden nichts. Sie ließen Frau Weinmann gehen und Rafael Rodriguez wurde wie ein unbekannter Krankheitserreger unter dem Mikroskop weiterhin beleuchtet.

„Wir haben gerade erfahren, dass Leila nicht Ihre erste Frau war, die auf unnatürliche Weise umgekommen ist. Warum erzählen Sie uns nicht mehr darüber, Señor Rodriguez?!", fuhr Sam fort und war mehr als gespannt auf die Erklärung, die der Mann ihnen nun liefern würde.

Rafael Rodriguez stieß einen lauten Seufzer aus, dann verbarg er sein Gesicht in seinen Händen. Es war ein stummes Weinen, das sich nur durch das Beben seiner Schultern bemerkbar machte.

Er war nicht der erste Täter, den Sam vor einem Geständnis zusammenbrechen sah. Er wartete geduldig, bis der Mann sich wieder im Griff hatte und malte in der Zeit, wie so oft, Kreise zwischen seine Notizen.

Es dauerte eine ganze Weile, bis Rafael Rodriguez wieder seinen Kopf hob. Mit seinem Handrücken wischte er über sein tränennasses Gesicht und begann zu erzählen.

43.

KOLUMBIEN Auch als die Schritte längst verhallt waren, blieb Lea noch wie angenagelt an dem Schrank stehen. Jetzt, da sie sich langsam von dem plötzlich auftauchenden Besucher im Aktenraum erholte, fing sie an, am ganzen Körper zu zittern. Sie konnte kaum glauben, dass man sie nicht entdeckt hatte. Nachdem ihr Atem wieder ruhiger geworden war, trat sie einen Schritt zur Seite und inspizierte den Schrank etwas genauer. Irgendetwas hatte ihre Aufmerksamkeit geweckt. Und nun sah sie es: Der Schrank aus massivem Holz schwebte etwa einen Zentimeter in der Luft. Sie betrachtete ihn von hinten. Scharniere auf der einen Seite?

Sie stellte sich auf die andere Seite und zog daran. Erst schien er sich gar nicht bewegen zu wollen, dann gab er knarrend wie ein alter Baum nach und schwang schwer zur Seite. Vor ihr hatte sich eine schwarze Höhle aufgetan.

Lea tastete die seitliche Steinmauer nach einem Lichtschalter ab, stattdessen fand sie eine Schnur, die als Ersatz diente. Im schummrigen Licht einer Fünfundzwanzig-Watt-Birne konnte sie vor sich schließlich einen dunklen, gewölbeartigen Gang ausmachen. Ihr Herz fing an, wild in ihrer Brust zu klopfen. Sie zog den Schrank hinter sich zu und setzte langsam einen Fuß vor den anderen als würde sie sich auf Eis bewegen. Nach unendlichen Sekunden erreichte sie eine Tür. Sie war verschlossen.

Tastend suchte sie den Rahmen, den Boden und die umliegenden Steine nach einem Schlüssel ab, fand aber keinen. Was verbarg sich hinter der Tür? War sie endlich auf das furchtbare Geheimnis gestoßen, von dem Aleida gesprochen hatte? Doch Aleida war nie hier im Heim gewesen, sie hätte davon nichts wissen können. Außer ... sie hatte mal in jungen Jahren hier gearbeitet, bevor Lea geboren worden war. Aber auch Rafael hätte dann damit nichts zu tun. Er war damals noch ein

Kind gewesen.

Lea ging in die Hocke, lehnte sich an die feuchten Steine und nahm den Geruch der Erde auf. Eine Spinne hatte ihr Netz in der Ecke über der Tür gespannt und wartete geduldig auf ein Opfer. Sie musste zugeben, sie taugte nicht viel als Detektivin.

Die Bilder des Traumes wurden wieder lebendig. Das Licht aus dem Aktenraum. Der Junge, der plötzlich verschwunden war. War er hierher gebracht worden? Aber wozu? Sie erinnerte sich wieder an das, was Nathalia ihr erzählt hatte. Rafael war früh morgens um vier hier unten gewesen. Was hatte sie noch gesagt? Er war aus dem Aktenraum gekommen. Lea überzog eine Gänsehaut.

Ihr Bruder hatte immer in die Forschung gehen wollen. Konnte es sein, dass er hier unten still und heimlich irgendwelche Experimente machte. Vielleicht sogar an Menschen? Menschen, nach denen niemand mehr fragte, wie Alfonso Villegas und die Blumenfrau. Nein, sagte sie sich, nicht Rafael mit seinem engelsgleichen Aussehen. Er war derjenige, der den Armen der Stadt half, der zu Weihnachten mit ihrer Mutter in die Heime fuhr und den Kindern Geschenke brachte, der Behinderte aufnahm, auch wenn die Kosten für die Pflege von den Angehörigen nicht gedeckt wurden. Nein, nicht ihr Bruder.

Dann kam ihr ein anderer Gedanke in den Sinn. Ihr Vater. Er hatte dieses Heim erbauen lassen. War er für diesen Trakt verantwortlich? Ja, so musste es sein. Wahrscheinlich wusste Rafael gar nichts davon. Doch dann sah sie Fußspuren in der Erde. Fußspuren, die unmöglich fünfzehn Jahre alt sein konnten, denn so lange war ihr Vater bereits an den Rollstuhl gefesselt und hatte seitdem das Heim nicht mehr betreten.

44.

BERLIN „Es fing an, als ich zwanzig war", begann Rafael. „Sie hieß Maya, war bildhübsch, intelligent und ich war total verknallt." Die kurze Erinnerung entlockte Rafael ein kleines Lächeln. „Sie wollte auch in die Forschung gehen wie ich und hatte gerade einen Studienplatz bekommen. Alles war perfekt mit ihr. Wir verstanden uns ohne Worte. An einem Freitag wollte sie auf die Finka zu ihren Eltern nach Santa Rosa fahren. Sie meinte, sie hätte eine Überraschung für mich, die sie mir aber erst am Abend sagen wolle, nachdem sie mit ihren Eltern gesprochen hatte. Von der Finka kam sie nie wieder zurück. Sie war dort nie angekommen. Monatelang suchte ich nach ihr, ließ Sammelgräber von den Paramilitärs öffnen, wandte mich sogar an Leute der Guerilla, damit sie mir halfen. Nichts. Sie war wie vom Erdboden verschluckt. Gut, in der Zeit verschwanden viele Menschen in Kolumbien und tauchten nie wieder auf, und bis heute suchen Familien noch nach ihren Angehörigen. Ich dachte, ich hätte einfach nur Pech gehabt."

Rafael machte eine Pause und nippte an seinem Becher Kaffee, der schon längst kalt war. Er verzog angeekelt das Gesicht und setzte seine Geschichte fort: „Natürlich hatte ich die darauf folgenden Jahre immer mal hier und da Liebschaften, allerdings nur von kurzer Dauer. Längstenfalls ein Jahr. Es war keine dabei, die mein Herz ganz für sich gewinnen konnte. Und dann traf ich irgendwann auf Sofia. Sie hatte das schönste Lächeln, das ich je gesehen habe und eine verblüffende Ähnlichkeit mit Maya. Olivfarbene, ebenmäßige Haut, lange, schwarze Haare und haselnussbraune Augen. Sie war zwar vom Wesen anders, oft stur und uneinsichtig, trotzdem verliebte ich mich sofort in sie."

Bis auf die Augenfarbe hatte Rafael eine genaue Beschreibung von Lina abgegeben, fand Sam und lauschte gespannt dem weiteren Verlauf der Geschichte.

„Ich dachte es wäre ein Zeichen. Nach nur drei Monaten wurde sie schwanger und wir machten sofort Heiratspläne. Sie wollte eine große Hochzeitsfeier haben, die etwas Zeit in Anspruch nahm. Aber nach drei Monaten war es so weit, wir heirateten und zogen sofort zusammen. Kurz danach passierte es, ich erinnere mich noch genau an den Abend. Wir hatten Karten für ein Konzert und wollten vorher noch etwas essen gehen. Ich hatte mein Handy zu Hause gelassen und war nicht erreichbar, deshalb wartete ich zwei Stunden an der Stelle, wo wir uns verabredet hatten. Man fand ihre Leiche ausgeweidet am Straßenrand. Den Fötus hatte man tot danebengelegt." Er ließ seine Worte eine Weile wirken.

Juri und Sam tauschten einen Blick aus. War es Zufall, dass auch bei dieser Frau der Fötus herausgeschnitten worden war?

„Ich hatte das Gefühl, verrückt zu werden. Ich schwor mir selbst, mich nie wieder zu verlieben, doch wie das Leben so spielt ...", Rafael lächelte gequält. „...lief mir ein paar Jahre darauf Clara über den Weg. Ich wagte es noch einmal, wollte aber nicht den gleichen Fehler wie das letzte Mal machen. Ich verheimlichte vor jedem meine neue Beziehung, denn ich wollte das Schicksal nicht mehr herausfordern. Ich dachte, wenn keiner etwas wüsste, könnte auch nichts passieren. Ich wohnte inzwischen wieder bei meinen Eltern. Und Aleida, unsere Hausangestellte, fand eines Tages ein Foto von Clara in meiner Hosentasche als sie die Wäsche machte. Ich weihte sie ein und sie versprach mir hoch und heilig, mein Geheimnis für sich zu behalten. Zwei Jahre war ich mit Clara zusammen, bevor sie schwanger wurde. Ich dachte, nach zwei Jahren hätte ich das Schicksal überlistet. Ich stellte sie meinen Eltern vor und wir heirateten. Dieses Mal ohne großes Aufhebens, in einem kleinem Kreis. Tja, und sie können es mir glauben oder nicht, aber eines Morgens lag sie tot neben mir. Ich war von der Nässe im Bett wach geworden. Überall war Blut. Wir waren am Abend zuvor aus gewesen und ich konnte mich nicht mal mehr erinnern, wie ich nach Hause gekommen war. Ich wurde verhaftet. Meine Familie hat gute Beziehungen und so kam ich schnell wieder frei. Ich schwöre Ihnen, ich habe keiner meiner Frauen nie auch nur ein Haar gekrümmt, geschweige denn sie umgebracht. Es ist wie ein Fluch. Leila habe ich absichtlich heimlich und in aller Stille geheiratet. Meine Familie weiß bis jetzt nichts von ihr. Verstehen Sie, niemand wusste etwas von ihr oder der Schwangerschaft, bis auf …",

Rafael kratzte sich unsicher am Hals, schüttelte leicht den Kopf als wäre das, was er gerade dachte völlig abwegig. Dann sagte er leise: „… bis auf Aleida."

Juri hatte gebannt der Geschichte gelauscht, während Sam Rafaels Gestik und Mimik genau beobachtete. Er konnte nicht sagen, dass er ihm nicht glaubte. Die Geschichte war glatt und der Mann vor ihm wirkte so unschuldig wie ein Neugeborenes.

Drei tote Frauen und eine, die nie wieder aufgetaucht war. Wenn Sam richtig gerechnet hatte, lagen dazwischen siebenundzwanzig Jahre. „Gibt es sonst noch Todesfälle, beziehungsweise ungeklärte Morde rund um Ihre Familie?", fragte er.

Rafael verneinte kopfschüttelnd.

„Wer ist Aleida?"

„Unsere Hausangestellte seit vierzig Jahren. Sie betet täglich für uns und liebt uns alle wie ihre eigenen Kinder."

Sam war hin- und hergerissen. Seine innere Stimme sagte ihm, dass der Mann die Wahrheit sprach, aber konnte er seinen Instinkten zurzeit trauen? Vielleicht hatte Rafael Rodriguez seine eigene Geschichte über die Jahre hinweg so internalisiert, dass er sich selbst und andere davon überzeugt hatte, unschuldig zu sein. Solche Psychopathen bestanden auch einen Lügendetektortest.

Zwischen den Zeilen hatte Sam herausgehört, dass Rafael Rodriguez' Familie so einflussreich sein musste, dass ihm deshalb nicht der Prozess gemacht worden war. Er gab Juri ein Zeichen und sie gingen nach draußen. „Was meinst du, Juri? Daumen hoch oder runter?"

Juri stieß einen lauten und gequälten Seufzer aus. „Ich weiß es nicht, keine Ahnung. Ich meine, warum sollte jemand den Mann siebenundzwanzig Jahre lang quälen und seine Frauen töten. Hört sich nach einem schlechten Horrorfilm an."

„Siebenundzwanzig Jahre. Das würde bedeuten, unser Mörder wäre um die fünfzig. Wir suchen aber einen jungen Mann, zumindest nach der Beschreibung von Harry Steiner."

„Oder er ist gar nicht mit dem Mörder zusammengestoßen, sondern nur mit irgendeinem anderen Gast des Hotels", überlegte Juri laut.

„Wir haben vergessen, ihn das Wichtigste zu fragen. In Südamerika tragen ja die Eltern oft unterschiedliche Namen. Vielleicht hat ja sein Vater auch einen Doppelnamen und einer davon stand auf dem Foto."

Juri öffnete die Tür und fragte Rafael nach dem Namen seines Vaters, dann schloss er die Tür wieder und sagte: „Diego Rodriguez Guerra."

„Würde es Sinn machen, dass er auch bei dieser arischen Organisation war. Rafael ist blond, hat blaue Augen. Hat er die Gene seines Vaters, einem Nazi, der sich vielleicht umbenannt hat und in Kolumbien untergetaucht ist? Er wäre nicht der Einzige. Geh noch mal rein und frag ihn, ob sein Vater blond ist. Wir sehen uns gleich unten in der Kantine."

Auf dem Weg zur Kantine informierte Sam, Estelle Beauchamp über den neuesten Stand der Dinge. Sie hatten nichts weiter in der Hand, keinen weiteren Tatverdächtigen. Rafael Rodriguez konnte Katarin Gromowa nicht getötet haben. Er war zum Zeitpunkt nicht in Paris und für den Mord an seiner Frau hatte er leider auch ein Alibi: Judith Weinmann.

„Was schlagen Sie also vor, Sam? Was soll ich Brenner sagen?"

Sam gab es nur ungern zu, aber er war mit seinem Latein fast am Ende. „Wir sollten in den Hotels alle Gäste überprüfen lassen, die an den besagten Tagen dort waren. Vielleicht finden wir ja einen Namen, der an allen drei Tatorten war. Wenn das nichts bringt, weiß ich ehrlich gesagt auch nicht weiter. Sorry."

„Ich werde ihm das ausrichten", sagte Estelle. Das Gespräch blieb professionell, keiner von beiden erwähnte ein Wort über die vergangene Nacht, und als Sam aufgelegt hatte, war seine Laune auf dem Nullpunkt angelangt.

Juri erwartete ihn schon in der Kantine. „Er hätte die Gene seiner Mutter, sagt er. Sie ist blond und blauäugig. Spanisches Adelsblut. Seinen Vater kennt er nur als grauhaarigen, alten Mann. Also wieder daneben."

„Hast du auch gefragt, wie alt sein Vater ist?"

„Yes, Sir." Juri legte die flache Hand an die Stirn und klappte die Hacken zusammen. „Er ist neunzig."

„Was? Kein Wunder, dass sein Vater schon immer grau war. Er war schon …" Sam rechnete im Kopf, aber er war zu langsam.

„Ein alter Mann", ergänzte Juri. „Vierundvierzig."

Sam fuhr sich mit den Fingern durch die Haare und lächelte einer attraktiven Beamtin zu, die gerade ihr Mittagessen einnahm und ihn die ganze Zeit nicht aus den Augen gelassen hatte.

Juri drehte sich sofort um und suchte nach Sams Angriffsziel. Es war brünett, zierlich, mit großen, braunen Augen und hatte ein nettes Lächeln.

„Tja, alte Männer kommen gut bei jungen Frauen an, Kleiner." Plötzlich wurde Sams Gesicht wieder ernst und Juri sah in den Augen seines Kollegen, dass er für einen kurzen Augenblick in die Vergangenheit zurückgereist war.

45.

Unter Wasser herrschte diese eigentümliche gedämpfte Ruhe. Die Geräusche waren weit weg und drangen wie in Zeitlupe zu ihm. Sam schloss die Augen und tarierte sich aus, Beine und Arme von sich gestreckt. Er hatte das Gefühl zu schweben, losgelöst zu sein von der Realität, die ihn sofort wieder einholen würde, sobald er mit den Ohren die Wasseroberfläche durchbrach.

Der Kurztrip nach Malaga kam ihm jetzt vor wie ein Traum. War er wirklich dort gewesen? Hatte er ein Haus, eine Wohnung, Aktien und so viel Geld geerbt? Sollte das der Tatsache entsprechen, würde er nach Abschluss dieses Falles eine kleine Pause machen. Er wollte ans Meer fahren, sich direkt am Strand ein Haus mieten und über seine Zukunft nachdenken, wenn es noch eine gab, denn vielleicht erübrigte sich das auch alles durch seinen eigenen plötzlichen Tod, den Lina vorhergesehen hatte. Wäre es nicht typisch, sobald sich das Leben zu vereinfachen scheint, gibt man den Löffel ab, dachte Sam und lachte leise vor sich hin.

Er schwamm noch zwei Bahnen, bevor er aus dem Pool stieg und sich einen Bademantel überzog. Die Uhr zeigte gerade mal drei. In zwei Stunden wollte er sich mit Brenner in der Klinik treffen, der ihm einen Vorschlag unterbreiten wollte.

Sam legte sich in einen Liegestuhl, schloss die Augen und versuchte an Nichts zu denken. Wie immer wollte ihm gerade das nicht gelingen.

In Kolumbien gäbe es an jeder Ecke wild wachsende Orchideen, hatte Rafael Rodriguez erzählt. Mit dem Namen der Miltonia war er jedoch nicht vertraut. Erst als er ein Foto von ihr sah, nickte er bestätigend und gab zu, dass diese Art unter vielen anderen auch bei ihnen im Garten wuchs. Sein Vater saß dort manchmal stundenlang zwischen den Blumenbeeten und ergötzte sich an der Farben- und Formenpracht.

Neunzig Jahre alt. Sam war sich sicher, dass der Vater von Rafael nicht wirklich Diego Rodriguez hieß. Wie viele Nazis waren damals nach Südamerika geflohen und hatten sich dort unter falschem Namen niedergelassen. Mengele, alias Wolfgang Gerhard, war 1979 in Brasilien unter mysteriösen Umständen ertrunken, hatte aber immerhin fast dreißig Jahre dort unbehelligt gelebt. Eichmann, alias Riccardo Klement hatte sich ebenfalls jahrelang in Buenos Aires versteckt, bevor er gefasst wurde. Gegen viele geflohene Kriegsverbrecher wurde damals nicht einmal Anzeige erstattet und somit kein Ermittlungsverfahren eingeleitet, weshalb sie durch das juristische Netz geschlüpft waren und unerkannt auf dem anderen Kontinent leben konnten. Heinrich Thiel hatte sich auch verfolgt gefühlt und war von Stadt zu Stadt gezogen. Die Todesmeldung war 1963 aus Kolumbien, Bogotá, gekommen. Was wäre, wenn Heinrich Thiel gar nicht an Malaria gestorben war, sondern nur bestimmte Leute, wie zum Beispiel seine Verfolger, in den Glauben hatte versetzen wollen, dass er tot war. Er hatte einen anderen Namen angenommen und später in Medellin ein Heim für geistig Behinderte eröffnet, das heute sein Sohn führte.

War auf dem Foto, das Sam verloren hatte, nicht eine Krankenschwester im Hintergrund gewesen, die einen Patienten im Rollstuhl geschoben hatte? Das Gesicht des Patienten hatte etwas verzerrt ausgesehen. War er vielleicht behindert gewesen?

Bedauerlicherweise war ihm genau das Foto abhandengekommen, um seine neue Theorie zu bestätigen und sie zu beweisen. Das würde auch erklären, warum allen Frauen von Rafael die Gebärmutter zerschnitten worden war. Sein Vater, bzw. der Vater von Doris Thiel hatte als Gynäkologe gearbeitet. Es musste also noch jemanden geben, der genauestens über die Existenz und die Vergangenheit des alten Naziarztes im Bilde war. Etwas, was nicht mal sein eigener Sohn wusste. Jemand, der etwas Furchtbares unter diesen Ärzten erlebt haben musste und das den Nachfahren dieser Nazis zeigen wollte, indem er Unschuldige tötete. Jedem war bekannt, dass in den KZs die Gefangenen als Versuchskaninchen gehalten wurden. Man hatte an ihnen sinnlose Experimente durchgeführt, Säure in offene Wunden gekippt, um zu sehen, wie es sich damit verhält, Frauen und Männer mit einer zu hohen Dosis Röntgenstrahlen sterilisiert, Säuglingen die Köpfe abgeschnitten, Hoden zu chirurgischen Übungen amputiert. Die Grausamkeiten hatten keine Grenzen gehabt.

Hatten diese Ärzte in Südamerika weiter ihr Unheil getrieben und an Menschen, an Behinderten, herumexperimentiert? Deuteten die Zeilen in den kleinen Versen vielleicht genau darauf hin? *Gesunde zu Krüppeln, verstummt ist ihr Schrei, der Tod als Erlösung, er machte sie frei.*

Sam wurde plötzlich schlecht. Er erhob sich aus dem Liegestuhl und fuhr hoch in sein Zimmer. Es brach gerade alles wie eine Lawine auf ihn ein. Warum hatte er nicht schon vorher das Muster gesehen? Doch da war noch dieses Buch mit dem Engel und dem Faun. Was hatte ihm Frau Rewe noch erzählt? ... *Diese Vereinigung glaubte daran, dass durch eine Rassentrennung die verkümmerten Fähigkeiten der Gottmenschen wieder hergestellt werden können. Das bedeutete, dass man mit Unterprivilegierten hart umzugehen hatte. Sie sollten versklavt, verbrannt oder für ihre Zwecke benutzt werden* ... Für ihre Zwecke benutzt werden, das könnte bedeuten, dass sie für Experimente herhalten mussten.

Juri rief an und holte ihn aus seinen Gedanken. Er erklärte, dass sie Julietta Domingo aus Lanousse in Argentinien ausfindig gemacht hätten. Sie war kinderlos und vor dreißig Jahren an einer langjährigen, seltenen Krankheit gestorben. Es wurde bestätigt, dass sie mal vor langer Zeit als Hausangestellte bei einem Deutschen und dessen Tochter gearbeitet hatte. Sie musste das Kind verloren haben, dachte Sam, also konnten Sie diese Spur getrost abhaken.

Zwei Stunden später saß Sam mit Juri in Brenners Krankenhauszimmer und gab seine neuen Theorien zum Besten.

Brenner kam aus dem Nicken gar nicht mehr raus und Juri sah Sam mit großen Augen anerkennend an. „Das alles, was Sie mir eben erzählt haben, O´Connor, bestätigt mich nur in meiner Entscheidung, die ich getroffen habe. Wohlgemerkt nach Absprache mit Interpol und den kolumbianischen Behörden. Sie haben also volle Rückendeckung." Brenner versuchte sich stöhnend und ächzend aufzusetzen, gab es dann aber unter Schmerzen auf.

„Rückendeckung für was?"

„Nach Kolumbien zu fliegen, um dort weiter zu ermitteln. Sie sagten es doch selbst gerade, dass der Mörder nicht von hier ist. Und Sie glauben doch nicht im Ernst, dass wir es zulassen, dass jemand hier rüberfliegt und den Racheengel spielt und anschließend ungestraft davonkommt. Kommen Sie, O´Connor."

„Warum kümmern sich die kolumbianischen Behörden nicht darum? Wir können ihnen doch genug Fakten liefern."

Brenner fing an zu lachen. „Wenn die sich darum kümmern, können wir davon ausgehen, dass der Mörder nie gefasst wird."

Juri spürte Sams Unbehagen. Sein Partner sah regelrecht verzweifelt aus. „Denken Sie nicht, dass das eher ein Fall für Interpol als für die örtlichen Behörden hier ist?", warf er ein.

Brenner stieß einen lauten Seufzer aus und sein Gesicht ließ keinen Zweifel daran, dass das Gespräch für ihn bereits beendet war. „Warum meinen Sie, hat da einer zwei oder drei Morde begangen und läuft immer noch fröhlich durch die Gegend. Nein viel schlimmer, er fliegt sogar auf einen anderen Kontinent und macht da weiter. Meines Erachtens handelt es sich hier entweder um Unfähigkeit, Faulheit oder Desinteresse der Behörden, weil die dort täglich mit Morden der Narkos oder Entführungen der Guerilla zu tun haben. Aber uns interessiert es sehr wohl, dass dieser Fall zu unserer Zufriedenheit aufgeklärt wird."

„Ich soll also nach Kolumbien fliegen, meine Marke vorzeigen und als deutscher Beamter den wilden Max machen? Ist das nicht etwas fern ab von der Realität? Ich kenne das Land und die Leute nicht. Das ist doch kompletter Blödsinn."

„Ägypten, Kairo und seine Menschen haben Sie auch nicht gekannt und haben dort hervorragende Arbeit geleistet, O´Connor", sagte Brenner und kramte in einer Schublade auf dem Nachttisch herum.

Sie haben dort hervorragende Arbeit geleistet. Der Satz hallte noch einmal in Sams Kopf nach. Er hatte so gute Arbeit geleistet, dass er nicht einmal das Wichtigste in seinem Leben retten konnte. Lina.

Sam sah Brenner an, ohne ein Wort zu sagen. Er malte sich in Sekundenschnelle die verschiedensten Möglichkeiten aus. Eine davon war, einfach seinen Dienst zu quittieren. Hier und jetzt. Aber irgendetwas hielt ihn davon ab. Vielleicht war es sein junger Kollege, der ihn mal wieder mit großen Augen ansah und mit Sicherheit nicht erwartete, dass er den Schwanz einzog.

„Ihr Schweigen verstehe ich als Zustimmung. Also, ich denke es wäre das Beste, unter falscher Identität mit Rafael Rodriguez nach Kolumbien zu reisen und dort verdeckt zu ermitteln." Brenner warf einen Pass aufs Bettende. „Ich habe hier einen der Namen von dem Foto gewählt, den wir bisher nicht ausfindig machen konnten."

Sam schluckte seinen Ärger runter und nahm den neu ausgestellten Pass in die Hand. Sein neuer Name war jetzt: Michael Kreibich. „Ich reise als der Sohn von Dr. Kreibich ein. Großartig. Sie präsentieren mich also auf dem Tablett. Soll ich mir noch einen vergoldeten Apfel in den Mund stecken?"

Brenner ging nicht darauf ein. „Sie werden dort von der Fiscalía, der sogenannten Staatsanwaltschaft in Kolumbien Unterstützung bekommen, und man wird rund um die Uhr auf Sie aufpassen."

„Das beruhigt mich ungemein."

„Ich fahre mit", sagte Juri fest entschlossen.

„Nein, Sie bleiben hier und halten die Stellung."

„Ich nehme Urlaub."

„Dann lasse ich Sie vom Dienst suspendieren."

„Dann tun Sie das." Juri stand auf und verließ aufgebracht das Zimmer.

„So ein Hitzkopf", fluchte Brenner vor sich hin und verzog das Gesicht vor Schmerzen. „Ich zähle auf Sie, O'Connor und kühlen Sie dem da draußen den Kopf ab."

„Was ist, wenn ich nicht fliege?"

Brenner sah ihn eine Weile abschätzend an. „Sie und ich wissen, dass Sie fliegen werden. Auch wenn Sie eine Millionen auf dem Konto hätten und Ihren Job hinschmeißen könnten. Sie haben zu hohe Ansprüche an sich selbst."

Sam steckte den Pass ein und verließ mit hängendem Kopf das Zimmer, ohne sich noch einmal nach Brenner umzuschauen oder ihm auf Wiedersehen zu sagen.

Am Ende des Ganges lief Juri auf und ab und führte wild gestikulierende Selbstgespräche. Sam hatte ihn noch nie so erlebt. Jetzt war es an ihm den Gelassenen zu spielen, auch wenn er stark seine Zweifel an dieser ganzen Operation hatte.

II. TEIL

KOLUMBIEN

46.

Lea hatte die Schlüssel wieder an ihren Platz gelegt, vorher jedoch noch Kopien davon machen lassen, damit sie sich jederzeit Zugang zu dem mysteriösen Gang verschaffen konnte. Obwohl sie Angst hatte, das Geheimnis des Ganges und das, was sich dahinter verbarg zu lüften, hatte sie sich genau das vorgenommen. Koste es, was es wolle.

Am frühen Morgen rief Rafael an, um ihnen mitzuteilen, dass er gedachte, seine Reise frühzeitig abzubrechen und kündigte den Besuch eines Bekannten an, den er mitbringen wollte. Einen Arzt, den er auf einem Kongress kennengelernt hatte. Aleida sollte das Gästehaus für den Besuch fertigmachen. Dass Aleida gar nicht mehr unter ihnen weilte, behielten sie erst einmal für sich. Es würde ein Schock für ihn sein, dachte Lea und beobachtete ihren Vater, wie er zitternd die Tasse Kaffee zum Mund führte. Dieses Mal kleckerte er sich nicht den Latz voll.

Wenn sie es sich recht überlegte, konnte sie sich gut vorstellen, dass ihr Vater eine Menge Dreck am Stecken hatte. Nie waren viele Worte über seine Kindheit oder Jugend gefallen, noch waren sie in den Genuss gekommen, ihre Großeltern väterlicherseits kennenzulernen. Es war als würde ein Leben vor ihnen gar nicht existieren. Selbst ihre Mutter wusste nicht allzu viel über ihn zu erzählen oder vielleicht wollte sie es auch nicht. Aber dass Rafael sich in was auch immer hatte reinziehen lassen, konnte sie nicht glauben. Er war ein guter Mensch.

Plötzlich trafen sich ihre Blicke. Die eiskalten, stahlblauen Augen ihres Vaters durchbohrten sie als könnte er ihre Gedanken lesen. War ihm vielleicht doch aufgefallen, dass die Schlüssel nicht mehr an ihrem Platz lagen? Oder hatte das Gedächtnis ihrer bekloppten Schwester doch länger angehalten als erwartet und sie hatte Lea verpetzt? Leas Nase und Hände wurden ganz kalt vor Schreck, aber sie hielt dem Blick stand und brachte sogar ein Lächeln über die Lippen, das nicht erwidert wurde.

„Lea, ich möchte mit dir reden. Fahre mich in mein Zimmer." Im Gegensatz zu seinem gebrechlichen Körper war die Stimme fest und duldete keinen Widerspruch.

Lea ging hinter seinen Rollstuhl und schob den Greis den langen Flur hinunter. Sie versuchte ihre innere Aufregung zu kontrollieren, die ihr schier den Atem nahm. Konnte sie sich doch noch allzu genau an die Ängste in ihrer Kindheit erinnern, die sie allein schon beim Erscheinen ihres Vaters verspürt hatte. Einmal hatte er sie wegen Nichtgehorsams so mit dem Gürtel verprügelt, dass die Narben auf dem Oberschenkel heute noch zu sehen waren.

Als sie das Zimmer des alten Mannes erreichten, hievte sie etwas umständlich den Rollstuhl über die Schwelle.

„Was hast du in meinem Zimmer verloren gehabt, Lea?"

„Die Tür war offen und ich habe ein Geräusch gehört als ich zur Toilette ging."

„Und? Was hatte das Geräusch verursacht?", fragte ihr Vater in zynischem Unterton.

„Es war der Fensterladen. Er war offen gewesen und der Wind hatte ihn gegen das Fenster geschlagen. Ich habe ihn festgemacht."

Lea wich dem Blick ihres Vaters nicht aus. Sie wusste, wenn sie das tat würde er erkennen, dass sie log.

„Geh. Verschwinde", sagte er kalt.

Das ließ sie sich nicht zwei Mal sagen. Ihr Herz raste als sie den Flur zurückging und dann hörte sie, wie eine Schublade aufging und das Geräusch, wenn Metall auf Metall stieß. Ihr Vater hielt gerade den Schlüsselbund in der Hand und Lea legte einen Schritt zu.

47.

Sam saß seit neun Stunden im Flieger und hatte so viel Pfefferminzbonbons zerkaut, dass ihm ganz schlecht davon war. Der Flug war die ersten fünf Stunden ruhig gewesen, dann hatten die gefürchteten Turbulenzen angefangen.

Rafael Rodriguez hatte nach dem Start ein großzügiges Mahl zu sich genommen, ein paar Gläser Whiskey getrunken und war direkt danach eingeschlafen, während er an die Maschine gedacht hatte, die vor ein paar Jahren in Kolumbien über der Stadt Cali abgestürzt war. Anstatt den Überlebenden zu helfen, hatten die Einheimischen nicht nur das Gepäck der Reisenden geplündert, sondern auch den Sterbenden die Goldzähne herausgerissen. Als die ersten Rettungsmannschaften eintrafen, waren alle tot. Zu was für einem Volk flog er da.

Der Kapitän kündigte durch den Lautsprecher an, dass sie sich auf dem Landeanflug auf den internationalen Flughafen *El Dorado* in Bogotá befanden.

Schräg auf der anderen Seite saß eine ältere Dame, betete den Rosenkranz und bekreuzigte sich zwischendurch immer wieder.

Sam sah zu Rafael. Der Mund war leicht geöffnet, seine Lider zuckten und ab und zu kam ein Röcheln aus seiner Kehle wie bei einem sterbenden Tier. Der Mann war die Ruhe selbst, obwohl gerade seine dritte Frau bestialisch ermordet worden war. Aber vielleicht hatte das auch mit seinem Glauben zu tun. Seine Frau war im Himmelsreich angekommen.

Auf dem Flughafen in Frankfurt war Rafael bei der Kontrolle aus Versehen einer Frau auf den Fuß getreten. *Entschuldigung, Señora* hatte er zu ihr gesagt. Das war der Moment, bei dem es Sam kalt den Rücken runtergelaufen war. Der Mann, der Harry Steiner vor dem Hotel angestoßen hatte, hatte dieselben Worte benutzt, eine Mixtur aus Deutsch und Spanisch. Wieder fragte er sich, ob er neben einem eiskalten Mörder saß oder ob die Schicksale Rafael Rodriguez so abgestumpft hatten, dass er gar nicht anders konnte als das Geschehene einfach zu verdrängen. Jeder schützt seine Seele auf eine andere Weise, dachte Sam, der vor einiger Zeit selbst Opfer einer solchen Situation gewesen war und sah aus dem Fenster.

War es vielleicht möglich, dass jemand Rafael Rodriguez so gut kannte oder studiert hatte, dass er ihn perfekt kopierte?

Die Maschine flog durch eine dicke Wolkendecke. Kurz darauf konnte Sam unter sich die gewaltigen Ausmaße der kolumbianischen Metropole erkennen. In keine der Himmelsrichtungen war ein Ende der Stadt zu sehen.

Drei Stunden später und nach einem weiteren Kurzflug fuhren sie in einem gelben Taxi, dessen Innenausstattung in Deutschland längst auf der Müllhalde gelandet wäre, die serpentinenreiche Straße Richtung Medellin entlang.

Inzwischen war es stockdunkel, nur ab und zu blitzten Lichter von *Finkas* zwischen den Bäumen hervor. Sam war etwas flau in der Magengegend. Fuhren sie wirklich Richtung Stadt, oder entfernten sie sich eher davon? So ganz wollte er Rafael Rodriguez nicht trauen. Doch dann kamen sie über einen Berg und plötzlich öffnete sich der Blick auf die Stadt, die aussah als läge funkelnder Goldstaub auf ihr.

Noch heute Abend würde er die Familie von Rafael Rodriguez kennenlernen und vielleicht einem alten Naziverbrecher gegenüberstehen.

Als sie die Stadt erreichten, waren die Straßen zwar belebt, aber es war nicht so wie in Kairo, wo der Verkehr geradezu unangenehm und fast gefährlich gewirkt hatte. Hier war er fließend und es dauerte nicht lange, da waren sie schon wieder aus der Stadt heraus und fuhren die *Autopista* Richtung Süden. Sam versuchte sich alles einzuprägen, damit er, falls es notwendig war, auch allein wieder den Weg in die Stadt finden würde.

Endlich erreichten sie eine große Toreinfahrt, die direkt von der

Landstraße abging. Der *Portero,* in einem kleinen Häuschen sitzend, inspizierte den Wagen. Als er sah, dass Rafael im Taxi saß, ging das Tor automatisch auf. Er grüßte freundlich und dann zeigte Rafael mit ausschweifender Handbewegung auf eine hell beleuchtete weiße Finka neben einem Teich. Ein weitläufiger Garten führte um die Finka herum und die hohen Palmen, die neben dem Teich standen, wurden von unten mit bunten Strahlern beleuchtet.

„Willkommen in meinem Heim, Señor O'Co ..., Kreibich", verbesserte er sich schnell. „Tut mir leid, ich hoffe der Patzer kommt nicht wieder vor."

„Sie sollten sich selbst den Gefallen tun, Rafael. Denn sollte sich der Mörder nicht zeigen, stehen Sie als Hauptverdächtiger wieder ganz oben auf der Liste."

„Schon klar."

Das Taxi fuhr eine hundert Meter lange Auffahrt hoch, die links und rechts von großen Bambuswäldern und Orchideenbeeten gesäumt war, auf einen Platz zu, in dessen Mitte ein beleuchteter Steinbrunnen stand. Zwei große Toyota Geländewagen parkten direkt vor der doppelflügeligen Eingangstür, die weit offen stand und einen ersten Einblick ins Hausinnere zuließ.

Kaum waren Rafael und Sam aus dem Taxi gestiegen, kam eine ältere Dame aus dem Haus. „Rafa, wie schön, dass du wieder da bist."

Sie lächelte warmherzig und Sam konnte erkennen, dass die zierliche Frau in jungen Jahren eine Schönheit gewesen sein musste. Sie trug ein schlichtes, graues Kostüm und um ihren Hals hing unübersehbar ein Kruzifix als Zeichen ihrer christlichfrommen Gesinnung. „Das ist also der nette Besucher, von dem du erzählt hast. Señor Kreibich freut mich, Sie hier als Gast willkommen zu heißen. Jorge wird Ihre Sachen ins Gästehaus bringen."

Neben ihr war ein dunkelhäutiger Mann mit Oberlippenbart aufgetaucht, der sich Sams Reisetasche griff und sie zu einem angrenzenden kleinen Haus brachte, während Sam Rafael und seiner Mutter ins Hausinnere folgte.

Die Möblierung war alles andere als pompös. Sie schien nach der Fertigstellung der Finka vor rund fünfzig Jahren gekauft oder angefertigt worden zu sein und seitdem zierte sie das Haus. Reich und bescheiden oder reich und geizig, dachte Sam und nahm einen blutroten Saft entgegen, der ihm von einer Angestellten auf einem Tablett gereicht wurde.

Rafael sah ihr nach, wie sie leise im hinteren Teil des Hauses verschwand. „Ist sie neu? Wo ist Aleida? Hat sie Urlaub?", fragte er irritiert seine Mutter.

„Sie ist …"

„Tot." Rafael und Sam drehten sich gleichzeitig zu Diego Rodriguez um, der hinter ihnen in seinem Rollstuhl aufgetaucht war. Das einsame Wort, das allein für sich schon so viel aussagte, blieb im Raum stehen und schien ihn für einen Moment ganz auszufüllen.

Rafael sah von seinem Vater zu seiner Mutter, die der Aussage nicht widersprach. „Aber wie? Ich meine wieso, wie kann das sein? Was ist denn passiert?"

Sam verstand Rafaels Verzweiflung. War doch Aleida diejenige, die vielleicht etwas Licht in die Fälle hätte bringen können. Nur sie hatte von seiner neuen Frau Leila gewusst, sonst niemand. Jetzt war die einzige mögliche Zeugin oder Wissende tot.

Diego Rodriguez sah seinen Sohn verständnislos an als Rafael auf einen Stuhl sank und vor sich hinstarrte.

„Was regst du dich so auf, Rafael. Sie war doch nur eine Angestellte. Würdest du mich bitte unserem Gast vorstellen."

Sam war sprachlos, aber auch Rafaels Blick und der seiner Mutter sprachen Bände. Sicherlich hatte es in dieser Familie auch andere, ‚wichtigere', Todesfälle gegeben, aber war Aleida nicht fast 40 Jahre die Hausangestellte gewesen? Gehörte ein Mensch nach so vielen Jahren nicht zur Familie? Oder waren und blieben es Menschen zweiter Klasse für die gehobene Schicht?

„Dr. Michael Kreibich, Vater."

Die skelettartigen, kalten Finger schlossen sich unangenehm um

Sams Hand und hielten sie länger fest als nötig. Diego Rodriguez' wässrige, graublaue Augen musterten Sam mit kritischem Blick und Sam tat es ihm gleich. Diego Rodriguez sah seinem Alter entsprechend aus. Fast einhundert Jahre Mensch saßen dort im Rollstuhl. Das Gesicht faltig, eingefallen und schief. Die Haut am Kiefer hatte Taschen gebildet und hing runter wie bei einer Bulldogge. Ob dieser Mann Heinrich Thiel war, konnte Sam beim besten Willen nicht sagen. Aber eines wusste er: Falls dieser Mann Ähnlichkeiten zu seinem ehemaligen Kollegen Kreibich suchte, würde er sie nicht finden.

Kreibich war schlaksig gewesen mit einer prägnanten Nase im Gesicht, kleinen Augen und einem schmalen Mund. Die Haarfarbe auf den alten schwarz-weiß Fotografien war kaum erkennbar gewesen, aber Kreibich hatte keine vollen Haare gehabt wie Sam. Auch sonst hatten sie so viel Ähnlichkeiten wie ein Gürteltier mit einer Fledermaus.

„Kreibich?!" Der Name kam wie ein Krächzen aus dem Mund des alten Mannes.

„Wir haben uns auf einem Kongress in Berlin kennengelernt. Dr. Kreibich ist Urologe."

Der alte Mann nickte anerkennend. „Urologe."

Sam hatte sich bisher keine Gedanken darüber gemacht, was es bedeutete, in einem Ärztehaushalt einen Arzt zu spielen. Erst unter dem prüfenden Blick von Diego Rodriguez wurde ihm das bewusst und wohl fühlte er sich dabei gar nicht.

„Warum hat mir niemand Bescheid gesagt?" Rafael lenkte die Aufmerksamkeit wieder auf sich. Aber nur für einen kurzen Augenblick, denn plötzlich stand Lea in der Tür. Ihre Augen waren einzig und allein auf den Fremden gerichtet. „Lea! Warum hast du mich nicht angerufen?", sagte Rafael vorwurfsvoll. Er war aufgestanden und nahm seine Schwester zur Begrüßung in den Arm.

Leas Blick war indessen immer noch auf Sam gerichtet. Dann löste sie sich aus dem Griff ihres Bruders und ging auf den Gast zu.

„Das ist Dr. Michael Kreibich aus Deutschland."

Lea streckte Sam die Hand entgegen. „Freut mich, Sie hier bei uns begrüßen zu dürfen. Gibt es einen bestimmten Anlass, warum Sie meinen Bruder hierher begleitet haben?"

„Er wird vielleicht Geld ins Heim investieren", antwortete Rafael für Sam.

„Kann Señor Kreibich auch selbst reden?"

„Freut mich ebenfalls. Ja, Ihr Bruder hat mir so viel von Ihrem schönen Land erzählt, und da ich gerade Urlaub habe, habe ich mich spontan dazu entschlossen, es mir mal näher anzusehen, Señorita …", erklärte Sam in einem fast perfekten Spanisch.

„Lea. Ich heiße Lea. Sie sprechen unsere Sprache ziemlich gut, wenn ich das bemerken darf."

„Danke."

Lea begrüßte ihre Mutter mit einer Umarmung und ihren Vater mit einem flüchtigen Kuss auf die Wange. Ihre Gestik war ziemlich eindeutig. Entweder hatte sie Angst vor dem alten Mann oder sie verachtete ihn aus irgendwelchen Gründen.

„Möchten Sie noch etwas essen, bevor Sie zu Bett gehen, Señor Kreibich?", fragte ihn die Herrin des Hauses.

Alle Blicke waren auf Sam gerichtet, der dankend ablehnte. Er sehnte sich nach dem langen Flug nur nach einer Dusche und einem Bett, in dem er sich ausstrecken konnte. „Ich würde mich gerne zurückziehen, wenn es Ihnen nichts ausmacht.

Draußen war die Luft mild, Grillen zirpten, irgendwo bellte ein Hund, ansonsten war nichts zu hören. Eine idyllische Ruhe. Neben den beiden Toyotas stand jetzt noch ein kleiner schwarzer BMW. Sam drehte sich noch einmal zu dem hell beleuchteten Haus um. Lea sah den beiden nach.

„Sie ist eine wahre Schönheit. Kommt ganz nach unserer Mutter."

Sam stimmte Rafael zu. Aber diese Frau war nicht nur äußerlich schön. Er hatte in ihren Augen etwas gesehen, was ihn für einen Moment alles um sich herum hatte vergessen lassen.

48.

Am nächsten Morgen wurde Sam von Hahnengeschrei, einem Rasenmäher und den aufheulenden Motoren abbremsender Lastwagen geweckt, die auf der belebten Landstraße zweihundert Meter weiter vorbeifuhren. Die idyllische Ruhe vom Vorabend war vorbei.

Er rieb sich den Schlaf aus den Augen und sah sich in dem kleinen Zimmer um. Auch hier war die Einrichtung spartanisch. Ein alter weißer, doppeltüriger Schrank, an dem die Farbe bereits abblätterte, ein Schaukelstuhl und eine weiße Spiegelkommode. Das Holzbett knarrte bei jeder Bewegung und die Matratze war so durchgelegen, dass sich die Federn in seinen Rücken bohrten. Gestern Nacht war er zu müde gewesen, um das noch zu registrieren, dafür tat ihm jetzt der ganze Körper weh.

Hatte Rafael nicht gesagt, dass seine Familie zu den einflussreichsten und wohlhabendsten des Landes gehörte? Er konnte es kaum glauben.

Das Frühstück nahm er mit Rafael im Haupthaus an einer langen Tafel allein ein. Es bestand aus ein paar Rühreiern, Maisfladen, Würstchen und Kaffee.

Sam hatte sich vorgenommen, Rafaels Umfeld genauestens zu studieren, deshalb fuhren sie als Erstes zu seinem Arbeitsplatz ins Heim. Das Heim war von einem hohen Zaun umgeben und nur durch ein großes Tor zu betreten, an dem links und rechts zwei üppige Laubbäume standen. Hätte sich Sam bei der Anfahrt etwas weiter nach vorne gelehnt und nach oben geschaut, wäre ihm etwas Entscheidendes aufgefallen, das verdeckt von ein paar Ästen an einer Stange hing. So aber entging es ihm.

Rafael führte Sam nur durch einen bestimmten Teil des Heimes. Er zeigte ihm die sterbenden Aidskranken, die liebevoll gepflegt wurden und ein paar Patienten, die für Außenstehende normal wirkten, aber geistig nicht auf der Höhe waren. Sein Vater hatte ihn gestern darum gebeten, vorsichtig zu sein und dem Fremden nicht allzuviel zu zeigen. Nur das Nötigste. Außerdem hatte er ihm etwas erzählt, womit er nicht gerechnet hatte. Seine Schwester Lea hatte während seiner Abwesenheit hinter ihm her geschnüffelt. Eine Tatsache, die ihm überhaupt nicht gefiel. Fraglich war, ob sie bei ihrer Suche fündig geworden war. Er hatte die ganze Nacht kaum geschlafen und sich darüber Gedanken gemacht, ob er Lea einweihen sollte, aber letztendlich kam er zu dem Schluss, dass sie nie und nimmer seine Taten gutheißen würde. Er liebte seine Schwester, aber um sich und sein Geheimnis zu schützen, würde er sie ohne zu zögern opfern.

Rafael betrat mit Sam gerade ein Achtbettzimmer, als er Lea an einem der hinteren Betten stehen sah. Sie drehte sich zu ihnen um und lächelte. Sie lächelte aber nicht ihn an, sondern seinen Begleiter. Für Rafael stand fest, dass er schnell handeln musste, denn sollte sie sich diesem O´Connor anvertrauen, wäre es endgültig um ihn geschehen. Fast wären sie ihm in Berlin schon auf die Schliche gekommen, glücklicherweise hatte er das gerade noch abwenden können, dank seiner Vorsichtsmaßnahmen.

„Ich hatte dich heute noch gar nicht hier erwartet, Rafa. Deshalb habe ich noch eine Visite gemacht." Lea stand plötzlich vor ihnen. Sie sprach zwar mit ihm, ließ aber diesen O´Connor nicht aus den Augen. „Was ist los mit dir? Du siehst irgendwie reichlich angespannt aus."

„Was soll sein. Alles bestens", antwortete er ohne eine Miene zu verziehen.

Sie boxte ihm leicht in den Bauch und sagte fröhlich. „Hey Bruderherz, ich kann bereits einen Tornado am Horizont erkennen. Also raus damit."

„Wir reden später, Lea."

Rafael war gerade im Begriff hinauszugehen, dicht gefolgt von Sam, als der Kopf einer Schwester hinter einem Vorhang erschien. „Dr. Rodriguez, wie schön, dass Sie wieder da sind. Könnte ich einen Moment mit Ihnen sprechen."

Rafael warf Sam einen Blick zu, der so viel hieß wie: *bin gleich wieder zurück* und verschwand ebenfalls hinter dem Vorhang.

Sam hasste nichts mehr als Krankenhäuser und Irrenanstalten, die er in den letzten Jahren nur allzu oft besucht hatte. Eine schmerzhafte Erinnerung an seine Schwester Lily kehrte zurück, nur ausgelöst durch die verschiedensten Gerüche dieser Institution. Lea sah zu ihm rüber.

Sie hielt einen blauen Kugelschreiber in der Hand, bei dem sie unaufhörlich – wohl ohne es zu merken – laut klickend die Mine rein- und rausdrückte. „Dr. Kreibich, wir haben einen Patienten mit einer Hodentorsion. Uns ist es erst jetzt aufgefallen. Ich hoffe nicht, dass eine Orchidopexie erforderlich ist. Vielleicht könnten Sie sich ihn mal ansehen. Wenn man schon mal einen Urologen im Haus hat ..." Sie zwinkerte ihm aufmunternd zu.

Sam bekam einen Schweißausbruch und das Blut schoss ihm in den Kopf. Was hatte sie gesagt? Hodenpexie? Konnte es sein, dass er in der Rolle als Urologe noch irgendwelche fremden Geschlechtsteile anfassen musste? Bei der bloßen Vorstellung wurde ihm schon übel.

Lea zog ihn am Arm zu einem Bett, während Sam Hilfe suchend zu dem zugezogenen Vorhang blickte, hinter dem Rafael sich gerade unterhielt. Die Bettdecke eines Mannes im mittleren Alter wurde zurückgeschlagen und eröffnete Sam den Anblick auf einen großen roten geschwollenen Hodensack. Er versuchte Haltung zu bewahren, gute Miene zum bösen Spiel zu machen, aber so richtig gelingen wollte ihm das nicht, denn Lea sah ihn plötzlich besorgt an. „Dr. Kreibich?! Geht es Ihnen nicht gut?"

„Lea, wie kannst du es wagen!", dröhnte es hinter ihnen. Rafael kam im Sauseschritt auf die beiden zu. „Dr. Kreibich ist nicht hierher gekommen, um sich dicke Eier von irgendwelchen Patienten anzusehen. Ruf Dr. Aranzaso an. Der ist dafür zuständig."

Lea kniff die Augen zusammen, ihre vollen Lippen wurden schmal und die Knöchel an ihren Händen wurden weiß. Sam erwartete ein Kontra, aber Lea blieb zu Sams Erstaunen ruhig und ging ohne ein weiteres Wort zu sagen aus dem Saal.

49.

Lea war wütend, so wütend, dass sie am liebsten ihren Bruder vor versammelter Mannschaft bloßgestellt hätte. Doch in letzter Sekunde hatte sie sich an ihren Plan erinnert und sich zusammengerissen. Ihn nur zur Rede zu stellen würde nichts bringen. Dafür kannte sie ihn zu gut. Wie ein Aal würde er sich um sein eigenes Lügengebilde winden und anschließend alle Spuren beseitigen. Sie musste Rafael auf frischer Tat ertappen. Das war ihre einzige Chance.

Noch immer plagte sie ein schlechtes Gewissen, ob sie auch das Richtige tat. Immerhin war er ihr Bruder, aber wenn Unschuldigen und Wehrlosen Unrecht geschah, würde sie sich sogar mit ihrem Leben einsetzen.

Sie hatte Nathalia auf ihrer Seite und sie war genauestens im Bilde über jeden einzelnen Patienten. Keiner schwebte zurzeit in Lebensgefahr. Bei einem plötzlichen Ableben würde sie sofort informiert werden. Auch wenn Rafael sich im unteren Bereich des Heimes länger aufhalten sollte.

Und dann war da noch dieser Dr. Kreibich, der mit ihrem Bruder aus Europa angereist war. Er ging ihr nicht mehr aus dem Kopf. Zugegebenermaßen war der Mann einer der attraktivsten, den sie in den letzten Jahren kennengelernt hatte und wenn sie noch zwanzig wäre, hätte sie sich sofort in ihn verliebt. So hielt sie sich mit ihren Emotionen zurück. Doch die Szene im Heim sprach für sich. Den Blick von Dr. Kreibich als er den geschwollenen Hodensack gesehen hatte, konnte sie nicht mehr vergessen. Er war regelrecht schockiert gewesen. Machte das Sinn? Ein Urologe, der beim Anblick eines Geschlechtsteiles rot wurde?

Lea kam zu dem Schluss, dass ihr Bruder irgendetwas im Schilde führte und dass Dr. Kreibich nicht der war, der er vorgab zu sein. Die Frage war nur, wer war der Mann wirklich? Sie würde sich etwas Nettes ausdenken, um seinem Geheimnis auf die Spur zu kommen.

50.

Der Beamte und Schutzengel von der Fiscalía war ein Meter fünfzig groß, kräftig gebaut, hatte ein hübsches Gesicht, schulterlanges, dickes, schwarzes Haar und hieß Nelly.

Sam überlegte, Brenner anzurufen, um ihn zu fragen, ob es sich hier um einen üblen Scherz handelte, aber dann schalt er sich selbst einen Idioten. Man sollte sich nie von Äußerlichkeiten täuschen lassen. Wahrscheinlich hatte der Zwerg vor ihm mehr auf dem Kasten als so mancher deutscher Kollege.

Sie saßen in einem Eckrestaurant, direkt an der Hauptstraße in Poblado und Sam erzählte Nelly wie weit ihre Ermittlungen in Deutschland gegangen waren und dass Rafael Rodriguez für zwei Morde ein handfestes Alibi hatte, alles andere aber auf ihn hindeutete.

Nelly hatte stillschweigend zugehört. Sie hatte weder genickt, gelächelt, noch mit der Wimper gezuckt und Sam hatte keinen blassen Schimmer, ob sie ihn und sein Spanisch überhaupt verstanden hatte. Doch dann sagte sie: „Señor O'Connor. Ich habe versucht, die Unterlagen von den Morden zu finden. Über Maya Molina konnte ich gar nichts finden. Eine Nachfrage bei den Angehörigen bestätigte jedoch das, was Sie uns erzählt haben. Sie verschwand eines Tages spurlos. Der einzige Fall, den ich finden konnte ist sieben Jahre her."

Sie zog eine Akte aus einem Rucksack und las daraus vor: „Clara Londoño, dreißig Jahre alt. Sie wurde im Bett des Ehemannes, Rafael Rodriguez Ospina, 40, ermordet aufgefunden ... Hier lesen Sie selbst." Sie reichte ihm die Akte. „Den Namen der anderen Frau haben wir überprüft. Sie ist ebenfalls ermordet worden, während sie mit Rafael Rodriguez zusammen waren."

„Und konnten Sie ihm nie etwas nachweisen? Ich meine, drei Frauen haben ihr Leben gelassen, das ist doch keinem Zufall mehr zuzuschreiben."

„Es gab keine Beweise." Nelly erklärte ihm, wenn ein Fall nach zwei Jahren nicht gelöst wurde, landete die Akte im Archiv und nach zehn Jahren kam sie in den Schredder.

Für Sam eine geradezu unmögliche Tatsache. „Wir haben mit den neuen verfeinerten Untersuchungmethoden gerade wieder ein paar Fälle gelöst, die vor vierzig Jahren noch als unlösbar galten. In den letzten Jahren ist auf diesem Gebiet sehr viel passiert."

„Vielleicht in Ihrem Land und in Amerika. Bei uns werden Fingerabdrücke noch nach der alten Methode genommen und überprüft. Per Hand und Lupe. Die CTI hat es außerdem täglich mit so vielen Morden zu tun, dass wir überhaupt nicht mit den Ermittlungen hinterherkommen."

„Und wie hoch ist Ihre Aufklärungsrate?"

Nelly stieß einen lauten Seufzer aus. „Etwa zehn Prozent."

„Zehn Prozent der Mordfälle bleiben ungelöst?", fragte Sam noch einmal nach, um sicherzugehen, dass er nichts falsch verstanden hatte.

„Nein, neunzig. Meist Bandenmorde, Auftragsmorde und Narkos, die sich gegenseitig über den Haufen schießen", erwiderte Nelly knapp. „Um zu Ihrem, unseren Fall zurückzukommen: Wir haben es hier mit einer sehr einflussreichen Familie zu tun. Ich weiß nicht, ob Sie wissen wie einflussreich?"

„Ich bin ganz Ohr."

„Die Mutter von Rafael Rodriguez ist die Tochter eines ehemaligen, sehr geschätzten Präsidenten. Die Familie hat sehr viel Geld und wie Sie sicherlich wissen, kann man mit Geld in einem korrupten Land alles machen. Und mit *alles* meine ich *alles*. Das geht hin bis zur Bestechung höchster Beamter und Richter."

„Okay ich will es noch mal anders ausdrücken", begann Sam. „Sie wollen mir also erzählen, dass in Ihrem Land jemand nach Lust und Laune Leute umbringen kann und wenn er genug Geld hat, wird er dafür auch nicht bestraft."

Nelly lächelte. Ein Lächeln, um ihm zu zeigen, dass er es auf den Punkt gebracht hatte. Sam war außer sich. Auf was hatte er sich da nur eingelassen? Es war geradezu sinnlos und vergebliche Mühe, sich noch weiter mit dem Fall zu befassen. Sollte Rafael sich als Mörder entpuppen, wäre Sam wahrscheinlich tot, bevor er den nächsten Atemzug machen konnte. Da war er wieder! Der Gedanke und die Möglichkeit seines eigenen Todes, der plötzlich gar nicht mehr so abwegig erschien.

Am Nachmittag saß Sam im Gästehaus auf seinem Bett und las sich die Akte durch, die ihm Nelly überlassen hatte.
Das Opfer, Clara Londoño, hatte man ans Bett gefesselt gefunden. Ihr war bei lebendigem Leib der Bauch aufgeschlitzt und die Gebärmutter herausgerissen worden. Den Fötus hatte man in einem Mülleimer gefunden. Keine Injektion ins Herz genau wie bei Leila, dachte Sam.
Der Ehemann, Rafael Rodriguez, hatte nach eigenen Angaben nichts von dem Mord an seiner Frau mitbekommen. Man vermutete, dass ihm eine Droge eingeflößt worden war, die ihn für Stunden außer Gefecht gesetzt hatte. Drogen waren immer eine gute Erklärung, um als nicht zurechnungsfähig behandelt zu werden.
Es klopfte leise.
Rafael trat ein. Er setzte sich in den Schaukelstuhl und wippte ein paar Mal hin und her, dabei sah er auf ein Buch in seiner Hand. „Es gibt da etwas, was ich Ihnen noch zeigen wollte. Ich wusste nicht, ob Sie mich noch mehr belasten oder entlasten würden, deshalb habe ich bisher nichts gesagt." Er reichte Sam das Buch.
Es war eine Bibel. Als Sam sie aufschlug, rutschten ihm drei lose Blätter entgegen.
„Das erste ist etwa zwölf Jahre alt. Ich habe nie einen Zusammenhang zwischen den Gedichten und den Morden gesehen. Bis eben vor ein paar Tagen."
„Und Sie haben keine Ahnung, wer Ihnen die geschickt haben könnte?"
„Sie waren in einem Umschlag an der *Portería* abgegeben worden."

Sam nahm das erste bereits vergilbte Blatt zwischen die Fingerspitzen und las leise und langsam Zeile für Zeile.

Gedichte waren wie eine fremde Sprache für ihn. Schon in seiner Schulzeit hatte er bei Gedichtinterpretationen kläglich versagt. Er seufzte und überflog das zweite. Sorgfältig legte er alle drei nebeneinander auf seinen Nachttisch. „Dafür brauche ich Zeit und Ruhe. Sie sagten, das erste bekamen Sie vor etwa zwölf Jahren? Heißt das …"

„Bevor Sofia … ja."

„Sie haben also keines vor Mayas Verschwinden bekommen?"

„Nein."

„Und das letzte, nehme ich an, kam vor etwa einem Monat?"

„Ja, stimmt." Rafael sah ihn wie ein neues, gerade entdecktes Weltwunder an. Ein Genie musste man nicht sein, um da ein Muster zu erkennen, dachte Sam, ließ aber Rafael in dem Glauben gerade das zu sein. Das würde ihm vielleicht etwas mehr Respekt einbringen. „Haben Sie sich nie Gedanken darüber gemacht, warum die Gedichte ausgerechnet auf Deutsch geschrieben wurden?"

„Ja und nein. Ich dachte an einen Schulkameraden oder jemand aus der Uni, an der ich mal Deutsch unterrichtet hatte."

„Okay, ich brauche zwei funktionsfähige Handys, eine Liste ihrer Angestellten, Freunde, Menschen, mit denen Sie es täglich zu tun haben und sofort einen Computer mit Internetzugang."

„Sollen Sie haben. In einer Stunde sind Sie drüben zum Essen eingeladen, soll ich Ihnen von meiner Mutter ausrichten."

Eine Stunde später kam Sam in das Vergnügen, die komplette Familie kennenzulernen. Lea war die letzte, die eintraf. Sie hatte sich ein rückenfreies knielanges rotes Kleid angezogen und sah schlichtweg umwerfend darin aus. Ihr aschblondes Haar trug sie glatt und offen, ihre katzenartigen Augen hatte sie leicht geschminkt, was sowohl Rafael Rodriguez als auch sein Vater mit missbilligenden Blicken bemerkten.

Felipe saß mit großen Pupillen am Tisch und kratzte sich

permanent. Seine Bewegungen waren fahrig und wirkten nervös. Eine der Nebenwirkungen einer Droge, die man hier *Queso* oder *Basuca* nannte, in Deutschland und Amerika unter dem Namen Crack lief. Felipe musste schon ziemlich lange auf dieser Droge sein, denn seine Zähne waren teilweise verfault.

Rafael hatte Sam auch über die anderen `Handicaps´ seiner Geschwister informiert, damit Sam sie von der Liste der Verdächtigen streichen konnte.

Lea war die einzig Normale. Sie hatte ihm gegenüber Platz genommen und Sam fiel es schwer, sie nicht anzusehen. Ihre Haut schien wie in Eselsmilch gebadet zu sein und lud regelrecht ein, darüber zu streichen. Ihre türkisfarbenen Augen funkelten und wurden durch das rote Kleid noch mehr betont. Einfach perfekt, dachte Sam und widmete sich schließlich seinem Teller, auf dem ein zartes Rinderfilet, Reis, gedünstetes Gemüse und gebratene Bananen lagen. Gebetet wurde vor dem Mahl nicht, wie er es in einem katholischen Haushalt erwartet hatte, und während des Essens wurde kein Wort gesprochen. Sam war es nur recht, da er schon wieder müde wurde. Die sieben Stunden Unterschied machten ihm doch etwas zu schaffen.

Er war völlig entspannt, als Lea sich räusperte und fragte: „Sagen Sie Señor Kreibich ... wie entsteht eigentlich so eine Hodentorsion?"

Sam legte sein Besteck zur Seite und sah sie ein paar Sekunden an. Aus dem Augenwinkel konnte er sehen, dass Rafael gerade ansetzen wollte etwas zu sagen.

„Nun das kann verschiedene Ursachen haben, aber meist entsteht sie durch eine ungünstige Bewegung. Eine akute Stieldrehung von Hoden und Nebenhoden mit Unterbrechung der Blutzirkulation und einer hämorrhagischen Infarzierung kann jedem Mann in jedem Alter passieren und ist sehr schmerzhaft. Ich denke, Ihr Patient wird operiert werden müssen. Ich hoffe, mein Spanisch ist verständlich genug."

„Lea, muss so etwas am Tisch besprochen werden? Es tut mir sehr leid, Señor Kreibich", entschuldigte sich Rafaels Mutter und warf Lea einen mahnenden Blick zu.

Rafael hielt sich die Serviette vors halbe Gesicht und entschuldigte sich für einen Moment, während Lea Sam skeptisch ansah.

„Es tut mir leid, wenn ich heute unprofessionell gewirkt habe, aber ich bekomme nach einem Flug meist Migräne und die wirft mich dann immer etwas aus der Bahn."

Nach der Hauptmahlzeit wurde der Tisch von einer Angestellten abgeräumt und der Nachtisch, eine Mangocreme, auf einer Anrichte platziert, die sogleich zum Mittelpunkt der Gesellschaft wurde. Alle erhoben sich und Sam war froh, dass er nicht mehr von allen Seiten angestarrt wurde.

51.

Als Lea gegen Mitternacht in ihren Wagen stieg, um nach Hause zu fahren, war sie noch mehr von dem Fremden beeindruckt als zuvor. Er hatte die Frage über die Hodentorsion perfekt beantwortet und sie hätte ihm am liebsten gratuliert für den auswendig gelernten Text, den man im Internet bei Wikipedia abrufen konnte, aber als sie ihn später noch einmal unter vier Augen nach den Komplikationen befragte, die bei einer laparoskopischen pelvinen Lymphadenektomie entstehen konnte, hatte er sie mit seinen schönen Augen angesehen und gelacht, bis ihm die Tränen gekommen waren. Für die anderen hatte es so ausgesehen als hätte Lea einen genialen Witz erzählt, nur für ihn und sie stand fest, dass er aufgeflogen war.

Die Neugierde trieb sie schließlich zu späterer Stunde, als alle noch bei einem Glas Wein im Wohnzimmer saßen, ins Gästehaus, wo sie nicht einmal lange suchen musste, um seine wahre Identität zu erfahren. Außer einem Pass auf den Namen Michael Kreibich fand sie noch ein anderes Dokument, ausgestellt auf den Namen Sam O´Connor von Europol.

Was hatte ihr Bruder, der offensichtlich auch darauf bedacht war, Sam O´Connors wahre Identität zu verheimlichen, mit einem Mann von Europol zu tun? Lea konnte sich darauf keinen Reim machen, aber als derzeitige Hobbydetektivin würde sie auch das noch in Erfahrung bringen.

Die Straßen waren zu dieser Zeit leer und dieser Teil war besonders dunkel. Ein Motorrad überholte sie. Viel zu schnell und unangemessen für die Sichtverhältnisse, dachte Lea. Ein paar rote Barrikaden tauchten vor ihr im Scheinwerferlicht auf, die die zweispurige Fahrbahn auf eine verengten. Lea nahm den Fuß vom Gaspedal.

Plötzlich lag mitten auf der Straße das Motorrad, das sie überholt hatte. Von dem Fahrer keine Spur. War er vielleicht auf die Seite geschleudert worden und lag irgendwo im Graben. Lea beugte sich nach vorne, um besser sehen zu können, aber sie konnte keinen Verletzten entdecken.

In Sekundenschnelle überlegte sie, was sie machen sollte. Ihr war vor Jahren schon eingeschärft worden, niemals nachts irgendwo anzuhalten. Auch wenn ein Toter auf der Straße liegen sollte und sie als Ärztin die Pflicht verspürte zu helfen.

Entgegen ihres Instinkts hielt Lea den Wagen an. Mit einem Mal überkam sie das Gefühl, dass etwas nicht stimmte. Sie gab wieder Gas und versuchte an einer Barrikade vorbei auf die andere Spur auszuweichen als sie seitlich von sich Schüsse hörte. Kugeln schlugen in die Karosserie ein. Lea rammte eine der roten Plastikbarrikaden mit dem Kotflügel und plötzlich sprang eine Gestalt vor den Wagen. Im Scheinwerferlicht stand der Schütze. Er trug eine Jeans, die Kapuze eines Sweatshirts tief ins Gesicht gezogen und zielte direkt auf ihren Kopf.

Lea duckte sich und drückte das Gaspedal durch. Kugeln drangen durch die Windschutzscheibe ins Wageninnere und als sie dachte, sie wäre dem Anschlag entkommen, hörte sie das Motorrad wieder neben sich.

Ein ohrenbetäubender Knall, dann durchfuhr sie ein höllischer Schmerz und nahm ihr schier den Atem. Sie versuchte weiterzufahren, doch es wollte ihr nicht mehr gelingen. Sie verlor die Kontrolle über den Wagen. Ein weiterer Knall ertönte, dann sackte Lea am Steuer zusammen.

Der schwarze BMW rollte ein paar Meter weiter in einen Graben und blieb dort mit abgesoffenem Motor stehen.

52.

Rafael war schon am frühen Morgen ins Heim gerufen worden und Sam nutzte die Gelegenheit allein in die Stadt zu fahren.

Der Taxifahrer, ein junger Mann, hörte laut Reguetón, eine lateinamerikanische Musikrichtung, die Sams Bein zum Wippen brachte.

Alle Fenster waren weit geöffnet und der warme Fahrtwind blies Sam angenehm ins Gesicht. Doch die zügige Fahrt dauerte kaum zehn Minuten und schon gerieten sie in einen Stau. Der Verkehr ging nur noch stockend bis zähflüssig voran.

„Accidente", sagte der Fahrer und konzentrierte sich wieder auf seine Musik.

Als sie die angebliche Unfallstelle passierten, sah Sam lediglich einen Polizisten der nationalen Polizei in grüner Uniform, einen schwarzen Wagen, der im Graben lag und eine eingetrocknete große Blutlache auf dem Asphalt. Erst bei näherem Hinsehen erkannte er die Einschusslöcher an der Seite und der Front des Wagens.

Für den Taxifahrer schien das Bild relativ normal zu sein, denn er konzentrierte sich wieder auf die Straße und klopfte rhythmisch zur Musik aufs Lenkrad.

Sam drehte sich noch einmal um. Unverkennbar konnte man das BMW-Zeichen auf der Motorhaube sehen. Er schüttelte den Gedanken ab, der in ihm aufkommen wollte und fragte den Fahrer, ob er wüsste, was da passiert wäre.

„Sí, heute Nacht haben sie dort eine Frau erschossen. Dem Wagen nach zu urteilen, wahrscheinlich eine *Prepago*."

„Eine was?"

„Eine Edelhure. Zurzeit machen die *aguilas negras* Jagd auf Drogenabhängige, Dealer, Huren und Diebe. Gerade vorgestern haben sie in einem Einkaufszentrum zwei von denen erschossen."

Sam nickte verständnisvoll als würde er das alles für völlig normal erachten. „Die *aguilas negras*?"

„Sie sind nicht von hier, was? Dachte ich mir schon. Die *aguilas* sind eine Organisation, die die Straßen von Unrat säubert."

Sam war im ersten Moment beruhigt, wusste er doch, dass es sich bei Lea nicht um eine Hure handelte. Als er sich jedoch das Straßenbild näher ansah und nicht einen einzigen weiteren dreitürigen 1er BMW entdecken konnte, machte ihn das doch nachdenklich. Der Wagen schien hier, im Gegensatz zu Deutschland, eine Rarität zu sein. Er hoffte, dass Rafael ihm später den letzten Zweifel nehmen konnte.

Das Taxi hielt vor dem Hotel Intercontinental über dessen Eingang als Zeichen seiner kosmopoliten Gäste die Flaggen aller Nationen der Welt hingen. Der Concierge zeigte ihm den Weg zum Restaurant und als Sam durch die gläserne Tür trat, sah er auch schon an einem der hinteren Tische ein ihm sehr bekanntes Gesicht sitzen.

Juri hatte sich wie angekündigt Urlaub genommen, nachdem man ihm die Erlaubnis nicht erteilt hatte, mit Sam nach Kolumbien zu fliegen. Erst hatte Sam die Idee seines jungen Kollegen für nicht gut erachtet, doch nun war er mehr als froh, ihn hier zu haben. Sie hatten abgemacht, dass Juri im Hintergrund bleiben sollte.

Sam reichte ihm eines der beiden Handys, die Rafael ihm gegeben hatte. So konnten sie stets im Kontakt bleiben.

„Also ich glaube, dass ich diese Reise auf keinen Fall bereuen werde." Juri beugte sich über den Tisch zu Sam und grinste schelmisch. „Hast du die Frauen hier gesehen. Mehr geht nicht. Sogar die Kellnerinnen und Zimmermädchen sind hier sexy." Dann wurde er wieder ernst. „Okay, was gibt´s Neues?"

Sam holte die drei Gedichte aus seiner Innentasche hervor und legte sie auf den Tisch. „Das älteste ist etwa zwölf Jahre, das jüngste etwa ein bis zwei Monate alt."

Das Sein, es begann, der Schlag war nur schwach
Doch stark trieb der Wille, der Atem blieb wach.

> *Geborgen der Leib in wildfremdem Staub*
> *Die Seele gestorben, verloren und taub.*
> *Die Nacht hält das Herz mit eisernem Griff*
> *Zerschollen die Träume am schartigen Riff.*
> *Sie sanken zum Grund ohn irgendein Laut*
> *Der Tag nur das spiegelnde Wasser erschaut.*

Juri las das erste Gedicht erst leise, dann fing er nochmal von vorne an.

„Okay, *das Sein, es begann, der Schlag war nur schwach* ... Also wenn ich das richtig interpretiere, ist es das Herz, das da so schwach schlägt. Es deutet vielleicht auf ... na auf den Anfang eines Lebens. Auch die nächsten Zeilen ... *Doch stark trieb der Wille, der Atem blieb wach.* Er hat irgendetwas überlebt, würde ich sagen."

Sam schmunzelte. „Ja, könnte was dran sein. Gar nicht schlecht, Kleiner."

„Das ist das, was man offensichtlich sehen kann, aber ob der Autor das auch so meinte, steht auf einem anderen Blatt geschrieben. *Geborgen im Leib in wildfremdem Staub* ..."

„Der wildfremde Staub könnte eine Leihmutter sein", überlegte Sam laut.

„Oder eine Ziehmutter", entgegnete Juri. „*Die Seele gestorben, verloren und taub* ... Er hat den Glauben an die Welt verloren, ist innerlich gestorben."

„Also könnte es sich um eine Geburt handeln. Um jemanden der beinahe stirbt, es aber dann doch schafft. Das Herz ist kräftig, aber die Seele ist tot. Warum? Er wird nicht geliebt. Nicht geliebt von der eigenen Mutter, sondern von jemand Fremdem", fasste Sam zusammen und dachte, dass es sich hier um ein typisches Kindheitsprofil eines Serienmöders handelte. Außerdem konnten Geburtstraumen unter anderem abnormale Hirnfunktionen nach sich ziehen, die später wiederum zu Störungen in der Wahrnehmung, der Affektivität und Sexualität führen konnten. Multiple Mörder wiesen laut einer Studie sogar sehr oft Hirnanomalien auf.

Eine Seele, die verloren und taub war, konnte für Zerrissenheit und Gefühlsarmut stehen. Die Basis für fehlende Empathie, mit der die Opfer versachlicht und zu reinen Objekten wurden.

Das zweite Gedicht war Rafael vor dem Mord an seiner zweiten schwangeren Frau Clara geschickt worden.

Juri wurde für einen Moment von einer hübschen Kellnerin abgelenkt, die Kaffee in beide Tassen füllte.

„Seit wann trinkst du Kaffee?"

„Seitdem mich diese schönen kaffeebraunen Augen verzaubert haben."

Die Kellnerin lächelte verlegen und ging unter dem Blick von Juri an den nächsten Tisch.

„Hier spielt die Musik, Juri!", sagte Sam und las das nächste Gedicht vor.

Dem Staube entflogen, auf Suche nach Licht
Es scheint warm und nahe, doch greift man es nicht.
Die Welt so riesig, die Federn noch zart
Doch Sturm, Nacht und Regen machten sie hart.
Der Vogel stieg hoch auf, schrie laut, schrill und frei
Doch Dunkelheit quoll aus dem Federkleid.
Verlassen und quälend versandet die Zeit.

Juri stöhnte auf. „Ich bin im Urlaub, Sam, vergiss das nicht."

„*Dem Staube entflogen, auf Suche nach Licht*", wiederholte Sam die erste Zeile.

„Vielleicht hat er sich von seinem Zuhause, das nicht sein richtiges war, losgelöst und hat irgendwann seine wahren Wurzeln erkannt, aber die waren für ihn, aus welchen Gründen auch immer, nicht erreichbar. Trotz allem hat ihn das Leben hart gemacht. *Verlassen und quälend versandet die Zeit* ... also spontan fällt mir da jetzt nichts zu ein. Sorry."

„Wir haben es hier ganz klar mit einer entwurzelten Persönlichkeit zu tun, die Verlassenheitsängste hat und sich verloren fühlt. Ein existenzbedrohendes Gefühl, das er mit Allmacht kompensiert."

Juri lächelte verschmitzt. „Ich habe mal gelesen, dass das Motiv bei acht von zehn Fällen einen sexuellen oder aber einen finanziellen Bezug hat. Was ist mit den anderen? Was treibt die an?"

„Liest du heimlich Bücher über das Profiling?" Sam fühlte sich irgendwie geschmeichelt. Juri könnte das Zeug dazu haben, er war aufmerksam, intuitiv und lernte schnell.

„Sie wollen ihre Beziehungs- oder generellen Alltagsprobleme beseitigen. Eins aber haben alle gemeinsam. Sie gieren nach Macht."

„Und was würdest du sagen, trifft das auf unseren Mann zu?"

Auf die Frage hatte Sam gewartet und er war immer wieder zum gleichen Schluss gekommen. „Ich denke er ist nur von Rache getrieben. Die Morde an den Ehefrauen sind zu einer Mission geworden, seiner eigenen Lebensphilosophie. Deshalb hat er auch von langer Hand alles geplant. Wenn es nicht Rafael selbst ist, muss der Täter über jeden seiner Schritte Bescheid wissen, was wiederum bedeutet, dass er sich in seinem näheren Umfeld bewegt."

„Okay gehen wir davon aus. Es ist nicht Rafael, sondern jemand anderes, dann verstehe ich nicht, warum er die anderen Frauen in Deutschland auch so bestialisch umgebracht hat."

„Weil da ein Zusammenhang besteht. Und das ist die Vergangenheit der Naziväter, die was auf dem Kerbholz haben."

„Apropos, konntest du seinem Vater schon auf den Zahn fühlen?"

„Bisher habe ich ihn nur beobachtet und mir eingebildet, dass bei dem Namen Kreibich etwas in seinen alten Zellen anfing zu arbeiten. Er spricht nur Spanisch, nirgendwo waren Anzeichen davon, dass er einen Bezug zu Deutschland hat. Keine deutschen Bücher, keine alten Fotos ..."

„... kein bayrischer Humpen?", fragte Juri lachend.

„Und keine deutsche Reichsflagge", konterte Sam. „Nein. Nichts. Rein gar nichts, was seine Herkunft verraten könnte."

Juri nahm sich das dritte Gedicht vor.

Die Glut, die noch schwach, sie wird bald stark und groß.
Pulsierend und glühend versengt sie den Schoß.
Das Feuer, es schießt aus des Berges Gruft
Brüllend und fauchend versenkt es die Luft.
Es tötet die Bäume, die Vögel, das Licht
Zerstört Eure Welt, in die es jetzt bricht.
Im Dunkeln erstarkt aus eigener Kraft
Der Welt des Verlassens den Ausstieg verschafft.

„Das ist eine eindeutige Kampfansage, würde ich sagen."

„Sehe ich ähnlich", bestätigte Sam. „Er hat in jedes Gedicht ein Element eingefügt. Wasser, Luft und Feuer."

„Ja, im ersten wird er von Wasser kalt umschlossen, ertrinkt beinahe, überlebt nicht, aber Wasser spendet auch Leben", interpretierte Juri. „Luft steht für Leichtigkeit, Atmen, Freiheit. Keine Ahnung. Und Feuer ist die reinste Zerstörung. Meinst du er ist tatsächlich so tiefsinnig?", fragte er skeptisch.

Sam zuckte mit den Schultern. Tiefsinnig oder nicht, sie hatten es auf jeden Fall mit einem diabolischen Charakter zu tun. Mit einem Menschen mit ungezähmter Boshaftigkeit, der kalt und seelenlos war.

53.

Am Nachmittag fuhr Sam wieder zurück auf die Finka. Rafael war immer noch nicht eingetroffen. Auch zum Mittag war er nicht erschienen, wie Sam von der Angestellten im Haus erfuhr.

Diego Rodriguez saß in seinem Rollstuhl im hinteren Teil des Gartens vor einem im Schatten liegenden Feld voller roter Anturiusse. Sam konnte ihn aus dem einen Fenster seines Gästezimmers sehen. Es sah fast aus wie ein Stillleben. Nichts bewegte sich.

Sam schlenderte, beide Hände in den Hosentaschen vergraben, durch eine Art Laubengang und blieb neben dem alten Mann stehen. Beide sagten eine Weile nichts, dann entschloss sich Sam, nach alter Gewohnheit schnörkellos zum Punkt zu kommen. „Ich habe Ihre Tochter Doris in München getroffen."

Ein unmerkliches Zucken ging durch die schweren Lider, doch die Stimme des alten Mannes war fest und bestimmt „Ich habe keine Tochter die Doris heißt." Unbeirrt wanderte sein Blick zurück zu dem roten Blumenfeld.

„Sie ist überzeugt davon, dass Sie tot sind … Ich glaube, es hat sie damals nicht sehr tangiert von Ihrem Tod zu erfahren." Sam setzte sich auf einen großen Stein und strich über die raue löchrige Oberfläche. „Wenn man ein Kind im Stich lässt, nimmt es einem das ein Leben lang übel. Nichts auf der Welt kann diese Wunde des Alleingelassenseins wieder heilen. Man trägt sie ein Leben lang mit sich herum."

In die wässrig graublauen Augen seines Gegenübers kam Bewegung. Unruhig blickten sie hin und her. „Ich habe keines meiner Kinder im Stich gelassen, was erlauben Sie sich überhaupt."

„Wissen Sie, warum sie keine Ärztin werden wollte? Sie hat die vielen Menschen gesehen, die unter Ihren Händen gestorben sind. Das hat ihr Angst gemacht … Man könnte sagen, Sie haben einen guten

Eindruck hinterlassen, Herr Thiel."

Endlich sah der Mann Sam direkt an. „Ich heiße nicht Thiel. Ich heiße Diego Rodriguez Guerra." Doch irgendwie schwand die Kraft aus dem alten Mann, sein Ton war weniger energisch.

„Man hört es zwar kaum und ich dachte erst, es ist der hiesige Akzent, aber Ihr R klingt manchmal zu kehlig, zu Deutsch. Hören wir also auf Spielchen zu spielen."

„Kreibich starb 1985 an Darmkrebs in einer Buschklinik in Brasilien. Wir hatten bis zuletzt Briefkontakt. Er war nie verheiratet gewesen und von einem Sohn hat er mir nie etwas erzählt und wie ein Bastard einer brasilianischen Hure sehen Sie nicht aus. Wie heißen Sie also richtig?"

„Sam O´Connor."

Heinrich Thiel sah wieder auf die Anturiusse mit ihren knallroten geäderten Blättern, die in ihrer Pracht beinahe künstlich aussahen. „Ich hatte keine andere Wahl. Ich musste sie zurücklassen", sagte er fast sanftmütig. „Ich habe ihr unzählige Briefe geschrieben, aber sie hat nie geantwortet."

„Wäre es nicht unauffälliger gewesen, wenn Sie mit Ihrer Tochter gereist wären?"

„Wahrscheinlich wäre sie dann heute nicht mehr am Leben." Thiel erzählte ihm, wie er in einem Zuckerrohrfeld angeschossen worden war und seinen Verfolger überwältigen konnte. Mit seiner Tochter hätte er keine Chance gehabt. Er stieß einen lauten Seufzer aus. „In den letzten Jahren habe ich nicht mehr geglaubt, dass noch jemand an mir Interesse haben könnte. Immerhin sind nun fast siebzig Jahre vergangen. Ich weiß, es ginge rein um den symbolischen Charakter, Leute wie mich noch vor den Richter zu zerren. Dank dieser großartigen Erfindung wie das Internet, konnte ich immer mal wieder die Nachrichten im Ausland verfolgen. Wie ich gesehen habe, haben sie *Dr. Tod* oder *den Schlächter* von Mauthausen immer noch nicht erwischt. Obwohl man sagt ja, dass er seit zwanzig Jahren tot ist."

„Ja, ein ähnlicher Fall wie der Ihre. Es gibt nur irgendwelche zwielichtigen Dokumente und der Informationsaustausch mit den Kairoer Behörden funktioniert wahrscheinlich ähnlich wie hier?"

„Wussten Sie eigentlich, dass von etwa zweihunderttausend Deutschen und Österreichern, die am Holocaust beteiligt waren, nur sechstausendfünfhundert verurteilt wurden?"

Diese Daten und Zahlen waren Sam nicht bekannt gewesen, trotzdem gab er ein enttäuschtes Nicken von sich. „Und um die Zahl noch etwas zu erhöhen, macht man immer noch Jagd auf Kriegsverbrecher wie Sie", entgegnete er trocken.

Thiel schüttelte ungläubig den Kopf. „Ich war doch nur ein Handlanger, mehr nicht", verteidigte er sich. „Ich war jung, bin nur den Befehlen meiner Vorgesetzten gefolgt. Ich wollte ein großer Arzt werden und habe meine Chance damals dort in den Baracken gesehen. Sie müssen doch zugeben, dass die Medizin noch nie so schnell vorangekommen war wie zu Hitlers Zeiten. Und das nur, weil wir so viel Material zur Verfügung hatten."

Material nannte er die Menschen, an denen sie Experimente durchgeführt hatten. Sam biss die Zähne aufeinander. Am liebsten hätte er diesen alten Mann sein Gebiss schlucken lassen, das sich ständig löste und beim Sprechen klapperte.

Der Himmel verdüsterte sich für einen Augenblick. Als Sam nach oben sah, war er jedoch so blau und wolkenlos wie bisher. Nur ein einsamer schwarzer Geier kreiste hoch über Bäumen. Wie sollte er weiter vorgehen, um nicht den Verdacht zu erregen, dass er gar nicht wusste, weshalb Heinrich Thiel überhaupt gesucht werden sollte? Am besten war, ihm selbst die Frage zu stellen. „Wie meinen Sie, lautet die Anklage?", tastete sich Sam weiter vor.

„Das müssen Sie mir schon sagen." Ihre Blicke trafen sich. „Ich bin unschuldig. Ich war ein nichts ahnender Bengel, habe zu dem Meister aufgeschaut und versucht ihm zu Pläsieren. Dafür habe ich bei experimentellen Operationen mitgeholfen, habe lebenswichtige Organe entfernt und studiert wie lange Menschen ohne sie überleben konnten. Ich habe Tote ausgekocht, damit ihre Skelette zum Studieren benutzt werden konnten. Wie Sie selbst sehen können, hat alles der Menschheit gedient."

„Gehörten dazu auch, Wirbelsäulen zu durchtrennen und Menschen die Haut bei lebendigem Leib abzuziehen?", fragte Sam kühl, und beobachtete Thiel jetzt genau, dessen Selbstsicherheit plötzlich verflogen war.

„Nun ...", begann er und machte eine kleine Pause. „...daran kann ich mich im Einzelnen nicht mehr so erinnern. Außerdem hat der Blitzschlag vor Jahren mein Erinnerungsvermögen geschwächt."

Rafael hatte ihm von dem Unfall erzählt, und dass sein Vater seitdem unter Muskelschwund und plötzlich auftretenden Lähmungserscheinungen im Gesicht und in den Extremitäten litt, weshalb er es auch vorzog im Rollstuhl zu fahren, obwohl das gar nicht immer nötig war. Die Spätfolgen eines solchen Unfalles wurden meist unterschätzt. Gedächtnisprobleme, Sinnesverluste oder auch Persönlichkeitsveränderungen waren nur einige davon. Ob das nun alles auf den alten Mann zutraf, bezweifelte Sam jedoch. Es war in seinem Fall natürlich vorteilhaft, sich nicht mehr an Einzelheiten aus seiner Vergangenheit zu erinnern.

„Es gibt ein paar Aufnahmen von Ihnen und Ihrem exklusiven Ärzteteam vor den Toren Ihres Heimes."

„Was für ein Team?" Thiel schien zu überlegen. Sein Unterkiefer rutschte hin und her. Seine eh schon schmalen Lippen verschwanden nun ganz in seinem zusammengekniffenen Mund.

„Na schön, da scheint der Blitz ja auch ein ziemlich großes Loch in ihr Hirn gebrannt zu haben ... Ich habe mit Steiner und Rewe gesprochen ..."

Jetzt sah Thiel wirklich verwundert aus.

„Was? ... Ich dachte, die sind tot."

Sam lächelte, anscheinend musste man dem alten Mann nur ein bisschen auf die Sprünge helfen, damit er sich erinnerte.

„Ich meinte die Junioren. Und irgendjemand scheint sich an den Nachfahren ihres speziellen Ärzteteams zu rächen. Ich bin sicher, Sie können mir den Grund dafür nennen?"

Ein Wagen fuhr auf die Auffahrt und hielt vor der Finka.

Rafael stieg aus. Er bemerkte Sam nicht, der ihn über einen Busch hinweg beobachten konnte. Er machte ein paar Schritte aufs Haus zu. Dann sah er auf etwas in seiner Hand, ging wieder zurück zum Wagen und bückte sich bei der Fahrertür. Als er wieder hochkam, zog er seine Hose zurecht, überprüfte sein Aussehen im Seitenspiegel und betrat das Haus.

„Mein Sohn ist nach Hause gekommen. Außerdem bin ich müde, reden wir einen anderen Tag weiter." Er drückte auf einen Knopf und der Rollstuhl setzte sich summend in Bewegung.

Sam folgte ihm.

Der Geruch von Gebratenem lag in der Luft, als sie durch die Tür traten.

Rafael kniete vor seiner Mutter, die eingesunken in einem Sessel saß und sich die Augen mit einem weißen Stofftaschentuch trocknete. Mit einem Blick hatte Sam die ganze Situation erfasst. Er wusste sofort, dass seine Ahnung, Vermutung oder Befürchtung von heute morgen Wirklichkeit geworden war.

Thiel fuhr auf die beiden zu und krächzte: „Was ist passiert?"

Rafaels Augen waren jetzt gefüllt mit Tränen als er hochsah. Er erzählte stockend, dass man Lea gestern Nacht wohl entführen wollte. Seine Schwester musste sich so gewehrt haben, dass sie letztendlich von ihr abgelassen und nur auf sie geschossen hatten.

Die Worte waren wie ein Hieb in die Magengegend. Sam stand plötzlich neben sich.

„Ist sie …" Thiel hütete sich dieses Mal davor, das Wort laut auszusprechen.

„Sie liegt im Koma, aber es sieht nicht gut aus", schluchzte Rafael.

„Was heißt, es sieht nicht gut aus?"

„Sie sagen, sie überlebt die Nacht vielleicht nicht."

Aurelia schluchzte verhalten in ihr Taschentuch und Rafael legte tröstend eine Hand auf ihr Knie.

Sams Instinkte bekamen eine Alarmmeldung. Was stimmte hier nicht?

Inzwischen war auch Maria aus ihrem Zimmer gekommen. Sie war zwar verblödet, aber die Ernsthaftigkeit der Situation schien sie doch zu erfassen. „L-L-Lea i-i-ist tot?", fragte sie und verzog das Gesicht zu einer Grimasse.

„Noch nicht", antwortete Thiel kalt. „Seit wann weißt du es?", richtete er die Frage wieder an seinen Sohn.

„Ich habe es gerade eben erst erfahren."

Heinrich Thiel sah seinen Sohn zweifelnd an. „In welches Krankenhaus hat man sie gebracht?"

„Ins *San Vicente*."

San Vicente? Wo hatte Sam schon einmal diesen Namen gehört? Er kam nicht drauf, weil er durch ein Wirrwarr von Gedanken und durch ein seltsames kribbeliges Gefühl in der Magengegend abgelenkt war. Dann ging er langsam nach draußen, sah sich um und als er sich unbeobachtet fühlte, öffnete er die Tür zu Rafaels Wagen und ging in die Hocke. Er sah in dem vorderen und hinteren Fußraum nach und erfühlte mit seinen Fingerspitzen schließlich etwas Kaltes und Hartes unter dem Fahrersitz. Als er es hervorholte, hatte er ein Handy in seiner Hand. Warum hatte Rafael sein Handy unter dem Sitz versteckt?

Das *algo* fiel für den heutigen Tag aus, denn die Familie fuhr geschlossen in die Klinik zu Lea, um in den letzten Stunden bei ihr zu sein.

Sam zog sich zurück und überlegte, wen er als erstes aus dem Bett holen sollte, um ihn über den neuesten Stand der Dinge aufzuklären. Beauchamp oder Brenner? Er entschied sich für Brenner, der ihn ja auch hier in diese Hölle geschickt hatte und somit keine Gnade verdient hatte.

Danach rief er Juri an. Das Gespräch mit seinem Partner war aufschlussreicher als gedacht. Der Schatten Juan Carlos, der Rafael seit seiner Ankunft auf Schritt und Tritt folgte, hatte einen Zwischenbericht vom heutigen Tag abgegeben. Demnach war Rafael am Morgen ins

Heim gefahren und danach, gegen Mittag, in ein Apartmentkomplex gegangen, in dem er sich eine Weile aufgehalten hatte. Nachfragen hatten ergeben, dass Lea dort eine Wohnung besaß. Aber Lea war gestern Nacht angeschossen worden und laut Rafael hatte er erst kurz bevor er zu seinen Eltern auf die Finka gefahren war, davon erfahren. Offenbar entsprach das aber nicht ganz der Wahrheit.

Plötzlich wurde Sam klar, was ihn vorhin gestört hatte. Beim Aussteigen aus dem Wagen hatte Rafael sich unbeobachtet gefühlt und sich so verhalten als sei gar nichts Ungewöhnliches geschehen. Mehr noch, er hatte Leas Handy unter dem Sitz versteckt und war dann im Haus ganz plötzlich in Tränen ausgebrochen Glaubwürdiger wäre es gewesen, wenn er sich den Ausbruch erspart und sich so verhalten hätte wie nach der Ermordung seiner Frau Leila. Kühl, beherrscht und fast unbeteiligt.

Sam begutachtete das fremde Handy in seiner Hand. Es hatte wesentlich mehr Menüpunkte als sein altes Nokia, aber zum Glück funktionierten alle auf die eine oder andere Weise gleich. Er öffnete die Kontaktliste, ging dann auf Anrufe und drückte auf angenommene und gewählte Nummern. Bei dem letzten Anruf stand Nati. Er war getätigt worden kurz bevor sie gestern auf die Finka gefahren war. Nati? Vermutlich eine Abkürzung von Nathalia. Sam ging die Namen der Angestellten durch. Zwei Nathalias standen auf der Liste. Wahrscheinlich hieß in Kolumbien jede vierte Nathalia, genauso wie Maria, Sofía, Juan, Carlos, Fernando, Felipe und Clara, die achtzig Prozent der Namen auf der Liste ausmachten. Gärtner, Pfleger, Krankenschwestern, Pathologen, spezielle Ärzte, die bei Notfällen gerufen wurden wie der Urologe, ein Herzspezialist, eine Dermatologin und Lea, die auf Erbkrankheiten spezialisiert war wie er jetzt erfuhr.

Lea hätte gefährlich für ihn werden können. Sie war bildhübsch, gebildet, schlau und hatte das gewisse Etwas wie Lina, die immer irgendwie geheimnisvoll geblieben war. Sam musste schmunzeln als er an ihren Test von gestern Abend dachte und er in weiser Voraussicht vorbereitete gewesen war. Natürlich war er von ihr durchschaut worden, aber trotzdem verloren sie kein Wort mehr darüber. Und je später der Abend geworden war, desto mehr war sie von ihm angetan und hatte ihren Blick nicht mehr von ihm abwenden können. Er musste sich eingestehen, dass er froh war, sie nicht näher kennengelernt zu haben. Jetzt, da sie im Krankenhaus lag und wahrscheinlich laut Rafael den morgigen Tag nicht mehr erleben würde.

Sam trat vor die Tür seines Gästehauses. Die Luft war etwas kühler geworden, trotzdem war es immer noch warm. Medellin, die Stadt des ewigen Frühlings hieß es in den Reiseführern. Das ganze Jahr über fielen die Temperaturen nicht unter dreiundzwanzig Grad und stiegen nicht über dreißig. Ein angenehmes und gesundes Klima, fand Sam. Sein Handy vibrierte in seiner Tasche. Ohne genaues Ziel ging er durch den hinteren wild bewachsenen Garten und hörte Juri zu.

„Okay, also San Vicente ist eine der besten Kliniken Medellins. Berühmt wurde sie durch ihre erfolgreichen Transplantationen", erklärte Juri.

Natürlich, wie hatte er das vergessen können. Lina war damals als junges Mädchen in die Heimatstadt ihres Vaters gekommen und war hier operiert worden. Sie hatte das Herz ihres Vaters bekommen, der sich für seine Tochter geopfert hatte. Eine schaurige und dazu fast unglaubhafte Geschichte, aber in einem solchen Land war eben alles möglich und Liebe trieb manche Menschen zu den unglaublichsten Handlungen. Sam überlief eine Gänsehaut.

„Die Familie ist zurzeit am Debattieren mit einem Arzt. Sie bestehen auf eine Verlegung Leas in Rafaels Heim. Kannst du dir das vorstellen?"

„Ist sie nicht auf der Intensivstation? Ich dachte, sie würde die Nacht nicht überleben?"

„Anscheinend ist ihr Zustand stabiler, weshalb ihr Bruder darauf besteht, sie zu sich zu holen. Dort hätte er Tag und Nacht Kontrolle über ihren Zustand."

War das Bruderliebe oder spielte etwas anderes dabei eine Rolle?

Sam war sich nicht sicher, was er von dem Ganzen halten sollte. Hatte er damals nicht auch seine Schwester Lily nach Hamburg geholt, trotz ihres psychotischen Zustandes. Hätte er sie damals in der Münchner Klinik gelassen, wäre sie vielleicht heute noch am Leben. Beging Rafael vielleicht auch den gleichen Fehler? Sam war gar nicht wohl bei dem Gedanken.

„Okay sieht so aus, als hätten sie den Arzt überzeugt."

„Sag mal, bist du vor der Klinik?"

„Nein ich sitze an der Bar im Hotel und führe eine Beinah-Konferenzschaltung mit Juan Carlos und dir."

„Du sitzt an der Bar?"

„Bedenke bitte, ich bin im Urlaub, Sam."

Sam lachte. Es gab für heute nichts mehr zu tun, er würde seinem Partner Gesellschaft leisten, der seinem Namen als Weiberheld sicherlich mal wieder alle Ehren machte und von seinem Barhocker mit mehreren Frauen gleichzeitig flirtete.

54.

Drei Tage waren ohne nennenswerte Vorkommnisse vergangen. Sam hatte in den letzten Tagen das Personal des Heimes etwas genauer unter die Lupe genommen und dabei bemerkt, dass Rafael ihm beim ersten Mal nicht einmal annähernd die ganze Institution gezeigt hatte.

Es gab hier nicht nur Aidskranke wie er feststellen musste, sondern der größte Teil waren nicht nur leicht, sondern schwerstbehinderte Menschen, die auf ständige Pflege angewiesen waren.

Spätestens jetzt hätte er Thiels falsche Identität aufgedeckt. Inzwischen war ihm nämlich auch das Schild vor dem Eingang des Heimes aufgefallen, das von ein paar Ästen verdeckt an einer Stange hing und auf dem stand: „*Hogar del Desvalido*" – Heim des Verlassenen, Mittellosen oder Schutzlosen war die Übersetzung dafür. Thiel musste also irgendwann sein Heim hier nach Medellin verlegt haben. Damals hieß es noch „*Casa del Desvalido*". Doch er war sich sicher, dass das nicht alles war, was man hier noch aufdecken konnte. Zumal Thiel nicht der Typ von Mensch war, der ein Herz für Schwächere hatte. Das zeigte allein sein Verhalten gegenüber seiner geistig behinderten Tochter Maria. Hinter dieser Maske des Samariters musste irgendetwas anderes verborgen sein.

Sam hatte sich mit dem routinierten Ablauf im Heim vertraut gemacht und dabei festgestellt, dass Blutproben von Patienten im Schwesternzimmer im Kühlschrank aufbewahrt und später am Nachmittag von einem Kurier abgeholt wurden. Für jeden also zugänglich. Zwischendurch schaute er immer mal wieder bei Lea vorbei. Jedes Mal war das gleiche schnarrende Geräusch der Maschine zu hören, die die Atmung für Lea übernommen hatte und es war die gleiche Schwester in ihrem Zimmer. Ein junges Mädchen. Sie schien sich ernsthaft Sorgen um Lea zu machen und sich nicht nur ihrer Arbeit wegen hier aufzuhalten.

Als Sam das letzte Mal an diesem Tag noch einmal nach Lea sehen wollte, hörte er Stimmen aus dem Zimmer. Es war Rafael, der offensichtlich mit der Arbeit der Schwester unzufrieden war.

„Ich bezahle Sie nicht, damit Sie den ganzen Tag hier herumhocken."

„Ich weiß, Doktor, aber ich denke, dass menschliche Nähe wichtig für die Genesung Ihrer Schwester ist."

„Deshalb bin ich ja hier. Ich bin ihr Bruder."

Das Koma war eine Schutzfunktion des Körpers, dem meistens ein extremes Ereignis vorausging. In diesem Fall hatte man auf Lea geschossen und sie verarbeitete dieses Trauma, indem sie sich in eine Welt am Rande des Todes zurückgezogen hatte. Sam konnte sich auch gut vorstellen, dass das eine oder andere zu Lea durchdrang. Und ja, sie würde es schaffen, davon war er überzeugt, sonst wäre sie bereits gestorben. Sie war eine Kämpferin.

„Ich möchte, dass Sie nach Hause fahren, Nathalia."

„Aber ich ..."

„Keine Widerrede", sagte Rafael harsch.

Hinter sich hörte Sam Schritte näher kommen. Ohne sich umzudrehen, öffnete er die Tür und betrat das Zimmer. „Oh, störe ich? Ich wollte nur noch einmal nach Lea sehen."

„Ja, natürlich", sagte Rafael leicht gereizt und verbarg nicht, dass ihm Sams Rumschnüffelei allmählich auf die Nerven ging.

Die junge Schwester warf Sam einen verzweifelten Blick zu, bevor sie an ihm vorbeihuschte. Er sah ihr nach, wartete, bis die Tür ins Schloss fiel und dann verdüsterte sich sein Gesicht. „Ich möchte eines klarstellen, Rafael. Sollte Lea irgendetwas passieren, was für ihren Zustand ungewöhnlich wäre, mache ich Sie fertig. Habe ich mich klar ausgedrückt?"

Rafael sah Sam überrascht an. „Entschuldigen Sie, aber Ihren Ton können Sie zu Hause lassen, Mister O´Connor. Ich habe mir nichts zu Schulden kommen lassen und bin einzig und allein daran interessiert, dass meine kleine Schwester diesen schrecklichen Vorfall überlebt.

Habe *ich* mich jetzt klar ausgedrückt?"

Sam hob warnend seinen Finger, drehte sich um und verließ das Zimmer. Draußen vor dem Heim rief er sich ein Taxi und fuhr ins Hotel.

Juri hatte sich im Zeitungsladen des Hotels vorsorglich noch ein paar Kondome gekauft und ging gerade an der Rezeption vorbei als er eine Stimme hörte, die ihm bekannt vorkam. Eine schlanke Frau mit blonden Haaren stand mit dem Rücken zu ihm und diskutierte mit dem Manager des Hotels über ein Upgrading ihres Zimmers. Er ging zügig an ihr vorbei und warf noch einen kurzen Blick über die Schulter, um sicherzugehen, dass er sich nicht geirrt hatte.

Als Sam im Hotel eintraf saß Juri in der Cafetería und grinste übers ganze Gesicht. Er war leicht gebräunt und sah richtig erholt aus, im Gegensatz zu Sam.

„Es gibt Neuigkeiten."

„Erzähl schon und mach es nicht so spannend", sagte Sam ungeduldig und bestellte sich einen Kaffee.

„Du wirst es nicht glauben, wen ich gerade hier im Hotel gesehen habe …"

„Juri! Ich zieh dir gleich die Ohren lang."

„Okay … fängt mit J an."

„Juri!"

„Nein nicht Juri … Judith Weinmann."

Sam zog die Stirn kraus.

„Na, was sagst du dazu? Und Rafael hat vor fünf Minuten das Heim verlassen und ist auf dem Weg hierher, vermuten wir zumindest."

Sam strich sich nachdenklich über sein Grübchen am Kinn und ließ den Blick in die Ferne schweifen. Von hier oben hatte er einen Ausblick auf die andere Seite des Tales. Kleine Ziegelsteinhäuser, die Häuser der Armen waren dort in die grünen Hügel gebaut worden und erstreckten sich einmal rund um das Tal. Hatten Rafael und diese Weinmann doch eine heimliche Affäre? Es würde ihn nicht sonderlich wundern, wenn Rafael seine Geliebte auf der Hochzeitsreise getroffen hatte.

„Vielleicht haben die beiden doch gemeinsam Rafaels Frau um die Ecke gebracht?", sagte Juri, während er einen blutroten dickflüssigen Saft durch einen Strohhalm sog.

„Und was wäre dann mit seinen anderen Ehefrauen?" Sam dachte an seinen letzten Fall. Die Frau, die die Geliebten ihres hörigen Mannes umgebracht hatte, um ihn zu bestrafen. War diese Judith Weinmann vielleicht auch so eine Psychopatin? „Wie lange kannten sich die beiden eigentlich?"

„Laut ihrer Aussage, sechs Jahre", antwortete Juri.

Zu kurz, dachte Sam. Warum auch sollten sie Rafaels Frau in Deutschland umbringen, wenn sie hier im Land der zehn Prozent Aufklärungsrate viel leichteres Spiel hätten.

In Leas Fall investigierte die Polizei zwar, aber Nelly hatte ihm bereits gesagt, dass die Chancen den Täter zu fassen realistisch gesehen gleich Null waren. Keine Zeugen, keine nennenswerten Spuren, niemand der in dieser Nacht bei einer Kontrolle verdächtig erschienen war. Die Polizei hatte es hier täglich mit etwa zwanzig Morden zu tun. Das waren im Monat an die sechshundert, von denen laut Statistik zehn Prozent gelöst wurden und das waren meist Fälle in denen Familienmitglieder oder Ex-Liebhaber involviert waren. Bei Auftragsmorden dagegen wurde der Täter nie gefasst. Hier in Kolumbien wurden solche Aufträge schon vergeben, wenn jemand seine Rechnungen oder seine Schulden nicht beglich, sprich, schon bei Lappalien wurde hier zu drastischen Mitteln gegriffen.

Sam hatte das Land mit dem Wilden Westen verglichen, woraufhin Nelly gelacht hatte und meinte, er hätte es auf den Punkt gebracht. Er müsste mal sehen, wenn hier ein wichtiges Fußballendspiel lief oder bei anderen Events wie der Blumenmesse oder Cabalgata Männer und Frauen sich auf ihre Pferde schwangen und durch die Stadt ritten.

Gefährlich wurde es, wenn die Herrschaften zu viel Feuerwasser intus hatten, dann konnte es schon mal zu einer unkontrollierten Schießerei kommen.

Aber wer sollte den Auftrag gegeben haben, Lea umzubringen? Und vor allem warum? In Sam kam eine dunkle Ahnung hoch.

Juris Handy gab die Melodie von „*Psycho*" von sich und Sam schüttelte nur den Kopf über seinen verspielten Partner. Es war Juan Carlos, der ihm bestätigte, dass Rafael gerade einen Parkplatz vor dem Hotel suchte.

Sie zahlten schnell ihre Rechnung und fuhren hoch auf Juris Zimmer. Das Zimmer im zweiten Stock mit Blick auf den Pool, die Tennisplätze und ein Restaurant mit mehreren spitzen Reetdächern, die wie mexikanische Hüte aussahen, war sehr einfach gehalten.

Bevor sich Sam in den Sessel fallen ließ, holte er zwei Handys aus seiner Hosentasche und legte sie auf den Tisch.

„Hey, sag bloß du hast dir ein neues Handy zugelegt." Juri inspizierte eines davon und grinste sich einen weg „Meinst du nicht, das ist zu kompliziert für dich."

Es gehört Lea. Ich hab es unter dem Sitz von Rafaels Wagen gefunden. Frag nicht weiter. Ich werde dir jetzt nicht erklären wie ich dazu gekommen bin."

„Und was willst du damit?"

„Geduld, Kleiner. Geduld."

Es klopfte an der Tür. Draußen stand ein junges Mädchen mit einem puppenhaften Gesicht, einem sehr weit ausgeschnittenen Top, einer knallengen Jeans und High Heels. Juri zeigte auf seine Uhr, flüsterte ihr etwas zu, was mit einem Kichern beantwortet wurde und schloss dann wieder die Tür.

„Was war das?"

„Das Zimmermädchen."

„Das Zimmermädchen?"

„Ich sagte dir doch, die sind hier wahnsinnig attraktiv."

Juri und sein Zwang, ständig irgendwelche Frauen flach zu legen,

war wirklich krankhaft. Sam brachte ein kleines Lächeln zustande.
„Spricht sie denn Englisch?"
„Sagen wir es mal so: Wir sprechen eine Sprache."
Sam sah auf die Uhr, steckte sich die Handys wieder in die Tasche und ließ Juri allein auf seinem Hotelzimmer zurück. Eigentlich würde er auch viel lieber im Hotel wohnen, dachte er und nahm sich vor, genau das in spätestens zwei Tagen zu machen. Vorher gab es jedoch noch einiges zu klären.

Nathalia Bernal kam zu spät. So spät, dass Sam schon dachte, sie würde gar nicht mehr auftauchen. Als sie ihn sah, lächelte sie kurz und setzte sich dann wie ein verschrecktes Kind ihm gegenüber. Ihre Tasche hielt sie fest umklammert auf ihrem Schoß fest.
Sam bot ihr etwas zu Essen und zu Trinken an, aber sie lehnte ab.
„Schön, dass Sie gekommen sind."
„Warum wollten Sie mich sprechen?"
„Ich habe Sie beobachtet. Sie haben Angst um Lea."
„Ja, natürlich habe ich das."
„Ich meine nicht wegen des Unfalls. Ich hatte das Gefühl, dass Sie sie vor jemanden beschützen wollen. Aus diesem Grund sitzen Sie auch Tag und Nacht an ihrem Bett."
Nathalia sah auf ihre kleinen zierlichen Fingerchen, die perfekt maniküriert waren. Ein Attribut, das er hier bei den meisten Frauen gesehen hatte.
„Vor wem oder vor was wollen Sie Lea schützen?", fragte er leise.

Nathalia war der kleine Disput zwischen ihrem Chef und dem Fremden im Zimmer von Lea nicht entgangen. Und obwohl die beiden nicht ihre Sprache sprachen, war ihr Eindruck gewesen, dass sie sich nicht besonders gut verstanden. Ihr Gefühl sagte ihr, dass sie dem Mann vor ihr vertrauen konnte. Vielleicht lag es an seinen schönen dunklen Augen. Zwar zierte sie sich anfangs noch ein wenig, doch dann redete sie sich alles von der Seele. Sie erzählte von den mysteriösen

Todesfällen im Heim, nach denen Lea sie ausgefragt hatte und von Leas unerlaubtem Besuch im Aktenraum, in dem sie etwas Wichtiges entdeckt haben musste.

„Ich sollte sie sofort anrufen, wenn mal wieder jemand von heute auf morgen stirbt", sagte sie und setzte eine geheimnisvolle Miene auf.

„Können Sie mir das etwas genauer erklären?"

Nathalia hatte Sams ganze Aufmerksamkeit und das gefiel ihr. Sie erklärte ihm im Flüsterton, dass es nichts Ungewöhnliches wäre, wenn ein Aidspatient plötzlich starb, aber wenn ein körperlich gesunder Mensch aus heiterem Himmel ablebte, gäbe einem das schon zu denken. Dabei sah sie sich unruhig um als hätte sie Angst, dass doch noch jemand anderes ihre Bemerkung mitgehörte.

Sam musste die Informationen, die er gerade bekommen hatte erst einmal verdauen. Unvermittelt sah Nathalia auf die Uhr und sprang hektisch auf. „Dios mio, ich komme zu spät zur Nachtschicht." Sie gab ihm die Hand und lief schnellen Schrittes zur Hauptstraße, bevor er noch weitere Fragen stellen konnte.

Das Heim existierte hauptsächlich von großzügigen Spenden, wie Rafael ihm erklärt hatte. Konnte es sein, dass Rafael sich ab und zu ein paar leidiger Patienten entledigte, damit mehr in der Kasse blieb? Patienten ohne Angehörige, die nicht weiter auffielen? Nicht umsonst hieß es ja „Heim des Verlassenen".

55.

Sam beobachtete Heinrich Thiel, der in seinem Rollstuhl saß und im Wohnzimmer vor sich hindöste.

Seine Frau Aurelia war mit Maria und dem Chauffeur unterwegs, weshalb Sam die Gelegenheit nutzen wollte, das Gespräch mit dem alten Mann hier und jetzt ungestört weiterzuführen. Er sah aus dem Fenster und nahm ein Schluck heißen Kaffee, der wie er feststellte, längst nicht der deutschen Qualität entsprach. Das musste wohl daran liegen, dass die Qualitätsbohnen exportiert wurden. Das Grundstück der Finka war in alle Windrichtungen sehr weitläufig und endete teilweise erst hinter riesigen Bambuswäldern. Wo er auch hinsah war eine unermessliche Blumenpracht zu erkennen. Ein Kolibri tauchte direkt vor ihm auf und steckte seinen Schnabel in den Trichter einer Blüte, die vor dem Fenster wuchs.

Sam wollte sich gerade zu Heinrich Thiel umdrehen, der sich vernehmlich geräuspert hatte, als er in einem der vielen Blumenbeete die rosa-weißen Blüten der Miltonia-Orchidee entdeckte.

„Ist meine Frau nicht da?", ertönte Thiels krächzende Stimme.

„Sie ist einkaufen gefahren. Eine gute Gelegenheit unser Gespräch fortzuführen, Herr Thiel."

„So, was wollen Sie denn noch wissen. Ich habe doch bereits alles gesagt."

„Wir waren bei Steiner und Rewe stehen geblieben."

„Ach ja? Ich erinnere mich gar nicht mehr daran."

„Dann helfe ich Ihnen mal auf die Sprünge. Das Wappen dürfte Ihnen ja bekannt sein", konstatierte Sam und hielt Thiel die erste Seite aus dem Buch vor die Nase, auf dem der Faun und der Engel abgebildet waren.

Thiels Augen weiteten sich, sofern die schweren hängenden Lider es zuließen und griff nach dem Buch. Sam zog es wieder weg und fing an darin herumzublättern. Dabei setzte er eine vielsagende Miene auf.

„Wo haben Sie das her?"

Sam bemerkte sofort das leichte Zittern in der Stimme des Alten.

„Harry Steiner, der Sohn Ihres ehemaligen Arztkollegen hat es mir überlassen, nachdem er sich in seinem Büro erhängt hatte. Er war verliebt über beide Ohren. Nur leider hat man seiner Geliebten die Haut in einem Hotelzimmer abgezogen. Üble Geschichte. Ich denke, von Zufall kann hier aber keineswegs die Rede sein. Was meinen Sie, Herr Thiel?"

„Könnte ich bitte ein Glas Wasser haben?"

Sam klappte das Buch laut zu und schenkte Thiel ein Glas Wasser ein, das auf dem Tisch zwischen ihnen neben einem Krug stand.

„Auch, dass man der Frau von Rewe Junior, die Wirbelsäule Stück für Stück zerteilt hat, bis man ihr den vierten Wirbel durchtrennte, der schließlich zum Tod führte, ist wohl keinem Zufall zuzusprechen. Ach, und dann haben wir ja noch die Enkelin ihrer Kollegin Rosemarie Klein, der man eine tödliche Injektion direkt ins Herz gespritzt hat, was man übrigens auch bei den anderen beiden Opfern getan hat. Na? Kommt Ihnen das Prozedere irgendwie bekannt vor?"

Heinrich Thiel kämpfte sichtlich mit sich selbst. Sein Blick ging immer wieder zu dem Buch in Sams Hand zurück.

„Ich weiß nicht, was die Morde mit der Vergangenheit zu tun haben. Wir haben nichts Unrechtes getan", beharrte er.

„Das sagten Sie bereits. Aber ich nehme es Ihnen so nicht ab. Versuchen Sie es noch einmal", sagte Sam leicht gereizt, um dem alten Mann deutlich zu machen, dass er sein Drumherumgerede ziemlich satt hatte.

Nach endlosen Minuten des Stillschweigens gab sich Heinrich Thiel einen Ruck und begann zu erzählen. „Wir hatten die Idee, den esoterischen Geheimbund, eine Art Neutempler Orden, der auf Jörg Lanz zurückgeht, weiter zu verbreiten. Wir wollten Idealstaaten in die unterentwickelten Teile der Welt bringen. Das Universum musste gerettet werden durch die Bildung einer neuen arischen Elite. Das war unsere Aufgabe. Der südamerikanische Kontinent eignete sich gut zur Umstrukturierung. Es sollte das Reich der Blonden werden. Wussten Sie, dass die Perser ursprünglich groß und blond waren? Erst als die niedere Rasse über die arisch heroische Herrenschicht Oberhand gewann, war das Reich dem Untergang geweiht. Sehen Sie doch, was heute in diesen Ländern los ist. Überall sind Proletarier an der Macht und verbreiten das Böse. 1942 verbot die Gestapo leider Sekten und Gruppen, aber es gab immer noch die Anhänger des Ordens und die verteilten sich auf der ganzen Welt und ließen ihn neu aufleben. New York, London, Kalifornien, Argentinien und so weiter." Thiels Augen glänzten, während er in der Vergangenheit schwelgte.

„Weit scheinen Sie zum Glück nicht gekommen zu sein, sonst hätte ich davon gehört."

„Nun ganz richtig ist das nicht. Wir haben überall unsere Spuren hinterlassen. In einigen Ländern Südamerikas, wie zum Beispiel in Brasilien, Chile und Paraguay gibt es heute noch Kolonien der großen blonden Menschen und sie halten daran fest, sich nicht mit den Untermenschen, den Tieren, zu vermischen. Es wurde sogar bewiesen, dass es geistige Unterschiede zwischen blonden und dunklen Menschen gibt. Wussten Sie das? Ganz deutlich können Sie das in meiner eigenen Familie erkennen. Die Missratenen sind alle dunklen Typus. Aber lassen Sie Ihren Blick schweifen. Sie brauchen nicht einmal weit zu gehen, nur hier vor die Tür, da treffen Sie auf kolossale Dummheit. Jedes Schwein im Stall ist schlauer, weil es weiß, was der andere frisst, scheißt und wer der Stärkere ist."

„Also um Sie mal zu unterbrechen … wie wollten Sie denn Ihre Idee in einem Land voller Indianer und dunkelhäutiger Menschen realisieren?"

„Na durch Kastration der Minderwertigen, durch Geburtenkontrolle und Geburtenerhöhung beziehungsweise Geburtenbeschleunigung der eigenen Rasse."

„Mengele …", sagte Sam leise.

„Ja, er war einer von uns. Er hat es geschafft, die Rate unserer

Rasse durch Zwillingsgeburten zu erhöhen. In Brasilien, in einem kleinen Dorf konnte er weiter experimentieren. Bis heute ist dort die Ziffer an Zwillingsgeburten so hoch wie alle Zwillingsgeburten auf der Welt zusammen", bemerkte Thiel stolz als wäre es sein eigener Verdienst.

„Und was war Ihr Beitrag zu dem Ganzen?"

„Wir haben versucht, die Tragezeit von neun Monaten auf die Hälfte zu reduzieren."

„Sie haben WAS? Und diese Experimente haben Sie an Menschen gemacht?"

„Nur an Freiwilligen, das versteht sich ja von selbst."

Sam massierte sich den Nacken. Nach den Schilderungen von Heinrich Thiel war er ganz steif geworden. Ihm fiel das letzte Gedicht ein, das bei Leilas Leiche gelegen hatte und in dem wie sie vermutet hatten, von einer Schwangerschaft und von einer Abtreibung gesprochen wurde. Das Bild hatte sich verändert ... *doch war es zu früh, ergreift es den Tod ... Der Zeiten Gesetz verändert man nicht ... Verkürzt und verändert es Leben zerbricht* ... Der Mörder musste von Thiels Experimenten an schwangeren Frauen gewusst haben, denn genau darauf zielten seine Zeilen ab.

„Bei der letzten Frau, die Ihr Sohn Rafael übrigens heimlich, ohne Sie davon in Kenntnis zu setzen, geheiratet hat, damit ihr nicht das gleiche Schicksal widerfährt wie den anderen, wurde der Fötus aus dem Leib gerissen und in den Mülleimer geschmissen."

Heinrich Thiel starrte Sam an. Fast sah es aus, als hätte er aufgehört zu atmen. „Rafael hat heimlich geheiratet?" Der alte Mann sagte nichts mehr und blickte nur stumm auf den Boden.

Sam betrachtete den zerbrechlich wirkenden alten Mann vor sich, der in Wirklichkeit ein kaltblütiger Mörder war. „Reden Sie Thiel, bevor ich mich vergesse", brüllte er durch den Raum. „Irgendjemand da draußen rächt sich persönlich an Ihnen und Ihrer Familie für Ihre abscheulichen Taten. Jemand der persönlich davon betroffen wurde. Wer?"

„Das kann nicht sein." Thiel griff nach seinem Glas und kippte es um. Der Inhalt ergoss sich auf seinem Schoß und hinterließ einen großen Fleck, sodass es aussah als hätte er sich vollgepinkelt.

„Dann gab es also keine Überlebenden?", schlussfolgerte Sam.

Thiels Unterkiefer fing wieder zu zittern an. „Das habe ich nicht gesagt."

„Das brauchten Sie auch nicht."

Die Augen des alten Mannes wanderten wieder zu dem kleinen Büchlein in Sams Hand.

„Und? Sagen Sie mir jetzt, was da drin steht?"

Ohne ein weiteres Wort zu sagen, legte Sam es dem alten Mann in den Schoß. „Hier lesen Sie selbst." Dann ging er nach draußen, sog die frische Luft tief in seine Lungen und atmete sie langsam wieder aus. Er fühlte sich als wäre ein Hinkelstein von seinen Schultern genommen. Verbliebe noch einer.

„Sie Mistkerl, Sie haben mich reingelegt. Ich werde alles leugnen", krähte Thiel aus dem Inneren des Hauses.

Sam hob ein Diktiergerät in die Luft und ging zum Gästehaus. Er wollte jetzt seine Sachen packen und ins Hotel gehen.

Der Ursprung des Bösen war geklärt, trotzdem hatten Sie den Mörder immer noch nicht und das bereitete Sam ernsthaft Sorgen.

Als er das Gästehaus betrat, bemerkte er sofort einen fremden Geruch darin. Die letzten Tage hatte es immer frisch nach Putzmitteln gerochen, wenn er reingekommen war, jetzt roch es irgendwie nach einem fremden Menschen. Er holte seine Tasche aus dem Schrank und begann seine Sachen einzupacken. Als er die Schuhe aus dem unteren Teil herauszog, fiel ihm ein Stapel Bücher in der Ecke auf. Hatten sie dort vorher auch schon gelegen? Aus dem Bad holte er seine Toilettensachen und ging wieder zurück ins Zimmer, als ihm das Duschgel aus der Hand fiel und direkt vor den noch geöffneten Schrank, zwanzig Zentimeter von den Büchern entfernt, landete. Sie wären ihm garantiert aufgefallen, dachte er und bückte sich nach dem Duschgel. Dabei warf er einen Blick auf den obersten Buchrücken. Er stutzte. Jetzt sah er sich die anderen genauer an. Auf allen standen handschriftlich geschriebene Jahreszahlen. Es war eine alte Handschrift und genau das veranlasste ihn, die Bücher aus ihrer dunklen Ecke zu holen. Sam schlug das erste von fünf Büchern auf. Es waren Protokolle und beim Durchlesen traten ihm nicht nur Tränen in die Augen, ihm kam auch bitterer Magensaft hoch.

Er griff zu seinem Handy, wählte die Nummer von Brenner und veranlasste, dass Heinrich Thiel für seine Taten zur Rechenschaft gezogen wurde. Ohne sich zu verabschieden verließ er das Anwesen der Familie Thiel/Rodriguez.

56.

Es war die erste Nacht, die Sam seit langem durchgeschlafen hatte. Kein krähender Hahn um zwei Uhr morgens, dessen innere Uhr falsch zu ticken schien, keine nächtlichen Schießereien in der Nähe, keine Mücke, die penetrant neben seinem Ohr summte und sich bei Licht versteckte.

Sam schlug die Augen auf und überlegte, ob er das Ganze nur geträumt oder ob er tatsächlich die Gräueltaten eines Alt-Nazis aufgedeckt hatte. Das Buch auf seinem Nachttisch mit der Jahreszahl 1973 auf dem Rücken war der Beweis dafür, dass es leider traurige Wahrheit war.

Jemand klopfte an die Tür. Es war Juri mit dem Zimmerservice. Vorerst wollten sie ihr Frühstück auf dem Zimmer einnehmen, um nicht Gefahr zu laufen eventuell von Judith Weinmann oder Rafael gesehen zu werden, die sich gestern Abend in dem mexikanischen Restaurant entgegen aller Vermutungen nicht wie ein Liebespaar verhalten hatten. Juan Carlos, der sich zwei Tische weiter von dem Paar platzieren konnte, hatte ein paar Gesprächsfetzen aufgeschnappt und herausgehört, dass sie noch jemanden erwarteten und die Sache dann starten könnte. Was das war, blieb im Dunkeln.

„Hey du Schlafmütze, aufstehen! Du bist nicht im Urlaub." Juri zog die Gardinen der geräumigen Suite zur Seite und sah sich um. „Mensch, da lässt es sich aber einer auf Staatskosten gut gehen. Junge, Junge."

„Immer entspannt bleiben."

Sam hatte es selbst schon vergessen, dass er eigentlich ein reicher Mann war. Erst gestern beim Einchecken hatte er die Kreditkarte gezückt und sich eine Suite gegönnt, die über sein vorgeschriebenes Budget ging. Er fand, er hatte es verdient.

Der Zimmerservice deckte den Tisch, während Sam im Bad verschwand und unter die Dusche stieg. Dieses ungute Gefühl in der

Magengegend war noch nicht verschwunden. Er war gestern Abend noch zum Heim gefahren, um nach Lea zu sehen. Aber der bewaffnete *Portero* hinter den schwarzen Gitterstangen des Tores hatte sich nicht erweichen lassen ihn reinzulassen. Sturköpfig wie er war wiederholte er nur, dass Sam morgen wiederkommen solle. Schließlich hatte Sam aufgegeben.

Er sah sich nach einem Bademantel um, konnte jedoch keinen finden, deshalb wickelte er sich ein Handtuch um die Hüften, strich sich seine vollen, nassen Haare aus dem Gesicht und verließ das Bad.

Erst auf den zweiten Blick erkannte er das junge Mädchen wieder, das auf einem Stuhl in der Ecke des Zimmers saß. Nathalia sah ihn mit rotverweinten Augen an und brachte kein Wort über die Lippen.

Sam hatte plötzlich einen Kloß im Hals und ein Gedanke schoss ihm durch den Kopf: Lea war tot. Er setzte sich aufs Bett und wartete bis Nathalia sich die Nase zu ende geputzt hatte, dann sagte sie: „Me despidió."

„Was hat sie gesagt?", fragte Juri, der die Anspannung in Sams Gesicht bemerkte.

„Rafael hat sie anscheinend rausgeschmissen."

„Und? Will sie jetzt Arbeit von dir? Oder warum ist sie hier?"

Sam griff zu dem Glas Orangensaft und reichte es Nathalia, die dankend ablehnte.

„Die nimmt nix von fremden Männern. Würde ich an ihrer Stelle auch nicht tun."

„Halt jetzt mal den Mund", fuhr Sam Juri an und wandte sich wieder der jungen Frau zu. „Cuéntame, que pasó?"

„Ich glaube, Lea wird in einem künstlichen Koma gehalten und hätte längst wieder aufgeweckt werden können. Aber Rafael lässt sie einfach in diesem Zustand ... Ich habe ihm gesagt, dass ich der Meinung bin, dass Leas Wunden gut verheilt sind, woraufhin er sagte, dass ihm meine Meinung ziemlich egal sei und er es leid ist, sich mit besserwisserischen Krankenschwestern auseinanderzusetzen. Ich solle meine Sachen packen und mir einen anderen Job suchen."

Was hatte Rafael vor? Wollte er Lea sterben lassen, nur weil sie etwas entdeckt hatte. Sie waren Geschwister. Im Ernstfall würde Lea sicher immer zu ihrem Bruder halten.

Nathalia kramte aus ihrer Tasche ein Schlüsselbund hervor und hielt es Sam hin. „Das sind die Schlüssel zum Heim. Darunter ist auch der Schlüssel zum Aktenraum. Vielleicht sehen Sie selbst nach, was Lea dort entdeckt hat."

Sam sah ungläubig auf den Bund in ihrer Hand.

„Die Oberschwester wird alles danach absuchen, aber bis sie die Schlösser ausgewechselt haben, steht Ihnen Tür und Tor offen", sagte sie und lächelte verunsichert.

Sam nahm das Bund so vorsichtig entgegen, als würde es sich um eine nicht entschärfte Granate handeln. „Was ist mit dem Wachmann vor der Tür?"

„Es gibt immer ein Schichtwechsel gegen Mitternacht, um acht Uhr morgens und vier Uhr nachmittags. Aber gegen Mitternacht sind sie weniger wachsam und lassen auch das Tor für kurze Zeit unbeaufsichtigt. Sie quatschen, gehen auf die Toilette oder kochen sich einen Kaffee." Nathalia erhob sich und verabschiedete sich mit einem schüchternen „*Hasta luego*" von Juri. An der Tür drehte sie sich noch einmal um. „Viel Glück. Wenn Sie mich brauchen, Sie haben ja meine Nummer."

Kaum war die Tür ins Schloss gefallen, rief Juri: „Halleluja, die ist ja wirklich niedlich. Hast du den Blick gesehen?"

Sam überhörte Juris Kommentar und klärte ihn über das Gespräch auf. Nach der zweiten Gabel kalten Rühreis schob er den Teller von sich weg. „Was würdest du machen, wenn du plötzlich reich wärst."

„Wie jetzt? Was meinst du mit reich? Meinst du richtig Kohle haben?"

„Ja, wenn du plötzlich an die vier Millionen Euro hättest."

„Ich würde nach Las Vegas fahren und eine halbe Mio auf Schwarz setzen. Nein, Blödsinn. Ich würde eine Weltreise machen, mir einen McLarrenMP4 kaufen und einmal von Ost nach West durch die

Staaten fahren. Ein Apartment auf Mallorca kaufen und vielleicht noch eins in Miami und natürlich nicht mehr arbeiten, versteht sich von selbst. Warum fragst du?"

„Nur so."

„Na, nur so fragt ein Sam O'Connor nicht." Juri sah seinen Partner eine Weile an, dann riss er plötzlich die Augen auf. „Nein, sag bloß der Notartermin in Malaga hat dir dieses hübsche Sümmchen beschert?"

Sam lächelte verschämt. „Nein, ich habe nur ein Haus geerbt, das noch verkauft werden muss und ein bisschen Bargeld. Aber das Haus ist einiges Wert."

„Ich verstehe, eigentlich willst du aber wissen, ob du das hier noch durchziehen sollst oder ob du sagst: *Hasta la vista, babies!* Stimmt's?"

„Zugegeben, ich hab ein paar Mal überlegt das Handtuch zu schmeißen, aber das könnte ich mit meinem Gewissen nicht vereinbaren. Außerdem ..."

„Ist da jemand, für den du dich interessierst, es dir aber noch nicht eingestehen willst, weil Lina noch in deinem Kopf rumschwirrt. Und dieser jemand benötigt dringend deine Hilfe", beendete Juri den Satz.

Sam machte ein paar Mal Anstalten zu widersprechen, ließ es aber sein. Er trauerte zwar noch um Lina, aber sie wurde mit jedem Tag blasser. Er akzeptierte allmählich, dass sie nicht mehr zurückkommen würde und ein Mönchsdasein wollte er nun auch nicht für den Rest seines Lebens führen. „Lea hat etwas über ihren Bruder entdeckt, das so schlimm ist, dass er sie dafür sogar umlegen würde. Ich bin sicher, dass er den Auftrag dafür erteilt hat."

„Na, dann würde ich sagen, wir schauen uns das Heim heute Nacht mal von Innen an."

Sam nickte und dachte plötzlich wieder an seinen Namen, der mehrfach umkreist auf Linas Blatt gestanden hatte, neben dem Wort *Tod*. Forderte er das Schicksal heraus, indem er sich auf solche Aktionen einließ? Aber das Heim konnte er auch nicht mit einem trompetenförmigen Gebilde in Verbindung bringen und er verwarf den Gedanken wieder. Es würde schon nichts passieren.

Juri nahm einen Anruf von Juan Carlos entgegen. Der Deutsch-Kolumbianer berichtete, dass heute eine junge Frau angereist war, die mit Judith Weinmann und Rafael ins Heim gefahren war. Die junge Frau hieß Elisabeth Lincoln, war Amerikanerin und aus Los Angeles angereist.

„Vielleicht will sie Geld ins Heim investieren", dachte Sam laut.
„Was ist sie von Beruf? Auch Ärztin?"

Juri gab die Frage weiter und antwortete: „Sie ist Galeristin. Zumindest hat sie das bei der Einreise angegeben."

„Hm. Vielleicht eine sehr reiche Galeristin mit einem wohltätigen Herz."

„Gut möglich", erwiderte Juri und drückte auf seinem BlackBerry rum, während Sam ihm erzählte, dass die Recherche nach einem Gast, der zu den fraglichen Zeitpunkten der Morde in allen drei Hotels residiert hatte, erfolgreich gewesen war.

Juri sah jetzt auf und wartete, dass Sam den Namen ausspuckte.

„Boris Seelig. Deutscher. Er ist vor etwa zwei Monaten in Medellin von einem Unbekannten auf einem Motorrad erschossen worden, weil er sich weigerte, ihm das Geld auszuhändigen, das er gerade abgehoben hatte."

„Wahrscheinlich dunkelblond mit grauen oder blauen Augen, stimmt's?", schlussfolgerte Juri.

„Und er war einssiebenundsiebzig groß", fügte Sam hinzu.

Diese Beschreibung hatte Harry Steiner auch in etwa abgegeben. Eigentlich könnte man unter all den dunkelhaarigen und braunäugigen Menschen hier in Kolumbien, so einen Typ recht schnell herausfiltern, dachte Sam. Aber wer ihm stets dazu einfiel, war Rafael Rodriguez, auf den diese Merkmale auch zutrafen.

57.

Lea wachte immer wieder aus ihrem Dämmerschlaf auf, doch niemand schien es zu bemerken. Sie versuchte die Augen zu öffnen, konnte es aber nicht. Sie waren wie zugeklebt. Wo war sie nur? Sie erinnerte sich an den Schmerz, der sich wie ein Blitz durch ihren ganzen Körper gezogen, sich ausgebreitet und ihr die Luft zum Atmen genommen hatte. Dann kam die Dunkelheit, Licht, Stimmen, wieder Dunkelheit.

Woher kam dieses Piepen? Herzfrequenz. Es war der Rhythmus der Herzfrequenz. Ihres Herzens, dachte Lea. Sie bekam Panik, der Schlauch in ihrem Hals ließ sie nicht selbst atmen.

Verdammt, merkte denn keiner, dass sie wach war. Hilfe!, schrie es in ihr. Wo war Nathalia? Sie hatte oft an ihrem Bett gesessen und mit ihr geredet. Was hatte sie noch gesagt? Sie würde auf sie aufpassen? War sie in Gefahr? Sie versuchte sich zu bewegen, aber es war unmöglich. War sie vielleicht querschnittgelähmt? Vielleicht lag sie aber auch im Wachkoma? Wieder überfiel sie das Gefühl der Panik.

Endlich betrat jemand das Zimmer. Hallo? Hallo! Ich bin wach. Hört mich denn keiner?

„Hier ist eine Patientin, sie hatte einen Unfall. Seit zwei Tagen hirntot. Ihre Daten sind perfekt."

Hirntot? Sie war doch nicht hirntot. Was für ein Unsinn. Aber vielleicht redete er über eine andere Patientin, die neben ihr lag.

„Sollte das nicht funktionieren, haben wir noch eine andere kompatible Patientin. Keine Sorge, das ist ein Routineeingriff. Sie werden bald wie neu sein."

Routineeingriff? Von was redete Rafa da? Im Heim wurden keine Eingriffe gemacht. Oder lag sie in einer Klinik?

„Die Patientin weint ... sehen Sie nur."

„Sie ist tot. Das ist versiegende Tränenflüssigkeit. Passiert gelegentlich."

Lea merkte wie ihr jemand grob am Auge rumtupfte, dann

entfernten sich die Stimmen wieder. Eine Tür fiel leise ins Schloss. Stille.

58.

Es war eine mondlose Nacht. Die von Schlaglöchern übersäte Straße wurde nur alle zweihundert Meter von Laternen beleuchtet. Die beiden Männer, ganz in schwarz gekleidet, verschmolzen mit der finsteren Nische eines alten Hauses, in der sie sich seit einer Stunde versteckt hielten. Sie hatten kein Wort gesprochen und sich nur stumm Zeichen gegeben. Endlich näherte sich ein Motorrad dem Heim.

Sam sah auf die Uhr. Es war kurz vor Mitternacht.

Der Motorengeräusch erstarb. Aus dem Wachhäuschen hinter dem Zaun trat ein Mann heraus und öffnete seiner Ablöse die Tür. Eine kurze Begrüßung, ein Lachen, dann begleitete der Wachmann, den Sam bereits kannte, seinen Kollegen den langen Weg zum Haupteingang hoch. Wie Nathalia gesagt hatte.

Sobald die beiden im Gebäude verschwunden waren, lief Juri über die Straße, checkte das Schloss und ging alle Schlüssel durch. Es gab fünf, die passen konnten. Erst beim vorletzten öffnete sich die Tür. Sam schloss zu Juri auf und gemeinsam rannten sie in gebeugter Haltung an dem kleinen Wachhaus vorbei, an Büschen und Bäumen entlang direkt auf den Eingang zu. Über den beleuchteten Gang hinweg hatten sie jetzt Einblick in einen kleinen Raum. Die beiden Wachmänner waren in ein Gespräch vertieft. Der eine schnallte sich die Dienstwaffe um die Hüfte, während der andere bereits in Zivilkleidung seinen Rucksack packte.

Sam und Juri blieben dicht an der Häuserwand gelehnt neben dem Haupteingang stehen und warteten. Juri machte ein Zeichen zum hinteren Teil des Heimes, aber Sam winkte ab. Nathalia hatte gesagt, dass in der Nacht alles abgeschlossen war, nur der Haupteingang blieb offen. Sie hatten also nur einen kurzen Moment Zeit, um hineinzuschlüpfen, und zwar genau dann, wenn beide Wachmänner den Weg wieder hinuntergingen und der andere das Grundstück verließ. Erst dann würde der Diensthabende seine Runde ums Haus antreten.

Sam schwitzte. Die Nacht war mild und er angezogen wie im deutschen Winter, mit schwarzer Wollmütze und Rollkragenpullover. Er kam sich plötzlich total albern vor. Wie in einem schlechten Söldnerfilm. Rambo ging ihm durch den Kopf, dann Brenner und plötzlich musste er unwillkürlich lachen. Die innere Anspannung ließ ihn fast hysterisch werden.

Juri rammte seinen Ellbogen in Sams Rippen und sah ihn böse an. Doch als er Sam sah, der sich prustend die Hand vor den Mund hielt, musste er selbst lachen.

Die Wachmänner waren aus dem Gebäude getreten und schlenderten den Weg zum Tor hinunter. Plötzlich blieb einer der beiden stehen und drehte sich um. „Hast du das auch gehört?"

Der andere schüttelte den Kopf.

„Doch ich bin sicher, da hat einer gelacht."

„Das kam aus dem Nachbarhaus. Hier gibt's sonst nichts zu lachen."

Aber sein Kollege ließ sich nicht überzeugen und ging den Weg langsam wieder zurück, ohne die Büsche und Bäume aus den Augen zu lassen. Als er die Häuserwand entlang sah, war nichts zu entdecken. Alles war wieder still.

Die beiden Männer waren kaum noch zu sehen, als Juri Sam ein Zeichen gab. Doch Sam blieb wie angewurzelt stehen.

„Los jetzt ...", zischte Juri, „... auf was wartest du? Dass der Idiot zurückkommt?"

Sam wünschte sich nichts sehnlicher, als jetzt in Ruhe auf dem Hotelzimmer zu sitzen und Musik zu hören, stattdessen schob Juri ihn mit aller Gewalt auf den Eingang zu. Dann war es zu spät zur Umkehr. Sie waren im Gebäude und liefen geduckt unter den ersten Fenstern entlang Richtung Rafaels Büro. Das war die erste Station, dann wollten sie runter in den Aktenraum. Was genau sie da suchen wollten, war Sam gerade entfallen. Überhaupt wusste er zurzeit gar nicht mehr, was das Ganze sollte. Juri bewies sich zum zweiten Mal als wahrer Meister in Türen öffnen. Es dauerte nur Sekunden, da hatte er den richtigen Schlüssel gefunden. Kaum waren sie im Büro, ließ sich Sam in einen Stuhl fallen und atmete erst einmal tief durch.

„Sag mal, hast du sie nicht mehr alle? Was sollte das? Wolltest du, dass wir auffliegen, Mission geplatzt spielen?"

Sam lachte wieder. „Keine Ahnung, was los ist …", gluckste er.

„Wenn ich es nicht besser wüsste, würde ich denken, du hast einen Trip eingeschmissen. Aber ich weiß, dass du nur hysterisch bist … So komm jetzt. Nach was suchen wir?"

„Gute Frage. Ich weiß es nicht. Ich bin gerade total blank im Hirn."

„Mensch reiß dich zusammen, Sam." Juri war fast wütend, aber in seinem Herzen konnte er Sam verstehen, nur zum Lachen war ihm gerade wirklich nicht zumute. Er holte eine kleine Taschenlampe aus der Hosentasche und leuchtete den Schreibtisch ab. Er war aufgeräumt bis auf einen Stapel Akten und einen Planer.

Sam kam langsam wieder zu sich und nahm die ersten Akten vom Stapel. Er blätterte sie durch, überflog die Einträge. Kürzel, medizinische Ausdrücke, die ihm nichts sagten. Die dritte Akte trug den Namen: Lea Rodriguez. Seit zwei Tagen hirntot, las er. Abgeschaltet am … Sam überlegte welches Datum sie heute hatten. Er war sich nicht ganz sicher, aber es schien das Datum von heute zu sein, mit der Uhrzeit von vor drei Stunden. Dann lag Lea wahrscheinlich nicht mehr auf ihrem Zimmer, sondern in der Leichenhalle. Aber warum war die Familie nicht hier?

„Was ist?", fragte Juri, der sich weiter umgesehen hatte.

„Lea scheint seit zwei Tagen hirntot zu sein. Sie haben alle lebenserhaltenden Maschinen abgestellt."

Juri sah ihn skeptisch an. „Das ist doch Quatsch. Das hätte Nathalia doch mitbekommen. Los, zeig mir das Zimmer von ihr, dann überzeugen wir uns selbst davon."

Inzwischen war das Licht auf dem Flur wieder ausgegangen und Sam hoffte nicht, dass es durch Bewegungsmelder gesteuert wurde und sie gleich im Hellen standen. Kaum waren sie jedoch aus dem Zimmer getreten, als das Licht plötzlich anging. „Scheiße", fluchte er leise und beide verschwanden wieder in Rafaels Büro. Sam lauschte an der Tür und öffnete sie einen Spalt. Kein Mensch war zu sehen. Von irgendwo weiter vorne hörte man einen Fernseher laufen. Wahrscheinlich aus dem Schwesternzimmer, das sie noch passieren mussten. Dann wären es nur noch ein paar Türen zu Leas Zimmer. Laut Nathalia hatten nur eine Schwester und ein Pfleger heute Nacht Dienst. Im Notfall würden sie die beiden ausschalten. Juri war Kampfsportler und kannte sich bestens damit aus wie man jemanden lautlos niederstrecken konnte.

Sie verließen erneut das Büro und gingen auf Fußspitzen auf das Schwesternzimmer zu. Zu ihrer Überraschung war es leer. Vielleicht waren beide mit einem Patienten beschäftigt. Noch ein paar Meter, und sie standen endlich vor Leas Zimmer. Sam öffnete die Tür einen Spalt und steckte seinen Kopf hinein.

Die Beatmungsmaschine gab immer noch die gleichen zischenden Geräusche von sich, der Herzmonitor piepte rhythmisch vor sich hin und Lea lag immer noch wie ein toter Engel in ihrem Bett. Sie traten an das Bett heran.

„Okay das Herz ist normal, woran sieht man, ob sie hirntot ist oder nicht?"

„Dafür muss man ein EEG machen."

Sam sah auf den Monitor, der die Herzschläge aufzeichnete. „Sag mal, was für ein Datum haben wir heute?"

„Den zweiten. Warum?"

„Weil in ihrer Akte stand, dass sie am Dritten um neun Uhr abends gestorben ist. Sie stirbt also erst morgen?"

„Die Sache stinkt doch zum Himmel. Können wir sie nicht hier rausschaffen?" Juri dachte fieberhaft nach und sah aus dem Fenster.

„Klar ich schmeiß sie mir über die Schulter, anschließend über die Mauer und ab geht die Post. Ich verstehe von den ganzen Kabeln nichts und den Schlauch will ich auch nicht aus ihrer Lunge ziehen."

„Aber Nathalia hat selbst gesagt, sie könnte längst wieder

selbstständig atmen, wenn Rafael sie aus dem Koma holen würde."

Schritte näherten sich dem Zimmer und blieben vor Leas Zimmer stehen. Die Tür ging auf und Rafael betrat den Raum. Er setzte sich neben Lea aufs Bett und umschloss ihre Hand mit den seinen. „So, Schwesterherz, dann werde ich mal Abschied von dir nehmen. Morgen werde ich alle Hände voll zu tun haben und sicherlich nicht dazu kommen … Ich werde dich vermissen, kleiner Engel."

Sam und Juri saßen direkt unter dem Fenstersims in einem Beet und lauschten den Worten des liebenden Bruders, der nun anfing zu weinen. „Warum nur? Warum hast du nicht mit mir geredet? Wir hätten das anders regeln können." Er wischte sich die Tränen mit dem Handrücken weg und streichelte Lea über den Kopf. „Nur Geschäft ist Geschäft, das wirst du hoffentlich verstehen." Er beugte sich zu ihr hinunter, küsste sie auf die Stirn und verließ leise das Zimmer.

59.

Nachdem sie den seltsamen Monolog von Rafael mit angehört hatten, waren Sam und Juri sofort über die drei Meter hohe hintere Mauer des Heimes geklettert, wo sie von Juan Carlos erwartet und zurück ins Hotel chauffiert wurden. Die Krone der Mauer war mit Glasscherben gespickt gewesen und sowohl Sam, als auch Juri hatten sich nicht nur die Hosen aufgerissen, sondern auch die Hände in der Eile an den scharfen Kanten aufgeschnitten.

Am frühen Morgen war er von Nelly abgeholt worden und nun saß er mit verbundenen Händen in einem Verhörraum der kolumbianischen Staatsanwaltschaft, der eher einer größeren Besenkammer glich. Grauer, fleckiger Betonfußboden, unverputzte Wände und ein alter, brauner Holzschreibtisch. Dahinter hing an der Wand das obligatorische Foto des aktuellen Präsidenten und von der Decke baumelte eine nackte Energiesparlampe.

Heinrich Thiel war von vier Beamten der Fiscalía unter lautem Protest von seiner Finka abgeholt worden und fuhr nun in seinem Rollstuhl in den Raum.

„Ihnen hab ich das also alles zu verdanken. Sie haben doch nichts in der Hand gegen mich. Tonbänder zählen vor Gericht nicht", giftete der alte Mann Sam an.

Zwei kolumbianische und drei deutschaussehende Beamte betraten den Raum und setzten sich auf die weißen Plastikstühle, die zur Verfügung standen.

„Mein Name ist Hugo Spatz. Meine Kollegen von der deutschen Botschaft", stellte sich einer der Männer vor. „Ich wurde von Interpol beauftragt, mir Ihren Fall und die Beweislage anzusehen."

„Das ist doch lächerlich." Heinrich Thiel war so aufgebracht, dass er das Zittern seiner Hände kaum kontrollieren konnte.

Hugo Spatz sah Sam an und forderte ihn auf, seinen Bericht abzuliefern. Brenner hatte Sam in der Nacht angerufen und darüber informiert, dass die Deutschen an Thiel interessiert waren. Sam stellte das kleine Aufnahmegerät auf den Tisch und spielte es ab. Als es zu Ende war, öffnete er seine Tasche und legte nacheinander die Bücher aus dem Schrank auf den Tisch.

„Was ist das?", fragte Spatz.

„Aufzeichnungen von fragwürdigen Experimenten, die Herr Thiel mit seinem Ärzteteam an unschuldigen Menschen ausgeführt hat", erklärte Sam emotionslos, obwohl es ihn innerlich schier zerriss.

„Das ist eine infame Unterstellung. Das habe ich nicht geschrieben", schrie Thiel und stemmte sich aus seinem Rollstuhl hoch. Er schien für einen Moment in der Luft zu schweben, bevor er auf den Boden klatschte.

Die Kolumbianer sprangen gleich auf, um dem alten Mann zurück in den Stuhl zu helfen, während Sam und Hugo Spatz dem Treiben ungerührt zusahen. Als Thiel wieder in seinem Stuhl saß, hielt er sich das Handgelenk, das wie ein abgebrochener Ast nach unten baumelte.

„Sie leugnen also, dass das ihre Handschrift ist, Herr Thiel?", fragte Spatz und nahm das erste Buch vom Stapel, öffnete es und begann laut daraus vorzulesen. *„Es sind keine Narkosemittel vorhanden. Zu teuer. Wir haben uns entschieden, Operationen auch ohne durchzuführen. Wir schneiden den Patienten die Stimmbänder durch, damit wir in Ruhe arbeiten können. Bei der ersten Patientin wird durch einen Kaiserschnitt der sechzehn Wochen alte Fötus entnommen. Er ist nicht lebensfähig. Sie wird ausgespült und wieder zugenäht. Nach acht Stunden verstorben. Entsorgt. Zweite Patientin: Der Fötus ist siebzehn Wochen alt, nach der Durchtrennung der Nabelschnur, hört das Herz nach dreißig Sekunden auf zu schlagen. Dritte Patientin: Fötus achtzehn Wochen alt. Totgeburt. Ich bin sicher, es ist möglich, sie am Leben zu erhalten. Das wäre ein großer Fortschritt. Aber wir sind noch weit entfernt, viele reinrassige Germanen hervorzubringen. Vierte Patientin: Fötus achtzehn Wochen alt, wir erhalten ihn für fünf Stunden am Leben. Künstliche Beatmung, Ernährung durch eine Sonde …*

Spatz warf einen Blick zu seinen Kollegen und griff zum nächsten Buch mit der Jahreszahl 1970-75. Er blätterte es durch, dabei überflog er nur ansatzweise die Berichte. Bei einem hielt er inne und las laut vor:

„Die Idee ist, Querschnittgelähmte wieder bewegungsfähig zu machen. Dr. Rewe hat die Vorstellung, dass Nerven und Sehnen künstlich wieder zusammengefügt werden können. Dafür wird einem Patienten die Wirbelsäule freigelegt und durchtrennt. Teile eines Schweines sollen die entfernten Wirbel ersetzen ..."

Thiels Gesichtszüge entgleisten plötzlich, er griff sich ans Herz und klappte in seinem Stuhl zusammen.

60.

Kaum war Sam aus dem kleinen Kabuff bei der Fiscalía raus, rief er Nathalia an. Sam erklärte ihr nur das Nötigste und war froh, als sie nicht weiter nachhakte, sondern ohne Weiteres ihre Hilfe anbot. Er verabredete sich mit ihr gegen acht Uhr abends auf einem unbewohnten Grundstück hinter dem Heim.

Die Amerikanerin Elisabeth Lincoln hatte bereits am Abend zuvor ausgecheckt, befand sich aber, nach einer Überprüfung der Einreisebehörde, noch immer im Land.

Judith Weinmann war am frühen Nachmittag von Rafael abgeholt worden und mit ihm ins Heim gefahren. Niemand hatte nach seinem überraschenden Aufbruch von der Finka nach Sam gefragt, zumindest nahm er das an. Rafael schien wohl zu glauben, dass er nicht mehr als Verdächtiger in Betracht kam und Sam abgereist war. Oder hatte er Nachforschungen angestellt und wusste, dass Sam im Hotel abgestiegen war? Wie dem auch war, Rafael fühlte sich anscheinend sicher in seiner Stadt, wo das Gesetz des Reicheren und Stärkeren galt wie im Mittelalter.

Immer wieder dachte Sam an die letzten Worte von Rafael an Leas Bett. *Geschäft ist Geschäft* ... Hatte Lea ein Geschäft vereiteln wollen und deshalb dran glauben müssen? Auf seinem Schoß lag eines der Bücher, die er behalten hatte. Der dünne Buchdeckel war übersät von undefinierbaren Flecken, die Ecken sahen aus wie kleine Fächer und es gab viele lose Blätter, die sich aus dem Buchblock lösten. Zum Glück hatte Thiel alles fein säuberlich auf Deutsch niedergeschrieben und so war alles, bis auf einige Fachbegriffe, gut verständlich. Wahrscheinlich hatte er gedacht, dass nie einer der Kolumbianer auf die Idee kommen würde, sich der Bücher anzunehmen, gerade weil sie in einer anderen Sprache abgefasst waren. Und da war er wieder bei einem Punkt angekommen, an dem er nicht weiterkam. Wer war dieser geheimnisvolle Unbekannte, der der deutschen Sprache mächtig war, der mit einem gestohlenen deutschen Pass nach Deutschland gereist war, dort ein paar Morde verübt hatte, um die Spur auf eine Gruppe alter Nazis zu lenken und zuguterletzt die Bücher bei Sam in den Schrank gelegt hatte? Eines war sicher, Thiel hatte sie mit Sicherheit nicht dort im Schrank vergessen.

Laut der Aufzeichnungen experimentierte Thiel noch in den achtziger Jahren herum. Die Bücher wird er im Büro gehabt und dort auch irgendwann entsorgt haben. Vor fünfzehn Jahren ungefähr rechnete Sam zurück, bevor er vom Blitz getroffen worden war und sich aus dem Heim und seiner „karitativen" Arbeit zurückzog. Seitdem mussten die Bücher im Besitz von jemand anderem gewesen sein. Und dieser jemand hatte auch ein besonderes Interesse an Rafael und seinen schwangeren Frauen gehabt. Nur warum? Das war genau die Frage, die er sich schon die ganze Zeit stellte.

Sam griff zu seinem Kaffeebecher, und als er den ersten Schluck daraus nahm, kam ihm plötzlich die Antwort dafür in den Sinn. Der heutige Tag hatte die Antwort geliefert. Sam wurde heiß und kalt zugleich. Wie konnte er das übersehen haben? Thiel hatte ihm schon bei dem ersten Gespräch einen Hinweis darauf gegeben. Der alte Sam O´Connor mit seinem Feingespür und seiner außergewöhnlichen Intuition war wieder da. Die Hoffnung stirbt zuletzt. Das war makaber, dachte er. Diese verdammte Vorhersage von Lina machte ihn noch wahnsinnig. Sie schoss ihm zu den unmöglichsten Zeitpunkten durch den Kopf und holte ihn auf den Teppich zurück. Sein Tod. Er fegte den Gedanken aus seinem Kopf und blätterte die ersten Seiten durch, arbeitete sich zügig zur Mitte vor und überflog die Zeilen mit der krakeligen alten Handschrift. Hatte er richtig gelesen? Er ging noch einmal zum Seitenanfang. Das war doch nicht möglich.

Sam sah aus dem Fenster. *Geschäft ist Geschäft* ... Rafael war in die Fußstapfen seines Vaters getreten und ... Judith Weinmann war ein Teil davon. „Judith Weinmann." Sam sprach den Namen laut aus. Er war gerade dabei, in ein Hornissennest zu stechen, und zwar ohne Schutzanzug. Das konnte ja nicht gut gehen.

Es klopfte an der Tür. Sam legte das Buch zur Seite und öffnete.

„Erzähl, was hast du entdeckt", überfiel ihn Juri ohne Umschweife.

„Wie kommst du darauf?", entgegnete Sam gelangweilt.

„Ich sehe es dir an. Ich kenn dich inzwischen schon ganz gut. Schieß los, du schlechter Schauspieler."

„Ich habe alles begriffen. Es hängt alles miteinander zusammen. Ich weiß jetzt, was Rafael vorhat."

„Soll ich dir jetzt die Ohren lang ziehen, oder was?"

Sam lachte. „Zieh dich für unser nächstes nächtliches Rendezvous im Heim um. Ich erzähl dir dann alles auf dem Weg dorthin."

Kurz vor acht standen Sam und Juri wartend vor der hohen Mauer, an die sie eine große Bambusleiter gelehnt hatten und zogen sich dicke Bauhandschuhe über ihre zerschnittenen Hände. Von Nathalia war nichts zu sehen.

„Die Kolumbianer sind immer unpünktlich."

„Woher weißt du das denn?", fragte Sam skeptisch.

„Na, ich hab inzwischen so meine Erfahrungen gemacht."

„Ich frag lieber nicht näher nach."

Juri grinste frech und Sam war klar, dass Juri sich auf ein bestimmtes Geschlecht der Kolumbianer bezog.

Es war bereits zwanzig nach acht. Die Zeit lief ihnen davon und Sam wurde langsam nervös. Was war, wenn Nathalia nicht kam. Wie sollten sie dann Lea, die in vierzig Minuten ihren letzten Atemzug machen sollte, helfen? Endlich tauchte ein kleiner Motorroller auf. Eine zierliche Gestalt stieg ab, kletterte etwas unbeholfen über den am Boden liegenden Stacheldrahtzaun und kam langsam durch das hohe Gestrüpp auf die beiden zu.

„Sie sind zu spät", sagte Sam leicht genervt, als Nathalia vor ihm stand. Sie zuckte nur mit den Schultern und legte ihren Helm auf dem Boden.

„Die scheint den Ernst der Lage überhaupt nicht zu begreifen", schimpfte er vor sich hin und begann die wackelige Leiter hochzuklettern. Auf dem Grundstück unter ihm war alles ruhig. Von hier oben hatte er einen direkten Einblick in Leas Zimmer. Fast wäre er vor Schreck wieder rückwärts von der Leiter gefallen. Das Zimmer war leer. „Scheiße, scheiße, scheiße!", fluchte er.

„Was ist denn?" Juri hielt die Leiter unten fest und sah zu Sam hoch.

„Sie ist weg. Sie haben sie schon weggebracht."

„Okay, dann los. Wir dürfen keine Zeit mehr verlieren."

Juri schob Nathalia auf die Leiter und erfreute sich einen Augenblick an dem kleinen Hintern, der sich vor ihm nach oben bewegte, auf die Mauer kraxelte und dort in der Hocke sitzen blieb.

Juri schloss auf, sprang gekonnt auf der anderen Seite runter und fing Nathalia, die sich in seine Arme fallen ließ, sicher auf.

Sam schob indessen das Fenster auf, das seit gestern Nacht glücklicherweise keiner verschlossen hatte und kletterte ins Zimmer. „Okay, Nathalia, wo hat er Lea hingebracht? Wo kann man hier operieren?"

Nathalia sah ihn verwundert an. „Operieren?" Sie schüttelte den Kopf. „Vielleicht in der Pathologie unten, aber wen und warum sollte er denn hier operieren?"

Sam antwortete ihr nicht. Sie würde es schon selbst früh genug erfahren. Er öffnete die Tür. Niemand war zu sehen, aber das Licht war an. Das bedeutete, dass irgendjemand vor kurzem über den Gang gegangen war. Sie liefen zum Fahrstuhl, als jemand hinter ihnen rief: „Hey, was machen Sie hier?" Der Pfleger, ein kleiner, stämmiger, junger Mann kam entschlossen auf sie zu.

Hinter ihm tauchte eine Schwester auf. Als sie die drei Eindringlinge sah, verschwand sie eiligst wieder im Schwestern-zimmer.

Ohne zu zögern, lief Juri auf den Pfleger zu, der wohl nicht mit dieser unvermittelten Eigeninitiative gerechnet hatte und vor Schreck stehen blieb. Juri holte aus. Der Faustschlag traf den Pfleger mitten ins Gesicht. Er brach sofort zusammen und blieb reglos auf dem Boden liegen. Juri rannte weiter hinter der Schwester her.

Sam und Nathalia hörten noch einen Schrei und ein Glas, das zu

Bruch ging, bevor sie in den Fahrstuhl traten und in den Keller fuhren. Hier unten war alles dunkel. Erst als sie im Gang standen, ging das Licht auch hier automatisch an. Aber in der Pathologie war niemand wie Nathalia angenommen und Sam gehofft hatte.

„Denk nach Nathalia, was gibt es hier noch für Räume?" Doch zu Sams Verzweiflung schüttelte die junge Frau nur wieder den Kopf. Wütend schlug er mit der Faust gegen die Wand. Er war sich so sicher gewesen, dass er Rafael in flagranti erwischen würde und jetzt stand er da wie ein Idiot.

Juri war zu ihnen aufgeschlossen und sah Sam fragend an.

„Nichts, oder was?"

„Nichts", bestätigte Sam und dann sah er zu Juris Füßen Tropfen einer durchsichtigen Flüssigkeit. Er folgte den Tropfen, die in den hinteren Teil des Traktes führten, bis hin zu einer weiteren Tür. „Was ist hier drin?"

„Allá están los archivos de los pacientes", antwortete Nathalia.

„Der Aktenraum", übersetzte Sam in Kurzform für Juri.

Der Raum war verschlossen. Juri holte den Schlüsselbund hervor und suchte die Schlüssel durch. Doch Nathalia war schneller, sie wusste, welcher der passende war.

Juri betrat als Erster den Raum, während Sam die Wand nach einem Lichtschalter abtastete. Als er ihn schließlich gefunden hatte und das Licht anging, lag Juri auf dem Boden. „Okay, mach noch mal das Licht aus."

Sam tat wie ihm geheißen. Die plötzliche Dunkelheit ließ ihn nur türkisfarbene Flecken sehen.

„Sieh mal da unten."

„Wo?"

„Da wo der Schrank steht."

Tatsächlich war dort ein hauchdünner Streifen Licht erkennbar.

Bei Licht untersuchten sie gemeinsam den alten schweren Holzschrank. Juri hatte die Scharniere an der Wand sofort entdeckt und zog das hölzerne Ungetüm langsam von der Wand weg.

Vor ihnen lag ein düsteres nur von einer einsamen Birne beleuchtetes Gewölbe und Sam hatte ein kurzes Déjà vu. Er kniff einmal fest die Augen zu, um sich davon zu lösen.

Im Schein der Taschenlampe konnte man in dem festen Sandboden nicht nur frische Fußspuren sehen, sondern hier war auch unverkennbar etwas Schweres durchgeschoben oder gezogen worden.

Sam holte die Pistole aus dem Hosenbund, die Juan Carlos ihm – allerdings ohne Munition - gegeben hatte. Wenigstens war so im Notfall der Überraschungsmoment auf seiner Seite. Alles andere würde sich dann ergeben. Langsam näherten sie sich der Tür am Ende des niedrigen Ganges. Nathalia blieb auf drei Meter Sicherheitsabstand hinter den beiden zurück und sah sich immer wieder ängstlich um. Noch war es nicht zu spät, zurückzulaufen.

Die beiden Männer hatten jetzt die von Holzwürmern zerfressene Tür erreicht. Sie tauschten Blicke aus, dann griff Sam an den Türknauf. Er ließ sich ohne Widerstand nach links drehen. Die Tür war einen Spalt offen und Sam gab ihr einen kleinen Stoß mit dem Fuß. Vor ihnen eröffnete sich nun der Blick zu einem perfekt eingerichteten, hochmodernen Operationssaal. Mitten im Raum waren zwei OP-Tische aufgestellt worden und auf beiden lag jemand oder etwas halb zugedeckt.

Rafael stand mit dem Rücken zu den Eindringlingen.

Sam blieb wie angewurzelt stehen und eine grauenvolle Szenerie, die kein halbes Jahr her war, passierte Revue. Lina. Er fühlte sich außerstande etwas zu sagen, geschweige denn zu handeln.

Judith Weinmann stand mit dem Gesicht zu dem Trio. Sie hob den Blick und zeigte wortlos mit einem Skalpell auf die Gruppe. Rafael folgte dem metallischen Instrument in ihrer Hand, drehte sich um und ließ beide Hände sinken. „Das glaube ich nicht. Wie kommen Sie denn hier rein?", sagte er überrascht.

Juri sah zu Sam, der immer noch wie eine Steinstatue, die gerade in Medusas Antlitz geblickt hatte, in der Bewegung verharrte. Er trat an die Seite seines Partners und flüsterte ihm ins Ohr: „Sam! Lass mich jetzt nicht im Stich, okay!?"

Es waren viele Geschichten im Umlauf gewesen, wie Sam seine Freundin in Kairos Stadt der Toten gefunden hatte. Aber erst jetzt wurde Juri klar, dass dabei in keinster Weise übertrieben worden war. Sam sah ihn mit glasigen Augen an. Er schien weit weg zu sein. Juri nahm Sam die Waffe ab und richtete sie auf Rafael, während er sich langsam dem OP-Tisch näherte. Er betrachtete eingehend den tiefen Schnitt in der Haut, aus dem dunkles Blut quoll.

„Na da sind wir ja gerade noch rechtzeitig gekommen. Sie machen die junge Dame mal ganz schnell wieder zu und wecken sie auf." Er ging an den anderen OP-Tisch und blickte unter das Tuch. „Und die hier auch."

Judith Weinmann kam der Aufforderung nach, säuberte die Wunde und nähte mit geübter Hand den Schnitt wieder zu.

Die sonst so schüchterne und zurückhaltende Nathalia erwachte plötzlich zum Leben, ging schnurstracks auf Rafael zu und gab ihm eine kräftige Ohrfeige. „Herzinfarkt? Nierenversagen? Sie sind nicht einmal vor einem Kind zurückgeschreckt. Und jetzt bringen Sie noch Ihre eigene Schwester um? Was sind Sie nur für ein Ungeheuer."

Rafael riss sich die Maske vom Gesicht und holte aus. Er schlug so kräftig zu, dass Nathalia einmal quer durch den Raum flog und benommen liegen blieb.

Sam sah nur einen Schatten auf sich zukommen. Wie ein wilder Stier stürzte sich Rafael auf ihn und riss ihn von den Beinen. Als er einen stechenden Schmerz im unteren Bereich seines Bauches spürte, hatte er all seine Sinne wieder beisammen. Er drückte Rafaels Kinn nach oben und versuchte ihn abzuwerfen, doch Rafael war kräftiger, als er aussah, er hing an ihm wie eine Klette und plötzlich hatte er das blutige Messer direkt über seinem Auge.

„Langsam absteigen." Juri drückte den Lauf der Waffe in Rafaels Nacken, packte ihn an seinem Kittel und zerrte ihn von Sam runter.

„Dafür werden Sie büßen!"

„Halten Sie den Mund, Rafael", sagte Sam kalt, stand auf und versetzte ihm einen Kinnhaken. „Sie wären wahrscheinlich noch viele Jahre damit durchgekommen, hätten weiter fröhlich Geschäfte gemacht und unschuldige arme Irre ausgeschlachtet … aber ihr Vater hat leider seine Aufzeichnungen, in denen die Anfänge der ersten eigenen erfolgreichen Transplantationen beschrieben wurden, nicht richtig vernichtet."

Rafael runzelte die Stirn. Er schien nicht zu verstehen, wovon Sam da redete.

„Es sollte wohl eine Art Wiedergutmachung an dem jüdischen Volk sein, an dem er und andere Nazis sich im KZ Mauthausen vor fast siebzig Jahren vergangen habe" Sam fasste sich an die Stichwunde, die Rafael ihm versetzt hatte. Sie war klein, aber tief, und als er die Hand wegnahm, war sie blutig.

Nathalia sah sich die Wunde näher an und setzte Sam auf einen Stuhl.

„Er hat die Organe hier an eine große jüdische Organisation in Medellin verkauft, die sich solche Verbrecher zu Nutzen gemacht hat. Haben Sie einmal darüber nachgedacht, dass dabei unschuldige Menschen ihr Leben lassen … AUTSCH?!" Sam verzog das Gesicht vor Schmerz, als Nathalia die Wunde desinfizierte und mit ein paar gekonnten Stichen zunähte.

„Wir sind davon ausgegangen, dass es sich um Unfalltote oder Opfer aus Schießereien handelte, die es ja hier in Kolumbien zuhauf gibt", rechtfertigte sich Judith Weinmann.

„Die junge Frau, die da vor Ihnen liegt, ist Rafael Rodriguez' Schwester. Er wollte sie opfern. Sie wird seit Tagen von ihm im künstlichen Koma gehalten, weil sie ihm auf die Schliche gekommen ist. Überprüfen Sie die Spender nicht?"

Judith Weinmann war nun etwas verunsichert. „Doch, das heißt, nein. Wir nehmen die Organe entgegen, zahlen dafür und fertig. Das hier war ein Ausnahmefall. Ich kenne Mrs. Lincoln persönlich, deshalb bin ich hier."

„Und Sie haben sich natürlich nichts dabei gedacht, dass Sie Ihre

Bekannte in Frankensteins Keller operieren."

Judith Weinmann sah betreten zu Boden.

„Das hier ist Kolumbien, Mr. O'Connor. Fahren Sie nach Deutschland zurück und kümmern Sie sich um Ihren eigenen Dreck. Meinen Sie in China kräht auch nur ein Hahn danach, dass man den zum Tode verurteilten nach der Exekution die Organe entnimmt und damit Leben rettet? Das nenne ich gute Organisation", warf ihm Rafael entgegen. „Leider gibt es hier keine Todesstrafe."

„Sie haben Ihr Heim als Ersatzteillager benutzt. Und vor Ihnen, Ihr Vater. Können Sie das moralisch vertreten?"

„Ach du liebe Zeit kommen Sie mir doch nicht mit Moral oder Ethik. Wenn wir es nicht gemacht hätten, hätte es ein anderer gemacht. Verstehen Sie denn nicht? Wir retten Leben. Organe sind rar. Arme Menschen in aller Welt verkaufen ihre Nieren für kleines Geld, umgehen Gesetze um zu überleben. In Deutschland macht man Aufrufe zur Organspende und eine Lobby entscheidet, wer das nächste Herz, die Leber oder Niere bekommt. Aber da stehen Tausende auf den Wartelisten, deren Leben von Zeit abhängt. Wir verkürzen die Zeit und schenken Leben …"

„Indem Sie es anderen nehmen?", erwiderte Sam spöttisch.

„Hier hat ein Bekloppter, der eh nichts mehr mitkriegt, mindestens zehn Menschen neue Lebensqualität geschenkt", erklärte Rafael arrogant.

Sam holte noch einmal aus und schlug dem Kolumbianer seine Faust direkt ins Gesicht. Es knackte kräftig und Rafaels Nase schwoll augenblicklich an.

„So jetzt sind wir quitt. Draußen wartet die Fiscalía auf Sie. Den können Sie dann von Ihren lebensrettenden Maßnahmen erzählen."

Juri packte Rafael und schob ihn in den düsteren Gang.

„Ihr Vater liegt übrigens im Krankhaus. Sie wissen nicht, ob er den Herzinfarkt überlebt. Zu wünschen wäre es ihm nicht."

„Sie werden den illegalen internationalen Organhandel mit Ihrer Aktion nicht stoppen und das wissen Sie auch!"

Im Stillen gab Sam Rafael Recht. Natürlich war dieser Mann nur ein kleiner Kiesel an einem Steinstrand. Und es war nur ein minimaler Verdienst, den er für sich einstreichen konnte. Aber er hatte an dem heutigen Tag Lea das Leben gerettet und sicherlich auch noch einigen derzeitigen und zukünftigen Patienten in dem *Haus der Vergessenen*. Nur der Mörder, den sie suchten, wegen dem er eigentlich nach Kolumbien gereist war, lief immer noch frei herum. Aber Sam hatte schon eine leise Ahnung, wo er ihn finden könnte.

61.

Lea sah sich blinzelnd im Raum um. Das Licht drang wie Nadeln in ihre Augen ein. Sie schloss sie schnell wieder und lauschte der angenehmen Stimme des Fremden, der sich in einer anderen Sprache mit jemandem unterhielt. Sie hatte ihn nicht das erste Mal gehört. Immer wenn ihr Bewusstsein an die Oberfläche gedrungen war, hatte sie seine Gegenwart gespürt.

Eine Schwester trat an ihr Bett und beugte sich über sie. „Ich glaube sie ist wach", sagte sie.

Ein Glück, dachte Lea, sie haben doch kapiert, dass ich nicht hirntot bin. Oder hatte sie das alles nur halluziniert? Rafael fiel ihr wieder ein. Er hatte mit ihr gesprochen, sich von ihr verabschiedet, weil er dachte, sie wäre tot. Wie konnte er bloß gedacht haben, dass sie tot wäre? Er war Arzt. Hatte er denn nicht ihren Puls gefühlt? Eine Träne löste sich aus ihrem Augenwinkel.

„Lea?! Sie müssen nicht weinen. Sie liegen jetzt in der *Clínica Medellin* und sind in Sicherheit."

Lea hob langsam ihre Hand. Sie brauchte dringend menschlichen Kontakt. Eine warme, weiche Hand umschloss die ihre und wieder kullerte eine Träne an ihrer Schläfe hinunter.

„Ich muss dringend mit Ihnen reden. Sie brauchen nicht zu antworten. Drücken Sie bei ‚Ja' einmal, bei ‚Nein' zweimal. Haben Sie mich verstanden?"

Lea drückte einmal zu.

„Okay. Ich habe ein paar Fragen zu Aleida." Sam überlegte wie er am besten und schnellsten befriedigende Antworten bekam. „Hatte Aleida besonderen Kontakt. Nein anders ... Gab es in Aleidas Leben einen Menschen, dem sie sehr nahe stand?"

Lea drückte einmal seine Hand.

„Wer? Ich meine, hatte sie Kinder?"

Einmal stark, einmal schwach. Sam überlegte, ob das Absicht oder Zufall war?

„Keine eigenen Kinder? Aber da war jemand. Hatte sie Geschwister?"

Wieder wurde seine Hand nur einmal gedrückt. Sam sah auf die schlanken Finger, die seine Hand umschlossen.

„Gut. Na ja, ich gehe mal davon aus, dass sie eh kein Einzelkind war. Fünf Geschwister zu haben ist hier anscheinend normal, habe ich mir sagen lassen." Sam merkte, dass er viel zu laut dachte und Lea damit vielleicht durcheinanderbrachte. „Hat sie eine Schwester, zu der sie ein sehr inniges Verhältnis hatte?"

Einmal drückte Lea zu. „Wohnt sie hier irgendwo? Ich meine in Medellin?"

Wieder einmal.

„Hat diese Schwester Kinder?"

Wieder einmal.

„Gibt es darunter ein Kind, das ungefähr im Alter von 27 Jahren ist?"

Lea reagierte erst nicht. Dann drückte sie einmal zu.

„Danke. Ich hoffe, Sie sind morgen etwas fitter. Ich würde Sie nämlich gerne zum Essen einladen." Sam bildete sich ein, ein leichtes Lächeln auf Leas Lippen zu erkennen. Er verabschiedete sich von ihr und verließ mit Juri das Zimmer.

„Also ganz ehrlich. Wenn ich eine Frau wäre, ich würde mich sofort in dich verlieben. Die lassen sich in deiner Hand formen wie Zimtschnecken vom Bäcker."

Sam blieb stehen und sah Juri amüsiert an. „Was für ein Vergleich ist das denn?"

„Ich liebe Zimtschnecken. Okay, Spaß beiseite, erzähl mir jetzt mal bitte wie du auf Aleida, das verstorbene Hausmädchen der Rodriguez und den siebenundzwanzigjährigen Verwandten von ihr gekommen bist?"

Die *Clínica Medellín* war um diese Zeit sehr belebt. Familienangehörige saßen auf langen Sitzreihen vor den Türen der Operationssäle und warteten auf Informationen von den behandelnden Ärzten. Andere gingen zu ihren Arztterminen, andere wiederum waren nur zu Besuch hier wie ein junger, blonder, gutaussehender Mann, der lässig an einer Wand lehnte und Sam und Juri aus sicherer Entfernung beobachtete. Aber nicht nur wegen der beiden war er hier, sondern wegen eines Patienten, der ihm besonders am Herzen lag. Als Sam und Juri außer Sichtweite waren, betrat er das Zimmer von Lea.

Sam und Juri gönnten sich eine kleine Stärkung und kauften sich ein paar *Empanadas* mit Fleisch gefüllt, die sie gleich auf dem Parkplatz des Krankenhauses vertilgten.

Sam erklärte kauend, dass Rafael Aleida ganz am Anfang zwei Mal erwähnt hatte. Sie wäre die Einzige gewesen, die in seine Beziehungen eingeweiht worden war. Da die Hausangestellten in diesem Land nur einen Tag am Wochenende dienstfrei haben, fuhren sie meist zu ihren Familien, in Aleidas Fall zu ihrer Schwester, wo ein Lagebericht abgegeben wurde. „Nach dem Motto: Was gibt's denn Neues? Stell dir vor der Rafael hat eine heimliche Freundin und die ist auch noch schwanger bla bla bla ..."

„Na schön, das klingt ja noch einigermaßen logisch, aber was hat das mit ihrem Neffen auf sich?", fragte Juri.

„Das gilt es herauszufinden, Kleiner."

Sam hatte sich die Daten der Angestellten angesehen, die in den letzten zwanzig Jahren im Heim ein- und auspaziert waren. In den Büchern standen zwar nur die legal beschäftigten, aber er hatte sich sagen lassen, dass auch immer wieder Aushilfen dort arbeiteten wie Felipe Rodriguez. Vor fünfzehn Jahren hatte gelegentlich auch ein Zwölfjähriger in der Pathologie ausgeholfen. „Als Leichenwäscher und Präparator", sagte Sam und hob die rechte Augenbraue. Hier musste der Junge auch seine anatomischen Kenntnisse herbekommen haben. Vielleicht hatte er sogar selbst gelegentlich an Leichen herumgeschnippelt.

„Du machst Witze. Mit zwölf habe ich noch auf dem Spielplatz gebuddelt."

„Gib zu, dass du dort immer noch gerne buddelst."

„Erwischt. Aber nicht allein." Juri zwinkerte Sam zu und grinste breit. „Also ich hätte mich zu Tode erschrocken, wenn ich in diesem Alter einen Toten gesehen hätte."

„Das ist die Dritte Welt. Ich meine, sieh dir nur die Straßen an, überall stehen an den Ampeln fünf- bis zehnjährige Kinder und jonglieren Bälle, verkaufen Kaugummis oder anderes Zeugs."

„Und was hat das mit dem Jungen auf sich?"

„Er kam aus Aleidas Familie. Sie hat sich öfter nach ihm erkundigt. Aber, und jetzt kommt's: Der Junge war blond und hatte blaue Augen. Kommt hier zwar auch vor, dass sich irgendwelche Gene unbekannter spanischer Vorfahren in einer Generation durchsetzen, aber so häufig ist das nun auch wieder nicht. Als jemand von dem Personal einen Scherz darüber machte, ob der Chef fremd gevögelt hätte, kam der Junge nicht mehr zur Arbeit. Keiner machte sich Gedanken darüber. Leute kommen, Leute gehen."

Juri war tief beeindruckt von Sams Recherchen und wie er die Dinge zusammenbrachte. „Aber warum sollte der Neffe von Aleida nach Deutschland fahren und herummorden? Das will mir immer noch nicht einleuchten."

Sam grinste. Anscheinend hatte er eine ziemlich genaue Vorstellung von dem Warum und Weshalb.

Es war der dritte Tag in Folge, dass der Priester am Krankenbett von Heinrich Thiel saß und ihm die Beichte abnahm. Jeden Tag schien der Priester mehr Ballast aus dem Zimmer zu nehmen und der alte Mann von Tag zu Tag blasser und schwächer zu werden.

Sam klopfte an die Tür und betrat, ohne eine Antwort abzuwarten, das Zimmer. „Entschuldigen Sie, aber wir müssen Herrn Thiel noch ein paar Fragen stellen, bevor er sich ganz verabschiedet."

Der Priester sah Sam verständnislos an.

„Oder nennen Sie ihn von mir aus auch Señor Rodriguez."

Der Priester bekreuzigte den Sünder und sich selbst und verließ gebeugt das Krankenzimmer.

Sam zog sich einen Stuhl ans Bett und setzte sich, während Juri hinter ihm stehen blieb.

„Ich werde Ihnen nichts mehr erzählen. Sie sind umsonst gekommen."

„Was haben Sie vor siebenundzwanzig Jahren mit Maya, der Freundin ihres Sohnes angestellt?", fragte Sam in eisigem Ton.

Thiel starrte an die Decke und kniff den Mund zusammen. Er erinnerte eher an ein trotziges Kind als an einen mehrfachen abgebrühten Mörder.

„Ich warte. Aber nicht mehr lange, dann wird Ihnen die Luft knapp." Sam stand auf und klemmte den Schlauch ab, durch den Thiel seinen Sauerstoff bekam, während Juri sich so davorstellte, dass es keiner von draußen sehen konnte.

„Ich sterbe sowieso in den nächsten Tagen", japste der alte Mann und rang nach Luft.

„Eben aus diesem Grund sollen Sie mir erzählen, was vor siebenundzwanzig Jahren passiert ist. Denken Sie einmal nicht nur an sich selbst. Tun Sie es Ihrem Sohn zuliebe. Er hat nämlich nicht die leiseste Ahnung, dass sie für den Beginn seiner Schicksalsschläge verantwortlich sind." Sam ließ wieder Sauerstoff durch den Schlauch strömen und Thiel atmete tief durch.

„Sie haben das fünfte Gebot, *füge weder deinem Nächsten noch dir selbst Schaden zu,* was so viel bedeutet, das man nichts tun soll, wodurch menschliches Leben genommen, verkürzt oder verleidet wird, so oft gebrochen, dass Sie mir Ihre letzte schmutzige Tat auch noch beichten können."

Thiel sah ihn an und krächzte: „Sie sehen nicht aus als würden Sie in die Kirche gehen."

„Tu ich auch nicht, aber mit ein paar Geboten kenne ich mich ganz gut aus, vertrauen Sie mir."

Der alte Mann kicherte vor sich hin, dann hustete er, spuckte Schleim aus und sagte: „Ich mag schlaue Menschen. Sie haben es verdient, den Rest der Geschichte zu hören. Erzählen Sie sie meinem Sohn und sagen Sie ihm, dass es mir leid tut. Ach, und unter der Schublade meines Nachttisches habe ich etwas befestigt. Geben Sie es ihm." Thiel röchelte und spuckte wieder, bevor er schließlich das schreckliche Geheimnis lüftete, das er nun seit knapp einem Vierteljahrhundert mit sich herumschleppte.

„Vor siebenundzwanzig Jahren stellte mir mein Sohn seine erste große Liebe vor. Zu meinem Entsetzen war sie bereits im fünften Monat schwanger, als er mir mitteilte, dass die beiden heiraten wollten … Ich konnte es doch nicht zulassen, dass sich mein einzig brauchbarer Sohn mit einer dunkelhäutigen Indianerin verheiratet? Ich lockte sie eines Mittags ins Haus, zwang sie einen Cocktail aus diversen Tabletten zu trinken und leitete damit einen Abort ein." Er hustete wieder und fasste sich dabei an die Brust. „Danach wollte sie Rafael alles erzählen. Mir blieb keine andere Wahl, als sie zu töten und verschwinden zu lassen … Mein Sohn hätte sich sonst von mir abgewendet."

„Das ist alles? Was ist mit dem Baby passiert?", fragte Sam konsterniert.

„Was denken Sie denn, was bei einer Abtreibung mit dem Fötus passiert? Er war natürlich tot."

Sam konnte es nicht fassen. Hatte er sich geirrt?

„Sie sehen aus als wären sie von einem Panzer überfahren worden. War das nicht das, was Sie hören wollten?", fragte Thiel leise.

Sam stand auf und ging im Zimmer auf und ab. Er hatte etwas übersehen. Er musste etwas übersehen haben. Aber was war es?

„Waren Sie mit der jungen Frau allein, als das passierte?", fragte Juri, während er Sam beobachtete.

„Ja, natürlich war ich mit ihr allein. Die ganze Familie war zum Shoppen ausgeflogen. Ich sagte, ich hätte einen Notfall in der Klinik."

Thiel war müde geworden und er schloss immer wieder die Augen. Die letzten Worte hauchte er nur noch heraus.

„Wo hat das alles stattgefunden?"

„Bei uns zu Hause."

Die letzte Frage, die Sam ihm stellte, hörte der alte Mann nicht mehr. Er war vor Erschöpfung eingeschlafen. Aber Sam war sich sicher, dass an dem besagten Tag ein Augenzeuge im Haus gewesen sein musste und sich versteckt gehalten hatte.

Sie ließen sich von Juan Carlos zur Finka fahren, um mit Aurelia zu reden und gaben gleichzeitig Nelly den Auftrag, die Schwester von Aleida Betancourt zu verhören.

Aurelia war in der Küche und half der Angestellten bei den Vorbereitungen für den *algo*, der aus ein paar Hotdogs und *Arepas*, Maisfladen, bestand. Dazu gab es in Zweiliterflaschen diverse bunte Limonaden und Kaffee. In ihrem Gesicht konnte man keine Emotionen erkennen, sie war so wie am ersten Tag, als Sam sie kennengelernt hatte. Distanziert und freundlich. Keine Anzeichen von Trauer oder Verzweiflung über die Geschehnisse der letzten Tage. Auch Sam gegenüber verhielt sie sich, als wäre er immer noch zu Gast in ihrem Gästehaus. Sie lud die beiden Männer ein, zum *algo* zu bleiben und so saßen Sam und Juri fünf Minuten später mit dem reduzierten Clan der Rodriguez, der nunmehr nur noch aus vier bestand, gemeinsam am Tisch.

Maria lächelte Juri unaufhörlich an und versuchte, Blickkontakt mit ihm aufzunehmen. Doch Juri widmete sich ganz seinem kleinen Hotdog auf dem Teller. Er kaute minutenlang auf einem Bissen herum und behielt dabei die Wurst im Auge. Sam hatte ihn noch nie so vertieft beim Essen erlebt und musste sich ein Lachen verkneifen.

Zum Glück löste sich die kleine Runde ziemlich schnell wieder auf und Sam und Juri konnten sich in Ruhe mit Aurelia unterhalten. Sie war sehr auskunftsbereit, was Aleidas kleinen Neffen, Nevio, anging. Sie erinnerte sich, dass er als kleiner Junge häufig mit im Haus gewesen war, weil die Schwester sich nicht immer um den Jungen kümmern konnte. Sie war Krankenschwester und hatte oft Nachtschicht. Er war ein bildhübscher, aufgeweckter Junge, schwärmte sie und sprachlich sehr talentiert. Er brachte sich alles selbst bei und begann schon im jungen Alter, Bücher aus ihrer Bibliothek zu lesen. Eine besondere Vorliebe hatte er für Gedichtbände wie Rafael, erzählte sie begeistert. Alle mochten den kleinen Jungen, besonders viel aber hatte Lea immer mit ihm gespielt. Sie holte sogar ein paar Fotos von Nevio und Lea heraus, die zeigten wie sie im Garten Ball spielten. Dann wurde sie ernst und erzählte wie einmal der Ball in das Orchideenbeet geflogen war. Ihr Mann hatte den Jungen daraufhin verprügelt. Nach diesem Vorfall hielt Aleida den Jungen von der Familie fern und eines Morgens, es war ein paar Monate später, hatte jemand alle Orchideen aus dem Beet gerissen. Das war das Ende der Geschichte, die vielleicht in einem Happy End hätte enden können, dachte Sam: Abgetriebener Enkel wird in die Familie aufgenommen. Aurelia sagte, dass sie noch ein paar Mal nach ihm gefragt hätte, aber schließlich war der Junge der Angestellten doch in Vergessenheit geraten.

„Es gibt da etwas, was ich Ihrem Sohn mitbringen soll", begann Sam. „Es befindet sich in dem Zimmer Ihres Mannes unter der Schublade des Nachttisches."

Aurelia erhob sich und forderte Sam und Juri auf, ihr zu folgen.

Das Zimmer von Heinrich Thiel war so spartanisch eingerichtet wie der Rest des Hauses. Es roch nach jahrzehntealten Möbeln und altem Mann. In dem kleinen Nachttisch, auf dem eine goldene Lampe mit grünem Schirm stand, waren zwei Schubladen und ein Fach eingebaut, in dem eine Marienfigur stand.

Sam bückte sich und tastete den unteren Schubladenboden ab. Und tatsächlich, ganz hinten in der Ecke fühlte er eine kleine Erhebung, die mit einem Klebeband befestigt worden war. Er zog es vorsichtig ab und fing mit der anderen Hand den kleinen Gegenstand auf. Als er seine Hand unter dem Fach herauszog betrachteten alle neugierig den kleinen Gegenstand in seiner Handfläche. Es war ein goldener Ring mit einem kleinen Diamanten, der in einer kronenartigen Fassung lag und der letzte stumme Zeuge eines blutigen Ereignisses war.

Aurelia nahm ihn entgegen, hielt ihn ins Licht und betrachtete ihn mit prüfendem Blick. „Das ist der Verlobungsring, den Rafael seiner damaligen Freundin Maya geschenkt hat. Ich war dabei, als er ihn gekauft hat", sagte sie und sah Sam fragend an.

Sam erklärte ihr daraufhin die Zusammenhänge. Auch jetzt zeigte Aurelia kaum eine Regung. Sie hörte nur stumm zu. Rafael war ihr doch sehr ähnlich, stellte Sam fest. Er steckte den Ring in seine Hosentasche. Der Ring, mit dem Rafael Rodriguez vor siebenundzwanzig Jahren sein Schicksal besiegelt hatte.

62.

Gegen Abend fuhr Sam noch einmal in die *Clinica Medellín* zu Lea. Weil sie gerade schlief, ging er ein paar Türen weiter und sah durch die Scheibe in Thiels Zimmer. Er hatte gerade Besuch, weshalb Sam runter in die *Cafetería* ging, um sich einen *Tinto* zu holen. Der schwarze Kaffee wurde in kleinen Pappbechern ausgeschenkt und von den Einheimischen meist mit viel Zucker getrunken. Sam hatte sich inzwischen an die dünne Plörre, wie er den kolumbianischen Kaffee nannte, gewöhnt und hatte sogar Geschmack daran gefunden. Man gewöhnte sich eben an alles.

Während er aus dem Fahrstuhl im zweiten Stock trat und den Flur entlangschlenderte, kam der Besucher gerade aus Thiels Zimmer. Er hatte eine Schirmmütze auf und ging mit gesenkten Kopf auf Sam zu. Als der junge Mann auf gleicher Höhe mit ihm war, hob er den Kopf und ihre Blicke trafen sich. Stechend blaue Augen registrierte Sam und drehte sich nach ihm um, dabei wurde er fast von einem Arzt und zwei Schwestern umgerannt, die in Thiels Zimmer eilten. Sam versuchte den jungen Mann in der Menge zwischen den anderen Besuchern auf der Treppe auszumachen, aber er war verschwunden, und als er sich zu Heinrich Thiels Zimmer umdrehte, das jetzt offen stand, konnte er sehen, dass der alte Mann tot in seinem Bett lag.

In Heinrich Thiels Herz steckte noch eine Spritze und auf seinem Nachtisch hatte der Besucher einen kleinen Zettel hinterlegt auf dem stand:

Das Feuer es reinigt ohn Ansehen der Macht
Und Ruhe und Frieden kommt nun mit der Nacht.

Sam hatte kaum die Zeilen gelesen, als ihm ein erschreckender Gedanke durch den Kopf schoss und sein Herzschlag für einen

Moment aussetzte. Er legte einen Spurt über den Flur ein und stürmte in Leas Zimmer.

Sie lag in der gleichen Stellung wie vor einer halben Stunde in ihrem Bett. Sam näherte sich ihr langsam und legte seine Finger an ihre Halsschlagader. Ein regelmäßiger Puls schlug gegen seine Kuppen und ließ ihn erleichtert durchatmen.

Lea war immer nett zu dem kleinen Jungen gewesen, hatte ihre Mutter gesagt. Wahrscheinlich hatte ihr das gerade das Leben gerettet.

Sam blieb noch eine Stunde an ihrem Bett sitzen und betrachtete Leas feine Gesichtszüge. Ihre Wangen waren wieder rosiger und ihre Lippen nicht mehr so spröde und ausgetrocknet. In ein paar Tagen würde man sie entlassen und dann? Sam holte ein Foto von Lina aus seiner Brusttasche und strich mit dem Finger darüber. Ein Kapitel war beendet, ein neues begann.

Die Fahndung nach Nevio Betancourt, Aleidas siebenundzwanzig Jahre alten Ziehneffen, war im vollen Gange, ein Grund für Sam und Juri den baldigen, hoffentlich erfolgreichen Abschluss ihrer Reise zu feiern. Es war Wochenende und im *Parque LLerras* war der Teufel los. In den kleinen Straßen reihten sich ein Restaurant und eine Bar an die andere. Überall saßen Menschen auf Bordsteinen und Mauern um den kleinen Park in der Mitte herum und feierten ausgelassen.

Sam hatte noch nie so viele hübsche Frauen auf einen Haufen gesehen und Juri gingen die Augen über. Schließlich entschieden sie sich für eine Bar mit einer großen Veranda, von der man einen Blick auf den ganzen Park genoss. Er bestellte sich einen Whiskey auf Eis und Juri einen Rum. Seit Langem hatte er nicht mehr das Gefühl der inneren Zufriedenheit und des Friedens in sich gespürt. „Du siehst aus wie eine Katze auf Mäusejagd", kommentierte Sam den unruhigen Blick von Juri.

„Du musst zugeben, das ist ein Schlaraffenland für jeden Single. Oh Mann, ich flipp echt aus. Schau mal die da drüben … " Juri zeigte auf eine schlanke, junge Frau, die ihre Haare offen bis über die Hüfte trug.

„Ich geb's ja ungern zu, aber am liebsten hätte ich sie alle."

„Ich glaube, du brauchst ernsthaft eine Therapie, Kleiner." Sam schmunzelte und verschwand auf die Toilette. Als er zurückkam, war Juri weg. Er entdeckte ihn mit zwei Mädchen auf der anderen Straßenseite, gestikulierend und irgendwelche Faxen machend. Sam setzte sich wieder auf seinen Platz, nahm einen kräftigen Schluck aus seinem Glas und ließ den Whiskey langsam und genüsslich die Kehle runterlaufen.

Wenn sie Nevio endlich fassten, war der Fall erledigt und er ein freier Mann. Frei! Das Wort Freiheit würde plötzlich eine ganz andere Bedeutung bekommen. Schule, Studium, Beruf, er war immer an irgendetwas gebunden gewesen. Er würde eine Weltreise machen und auf dem Fleckchen Erde, wo er sich am wohlsten fühlte, wollte er sich niederlassen. Für eine Weile.

Sein Blick schweifte über den Park, in dem Künstler ihre bunten Bilder zwischen den Bäumen ausgestellt hatten und auf ausländische Kunden warteten, als plötzlich jemand neben ihm sagte: „Entschuldigung Señor, darf ich mich einen Augenblick zu Ihnen setzen."

Bevor Sam antworten konnte, saß der junge Mann schon auf Juris Platz und lächelte ihn an. „Darf ich mich vorstellen? Ich glaube ich bin der, nach dem Sie suchen. Nevio Betancourt."

Sam konnte seine Überraschung nicht verbergen. Er sah sich unauffällig nach Juri um, konnte ihn aber nirgendwo entdecken.

„Ihr Partner ist schwer beschäftigt", sagte Nevio mit einem Grinsen im Gesicht und spielte mit Juris halb vollem Glas.

„Sie sind ja ganz schön mutig."

„Weil ich mich hier zu Ihnen setze und Ihnen meine Seite der Geschichte erzählen möchte?"

„Ich kenne Ihre Geschichte."

„Ach ja?"

„Aber tun Sie sich keinen Zwang an."

„Haben Sie wirklich geglaubt, Sie kommen hierher nach Medellin und können mich einfach so verhaften?"

„Sie haben ein paar Menschen ermordet und das in meinem Revier."

„Sie haben nichts gegen mich in der Hand", sagte Nevio selbstsicher.

Sam sah in die eisblauen Augen seines Gegenübers und wusste mit einem Mal, dass der Kerl, der so frech vor ihm saß, Recht hatte. Es gab keine Spuren und keine Beweise.

Nevio lächelte wieder. Es war das Lächeln eines Überlegenen, eines Gewinners. Er beugte sich zu Sam hinüber und sagte leise: „Ich sag Ihnen was im Vertrauen. Die Gedichte tragen nicht meine Handschrift und es ist nicht mein Blut, mit dem sie geschrieben wurden, aber das wissen Sie ja sicherlich schon. Sie haben keine Fingerabdrücke, keine DNA, keine Zeugen. Und wenn es jemand gäbe, der mich angeblich gesehen hätte ...", er lachte und zeigte ein strahlend weißes Gebiss, „Könnte ich das abstreiten, denn ich bin eigentlich gar nicht in Deutschland gewesen. Als Kolumbianer braucht man die Einverständniserklärung, ein Visum Ihrer Landsleute, von der Botschaft in Bogota, um nach Deutschland zu reisen. Ich habe nie eines beantragt, folglich war ich auch nie in Ihrem Revier."

Sams Kehle war plötzlich trocken. Er griff zu einem Glas Wasser, das er sich zusammen mit dem Whiskey bestellt hatte und leerte es halb.

„Sie sind mit einem falschen Pass eingereist. Mit dem Pass von einem jungen Deutschen, der vor zwei Monaten hier erschossen wurde. Wahrscheinlich von Ihnen."

„Beweisen Sie es", sagte Nevio gelassen. „Wissen Sie überhaupt, wer ich bin?"

„Sie sind ... Rafael Rodriguez' Sohn und ... der Enkel von Heinrich Thiel", antwortete Sam mit schwerer Zunge. Der Schluck Whiskey setzte ihm ganz schön zu, dachte er und sah auf die bernsteinfarbene Flüssigkeit, die die Eiswürfel umschloss. Er schob es darauf, dass er so gut wie nie Alkohol trank.

„Sie sind ganz schön schlau. Respekt", sagte Nevio bewundernd. „Er hat meine Mutter zur Abtreibung gezwungen, aber nicht damit gerechnet, dass ich am Leben bleiben könnte. Dabei hatte er so viele Experimente mit Föten gemacht, dass er hätte wissen müssen, dass es möglich ist. Aleida hat mich aus der Mülltonne geholt und mir damit das Leben gerettet."

„Und daran konnten Sie sich noch erinnern?", fragte Sam sarkastisch und suchte wieder nach Juri auf der Straße, aber der Kerl war nirgendwo zu sehen. Seine Zunge klebte am Gaumen und er fühlte sich plötzlich sehr unwohl.

„Ich habe ein Gespräch zwischen Aleida und meiner Ziehmutter belauscht und habe so erfahren, wo meine wahren Wurzeln sind. Ich hatte mich eh immer gewundert, warum ich so anders aussah wie der Rest der Familie, in der ich aufwuchs. Von dem Moment an, als ich hörte, dass mein Großvater meine Mutter dazu gezwungen hatte, mich abzutreiben, und sie daraufhin nie wieder aufgetaucht ist, habe ich nur noch eins im Sinn gehabt. Rache. Haben Sie Durst?"

Sam hatte tatsächlich das Gefühl zu verdursten. Er sah Nevio skeptisch an, der ihm das Glas Whiskey zuschob.

„Trinken Sie."

Sam setzte das Glas an und nippte nur. Eine innere Stimme sagte ihm, dass irgendetwas nicht stimmte. Hatte Nevio ihm etwas ins Glas geschüttet?

„Es sollte keine Frau mehr an der Seite meines Vaters leben dürfen und ich wollte der einzige Nachfahre bleiben. Ich hab ihm Zeichen gegeben in einer Sprache, die er versteht und er hat nicht reagiert."

„Warum haben Sie die unschuldigen Frauen in Deutschland umgebracht? Sie konnten nichts für Ihr persönliches Schicksal."

„Indirekt schon. Die Vergangenheit zu ignorieren heißt nicht, sie ungeschehen zu machen. Ich wollte Zeichen setzen und dachte, mit der Enkelin von dieser Ärztin und dem Sohn von Dr. Fisher würde man nachhaken, aber weit gefehlt."

„Dem Sohn von Dr. Fisher? Wo?"

„In London. Ich habe ihm auch eine Injektion ins Herz gejagt … ziemlich unblutig und unspektakulär. Ich musste also erst zu drastischeren Maßnahmen greifen und grob werden. Und siehe da, alle Welt hört mir plötzlich zu. Ein berauschendes Gefühl."

„Und die Bücher?", fragte Sam knapp. Ihm war plötzlich total schwindelig. Er musste Wasser trinken, aber sein Griff ging daneben. Nevio half ihm und schob das Glas in seine Hand. Doch Sam fühlte sich inzwischen außerstande, es an den Mund zu heben.

„Ja, die Bücher, der Alte war etwas unachtsam. Er hatte sie hinter dem Heim verbrennen wollen. Fünf Stück konnte ich vor den Flammen retten. Daraufhin habe ich mir die deutsche Sprache zu eigen gemacht. Seien Sie mir dankbar, ich habe Ihnen zwei Schwerverbrecher geliefert."

Nevio verschwamm vor Sam zu einer wabernden Masse. Er rang um Orientierung und plötzlich wurde ihm klar, in welcher aussichtslosen Situation er sich befand. Sein Herzschlag beschleunigte sich rasant.

„Es tut mir leid, aber ich muss den Vorsprung nutzen. Leben Sie wohl." Nevio erhob sich aus seinem Stuhl, klopfte Sam kumpelhaft auf die Schultern und verließ die Bar.

Sam versuchte, jemand um sich herum zu erkennen. Er musste seinem Tischnachbarn erklären, dass er dringend Hilfe brauchte, aber er konnte sich nicht mehr artikulieren, geschweige denn von der Stelle rühren. Es war, als würde ihm jemand von innen die Kehle zudrücken. Er bekam keine Luft mehr. Das war der Moment, in dem ihm klar wurde, dass die Prophezeiung doch in Erfüllung gehen würde. Sein Tod. Lina hatte am Ende doch Recht behalten. Sam gab es auf zu kämpfen und ließ sich langsam in die Dunkelheit tragen.

63.

Nevio war über die Straße zu den Künstlern gegangen. Von hier konnte er das Schauspiel des Todes besser beobachten.

Sam O'Connor war inzwischen vom Stuhl gesackt und hatte die Aufmerksamkeit der anderen Gäste in der Bar auf sich gezogen. Er hatte oft Leute sterben sehen. Wie viele es waren, konnte er gar nicht mehr sagen. Der Kampf um das Leben war faszinierend, vor allem wenn sie begriffen, dass etwas mit ihnen passierte, worüber sie keine Kontrolle mehr hatten. Wenn der Lebensfaden immer dünner wurde, bis er ganz abriss und die Seele sich aus dem nicht mehr funktionierenden, sterbenden Körper verabschiedete.

Er hatte den beiden Deutschen eine tödliche Überdosis der Teufelspflanze in ihr Getränk gegeben. Beide würden in eine tiefe Bewusstlosigkeit fallen und schließlich würde eine Atemlähmung zum Tod führen. Ein gnädiger Tod, fand Nevio. Bei einer geringeren Dosis verloren die Opfer ihren freien Willen. Sie überließen einem alles, räumten noch ihr Bankkonto für einen leer und dachten noch, man wäre der beste Kumpel aller Zeiten. Alles hatte er schon erlebt. Und das beste an der Droge war, dass sie die Erinnerung blockierte. Das Opfer erinnerte sich an nichts mehr, im Gehirn wurde nichts gespeichert. Nicht einmal unter Hypnose würde man etwas in Erfahren bringen können.

Ein Krankenwagen hatte die Schicksalsstelle erreicht und die Sanitäter bahnten sich einen Weg durch die Menschenmenge, um an den sterbenden Mann heranzukommen. Nevio sah auf die Uhr. Kaum fünf Minuten waren vergangen. Der jüngere Mann war zwar verschwunden, aber er war sich sicher, dass es ihm nicht anders ergehen würde, sofern er genug getrunken hatte. Die Sanitäter schoben Sam O'Connor in den Krankenwagen und schlossen die Türen. Für ihn kamen jegliche lebensrettenden Maßnahmen zu spät. Das konnte er an den Gesichtern der Umstehenden sehen.

Nevio musste wieder über die Naivität, die manche Menschen antrieb, lächeln. Er war ein Profi, dafür war er auch durch eine harte Schule gegangen. Als er mit zwölf Jahren von seiner wahren Herkunft erfuhr, hatte er nichts anderes mehr im Sinn gehabt als sich eines Tages zu rächen. Rächen an dem Menschen, der ihm und seiner Mutter das angetan hatte. Seine Mutter musste dran glauben, weil er in ihr gewachsen war und weil sein Vater sie zur Frau wählte. Er wusste nicht einmal wie sie ausgesehen hatte.

Aleida hatte den totgeglaubten Fötus, der wie eine Ratte aussah, aus einer Mülltonne gerettet. Ihn in ein warmes Tuch gewickelt und in die Klinik gebracht, in der seine spätere Ziehmutter arbeitete. Daniela zog ihn wie einen eigenen Sohn auf. Doch als er schwierig wurde und sie nicht mehr mit ihm fertig wurde, beklagte sie sich jede Woche bei ihrer Schwester. Eines Tages, als sie dachten er wäre nicht zu Hause, dabei war er hinter der alten Wellblechhütte und fütterte die Hühner, wurde er Zeuge ihrer Konversation. *Hättest du ihn nur nicht aus der Mülltonne gezogen und zu mir gebracht ... wir hätten ihn zur Adoption freigeben sollen ... warum hast du ihn nicht ausgesetzt ...* Immer wieder verfluchte sie den Tag, als Aleida mit ihm in der Klinik aufgetaucht war. Von da an, als er unfreiwillig von seiner wahren Herkunft erfuhr, änderte sich alles für ihn. Rache bestimmte sein Leben. Dafür lernte er fast perfekt Deutsch, dafür schloss er sich einer Bande an, verkaufte Drogen, beging Auftragsmorde für die Reichen, die sich in ihrer Ehre gekränkt fühlten, wenn ein anderer abgebrühter war als sie selbst und sie um Gelder beschiss, die sie sich ohnehin nicht ehrenhaft verdient hatten und ließ seine eigentliche Familie nicht aus den Augen. Tötete die Frauen und potenziellen Nachkommen seines Vaters.

Er hatte gedacht, dass Rache befriedigend sein würde, stattdessen war die Leere in seinem Herzen immer größer geworden. Er fühlte sich niemand zugehörig, von aller Welt allein gelassen, entwurzelt, verstoßen und unverstanden. Nevios Augen füllten sich mit Tränen. Er drehte sich um und verließ den Park. Er würde die Stadt verlassen, vielleicht sogar das Land. Nevio Betancourt war mit dem heutigen Tage, mit siebenundzwanzig Jahren, nun endgültig gestorben.

Er setzte sich auf sein Motorrad und fuhr auf die *Autopista* Richtung Norden, Richtung Küste, Richtung Meer.

64.

„Man sagt, dass kolumbianische Indianerstämme, Scopolamin benutzten, um die Frauen verstorbener Häuptlinge lebendig mit ihnen zu begraben, damit sie ihrem Herren in die Nachwelt folgen konnten. In Ecuador züchtet man den Baum für medizinische Zwecke. Der Wirkstoff seiner gelbweißen Blüten wird gegen Parkinson eingesetzt. In Kolumbien wachsen die Bäume wild rund um die Städte herum und ihre Blüten werden für kriminelle Zwecke missbraucht. Wir haben viele ausländische Opfer, die sich von hübschen Frauen etwas ins Glas haben kippen lassen und anschließend nur noch in Unterhose dastanden, wenn nicht sogar nackt durch die Gegend rannten. In diesem Fall haben wir es mit einer deutlichen Überdosis zu tun, die bei etwa einhundert Milligramm liegt und im Normalfall tödlich ist. Der Whiskey wies eine hohe Konzentration davon auf, aber erstens hatte er ihn nicht ausgetrunken, zweitens war ein Großteil davon auf den Boden gesunken und drittens führen die Krankenwagen an Wochenenden Physostigmin mit sich", erklärte Nelly, während sie mit mitleidigem Blick auf Sam O'Connor hinuntersah, der seit zwei Tagen ohne Bewusstsein und an ein Beatmungsgerät angeschlossen war. „Es ist ein Wunder, dass er überhaupt noch am Leben ist."

Als die Nachricht von Sams komatösen Zustand bei Europol eintraf, hatte sich Peter Brenner mit Fräulein Beauchamp sofort in den nächsten Flieger schieben lassen und war unter Schmerzen nach Medellin geflogen.

„Wissen Sie, wer ihm das angetan hat?", fragte Estelle Beauchamp. Sie musste bei dem traurigen Anblick von Sam ihre Tränen unterdrücken.

„Wie gesagt, junge Frauen machen hier Jagd auf Ausländer und vielleicht hat sich da jemand mit der Dosis vertan. Er wurde im *Parque Llerras* gefunden, die Partymeile in Poblado."

„Was ist mit Nevio Betancourt?", fragte Brenner, der Estelle, die sich gerade die Nase schnäuzte, einen bösen Blick zuwarf.

„Nevio Betancourt ist seit zwei Monaten nicht mehr bei seiner Mutter gewesen. Sie glaubt, dass er tot ist, weil er noch nie so lange von zu Hause weg war, ohne sich abzumelden. Sie weiß nichts von der Nachricht, die er bei seinem Großvater hinterlassen hat, nachdem er ihn umgebracht hat."

„Das heißt im Klartext?"

„Keiner weiß, wo er ist."

Brenner schüttelte missmutig den Kopf über die dämliche Antwort. „Das heißt, ein mehrfacher Mörder läuft da draußen frei rum und Sie sind nicht in der Lage ihn zu fassen? Sollen wir das auch noch für Sie erledigen?"

Estelle Beauchamp legte beschwichtigend die Hand auf Brenners Schulter. Er aber machte trotzdem seinem Ärger weiter Luft. „Einer meiner besten Männer hat Ihnen hier zwei Mörder geliefert ... und Sie sind nicht mal in der Lage den Letzten dieser Sippe zu stellen?"

„Wissen Sie, wie viele Mörder hier frei herumlaufen, Señor Brenner?", konterte Nelly. „Sie haben anscheinend wirklich keine Ahnung, aber ich kann Ihnen sagen, eine ganze Menge. Wir können nur auf einen Zufall hoffen, der ihn uns in die Arme treibt oder Sie müssen die Akte als ungelöst in Anführungsstrichen schließen."

Brenner war empört, anscheinend wurde er hier überhaupt nicht für voll genommen. Er suchte nach Worten, doch ihm fiel nichts ein. Schließlich war er vorgewarnt worden.

„Im Übrigen, Nevio Betancourt ist nie nach Deutschland eingereist. Wir haben das überprüft. Theoretisch war er nie da."

„Natürlich war er da. Mit einem falschen Pass." Brenner war laut geworden, was Nelly nicht im geringsten einschüchterte.

„Ich weiß", sagte sie ruhig. „Aber haben Sie Beweise dafür? Fingerabdrücke, DNA-Spuren ... irgendetwas?"

Brenner schüttelte resigniert den Kopf. Er hatte damit gerechnet, dass sie den Mörder auf frischer Tat ertappen würden. Das war der

Plan gewesen. Dafür hatte er einer seiner besten Männer mit einer falschen Identität nach Kolumbien einreisen lassen. Und nun stand er vor den Scherben seiner Aktion. Brenner strich sich verzweifelt über seinen kahlen Kopf.

„Sehen Sie es positiv. Immerhin haben Sie einen alten Nazi ausfindig gemacht und uns seinen Sohn geliefert, den wir schon länger im Verdacht des illegalen Organhandels hatten, ihm aber noch nie etwas nachweisen konnten. Dieses Mal kriegen wir ihn dran. Wir buddeln nämlich gerade ein paar seiner Patienten wieder aus."

„Wie sich doch schlechte Gene durchsetzen ... Vater, Sohn, Enkel. Eine Linie des Bösen", brummte Brenner vor sich hin.

Die Tür ging auf und eine junge Frau im Rollstuhl fuhr in den Raum. Sie grüßte freundlich die drei Fremden und steuerte mit besorgtem Blick direkt auf Sams Bettseite zu.

Brenner, aber besonders Estelle beobachteten wie sie Sams Hand nahm, sie umschloss und anfing leise zu beten.

„So kriegen Sie ihn mit Sicherheit wach", sagte er sarkastisch und schenkte Lea ein Lächeln. Den wahren Sinn dahinter verstanden nur er und Sam. Aber sicher konnte ein Gebet für ihn nicht schaden.

Plötzlich riss Sam voller Panik die Augen auf. Er hustete und zerrte sich den Schlauch aus dem Hals.

Nelly kam zu Hilfe und hielt Sams Hände fest, damit er nicht noch mehr Schaden anrichten konnte, und Estelle rannte auf den Flur hinaus und rief nach einem Arzt.

„Juri!", krächzte Sam aus trockener Kehle.

„Juri? Wieso Juri?", fragte Brenner entsetzt. „Jetzt sagen Sie mir nicht, dass Juri Ihnen hierher gefolgt ist, O'Connor?"

Sam antwortete nicht. Er sah sich hilflos um und versuchte anscheinend die Stimme zu orten. „Brenner? Sind Sie das?", flüsterte er.

Brenner fuhr mit dem Rollstuhl an das Bett heran. „Ja, ich bin hier. Ich bin hier", sagte er verunsichert.

Sam schloss die Augen. Er war so furchtbar müde. Die Stimmen entfernten sich wieder als würde der Wind sie wegtragen. Lasst mich noch ein Weilchen ruhen, dachte er und schlief wieder ein.

Während der nächsten Stunden, in denen Sam immer wieder wach wurde und etwas vor sich hinmurmelte, beobachtete Estelle die kolumbianische Schönheit, die an seinem Bett wachte und sich keinen Zentimeter von der Stelle rührte. Zugegeben, sie hatte sich etwas mehr als nur ein One-Night-Stand mit Sam O'Connor erhofft, und als Brenner sie mit auf die Reise nahm, hatte sie sogar ein Bauchkribbeln verspürt, bei dem Gedanken ihn wiederzusehen. Und nun stand sie hier als blödes Anhängsel ihres Chefs herum und musste mitansehen, dass jemand anderes sich zwischenzeitlich in sein Herz geschlichen hatte.

Als Sam das nächste Mal die Augen öffnete, schien er klarer bei Bewusstsein zu sein. Sein Blick war suchend und sein Kopf bewegte sich hektisch hin und her. „Warum kann ich nichts sehen?", fragte er leicht panisch. „Ich kann nichts mehr sehen. Was ist passiert?"

Brenner und Estelle sahen sich fragend an.

„Jemand hat Sie mit einer Überdosis von so einem komischen Zeug vergiftet", antwortete Brenner.

Verzweifelt versuchte Sam sich an etwas zu erinnern. Doch er war wie blank im Kopf. Das Letzte, an das er sich erinnerte, war, dass er mit Juri in einer Bar gesessen hatte. Dann spürte er eine Hand auf der seinen. „Halten Sie gerade meine Hand, Brenner?"

„Ich würde mich hüten. Eine bildhübsche, junge Frau sitzt neben Ihnen." Brenner gab Lea ein Zeichen zu reden.

„Sam?! Nun sitze ich an Ihrem Bett und halte Ihre Hand." Sie lachte leise. „Es wird alles wieder gut werden, glauben Sie mir."

„Das habe ich das letzte Mal auch zu Ihnen gesagt, um Sie zu beruhigen."

„Sie sind Opfer von *Burundanga* geworden. Eine Droge, die hier gerne von Kriminellen angewandt wird."

Nachdem Lea ihm erklärt hatte, dass man das weiße Pulver aus gelbweißen trompetenförmigen Blüten gewann und es bei zu hoher

Dosierung tödlich wirkte, atmete Sam erleichtert aus. Wie durch ein Wunder hatte er überlebt und dachte an die Zeichnung von Lina und den Tod. Nun hatte er die Geister überlistet. Aber was war mit seinen Augen los? Würde er für den Rest seines Lebens blind bleiben? Als könnte sie seine Gedanken gelesen, beantwortete Lea seine Frage: „Die Blindheit ist eine Nebenwirkung davon und sicherlich nur vorübergehend."

„Höre ich da Zweifel?"

Eine andere Stimme kam aus der Ecke des Zimmers. „Sind Sie sicher, dass Sie mit Juri zusammen waren?", fragte Estelle.

Er überlegte, unter welchen Umständen Brenner ins Flugzeug gestiegen war. Er benötigte nach der Operation sicherlich hier und da Hilfe. Es tat ihm leid für Estelle, aber er hatte von dem Augenblick als Lea das erste Mal vor ihm stand, keinen Gedanken mehr an sie verschwendet. „Ja, ich war mit ihm zusammen", sagte er überzeugt.

„Gut, denn er ist nirgendwo zu finden, nicht im Hotel und er wurde auch in kein Krankenhaus eingeliefert", sagte sie.

Sam überkam ein beklommenes Gefühl. Was war passiert? Juri wäre bei ihm, wenn ihm nicht auch etwas Furchtbares zugestoßen war. Er schluckte seine Angst herunter.

„Ich rate dem Bengel, dass es ihm gut geht, sonst …" Brenner versagte die Stimme. „Was für eine Schnapsidee. Ich hätte Sie niemals hierher schicken dürfen."

Lea sah von einem zum anderen. Leider verstand sie nicht, worüber die beiden sich unterhielten, aber es schien nichts Gutes zu sein. Sie drückte Sams Hand etwas fester und er erwiderte den Druck.

„Lea, mein Partner wird vermisst. Wo könnte man ihn hingebracht haben?"

„Diese Klinik ist die naheliegendste zum Park, aber …"

Sam wollte kein aber hören. Er presste die Kiefer fest zusammen. Ohne Lea zu sehen, wusste er genau, an was sie gerade dachte.

„Wo bringt man die Toten hin?", fragte er leise und hoffte, dass es niemand gehört hatte. Eigentlich wollte er gar keine Antwort darauf bekommen. Ein tiefes Ein- und Ausatmen aus der Ecke, wo er Brenner vermutete, sagte ihm, dass nicht nur er den Gedanken gehabt hatte.

„Ich rufe gleich einen Freund an, er wird uns vielleicht weiterhelfen können", sagte Lea zuversichtlich. „Wenn Juri auch von dem *Hauch des Teufels* etwas abbekommen hat, kann es durchaus sein, dass er irgendwo herumirrt und man ihn für einen verrückten Drogenjunkie hält."

Hauch des Teufels? Hatte das nicht auf dem Blatt Papier gestanden? Für ihn existierte der Teufel nicht, weshalb er das für übertriebenen spirituellen Unsinn gehalten hatte. War die Prophezeiung vielleicht gar nicht für ihn, sondern für Juri bestimmt gewesen?

65.

Es dauerte nicht mal eine Stunde, bis sich Leas Freund mit Neuigkeiten zurückmeldete. Im Morgue, in der Leichenhalle im Zentrum, waren drei Tote eingeliefert worden, auf die die Beschreibung von Juri passte. Alle drei hatte man ohne Ausweispapiere auf der Straße gefunden und dort abgeliefert.

Sam konnte es nicht fassen, dass das Schicksal ihm so übel mitspielen wollte. Lea kannte Juri nicht, sie würde ihm nichts nützen und er selbst war zu schwach und konnte obendrein nichts sehen. Also blieb diese undankbare Aufgabe Brenner und Estelle überlassen.

„Ich habe einen gut bei Ihnen, O' Connor. Juri sollte nicht hier sein. Ich hatte ihm ausdrücklich verboten …"

„Ich komme mit", unterbrach Sam seinen Vorgesetzten und schwang unbeholfen seine Füße aus dem Bett. „Machen Sie mich von den Kabeln hier los, Lea."

„Ich …"

„Wollen Sie mir noch mehr Ärger machen? Sie bleiben hier in Ihrem Bett und rühren sich ja nicht vom Fleck", sagte Brenner aufgebracht.

„Ich bin es Juri schuldig."

„Sie bleiben!"

„Ich kündige."

Einen Moment war Stille im Raum. Die beiden Frauen sahen von einem zum anderen. Die Luft knisterte vor Anspannung. Schließlich zog sich Sam die Kanüle selbst aus der Vene und tastete sich am Bett entlang.

„Das habe ich vor einiger Zeit schon einmal gehört. Ach nein, da hieß es, ich nehme unbezahlten Urlaub. Und was ist daraus geworden?", brüllte Brenner.

„Ich möchte trotzdem mit", sagte Sam starrsinnig und stand nun mitten im Zimmer in seinem Krankenhauskittel.

„Wollen Sie sich durch die Leichenhalle tasten oder wie stellen Sie sich das vor?"

Estelle griff Sam unter die Arme und stützte ihn.

„Ich will ..." Sam wusste selbst nicht, warum er mitgehen wollte. Es war nur so ein Gefühl. „Ich will einfach nur dabei sein, falls ..."

„Sie sind ein verdammter Sturkopf, O' Connor. Ziehen Sie sich wenigstens was über Ihren nackten Hintern."

Unten vor der Klinik wartete Juan Carlos auf die drei Deutschen. Die Fahrt ging Stop and Go durch den Feierabendverkehr und die ganze Zeit lief im Radio eine Sendung, die sich „Stimme des Himmels" nannte. Gott ist immer für dich da. Du musst nur fest an etwas glauben, dann wird es in seinem Willen geschehen. Gib Gott die Chance, dir zu zeigen, dass er für dich da ist.

Das war der Moment, als Sam im Stillen anfing, mit Gott zu reden. *Okay, du hast mir in den letzten Jahren so ungefähr alles genommen, was mir lieb und teuer war. Deshalb bin ich auch verdammt wütend auf dich. Ich bitte dich dieses Mal, dich gnädig zu zeigen. Lass es dem Jungen gut gehen. Bitte.* Irgendwie kam er sich albern vor, auf der anderen Seite war es sein innerster Wunsch und den zu äußern fand er nur mehr als menschlich. Egal wem gegenüber. Als Kind hatte er abends immer gebetet, aber er konnte sich an kein einziges Gebet von damals mehr erinnern.

Es kam ihm vor wie eine halbe Ewigkeit, bis der Wagen endlich stoppte und der Motor ausging.

„Was soll das denn hier sein?", hörte er Brenner sagen.

„Die öffentliche Leichenhalle", antwortete Juan Carlos.

Brenner brummte irgendetwas Unverständliches vor sich hin.

„Würden Sie mir erklären, was Sie sehen?"

„Sieht aus wie eine ... na ja, wie eine Art Werkstatthalle", sagte Estelle und half Sam aus dem Wagen, während Juan Carlos Brenners Rollstuhl ausklappte und ihn reinsetzte.

Ein kleiner, dicklicher Mann erschien an der blauen Stahltür und verlangte nach ihren Ausweisen. Nach sorgfältiger Durchsicht reichte er ihnen ein paar Besucherausweise und ließ sie eintreten. Es war merklich kühler hier drin als draußen und Sam fing an zu frieren.

„Was sehen Sie jetzt, Estelle?"

„Ich sehe vor uns eine Anlage wie in einer Reinigung, wo man durch einen Knopfdruck die Kleider an einer Schiene in Bewegung setzt, bis die richtige Nummer an einem vorbeikommt."

Sam versuchte, sich dieses bizarre Bild einer Leichenhalle auszumalen. Er hatte zwar schon Morgues gesehen, die ganz und gar nicht den deutschen Vorschriften entsprachen, aber das hier war dann doch außerhalb seiner Vorstellungskraft.

„Die Leichen hängen in so Kleidersäcken an einem Haken", erklärte Brenner weiter, „wie Schweine nach der Schlachtung."

Ein Angestellter kam auf sie zu und gab Brenner ein Zeichen, ihm zu folgen. Sie schienen durch eine weitere Tür zu treten, denn plötzlich wurde es noch kälter. Sam fröstelte inzwischen. Das Geräusch von Generatoren drang an sein Ohr.

Estelle hielt Sams Arm fest und führte ihn neben sich her. Trotz der Kälte, die irgendwie eine Frische vermittelte, roch es hier nach Blut, menschlichen Exkrementen und Tod. Säuerlich, verfault und süßlich.

Ein neues Geräusch kam hinzu. Etwas setzte sich schwerfällig in Bewegung. Wahrscheinlich das Leichenkarussell, dachte Sam und hoffte, dass er nicht allzu dicht an irgendwelchen toten Menschen stand. Die Anlage stoppte, ein Reißverschluss wurde geöffnet.

„No. No es. Bleiben nur noch zwei kleine Negerlein", hörte Sam Brenner sagen und erinnerte sich an den alten Kinderreim, in dem von zehn kleinen Negerlein am Ende keiner mehr übrig war.

„Seien Sie froh, dass Sie das hier nicht ansehen müssen, O' Connor. Das würden Sie Ihr Lebtag nicht vergessen."

„Machen Sie ein paar Fotos für mich. Damit ich später weiß, dass meine Fantasie nicht mit mir durchgegangen ist."

Nachdem jemand die Anlage ein zweites Mal in Betrieb setzte und stoppte, hörte er jemanden sagen: „Cientouno. Un mono joven."

Einhunderteins. Blond und jung. Würde er Juri als jung bezeichnen, fragte sich Sam. Das stand immer in der Relation, wer die Frage stellte. Er selbst würde ihn sehr wohl als jung bezeichnen. Ein Zwanzigjähriger nicht. Sam versuchte an etwas anderes zu denken. Neben ihm atmete Estelle laut aus. Zu laut, dachte Sam und sein Herz schien für einen Moment stillzustehen.

„Mein Gott ...", hörte er sie sagen. „Ich dachte erst ... der Kopf, die Haare ... Es tut mir leid, wenn ich Ihnen einen Schrecken eingejagt habe", entschuldigte sie sich.

„Da war es nur noch einer", sagte Brenner trocken.

Die nächste Leiche im Sack war ein dunkelhaariger, junger Mann und hatte ebenfalls keine Ähnlichkeit mit Juri. Im Stillen dankte Sam Gott im Himmel. Er wollte daran glauben, dass sein Gebet erhört worden war.

Sie waren gerade wieder auf den Weg in die Klinik, als Nelly anrief. Man hatte Juri anscheinend gefunden, zumindest entsprachen alle Angaben seinem äußeren Erscheinungsbild, bis auf eine kleine Tatsache.

Verwahrloste Obdachlose, halb nackte Verrückte, Verstümmelte ohne Beine, die sich auf Skateboardbrettern fortbewegten oder Drogenabhängige, die auf einem Trip waren, waren nichts Ungewöhnliches in Medellin. Aber dass ein nackter, blonder Ausländer vor den Augen aller sich ein riesengroßes Stück Fleisch vom Haken einer Fleischerei klaute und es wie ein wilder Kannibale genüsslich auf der Straße vertilgte, ließ den Besitzer sofort die Polizei rufen, zumal man von so einem eine Entschädigung erwarten konnte. Als die Polizei Juri jedoch in einen Polizeiwagen verfrachten wollte, schlug er erst einmal einen Beamten nieder und rannte weg, woraufhin eine Jagd nach ihm durch die Innenstadt mit drei Motorrädern und vier Beamten zu Fuß folgte.

Juan Carlos erklärte Sam, dass die Droge starke Halluzinationen hervorrufen konnte und Juri kein Einzelfall war. Man konnte von Glück reden, dass er überhaupt gefunden worden war, denn so mancher Ausländer war nach einem solchen Trip nie wieder aufgetaucht.

66.

Eine Vibration, gefolgt von einer starken Erschütterung, ließ Sam augenblicklich die Augen aufschlagen. Der kleine Bildschirm vor ihm verriet ihm, dass sie nicht mehr über Land flogen, sondern sich bereits über den Tiefen des dunklen Ozeans befanden. Er wagte einen Blick durch das kleine, rundliche Fenster. Dicke Wolkenfetzen verdunkelten gelegentlich die kleinen Lichter an der Tragfläche, die seines Erachtens bedenklich wackelten. Die Air France sackte ab und Sam hatte das Gefühl, dass sein Magen direkt unter der Kehle hing. Ein allgemeines Aufstöhnen ging durch die Reihen der Passagiere.

Sam griff nach der dritten Rolle Mentos in seiner Tasche und stopfte sich gleich drei auf einmal in den Mund. Bleib ruhig, sagte er zu sich selbst. Auch wenn extreme Wetterbedingungen die häufigste Ursache von Flugzeugabstürzen sind, wird nicht gerade jetzt, hier, heute ausgerechnet dieses Flugzeug, in dem du sitzt, abstürzen. Wieder fiel die Maschine ab.

Juri hatte bisher friedlich neben ihm geschlafen. Jetzt machte auch er die Augen auf und sah sich verstört um.

Eine Stewardess kam wankend durch den Gang und überprüfte, ob die Passagiere angeschnallt waren. Diejenigen, die es sich liegend bequem gemacht hatten, wurden aufgefordert, sich hinzusetzen. Kein gutes Zeichen, dachte Sam.

Helle Lichter wie Wetterleuchten waren wieder durch die dichten, grauen Wolken zu sehen. Blitze, durchfuhr es Sam. Schweiß stand ihm auf der Stirn. Wo war die Stewardess? Niemand war mehr zu sehen. Wieder schien die Maschine ein paar hundert Meter abzusacken. Schreie, Weinen, vor ihm übergab sich jemand. Sam hoffte inständig, dass derjenige eine Tüte hatte, sonst würde der Geruch von Erbrochenem gleich in seine Nase dringen und dann konnte er für nichts mehr garantieren.

Juri hatte seine Augen wieder geschlossen, sein Gesichtsausdruck war entspannt, obwohl sein Kopf bei jeder Erschütterung leicht hin und her wackelte. Wie konnte sein Partner nur so ruhig sein.

Sam schnallte sich ab, erhob sich aus seinem Sitz und wankte Richtung Cockpit. Eine Stewardess stellte sich ihm in den Weg und forderte ihn auf, sich sofort wieder zu setzen, als die Sauerstoffmasken plötzlich aus ihren Halterungen fielen. Die nächste Erschütterung war so heftig, dass es ihn und die Flugbegleiterin von den Füßen riss. Ein neues Geräusch war hinzugekommen. Er hob den Kopf und sah das Wasser durch sämtliche Ritzen des Rumpfes plätschern. Die kleinen Wasserquellen wurden zu reißenden Wasserfällen und füllten den Innenraum wie ein leeres Wasserglas. Ich bin ein guter Schwimmer, dachte er, als die Kälte des Wassers ihn umschloss. Schwimm, schwimm, Sam. Alles wird gut. Zum Glück konnte er ja wieder sehen.

Sam öffnete die Augen, alles war still und dunkel um ihn herum. Orientierungslos versuchte er, seine Umgebung zu erkennen. Umrisse einer Tür, eines Schrankes wurden deutlicher. Erleichtert bemerkte er, dass er sich in seinem eigenen Bett in seiner Wohnung in München befand. Er musste sich während des Schlafes aufgedeckt haben. Er war schweißnass und sein Körper eiskalt. Neben ihm im Bett war eine Erhebung auszumachen. Er tätschelte über den blonden Kopf, um sich zu vergewissern, dass er wirklich wach war.

„Hey, werd mir ja nicht schwul, Junge", sagte Juri mit verschlafener Stimme und drehte sich zu Sam um.

„Was machst du in meinem Bett?"

Sam hatte sich aufgesetzt. Seine Augen hatten sich an die Dunkelheit gewöhnt und alles war jetzt klar und deutlich zu erkennen.

„Hatte heute Nacht Albträume und wollte nicht allein sein."

Sam erinnerte sich und plötzlich schien alles wie ein einziger Albtraum zu sein. Kolumbien, das Erlebnis, knapp dem Tod entgangen zu sein, seine vorübergehende Blindheit, der ewig dauernde Flug zurück in die Heimat. „Okay kneif mich mal."

„Es war alles kein Traum, Sam." Juri war aufgestanden, schlich in zerknitterter Unterhose um das Bett herum und steuerte auf das verdunkelte Fenster zu. „Aber wenn ich ehrlich bin, kommt mir auch alles so vor."

Das grelle Tageslicht, das plötzlich den Raum durchflutete, ließ beide die Augen zusammenkneifen. Sam erhob sich langsam und blieb gebeugt auf der Bettkante sitzen, als sein Blick auf das kleine Schmuckstück auf seinem Nachttisch fiel.

„Ich geh mal und mach dir einen Kaffee und mir einen Kakao", sagte Juri und trottete in die Küche.

Sam griff nach dem kleinen goldenen Tumi, der für Glück, Gesundheit und ein langes Leben stand, legte ihn in seine Handinnenfläche und betrachtete eingehend den Smaragd in seiner Mitte. Es ist der Stein der Hoffnung, hatte Lea ihm gesagt und ihm zum Abschied das Schmuckstück in die Hand gedrückt. Hoffnung war ein Lebenselixier, das jeden Menschen täglich antrieb und ihn eine Zukunft sehen ließ.

In ihren hübschen, katzenartigen Augen hatte er gesehen, dass sie hoffte, ihn bald wiederzusehen und wenn er tief in sein Herz schaute, war auch er nicht gerade abgeneigt, sich auf die kleine Person einzulassen.

Er hörte die schnarrende Kaffeemaschine und ein Fluchen aus der Küche. Wahrscheinlich brauchte das Gerät neues Wasser, der Trester musste geleert werden und zu guter Letzt fehlten noch die Bohnen. Sam musste lachen. „Sag mal, Juri, wie lange hast du noch Urlaub?", rief er durch die Wohnung, während er ins Bad ging.

„Zwei, drei Wochen. Warum?"

„Nur so."

„Du fragst nie etwas ohne Grund, Sam. Also raus damit, was hast du vor?"

Sam stellte die Dusche an und ließ das warme Wasser über seine müden Knochen fließen. Wie gut Juri ihn doch kannte.

67.

Von Leas kleiner heiler Welt, in der sie fünfunddreißig Jahre ruhig – wenn man von den Entführungsdrohungen vor fünfzehn Jahren gegenüber ihrer Familie absah - gelebt hatte, war nichts mehr übrig. Wie bei einem Erdrutsch, der alles mit sich riss, war auch ihr der Boden unter den Füßen entzogen worden. Sie gab sich selbst die Schuld an allem. Denn hätte sie nicht in Rafaels Leben herumgeschnüffelt, wäre vielleicht einiges anders gelaufen.

Sie blickte auf den kleinen goldenen Diamantring zwischen ihren Fingern, den Verlobungsring von Rafaels erster Freundin. Erst wollte Sam ihr die Geschichte ersparen, doch sie hatte darauf bestanden, jede Einzelheit zu hören. Dass Rafaels eigentliches Geheimnis ein Sohn war, von dessen Existenz er nicht einmal selbst etwas wusste, war für Lea ein Riesenschock gewesen und sie hatte stundenlang geweint, weil sie noch das unschuldige, hübsche Kind vor Augen sah, das mit ihr im Garten Ball gespielt hatte. Was war nur in der Zwischenzeit mit dieser Seele geschehen, dass daraus ein Monster geworden war wie ihr Bruder und ihr eigener Vater, der hoffentlich für seine Taten in der Hölle schmorte. Drei eiskalte Mörder in ihrer Familie. Drei genetische Verbindungen.

Ihre Mutter verlor kein Sterbenswort darüber und sie fragte sich, ob sie tatsächlich von alledem nichts gewusst hatte oder ob sie sehr wohl im Bilde darüber gewesen war und einfach nur den bequemeren Weg des Schweigens wählte. Lea würde es nie erfahren.

Ihre Mutter saß wie jeden Mittag am Esstisch, hielt ihr Kreuz fest in der einen Hand und ignorierte die Geschehnisse um sie herum: Felipe, der zitternd die Gabel zum Mund führte und dem der Rotz wie Wasser aus der Nase lief, Maria, die stotternd irgendeine Geschichte erzählte und sie nach fünf Minuten wieder von vorne begann und Victoria, die gebeutelt von ihrem nichtsnutzigen Dasein griesgrämig in ihre Suppe starrte.

Am Ende der Tafel stand der leere Rollstuhl ihres Vaters und Lea hatte das Gefühl, dass er dort saß und sie mit seinen eiskalten Augen ansah.

All dies wäre für Lea der Untergang der Welt, wenn sie nicht über beide Ohren verliebt wäre. Sam O' Connor war der lebensrettende Anker für sie und sie hoffte, wünschte sich von ganzem Herzen, dass sie ihn bald wiedersehen könnte. Für ihn würde sie sogar Kolumbien verlassen und irgendwo ein neues Leben anfangen. Er befand sich zwar noch in einem Heilungsprozess wie er sagte, aber vielleicht war er ja bald bereit, sich auf sie einzulassen.

Ihr Handy gab einen Piepton von sich. Alle am Tisch sahen zu ihr hinüber, während sie die Nachricht aus dem Ausland las und lächelte.

EPILOG

Der knieende Engel aus Carrara Marmor sah trauernd auf das gut gepflegte Grab hinab, auf das Sam ein Herz aus weißen Rosen gelegt hatte. Eine ganze Weile stand er da und las die eingravierten Zeilen auf dem Stein.

Steht nicht an meinem Grab und weint,
ich bin nicht da,
nein ich schlafe nicht.
Ich bin eine der tausend wogenden Wellen des Sees,
ich bin das diamantene Glitzern des Schnees,
wenn ihr erwacht in der Stille am Morgen,
dann bin ich für euch verborgen,
in bin ein Vogel im Flug,
leise wie ein Luftzug.
Ich bin das sanfte Licht der Sterne in der Nacht.

Sam sah sich um und lächelte. Seine Umgebung hatte wieder Farben angenommen. Das ständige Grau, das ihn noch vor ein paar Monaten begleitete, war verschwunden. Er wusste nicht, ob er noch einmal hierher kommen würde. Wohl eher nicht. Es war Zeit für einen Neuanfang und er wurde erwartet. Er sah auf das Ticket in seiner Hand: In einhundertundneununddreißig Tagen um die Welt.

Das luxuriöse Kreuzfahrtschiff im Hafen von Hamburg würde in wenigen Minuten mit seinen sechshundert neuen Passagieren an Bord in See stechen. Eine Reise über die Antillen, Südamerika, Polynesien, Australien, Papua Neuguinea, Indonesien, Japan, Russland, China, Thailand, Indien bis nach Venedig, wo die Reise enden würde, stand ihm bevor.

Sam lehnte an der Reling und sah nervös auf die Uhr. Wo blieb seine Reisebegleitung? Es war saukalt an diesem Morgen und ihm lief die Nase. Er suchte nach einem Taschentuch in seiner Jackentasche, als seine Fingerkuppen gegen etwas Hartes stießen. Es war die kleine, rosafarbene Muschelschale, die er am Strand in Malaga aufgelesen hatte. Sein ständiger Begleiter. Er steckte sie wieder zurück an ihren Platz und hoffte, dass sie ihm weiterhin Glück bringen würde.

Unter all den Menschen, die sich unter ihm bewegten, konnte er nun jemanden ausmachen, der wie von einem Schwarm Bienen verfolgt auf die Brücke zurannte. Juri würde ihn eine Zeit begleiten und nach siebzehn Tagen stieß Lea in Cartagena dazu. Zufrieden strich er sich durch die Haare und warf einen letzten Blick auf Hamburg, ein Stück seiner Vergangenheit.

Menschen waren wie Bilder in der Zeit, immer in Bewegung. Erst mit dem Tod kamen sie zum Stillstand und der musste noch eine Weile auf ihn warten.

DANKSAGUNG:

Autor zu sein, ist nicht ganz leicht. Schreiben verlangt einem manchmal ganz schön etwas ab. Man sitzt stundenlang alleine mit seinen Gedanken am Computer und ist in einer Welt, die keiner in dieser Zeit versteht und teilt. Deshalb gilt mein größtest Dankeschön immer meiner Familie, die mich in dieser Zeit in Ruhe läßt und großes Verständnis aufbringt. Außerdem meinen Probelesern. Dazu gehört mein Vater und Jana. Jana Rudwill, eine großartige Dichterin, die sich der Gedichte in diesem Buch angenommen hat. Danke.

Ein Dankeschön an Christine Neumann für das Lektorat. Und ganz besonders meiner großartigen Leserschaft,. Was wäre ich ohne Euch. Und danke für die supernetten Briefe – E-mails - die ihr mir geschrieben habt. Danke, es baut immer wieder ungemein auf!

PUPPENSPIELE (4. Buch mit Sam O´Connor)

Tanja Pleva
Thriller

Junge, blonde Frauen, die spurlos verschwinden - eine nach der anderen. Zehn Jahre lang tappt die Polizei in Los Angeles bereits im Dunkeln, als Anna di Lauro zu einer Fundstelle gerufen wird. Die Erde hat ein Beweisstück frei gegeben, das zu einer Reihe von ungeklärten Fällen führt.
Falscher Ort, falscher Zeitpunkt: Das trifft auf Sam O´Connor zu, der sich mit seiner Liebsten für einige Zeit in Los Angeles niedergelassen hat. Er wird mit einem lang gesuchten Serienmörder in Verbindung gebracht und steht plötzlich auf der anderen Seite der Justiz...

PROLOG

Es war immer ihr größter Wunsch gewesen, einmal zu heiraten, in der Kirche mit dem Mann ihrer Träume vor den Altar zu treten. Mit ihm in ein hübsches kleines Haus zu ziehen und zwei Kinder zu haben, die an sonnigen Tagen vergnügt im Garten spielten. Sie hatte ein ganz normales Leben führen wollen.

Mit eingefrorenem Blick starrte sie auf ihr Spiegelbild, während Tränen auf das Hochzeitskleid fielen und Flecken auf der Seide hinterließen. Das Kleid saß überhaupt nicht. Wie auch. Es war ja nicht ihres. Auch die perlenbestickten Schuhe waren zwei Nummern zu groß, sodass beim Gehen der Absatz über den Fußboden scharrte. Mit zittrigen Händen setzte sie die Krone auf ihr ungewaschenes, strähniges Haar und wischte die schwarzen Spuren der Wimperntusche von der Wange. Sie sah aus wie ein Gespenst mit ihren dunklen Augenringen.

»Bitte, lass mich gehen. Ich werde auch nichts sagen«, schluchzte sie leise. Wie dumm und hohl das klang. War das nicht der Klassiker, der in jedem Drehbuch stand? Doch ihr Kopf war so leer. Die Angst hatte sämtliche Zellen unter Kontrolle und ließ keinen vernünftigen Gedanken entstehen. Wie so oft blieb er ihr eine Antwort schuldig.

Plötzlich ging das Licht aus. Die Finsternis hüllte sie ein und ließ sie nicht einmal mehr die eigene Hand vor Augen sehen. Sie stützte sich an der Wand ab, um das Gleichgewicht zu halten. Plötzlich nahm sie ein Geräusch hinter sich wahr. Jemand war mit ihr im Raum, und dieser Jemand atmete schwer. Eine Gänsehaut kroch ihr den Rücken hinunter und mit einem Mal wusste sie, dass es vorbei war. Diese eine kleine Fehlentscheidung in ihrem Leben, abends noch einmal zum 7-ELEVEN zu fahren, um sich ein paar Weingummis und eine Cola zu kaufen, war ihr zum Verhängnis geworden. Die berühmte Sekunde, die alles auf den Kopf stellte.

»Hallo Penny«, sagte er sanft.

Hoffnung keimte in ihr auf. Hatte sie sich getäuscht? War es doch noch nicht zu Ende?

»Du siehst sehr schön aus.«

»Danke«, brachte sie mit brüchiger Stimme über die Lippen und versuchte, ihn zu orten. Ihrem Gefühl nach musste er etwa einen Meter vor ihr stehen. Eine Gänsehaut zog sich über ihren Rücken.

»Du möchtest, dass ich dich gehen lasse?«

»Ja«, antwortete sie leise.

»Aber wir sind nun so weit gekommen, warum willst du mich jetzt verlassen?«

»Ich will nach Hause.«

»Das ist dein Zuhause.« Sie fühlte einen Luftzug und stellte sich vor, dass er eine weitläufige Bewegung gemacht hatte, um auf ihr kleines, bescheidenes Reich zu zeigen.

»Ist es nicht.« Das hätte sie wohl besser nicht sagen sollen, denn plötzlich schrie er: »Du bist ein undankbares Scheißstück. Ich habe dir alles gegeben, alles ermöglicht!«

Irgendetwas traf sie mit solcher Wucht, dass sie ein ganzes Universum von Sternen sah und zu Boden sackte. »Bitte nicht«, wimmerte sie. »Ich will nicht sterben.«

Plötzlich ging das Licht an. Da stand er vor ihr. Das erste Mal seit ihrer Entführung, die aus dem Hinterhalt geschehen war, sah sie ihrem Peiniger ins Gesicht und war überrascht. Das Gesicht war ihr nicht ganz unbekannt. Sie konnte es jedoch nicht einordnen.

»Es war deine Entscheidung ganz allein, Penny.«

»Ich heiße nicht Penny.«

Er zog sie auf die Beine und begann, mit ihr zu einer imaginären Musik zu tanzen. Der Absatz ihrer Schuhe schlurfte laut über den Boden, als er sie durch den kleinen Raum wie durch einen Ballsaal führte. »Wie schön es duftet.«

Sie wagte nicht, zu antworten. Außer muffiger Feuchtigkeit roch sie nichts. Nicht mal er hatte einen spezifischen Geruch an sich.

»Riechst du nicht die schönen Gestecke aus wilden Rosen? Alles nur für dich.«

Sie nickte brav, wollte ihn nicht unnötig mit einer Widerrede aufregen.

Plötzlich küsste er sie. Hart presste er seine Lippen auf die ihren, und ehe sie sich versah, hatte er ihr etwas um den Hals gelegt.

»Nein, bitte nicht«, flehte sie, aber als sie den Wahn in seinen Augen sah, wusste sie, er würde keine Gnade mit ihr haben.

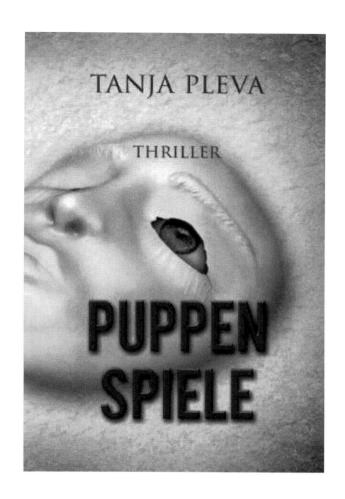

TOTENPECH (2. Buch mit Sam O´Connor)

Tanja Pleva
Thriller
Taschenbuch

Sonderermittler Sam O´Connor und seine neue Liebe Lina durchleben gerade die erste Krise. Die Fernbeziehung macht den beiden zu schaffen. Und dann begeht Sam O´Connor auch noch einen Fehler, waraufhin Lina plötzlich nicht mehr erreichbar ist. Unterdessen ermittelt Sam O`Connor in einem mysteriösen Mordfall: Ein leidenschaftlicher Sammler antiker Kunstgegenstände wird brutal in seiner Villa ermordet, Menschen verschwinden immer wieder über Europa verteilt und tauchen nirgends mehr auf. Sam O´Connor nimmt deren Spuren auf, und je weiter er in seinen Ermittlungen kommt, desto erschreckender erscheinen ihm die Zusammenhänge. Als ihm schließlich dämmert, welche Gräueltaten an den Vermissten verübt werden, sitzt Lina bereits in der Falle.

GOTTESOPFER (1. Buch mit Sam O´Connor)

Tanja Pleva
Thriller 356 Seiten

Auf dem Campo dei Fiori in Rom wird eine junge Frau verbrannt wie eine Hexe. Die Tat eines Besessenen? Er schlägt wieder zu, und auch dieser Mord trägt dieselbe Handschrift. Der Täter scheint im Bann eines religiösen Wahns zu stehen. Doch seine Identität bleibt lange im Dunkeln – so lange, bis es für sein nächstes Opfer fast zu spät ist....

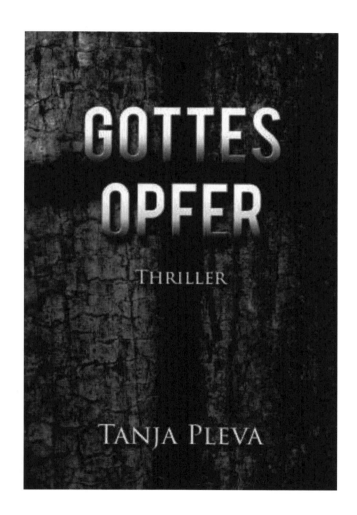

URBAN – FANTASY- REIHE von Lilly M. Love

LOCKRUF DER NACHT (Teil 1 von 6)

Hast Du letzte Nacht gut geschlafen? Und geträumt? Bist Du Jemandem in Deinem Traum begegnet? Egal ob angenehm oder nicht, es war ja nur ein
Traum ...
Bist Du Dir ganz sicher?

Was ist, wenn Du denkst Du träumst, es aber nicht tust?
Was ist, wenn plötzlich ein schöner Unbekannter in Deinen Träumen auftaucht und Du Dich in ihn verliebst?
Was ist, wenn Du morgens aufwachst und Dein Körper übersät ist mit Schrammen, die Du nicht erklären kannst?
Was ist, wenn nicht nur Du anfängst, an Deinem Verstand zu zweifeln?

Sie kommen in der Nacht, schleichen sich in Deine Träume und wenn sie wollen auch in Dein Leben! Es sind die Traumdämonen, und niemand ist vor ihnen sicher…

Hast Du letzte Nacht wirklich nur geträumt?